KELSEY SUTTON

WINTERSEELE

KISSED BY FEAR

Übersetzt von
Ursula Held

Ravensburger Buchverlag

Als Ravensburger Taschenbuch
Band 58508
erschienen 2017

MIX
Papier aus verantwortungsvollen Quellen
FSC® C114500

ABSCANNEN, REINLESEN!
HIER FINDEST DU
DIE EXKLUSIVE BONUSGESCHICHTE:

1 2 3 4 5 E D C B A

Deutsche Erstausgabe

Die Originalausgabe erschien 2013
unter dem Titel »Some Quiet Place«

Published by arrangement with Kelsey Sutton
Dieses Werk wurde vermittelt durch
die Literarische Agentur Thomas Schlück GmbH, 30827 Garbsen.
Umschlaggestaltung unter Verwendung von Bildern von
© Dudarev Mikhail/Shutterstock; © Gossip/Shutterstock;
© tomertu/Shutterstock; © Mark Owen/Arcangel Images;
© Gromovataya/Shutterstock

Printed in Germany

ISBN 978-3-473-58508-3

www.ravensburger.de

Für Wayne
und Aneesa

Eins

Fear kommt.

Der Tag neigt sich dem Ende zu, ich melke die Kühe und warte darauf, meinen alten Freund wiederzutreffen. Gleich wird er da sein, er jagt über die Felder, wie nur ein Wesen seiner Art es kann.

Mit jedem Meter, den er sich nähert, werden die Kühe unruhiger, sie verdrehen die Augen und stampfen mit den Hufen. Ich weiß, es gibt nur einen Grund, warum er die Reise nach Wisconsin unternimmt: Er will mich wieder provozieren. Meine Grenzen austesten. Die Leere in meiner Seele durchdringen. Denn ich bin der einzige Mensch, den er nicht quälen, der einzige Mensch, der ihm ohne zu schaudern ins Gesicht blicken kann. Ich war ihm schon immer ein Rätsel.

»Es ist schon spät, ich muss ins Bett«, rufe ich und bemühe mich, Moras Euter behutsam anzufassen. Unseren anderen Kühen macht das Melken nichts aus, ganz gleich, wie grob ich bin, aber Mora stellt sich immer an. Ich versuche, sie zu beruhigen, und säusle ihr irgendeinen Nonsens ins zuckende Ohr. Nicht aus Mitleid oder Zuneigung, sondern allein aus der Erkenntnis, dass das Tier dann williger ist.

»Selbst für einen Besuch von *mir* bist du zu müde, Elizabeth?«

Fear lehnt im Türrahmen, gelassen und schön. Er kennt keine

Zeit, er hat auf dieser Welt alles und nichts gesehen, er wird weder alt noch weise. Ohne ihn anzuschauen, habe ich sein weißblondes Haar, seinen schwarzen, wallenden Mantel vor Augen und kann seinen durchdringenden, heißkalten Blick spüren.

Ich schaue nicht zu ihm auf, denn nur das will er erreichen. Seine Macht ist immer da, in unendlich vielen Formen, sie fegt über mich hinweg. Plötzlich sehe ich einen Jungen, der sich in einem feuchtkalten Loch verkriecht, eine Frau, die zwischen kahlen Wänden kauert, einen alten Mann, der zurückweicht und sich an sein Gewehr klammert. Aufgerissene Augen, zitternde Lippen, absolute Einsamkeit.

Doch mich berührt das nicht.

Einen Moment lang hört man nur die Milch in den Eimer spritzen. Fear gibt einen tiefen Laut von sich, und kurz darauf bin ich bedeckt mit Spinnen. Mora tänzelt nervös, als sie spürt, dass ein paar von ihnen ihren Hinterlauf hochklettern. Ich merke, wie die Spinnen in Massen über meine Arme, meinen Oberkörper, meine Füße krabbeln. Sie sind klein und schwarz und ihre Beine sehen aus wie ein verfilztes Knäuel aus lebendigen Fäden.

»Dich hat wohl der Ehrgeiz gepackt«, sage ich kühl.

Fear seufzt und wedelt mit seiner blassen Hand. Die Spinnen verschwinden. »Und du hast dich nicht verändert.«

Ich melke weiter. Mit sicheren, festen Griffen. »Nein.«

»Nicht einmal ein kleines bisschen?« Fear tritt näher und ich spüre seine flirrende Energie, als er meine Gefühllosigkeit zu durchbrechen versucht.

Nichts.

Fear seufzt erneut. »Wie schmeckt deine Angst, Elizabeth?«, fragt er leise. »Wie würde es sich anfühlen, wenn sich deine Augen auf meine Berührung hin verdunkeln? Wenn du auf mein Kommando zu zittern beginnst?«

Ich mache weiter und antworte nicht.

Fear ist heute in Gesprächslaune. Er erzählt mir Geschichten, die ich schon oft gehört habe. Von Menschen, die er allein mit seinem Atem um den Verstand gebracht hat. Überall auf der Welt, zu jeder Sekunde des Tages wissen die Menschen, wer Fear ist, und er genießt es. Ich höre ihm aufmerksam zu, aber meine innere Leere wird nur noch größer.

»Warum kannst du als Einziger nicht loslassen?«, frage ich, als er fertig ist und nur noch den Bewegungen meiner Hände zuschaut. Die leergemolkene Mora sieht sich mit ihren großen braunen Augen erwartungsvoll um. Rasch stehe ich auf und schubse den Schemel weg, doch Fear stellt sich mir in den Weg. Ich drehe den Kopf, um seinem Blick zu begegnen, und füge hinzu: »Die anderen haben längst aufgegeben.«

Im Stall ist es absolut still, meine Stimme hat ein leises Echo. Fear muss merken, wie unbeteiligt sie klingt, als Beweis, dass er mich nicht quälen kann. Er rührt sich immer noch nicht, aber als ich einen Schritt mache, lässt er mich vorbei. Ich binde Mora los und führe sie in die Box.

»Von den anderen kommt keiner mehr.«

»Sie haben eben nicht mein Durchhaltevermögen«, meint Fear mit einem Lächeln. Ihm hat anscheinend gefallen, was ich gesagt habe. Vielleicht tröstet ihn, dass er nicht der Einzige ist, der keine Macht über mich hat.

Er lächelt sein spöttisches, verstohlenes Lächeln. »Möchtest du nicht die Wahrheit erfahren?« Dabei klingt er aufrichtig interessiert, obwohl er die Antwort bereits kennt.

Ich nehme den vollen Eimer. Die anderen habe ich schon in der handbetriebenen Milchzentrifuge geschleudert, in Flaschen gegossen und in den Kühler gestellt. Fear wartet auf eine Antwort, und ich gebe sie ihm noch einmal. Wenn er sie nur oft genug hört, dringt es vielleicht irgendwann zu ihm durch. Meine Schulter dreht sich mit der Kurbel der Zentrifuge. »Nein.« Das ist kein Trotz, sondern die Wahrheit. Die nackte, kalte, einfache Wahrheit.

Nachdem ich den dicken Rahm abgeschöpft und die Milch in eine Flasche gegossen habe, gehe ich nach draußen. Fear begleitet mich, die Hände in den Taschen. Es dämmert schon, die Sonne taucht zwischen Wolkenschleiern ab. Die Felder liegen im Dunkeln, die hohen Halme schaukeln sanft.

»Ich beobachte dich manchmal, weißt du«, sagt Fear auf einmal und lenkt meinen Blick auf ihn zurück. Wir stehen vor der Tür zum Wohnhaus. Er öffnet sie für mich und tritt zur Seite. Ich bewege mich extra laut, damit ich meine Mutter nicht erschrecke, stelle die Flasche auf die Anrichte, daneben die Zentrifuge. Die Milch schwappt im Glas. Meine Mutter sieht vom Spülbecken auf.

»Hast du den Stall abgeschlossen?«, fragt sie. Wie immer bemerkt sie Fears Anwesenheit nicht. Nur meinetwegen ist da dieser Schatten in ihrem Blick, meinetwegen klingt sie so nervös. Seit ich denken kann, schaut sie mich so an: Ich mache ihr Angst. Einmal habe ich mitbekommen, wie sie Dad gesagt hat, ich würde mich unnatürlich verhalten. Sie wünschte, ich wäre normal, so wie die anderen Teenager in Edson. Meine Bemühungen sind offenbar zwecklos.

Ich schüttle den Kopf. Mom nimmt die Flasche und die Zentrifuge. Die eine kommt in den Kühlschrank, die andere in die Spüle. Als sie sich abwendet, höre ich ein leises Seufzen. Sie öffnet die

Kühlschranktür. »Tim wird wieder wütend, wenn er das merkt. Geh lieber noch mal raus.«

Fear sieht uns beiden zu, still und fasziniert zugleich. Er kennt das alles schon, aber es wird ihm wohl nie langweilig, mich und mein Leben zu analysieren. »Sie will dich nicht im Haus haben«, sagt er. Er will nicht gemein sein, er spricht nur das Offensichtliche aus.

Ich lasse die Fliegentür hinter mir zufallen. »Ich weiß.«

Fear folgt mir hinaus, sein Haar glänzt im schwachen Licht. Dieses Mal blickt er nachdenklich, fast deprimiert geradeaus. Eine Krähe fliegt über uns hinweg. *Krah, krah.*

»Geh«, sage ich zu Fear, als ich den Stall betrete. »Es wird sich nichts ändern.« Ich prüfe noch einmal, ob der Kühler geschlossen ist. Nachdem ich die Seitentür verriegelt habe, drängle ich mich an Fear vorbei, um durch die Garage nach draußen zu gehen.

Flammen schießen die Wände hoch. Die Hitze wirft mich zurück, ich falle auf die Seite. Ein kurzer, stechender Schmerz, doch schon wird mein Überlebensinstinkt geweckt: Schnell springe ich auf und suche nach einem Fluchtweg. Als ich zurück zum Nebeneingang renne, bricht über mir die Decke zusammen. Gerade noch rechtzeitig hechte ich zur Seite. Alle Ausgänge werden vom Feuer bewacht. Das Stroh lodert zischend auf. Die Kühe brüllen in Panik, meine Haut glüht vor Schmerz und Hitze. Ich gehe alle Möglichkeiten durch, aber Fear hat jeden Ausweg verbarrikadiert.

Die Hitze frisst sich mein Hosenbein hoch, an der Hüfte entlang, die Arme empor. Ich lasse mich fallen und wälze mich auf dem Boden. Es riecht nach verkohltem Fleisch. Mir wird klar, dass ich bei lebendigem Leib verbrenne. Die körperlichen Schmerzen rauben mir den Atem, mir laufen Tränen über die Wangen. Doch wirklich unerträglich sind die Schmerzen nur, weil sie von keinem

Gefühlsansturm begleitet werden. Ich sollte außer mir sein. Ich sollte schreien vor blankem Entsetzen.

Doch ich spüre nichts. Ich *bin* nichts.

»Hör auf, Fear«, sage ich. Meine Wangen sind nass, meine Haut qualmt. Um mich herum knistert die Hölle.

Ich höre ihn erneut seufzen, genau wie meine Mutter vorhin. Im nächsten Augenblick ist das Feuer verschwunden. Alles ist wie zuvor, nichts ist kaputt oder verkohlt. Nur die Kühe werden sich so schnell nicht beruhigen. Um mich herum spüre ich Fears Energie. Ich blicke mich suchend nach ihm um, während die Verbrennungen auf meiner Haut verheilen – es war alles nur eine Illusion. Da steht er, an die Wand gelehnt, die Arme vor der Brust verschränkt. Als wäre nichts geschehen.

»Wer hat dir das angetan?«, wundert er sich wohl zum tausendsten Mal. »Und warum? Wer kann eine solche Macht besitzen? Du bist rein menschlich – ich wüsste, wenn da noch etwas anderes wäre. Du bist nicht auserwählt, du hast keine Gabe. Warum …«

»Ich gehe jetzt ins Haus«, unterbreche ich ihn. »Wenn du mitkommen willst, tu das. Aber beruhige bitte zuerst die Kühe. Dad hat mir letztes Mal Hausarrest erteilt, als er die Tiere so verängstigt gesehen hat. Er dachte, es war meine Schuld.«

»Was hast du gegen Hausarrest? Du gehst sowieso nie raus.«

Ich erkläre es ihm nicht, aber die Sache ist eigentlich ganz einfach: Jedem normalen Teenager würde es etwas ausmachen, Hausarrest zu bekommen, deshalb tue ich so, als wäre es bei mir genauso. Ich versuche alles, um normal zu sein. Aber Fear muss das nicht wissen, sonst verbeißt er sich nur noch mehr.

»Ich werde keine Ruhe geben, bis ich deine Angst geschmeckt habe, Elizabeth«, schwört er mir. Dann ist er verschwunden.

Ich starre an die Wand und registriere die Abwesenheit jeder fremden Energie. Keine Gedanken, keine Wesen der anderen Ebene, die meine Normalität stören. Nur ich, das Geräusch meines Atems und das verängstigte Klagen der Kühe.

Langsam schließe ich die Tür.

Zwei

Mir wurde erzählt, dass ich als Kind geschrien habe. Ich habe gebrüllt, wenn etwas nicht nach meiner Nase ging. Meiner Mutter habe ich vergnügt an den Haaren gezogen. Und auch mit meinem Bruder habe ich mich oft gestritten. Wenn ich das jetzt höre, kommt es mir vor wie etwas, das eine andere Person erlebt hat. Das kleine Mädchen auf den Fotos sieht nicht aus wie ich. Die äußere Erscheinung stimmt natürlich. Das wilde blonde Haar, die blauen Augen, die glatte, sonnengebräunte Haut. Doch wenn mir niemand gesagt hätte, dass ich dieses kleine Mädchen bin, wäre ich nicht darauf gekommen. Ich erinnere mich zwar, wie es war, so jung zu sein – doch ich weiß nicht, wie ich zu der wurde, die ich jetzt bin.

Wenn ich mich mit dem Kind auf den Fotos vergleiche, fehlt etwas. Eine Seele. Ein inneres Leuchten. Ihr Lächeln ist unschuldig. Wenn ich zu lächeln versuche, wirkt es schwach und angestrengt. Falsch. Manchmal glaube ich, dieses Lächeln ist das Erkennungszeichen der Caldwells: Meine gesamte Familie lächelt so.

Ich sehe Dinge, die nur wenige Menschen sehen können. Aber für dieses Wissen, diese Wahrheiten, gibt es keine Erklärung. Natürlich weiß ich nicht alles. Ich kann zwar Wesen sehen, die niemand sonst sehen kann, ich kenne die andere Ebene und verstehe die menschliche Natur, aber mir fehlt etwas ganz Entscheidendes.

Ich weiß nicht, wie man fühlt.

Ich weiß nicht, wie befreiend die Trauer, wie selbstvergessen die Freude, wie erleichternd die Wut ist. Und natürlich empfinde ich keine Neugier für diese Gefühle.

Ich kann die selbstverständlichen Reaktionen der Menschen um mich herum nicht teilen. Ich kann nicht weinen, ich sehne mich nach nichts, ich kann nicht vor Angst zusammenzucken, ich kann nicht außer mir sein vor Freude. Nicht im eigentlichen Sinne. Inzwischen kann ich das alles sehr gut vortäuschen. Die einzige Empfindung, zu der ich fähig bin – und sie ist kein Gefühl, sondern etwas Körperliches –, ist diese alles umfassende innere Leere.

Als ich am Morgen nach Fears Besuch durch die Küche laufe, komme ich an den gerahmten Fotos des kleinen Mädchens vorbei, und ich erinnere mich wieder an die Geschichten. Mit meinen Schulbüchern unterm Arm betrachte ich ihr Lächeln. Ihre leuchtenden Augen. Dann wende ich mich ab und sehe beim Rausgehen auf die Uhr. Wieder zu spät.

Ich schließe leise die Tür – Dad sitzt draußen auf dem Mähdrescher, aber Mom schläft noch – und versuche, die Bilder aus dem Kopf zu bekommen.

Es ist ein kalter Morgen. Nebel zieht über den Boden. Unter meinen Sohlen knirscht der Schotter. Weiter hinten sehe ich einen Schatten in den Feldern, die Umrisse eines Menschen. Aber es ist kein Mensch. Der Schatten steht vollkommen unbeweglich da, eingehüllt in Nebel. Und genau das ist er. *Nebel.* Element. Anders. Mehr.

Ich sehe nicht nur die Gefühle dieser Welt – ich sehe alles.

Doch ich bleibe nicht stehen, um genauer hinzuschauen, dafür habe ich diese Dinge schon zu oft erlebt. Stattdessen werfe ich meine Tasche auf den Beifahrersitz und setze mich ans Steuer.

Der Motor heult auf, als mein Pick-up über den Schotterweg holpert. Den alten Chevy habe ich mir mit Babysitten zusammengespart. Im Innenraum riecht es nach Benzin. Ich kurble das Fenster runter, höre dem friedlichen Brummen des Motors zu und lasse mir die kühle Morgenluft ins Gesicht wehen.

Aber ein paar Minuten später schlagen meine Sinne Alarm und der kurze Moment der Ruhe ist dahin. Mein Blick sucht die Baumreihe neben mir ab. Da ist etwas. Etwas Übernatürliches. Genauso ist es auch, wenn Gefühle oder Elemente in der Nähe sind – die Leere wird größer, verfestigt sich, blockiert jegliche Empfindungen. Aber dieses Wesen kenne ich nicht.

Die Minuten vergehen, ich nähere mich der Stadt. Nichts passiert. Niemand taucht auf.

Als ich auf den Parkplatz der Schule einbiege, zeigt die Uhr 7:59 an, und es gibt immer noch keinen Grund, warum alle meine Nervenenden kribbeln.

Während ich auf die Schultüren zulaufe, ziehe ich mir die Kapuze über den Kopf. Aus den Augenwinkeln scanne ich meine Umgebung. Die Dorseth-Brüder stehen da, bereit zum Aufmischen. Sie sind bekannt fürs Kiffen und Ärgermachen und sie werden ständig vom Unterricht ausgeschlossen. Auch die anderen Cliquen stehen beisammen. Ich gehöre zu keiner von ihnen. Aber auf der Mauer kurz hinter den Dorseths sitzt …

»Maggie«, sage ich und bleibe stehen. Ich bemerke sofort die Adern unter ihrer blassen Haut, das Zittern, die Schatten unter den Augen. Ihre pechschwarze Perücke glänzt schwach im Sonnenlicht. »Was machst *du* denn hier?«

Sie steckt ihr Buch ein und steht grinsend auf. Ihr Lächeln hat einen gegenteiligen Effekt. Sie hat so viel Make-up aufgelegt, dass ihr Blick matt und traurig wirkt. »Hallo auch«, sagt sie trocken. »Ich sehe schon, du hast mich schrecklich vermisst.«

Wenn ich jetzt widerspreche, ist sie bestimmt verletzt. »Natürlich freue ich mich, dich zu sehen«, sage ich, treffe aber den falschen Tonfall. »Ist lange her«, füge ich hinzu und strenge mich an, aufrichtig zu klingen. Ich gehe auf sie zu und umarme sie. Sie fühlt sich an wie ein Sack Knochen.

Ich mache einen Schritt zurück und mustere ihre Sachen: Maggies Geschmack wird immer krasser. Heute trägt sie eine Netzstrumpfhose mit Minirock plus Taschenkette, die ihr gegen die Hüfte klackert. Ihre Füße stecken in dicken Lederstiefeln, die ihr viel zu groß sind. Samthandschuhe verbergen ihre knochigen, bleichen Hände. Ihr Oberteil ist quasi nicht vorhanden. Aber Maggie ist so flachbusig, dass der tiefe Ausschnitt völlig sinnlos ist.

»Willst du mich nicht fragen?« Maggie macht einen Schritt zurück. Ich antworte nicht, zucke nur leicht mit den Schultern. Das Mädchen, das ich meine Freundin nenne, legt den Arm um mich und lenkt mich zum Schuleingang. Sie mag krank sein, aber sie packt fest zu. »Wie ich aus der Irrenanstalt entkommen bin?«, fährt sie fort. So nennt sie das Krankenhaus.

Wir ziehen die Blicke der anderen auf uns. Ich merke, wie Tyler Bentley, der Super-Footballer, uns anstarrt. Er bemerkt mich kaum, glotzt aber ununterbrochen Maggie an. *Was will die hier?*, formen seine Lippen. Er versteht es nicht. Keiner von denen hat auch nur eine Ahnung, was wirklich los ist. Sie denken, Maggie sei drogenabhängig, und Maggie lässt sie in dem Glauben. Sie schürt das Gerücht sogar noch. Denn sie möchte nicht, dass jemand die Wahrheit erfährt, sie will nicht bemitleidet werden.

»Du solltest zurück ins Krankenhaus«, sage ich. Eine Freundin muss mitfühlend sein, und Maggie ist vom Krebs schon halb zerfressen. Für sie ist es wahrscheinlich schon eine unglaubliche Anstrengung, das Bett zu verlassen.

»Wann kriege ich es zu sehen?«, übergeht sie meinen Kommentar. Das macht sie immer, sie springt einfach von einem Thema zum anderen. Ihr Lippenpiercing funkelt.

»Was meinst du?«

»Hey, wartet mal!«

Maggie dreht sich um, ihr Gesicht hellt sich auf. Der Junge, der eben gerufen hat, rennt auf uns zu, doch dann rauscht er vorbei und stellt sich zu seinen Freunden. Maggies Gesichtszüge entgleisen. Ich reiche ihr nicht. Sie braucht mehr, das weiß ich. Aber wo Reue, Bedauern, Sehnsucht, Kummer sein sollten – da bin nur ich. Das schwarze Loch, die weiße Leinwand, das leere Zimmer.

Maggie hat sich wieder gefangen, sie hakt sich bei mir unter und wir steuern über die Flure der Edson High in Richtung der Klassenräume. Ich weiche einer Colapfütze aus.

»Ich will dein neues Bild sehen«, verlangt Maggie. »Woran arbeitest du gerade?«

Die Glocke schrillt. »Der Unterricht geht gleich los«, erwidere ich. Sie nickt und versucht erst gar kein Lächeln oder eine Verabschiedung. Ihre Gedanken sind schon ganz woanders.

Als es zum zweiten Mal klingelt – meine letzte Chance, den Klassenraum rechtzeitig zu erreichen –, bleibe ich neben meinem Spind stehen und sehe zu, wie sich Maggie mit wackeligen, unsicheren Schritten entfernt. In nicht mal einer Stunde wird sie zurück ins Krankenhaus müssen. Ich bin zwar in der Lage, die menschliche Natur zu durchschauen, und Maggie ist so dermaßen stur, dass sie immer ihren Willen bekommt – aber trotzdem kann ich nicht verstehen, was sich ihre Eltern dabei gedacht haben, sie heute herkommen zu lassen.

»Elizabeth Caldwell!«, zischt eine Lehrerin im Vorbeigehen. Ich sehe sie kurz an und mache ein beschwichtigendes Handzeichen, aber wir wissen beide, dass ich wieder zu spät kommen werde. Langsam sammle ich meine Sachen zusammen und beobachte, wie Maggie über den Flur wankt. Gleich wird sie um die Ecke biegen und außer Sicht sein. Wahrscheinlich ist es vorerst das letzte Mal, dass ich sie sehe.

Ich stehe immer noch da, als sie stürzt.

Einen Moment zögere ich – ich muss jetzt wirklich in den Unterricht. *Das ist keine normale Reaktion*, mahnt mich mein Verstand. Also lasse ich alles fallen und renne los. Die Türen und die Plakate an den Wänden rauschen verschwommen vorbei. Als ich bei Maggie ankomme, knie ich mich neben sie hin und fasse sie an der Schulter.

Ihre Haut hat eine noch ungesündere Farbe angenommen, und ihre Lider flattern nicht einmal, als ich sie anspreche. Ich schaue mich um. Da ist niemand – außer einem schlaksigen Jungen, der uns stumm anstarrt. »Ruf den Notarzt!«, rufe ich ihm zu. Er wühlt in seinen Taschen und ich wende mich wieder Maggie zu. Es sieht aus, als würde sie nicht mehr atmen. Ich fühle ihren Puls, nur um sicherzugehen, dass sie noch lebt.

Es dauert fünf Minuten, bis der Krankenwagen da ist, und als die Sanitäter um die Ecke gerannt kommen und uns entdecken, drücken sie Maggie gleich eine Sauerstoffmaske aufs Gesicht. Sie heben sie auf die Trage und rattern dabei Zahlen und Medizinerausdrücke runter, die ich nicht verstehe. Als sie Maggie mitnehmen, folge ich ihnen. Niemand hält mich auf. Der Flur ist jetzt voller Leute.

»Das ist doch die, die nichts isst, oder?«

»Nee, die kotzt alles aus, dachte ich.«

Die geflüsterten Spekulationen meiner Mitschüler dringen zu mir durch. Ich gehe mit den Sanitätern nach draußen, alle anderen folgen uns. Am Rand des Parkplatzes bleibe ich stehen, während die Männer Maggie eilig zum Krankenwagen tragen.

Kurz darauf sehe ich aus den Augenwinkeln eine Bewegung. Maggies Mutter stürzt auf mich zu. »Was ist passiert?«, fragt sie mit hoher, zitternder Stimme. Ihre Hände krallen sich derart in ihre Handtasche, dass die Fingerknöchel weiß hervortreten. Ihre Haare sind ein wildes Durcheinander.

»Sie ist zusammengebrochen.« Ich bin nicht die Einzige, die das Schauspiel verfolgt. Die Eingangsstufen sind mittlerweile übersät mit Schülern. In ihren Gesichtern steht die blanke Neugier. Kein Mitleid.

»Ich saß draußen im Auto«, erzählt Maggies Mutter mir mit angespannter Miene. Gefühle stellen sich direkt neben sie: *schlechtes Gewissen, Sorge.* Ich bemühe mich, den Blick weiter auf Maggies Mom zu richten. »Ich hätte nie zulassen dürfen, dass sie herkommt«, jammert sie jetzt. »Aber sie wollte unbedingt, und da dachte ich …«

Die Sanitäter knallen hinter Maggie die Türen zu.

»Ich muss hinterherfahren«, sagt ihre Mutter unter Tränen. Sie fasst mich kurz am Ellbogen, bevor sie zu ihrem Auto rennt. Die roten und blauen Lichter des Krankenwagens kreisen über den Parkplatz. Ich bleibe stehen, bis der Wagen quietschend auf die Hauptstraße abbiegt. Maggies Mom folgt ihm in ihrem Minivan. Bevor sie außer Sichtweite sind, wende ich mich ab. Schließlich kann ich nichts weiter tun.

Ich bin eine der Ersten, die zurück in den Klassenraum geht.

Drei

Joshua Hayes starrt mich schon wieder an. Ich klicke mit meinem Kugelschreiber und lege ihn auf den Tisch. Unser Geschichtslehrer faselt weiter vom Unabhängigkeitskrieg. »Als die Situation immer bedrohlicher wurde, beschloss Washington …«

»Hey, Freak!« Sophia Richardson stupst mich an, nur ganz kurz, damit Mr Anderson nichts merkt.

Ich sehe von meinem Blatt auf. »Ja?«

Sie zieht die Augenbrauen hoch, legt den Ellbogen auf die Stuhllehne und heuchelt Interesse. »Freitagabend ist ein Footballspiel. Kommst du mit?«

Anders als der Rest meiner Klasse tut Sophia nicht so, als gäbe es mich nicht. Ihre Verbitterung ist so groß, dass sie mich nicht wie alle anderen abgeschrieben hat. Stattdessen stichelt sie pausenlos, befragt mich zu Footballspielen und Partys. Genau wie Fear lauert sie auf eine Reaktion, obwohl sie die Antwort längst kennt: Ich verabrede mich nicht. Zumindest nicht, seitdem Maggie im Krankenhaus liegt und mich nicht mehr dazu drängt.

»Ich glaube nicht«, antworte ich.

Sophias schmallippiges Lächeln strahlt Zufriedenheit aus. Sie spielt mit den Spitzen ihrer geglätteten Haare und meint: »Mit dir will eh niemand was zu tun haben, du bist einfach zu …«

Eine Papierkugel trifft Sophia am Hinterkopf, sie zuckt fluchend zusammen. Kurz taucht sie ab, um das Wurfgeschoss aufzuheben, dann scannt sie den Raum nach dem Missetäter. Er hält den Kopf gesenkt und sieht angestrengt in sein Buch, aber ich glaube, dass Joshua Hayes nicht so unschuldig ist, wie er tut. Sophia ahnt das anscheinend auch und wird bleich. Sie wirkt immer so knallhart, aber sie ist seit Jahren in ihn verliebt, und ihre Gefühle werden nicht erwidert. Als sie mich jetzt wütend ansieht und die Augen verdreht, ist klar, dass sie mir an allem die Schuld gibt.

Jedes Verhalten hat einen Antrieb. Bei Sophia sind es Eifersucht und Kummer. Ich kenne eine Seite von ihr, die sie unbedingt verstecken will. Sie ist müde heute – ständig reibt sie sich die Augen, und das Gähnen kann sie kaum noch unterdrücken. Es kursieren alle möglichen Gerüchte, doch ich weiß es selbst am besten: Sophias kleine Schwester Morgan ist Autistin. Tagsüber wird sie betreut, aber Mrs Richardson arbeitet viel, und deshalb muss oft auch Sophia einspringen und auf ihre Schwester aufpassen.

Früher mal hat Sophia mich als ihre beste Freundin betrachtet. Ich war mehrmals in der Woche bei ihr, und wir haben mit Puppen gespielt oder irgendetwas anderes, das sie sich ausdachte. Sie hat immer versucht, Morgan vor mir zu verstecken, und mich so gut wie möglich von ihrer Schwester ferngehalten. Bis eines Tages die Betreuerin mit Morgan an die frische Luft ging. Da sah ich Sophias Schwester zum ersten Mal, und aus einem unerfindlichen Grund klammerte sich Morgan an mich wie eine Ertrinkende an einen Rettungsring.

Seit diesem Tag war alles anders. Sobald ich im Haus war, kam Morgan zu mir, und wenn jemand sie von mir wegziehen wollte, schrie sie wie am Spieß. Mir war das alles natürlich egal, aber für

Sophia brach eine Welt zusammen. Sie beobachtete uns mit zusammengekniffenen Augen und spitzem Mund. Ihre Gedanken standen ihr ins Gesicht geschrieben, ihr Missfallen spiegelte sich in jeder ihrer Bewegungen. Mrs Richardson rief mich an, wenn Morgan wieder einen ihrer Anfälle hatte, und fragte mich, ob ich auf sie aufpassen könnte – so habe ich das Geld für meinen Pick-up zusammenbekommen.

Irgendwann rief niemand mehr an. Ich wurde nicht mehr eingeladen. Und Sophia verabredete sich mit anderen Mädchen. Sie hatte endgültig genug. Ich glaube, ein Teil von ihr hoffte, ich würde sie beknien und um unsere Freundschaft kämpfen. Aber da ich die Sache wie immer rein logisch betrachtete, war mir klar, dass es zwecklos wäre. Also ging ich einfach meiner Wege.

Mr Anderson hat die Unruhe in der Klasse bemerkt und sein stechender Blick trifft erst Sophia und dann mich. Ich versinke in meinem Stuhl wie ein beschämter Schüler. Sophia funkelt mich noch einmal wütend an, dann lässt sie mich für den Rest der Stunde in Ruhe.

Der Tag vergeht schnell und für ein paar Stunden passiert nichts Außergewöhnliches. Ich sitze allein in der Schulkantine, ich höre mir an, was die Lehrer erzählen, und rede mit niemandem. Erst als ich nach Hause fahre, spüre ich es wieder. Da ist etwas. Ich bleibe mitten auf der Straße stehen und schaue mich um, durchforste meine Erinnerungen, ob ich diese Aura schon einmal gespürt habe. Aber ich kenne dieses Wesen noch nicht. Und trotzdem kommt es mir seltsam bekannt vor. Wie kann das sein? Es versteckt sich nicht vor mir, sondern ruft mich sogar, als hoffe es, dass ich es finde. Ist es ein Gefühl?

Aber zu Hause wartet Dad schon auf mich. Die Kühe melken

sich nicht von selbst. Außerdem muss ich im Krankenhaus anrufen und fragen, wie es Maggie geht – so, wie es eine Freundin tun würde. Also lege ich den ersten Gang ein und fahre weiter.

Das Wesen bleibt bei mir, bis ich in die Einfahrt biege, dann verschwindet es und bleibt ein stummes Rätsel.

Doch ich weiß, dass es wiederkommen wird.

Jeder hat seine Aufgabe. Es gibt Bemitleidenswerte, die ihre Bestimmung nicht kennen, und es gibt die, die nur ein Ziel ausfüllt und antreibt.

Anders als die Menschen haben Fear und die anderen seiner Art keine Regierung, keine Präsidenten oder Könige. Sie werden nur durch ihr Wesen gelenkt, das in jeder Pore, in jeder Ader, in jeder Wimper von ihnen steckt. Jede Daseinsform hat eine Aufgabe, folgt einem Plan. Es gibt ein Wesen für Licht, für Gesang, für Wind, Gras, Leben und Tod. Winter, Frühling, Herbst. Die Elemente und die Jahreszeiten. Sie gehören zu unserer Welt und sind doch getrennt von ihr. Sie existieren auf einer anderen Ebene, an unendlich vielen Orten zugleich, als geisthafte Wesen, die wir Menschen weder hören noch sehen können – es sei denn, etwas stimmt nicht mit einem, so wie mit mir.

Einige dieser Elemente und Gefühle habe ich kennengelernt. Die meisten aber nicht. Wenn ich also da draußen ein Wesen bemerke, so wie jetzt, weiß ich nicht automatisch, mit wem ich es zu tun habe. Es ist dunkel, dichter Nebel liegt über den Feldern. Eine Gestalt schreitet mit ausgestreckten Händen bedächtig durch das Korn.

Ist es *Nebel?*

Kurz danach ist der Fremde verschwunden. Er hat anscheinend zu Ende gebracht, wofür er gekommen ist. Ich wende den Blick vom Fenster ab und versuche, mich auf das Gespräch zu konzentrieren. Soweit ich verstehe, geht es um Football.

Es ist Freitagabend. Mein Bruder ist wie immer zum Wochenende nach Hause gekommen. Samstag und Sonntag arbeitet er im Supermarkt in der Stadt, am Montag geht er zurück aufs College. Ich schweige – ich glaube, meinen Eltern ist es lieber so – und halte den Kopf gesenkt. Betrachte die Muster in der geblümten Tischdecke und stochere im Essen herum. Mais mit Kartoffeln und Fleisch. Gelb, weiß, rosa.

»Liz, du hast den ganzen Abend noch nichts gesagt«, meint mein Bruder plötzlich, und als ich aufschaue, trifft mich sein freundlicher und aufmunternder Blick. Er hält mich wahrscheinlich für seltsam, so wie alle um mich herum, aber Charles ist trotzdem nett zu mir.

Doch heute Abend stimmt irgendetwas nicht mit ihm. Ich versuche, seinen Gesichtsausdruck zu deuten. Wahrscheinlich hat es mit der Uni zu tun. Er hat mir erzählt, dass er mit dem Stoff nicht klarkommt. Ich merke, wie seine Hand leicht zittert, als er das Glas hebt, wie er nervös zu Dad und zurück auf seinen Teller schaut. Hinter ihm steht *Sorge*, die Hand auf der Schulter meines Bruders. Das Gefühl beachtet mich nicht.

»Bei mir gibt es nichts zu erzählen«, murmle ich. Obwohl ich die Szene am Tisch beobachtet habe, habe ich keine Absicht, mich einzumischen. Wenn Charles schlechte Neuigkeiten hat, wird Tim – Dad – später jemanden brauchen, an dem er seine Wut auslassen kann. Und da Charles das Lieblingskind ist, wird es nicht ihn treffen. Mein Instinkt rät mir, mich unsichtbar zu machen, bis der unvermeidliche Sturm losbricht.

»Was ist mit deiner Freundin Maggie? Wie geht es ihr?«, hakt Charles nach.

»Gut«, nuschle ich in Richtung Tischplatte. Um Charles von der Fragerei abzuhalten, stopfe ich mir eine Kartoffel in den Mund.

Mein Vater sagt wieder etwas über Football und Charles wendet sich ihm zu. Ich richte den Blick auf Mom. Sie sieht müde aus. An ihrer Schläfe prangt eine neue Wunde. Sie bemüht sich, den Schmerz zu verbergen. Konzentriert streicht sie Butter auf ein Stück Brot, als sei das ihr einziger Lebenszweck.

»Sarah, ich habe nichts mehr zu trinken«, brummt mein Vater, und meine Mutter steht sofort auf. Charles lobt das Fleisch. Es ist nicht zu übersehen, was hier geschieht, aber mein Bruder versucht, das Offensichtliche hartnäckig zu ignorieren. Wir essen in eisigem Schweigen. Die Kartoffel liegt mir als geschmackloser Klumpen auf der Zunge. Tim hat den Kopf gesenkt, Charles' Knie wippt. Mein Blick wandert wieder hinüber zum Fenster. Nebelschwaden ziehen über die Felder.

Als Mom aus der Küche zurückkommt, sehe ich, wie *Groll* ihr folgt und ihr die Hand auf die Schulter legt, als sie Dad sein Glas Milch hinstellt und sich wieder setzt. Der Stuhl protestiert mit einem langgezogenen Ächzen. Es wird immer noch nicht gesprochen. Wir tun, als gehörten wir zusammen, und wissen es doch besser.

Als sich unsere Blicke treffen, grüßt mich *Groll* mit einem Nicken. Er hat eine Glatze – obwohl sie unsterblich sind, haben Gefühle eine menschenähnliche Erscheinung –, und ich fand schon immer, dass er aussieht wie Meister Proper ohne Goldohrring.

»Wie geht's, Kleine?«, fragt er mich. Er gehört zu den wenigen Gefühlen, die gerne mit mir reden. Aber eigentlich redet er mit jedem. *Groll* ist eine ziemliche Plaudertasche.

Ich entschuldige mich, schiebe meinen Stuhl zurück und schleiche mit meinem Glas in der Hand in die Küche. Ohne hinzuschauen weiß ich, dass *Groll* mir folgt.

Wenn ich scheinbar mit mir selbst spreche, kommt das bei meiner Familie gar nicht gut an, also sage ich so leise wie möglich: »Alles beim Alten.« Ich habe keine Lust, lange um den heißen Brei herumzureden. Wenn ich mit den Wesen der anderen Ebene spreche, lasse ich mich schon lange nicht mehr auf ihre geliebten Spielchen ein.

Ich drehe den Wasserhahn auf. Das Wasser strömt über den Glasrand ins Spülbecken. Doch das merke ich erst, als es mir kalt über die Finger rinnt. Schnell drehe ich es ab. *Groll* sieht mich prüfend an. Ich stelle mich neben ihn in den Türrahmen und betrachte die Menschen, die meine Familie sein sollen. Die Wände im Haus knacken laut in der bedrückenden Stille.

Groll hat meine Mutter zwar losgelassen, aber sein Wesen wirkt in ihr nach. Sie wird es noch stundenlang spüren. Und natürlich wird sie an diesem Abend noch von anderen Wesen berührt werden. Menschen stecken voller Gefühle. Mom verbirgt, was *Groll* mit ihr macht, so wie sie alles andere auch versteckt. Die einzige Gefühlsregung, die sie gegenüber Dad zeigt, sind ihre zusammengekniffenen Lippen. Aber ich bin die Einzige, der das auffällt.

»Fear sucht nach Antworten«, erzählt mir *Groll* jetzt. »Ich habe beobachtet, wie er die Zeitungsarchive durchforstet hat. Seit Jahrzehnten hat ihn kein Sterblicher so interessiert.«

»Er wird nichts finden«, antworte ich gelangweilt. Wenigstens muss ich ihm nichts vormachen. »Aber er hat ja offenbar nichts Besseres zu tun.«

Niemand am Esstisch bemerkt, dass ich die Szene betrachte.

Charles' Messer klackert gegen seinen Teller. Meine Eltern besprechen die Ernte.

Groll hat keine Antwort auf meinen Kommentar. Während wir schweigend nebeneinanderstehen, fällt mir auf einmal ein, dass er vielleicht etwas über das Wesen weiß, das ich heute wahrgenommen habe. Ich bin kurz davor, ihn zu fragen, aber irgendetwas hält mich davon ab.

Dad wird gleich auffallen, dass ich zu lange weg bin. Ich nicke *Groll* zum Abschied zu. Charles erzählt jetzt vom Supermarkt. Leise setze ich mich wieder hin und nehme einen Bissen von meinem nahezu unberührten Teller. Nur, um nicht aufzufallen.

»Ich werde gerufen«, lässt mich *Groll* wissen. Sein kahler Kopf glänzt im Licht der Deckenleuchte. »Dann noch viel Vergnügen mit diesen jämmerlichen Existenzen.«

Hier am Tisch kann ich nicht antworten, und er verschwindet. *Groll* ist ein einfach gestricktes Wesen, das seinen Zweck erfüllt. Er ist, was er ist, und viel mehr gibt es über ihn nicht zu wissen. Einmal hat er mir gesagt, dass er nicht begreift, warum ich mich noch unter die Menschen mische, warum ich diese Lüge lebe. Er versteht nicht, dass ich mein wahres Ich verstecke, weil mich die Leere sonst von innen auffrisst. Damit ich nicht zur wandelnden Kreatur werde, ohne Verbindung zur realen Welt und ohne Seele. Mein Leben in Edson ist alles andere als perfekt, aber es ist immerhin ein Leben. Das einzige, zu dem ich fähig bin. Und obwohl mich keine Gefühle mit dieser Familie oder diesem Ort verbinden, halte ich mich doch daran fest. Weil ich es kann.

Nachdem ich Mom beim Abwasch geholfen habe – oder eher *versucht* habe zu helfen, während sie mir vorsichtig aus dem Weg geht und jeden Blick in meine Richtung vermeidet –, flüchte ich aus dem Haus und klettere auf den Heuboden der Scheune. Es ist ruhig hier, man hört nur die Kühe unten rumoren. Die Strahlen der untergehenden Sonne dringen durch die Risse in den Wänden. Entlang dieser Wände, auf Strohballen, lehnen meine Bilder. Dad hat mir erlaubt, sie hier zu lagern. Er benutzt den Heuboden nicht, weil das Dach undicht ist. Hier kommen ihm die Bilder nicht in die Quere.

Die Gemälde sind das Echo meiner Träume. Es sind Bilder und Eindrücke, die mir einfach in den Sinn kommen. Ich halte sie auf Leinwand fest, damit ich sie anschauen und so vielleicht etwas über mich herausfinden kann.

Eine Szene taucht immer wieder auf, nur aus unterschiedlichen Blickwinkeln und in wechselnden Farben. Immer derselbe Ort, immer dasselbe Motiv: Ein hübsches Mädchen, das ich nie zuvor gesehen habe, den Mund wie zum Schrei geöffnet, in ihren Armen liegt kraftlos ein Junge. Die beiden könnten in meinem Alter oder auch ein bisschen älter sein. Die Augen des Jungen sind geschlossen, er sieht friedlich aus. Rundherum stehen dicht an dicht Bäume, und aus der Dunkelheit tritt eine bullige, gesichtslose Gestalt. Es lässt sich nicht erkennen, wer oder was das sein kann, denn alles ist in tiefe Schatten getaucht. Die Gestalt überragt das weinende Mädchen und betrachtet den reglosen Jungen in ihren Armen, aber das Mädchen merkt davon nichts. Und genau da endet der Traum. Es ist das Ende einer Geschichte und der Beginn von etwas Neuem – doch ich weiß nicht, von was.

Natürlich gibt es noch mehr Leinwände. In meinen Träumen

tauchen auch andere Dinge auf. Weitere rätselhafte Bilder, die immer wieder aufflackern. Die vagen Umrisse eines Hauses. Das aufgewühlte Wasser des Meeres. Ein Paar faltige, lachende Augen. Die langen Finger einer Frau, ein flatternder gelber Rock, das quirlige Durcheinander von lange vergangenen Partys und Feiern.

Immer wenn ich mir diese Bilder anschaue, zieht sich etwas in mir zusammen. Es ist ein merkwürdiges Gefühl, als sollte ich eigentlich etwas empfinden, aber meine innere Leere blockiert alles, wie eine undurchdringliche Mauer.

Ich sehe mir noch einmal den Jungen und das Mädchen an. Sie sind der Schlüssel zu allem. Auf dem Bild sitzt sie weinend da, Tränen strömen ihr über die Wangen. Sie trägt Jeans und ein langes T-Shirt. Mitten im Wald, umgeben von Baumstämmen, kauert sie auf dem moosbedeckten Boden. Ihr Blick ist zum Himmel gerichtet – die Sonne geht gerade unter, so wie jetzt bei mir, und der Horizont ist rotviolett gefärbt. Der zum Schrei aufgerissene Mund lässt die Zähne des Mädchens im Dämmerlicht leuchten. In ihrem Gesicht steht ein Schmerz, der meine Vorstellungskraft übersteigt. Der Junge, um den sie die Arme geschlungen hat, liegt bewegungslos auf dem Boden. Manchmal habe ich den Eindruck, dass die beiden von Blut umgeben sind.

Natürlich können diese Bilder nichts erklären. Sie wirbeln nur noch mehr Fragen auf, deren Antworten ich nicht kenne. Wer sind diese Menschen? Wer wohnt in dem Haus? Ist das alles real? Warum träume ich davon? Mein Verstand rät mir, es lieber zu vergessen, aber mein Instinkt drängt mich, dem Geheimnis nachzugehen.

In meinem Kopf stecken noch mehr Bilder. Doch die Leere lässt mich nicht an sie heran, sie ist wie ein festes Schloss an einer Tür, die ich zu öffnen versuche. Immer und immer wieder sehe ich die

Schatten, die Bäume, den aufgerissenen Mund des Mädchens, seinen stummen Schrei.

Du wirst alles vergessen.

Der Satz ist plötzlich klar in meinem Kopf. Ich setze mich auf einen Heuballen vor dem Scheunenfenster. Diese Erinnerung ist neu. Die Stimme ist mir unbekannt, aber etwas sagt mir, dass ich sie kennen sollte. Ich greife nach diesem Satz, halte ihn fest, sage ihn mir immer wieder vor und versuche, ihn einzuordnen. Das ist vielleicht der Beweis, dass irgendetwas mit mir passiert ist. Jemand hat mir etwas angetan, hat mich zu dem gemacht, was ich bin.

Du wirst alles vergessen.

Nein, nicht alles, denke ich. Die Mauer bröckelt, so viel ist klar. Wo sollten sonst diese Träume herkommen?

Wie immer wäge ich alles genau ab. Ich sehe Dinge, die nur wenige Menschen sehen können. Diese Träume, diese Leere …

»Elizabeth.«

Ich drehe mich zu der vertrauten Stimme um. Fear steht in einer dunklen Ecke. Er beobachtet mich, die Mundwinkel zu einem Grinsen verzogen.

Blinzelnd schaue ich zu ihm hoch. Ich habe sein Kommen nicht bemerkt. »Normalerweise besuchst du mich nicht so oft«, sage ich nach einer Weile. »Du hast etwas herausgefunden.«

Ein Windstoß weht durch das geöffnete Fenster und fährt wie eine unsichtbare Hand durch Fears weißblonde Haare. Er nimmt keine Notiz davon, sondern sieht mich mit hochgezogenen Augenbrauen an. »Ich glaube eher, *hier* ist etwas passiert. Als ich hereinkam, wirkte es, als wärst du auf einem anderen Planeten. Was war da los, hm? Hast du etwas entdeckt in deinem hübschen kleinen Kopf?«

Er hat meine Bilder noch nie gesehen, und obwohl ich nicht zu ihnen hinüberschaue, wendet Fear den Blick von mir ab und mustert die Leinwände. Mit hochgezogenen Augenbrauen schreitet er neugierig vor den Bildern auf und ab, speichert jedes Detail als Schlüssel zu meinem Geheimnis. »Von diesem ... Hobby hast du mir nie erzählt.« Vor einem Bild bleibt er stehen, die Arme auf dem Rücken verschränkt. Er legt den Kopf schräg und das seidige Haar streift sein Kinn. »Du malst zu schlampig. Man kann beim besten Willen nicht erkennen, wer dieses Mädchen ist. Ich kann nur ihre Zähne und die dunklen Haare sehen.« Er hebt die Hand und fährt dem Mädchen auf dem Bild über die Wange. Im selben Moment streichen Phantomfinger über meine Haut.

»Lass das«, sage ich.

»Sonst *was?*« Er fährt herum und funkelt mich an. »Dir macht es doch sowieso nichts.« Als ich nicht antworte, spricht er sanfter weiter. »Erzähl es mir.«

Ich schüttle den Kopf. »Das geht dich nichts an.«

Er tritt näher. Ich merke, wie die Luft um uns abkühlt und seine Aura mich umfängt. Als ich wieder einmal keine Reaktion zeige, seufzt er. Ich sehe im Sitzen zu ihm auf.

»Das hat nichts mit Langeweile oder Neugier zu tun«, erklärt er mit glitzernden Augen. »Ich habe Mitleid mit dir, Elizabeth. Ich will dir helfen.«

Ich stehe auf und komme ihm dabei so nah, dass sich unsere Oberkörper beinahe berühren. Die Mauer, die Leere in mir beginnt zu beben. Es ist eine seltsame, fremde Empfindung. Ich lege den Kopf nach hinten, um seinem ernsten Blick zu begegnen.

»Du hast kein Mitleid«, sage ich kalt. »Du möchtest mir nicht helfen. Du willst nur dir selbst helfen.«

Er verzieht sein hübsches Gesicht. Ballt die Fäuste, kontrolliert sich dann aber und zwingt sich, die Hände wieder zu öffnen. Kurz darauf ist sein verschmitztes Grinsen zurück. Doch hinter der Fassade lauert noch immer seine wahre Absicht. »Du erstaunst mich, eisige Elizabeth.«

Ich schaue von ihm zu den Bildern. Schatten fallen auf die Leinwände, als die Dunkelheit sich anschleicht. »Was du auch gefunden hast, Fear, es kann nichts bedeuten. Wenn mir jemand das angetan hat, hat er auch dafür gesorgt, alle Spuren zu beseitigen.«

»Ah.« Er hebt einen Finger. »Das stimmt nicht ganz. Ich habe das hier gefunden.« Er greift in seinen schwarzen Mantel und holt eine vergilbte Zeitung hervor, deren Inhalt er aber vor mir versteckt.

»Was ist das?«, frage ich, obwohl er natürlich genau diese Reaktion provozieren will.

Fear faltet die Zeitung auf, und, um mich zu ärgern, tut er so, als würde er sie lesen. Doch ich spiele nicht mit, greife nicht danach. Er seufzt, gibt nach und hält sie mir hin. »Na schön. Wenn du es *unbedingt* willst.«

Ich halte die Zeitung mit beiden Händen und entdecke auf dem Titelblatt ein Foto von mir. Darauf bin ich vielleicht drei oder vier Jahre alt – es ist eins der Bilder, die Mom gerahmt im Wohnzimmer hängen hat. Es zeigt das Mädchen, in dem ich mich nicht erkenne: Ihr Gesicht strahlt, ihre Augen leuchten. *Mädchen überlebt Autounfall*, lautet die Überschrift. Aber als ich mir den Text ansehe – ich komme gerade einmal bis zum zweiten Satz –, verschwindet auf einmal der gesamte Artikel. Die Buchstaben, das Bild – alles verblasst, bis ich nur noch ein leeres Blatt vor mir habe.

»Was ist?« Fear zieht die Stirn in Falten, als ich ihm die Zeitung zurückgebe. Er mustert nachdenklich die leere Seite. »Die Hinweise verdichten sich«, murmelt er. »Nun wissen wir zumindest, dass hier jemand die Fäden zieht. Es könnte tatsächlich irgendeine Macht im Spiel sein, die deinen Zustand herbeigeführt hat.«

»Und wie sollen wir das herausfinden?«, frage ich, während ich mich wieder setze und aus dem Fenster schaue. Das Stroh sticht mir von unten in die Schenkel. »Ich glaube, was da passiert ist, ist geschehen, damit ich etwas vergesse. Mir wurden schließlich nicht nur die Gefühle genommen, sondern auch die Erinnerungen.« Das stimmt natürlich nur, wenn meine Träume wirklich Erlebnisse aus meiner Vergangenheit sind. Aber vielleicht sind es ja auch die Erinnerungen einer anderen Person? Doch wieso weiß ich nicht, wann oder wie das alles mit mir passiert ist?

Ich sehe zu Fear auf, dessen Blick noch intensiver ist als zuvor. »Vielleicht wurde dir das angetan, um etwas geheim zu halten. Vielleicht hast du etwas gesehen, das du nicht sehen solltest …«

Die Sonne ist inzwischen hinter dem Horizont verschwunden und die blassen Umrisse des Mondes zeichnen sich vor dem blauen Nachthimmel ab.

»Vielleicht«, sage ich.

Bevor ich ihn fragen kann, was sonst noch in dem Zeitungsbericht stand, steckt Fear das Blatt zurück in seinen Mantel und beugt sich zu mir herab. »Es fällt mir schwer, mich von dir loszureißen«, flüstert er. »Aber ich war schon viel zu lange hier. Bis bald, Elizabeth.« Seine Lippen berühren mein Ohr, sein eisiger Atem weht mir ins Gesicht. Er riecht eindeutig nach Erdbeeren.

Fear verschwindet, und eine Sekunde später springt ein Mann aus einer Ecke des Dachbodens, in der Hand ein langes Messer, das er mir in den Bauch rammen will. Er ist ganz in Schwarz gekleidet, sein Gesicht ist hinter einer Skimaske versteckt. Als ich ihn nur anstarre und keinen Laut von mir gebe, löst sich der Angreifer genau in dem Moment in Luft auf, als er zusticht.

»Fear?«, rufe ich.

»War nur ein Test«, lacht er. Seine Stimme kommt bereits aus dem Nachthimmel.

Vier

»Du warst das.«

Jemand flüstert mir ins Ohr. Die Worte sind ein Zischen, ergeben keinen Sinn für meinen halb betäubten Verstand. Aber der Eindruck, dass mich jemand beobachtet, lässt mich mit einem Schlag wach werden. Fear? Meine Augen öffnen sich, müssen sich erst an die Dunkelheit gewöhnen. Aus der Schwärze erscheinen langsam bekannte Umrisse. Kommode, Spiegel, Stuhl. Ich bin allein, um mich nur meine Möbel und die Nacht. Doch Reste irgendeiner Macht flimmern in der Luft. Langsam setze ich mich auf. Draußen regnet es, die Tropfen klopfen leise gegen die Fensterscheibe und werfen zitternde Schatten ins Zimmer.

Irgendetwas stimmt hier nicht.

»Du warst das.«

Ich fahre herum. Die Stimme kommt von links. Sie klingt jung, weich. Ich erkenne menschliche Umrisse, jemand steht in der Ecke. Eine schlanke Gestalt, die vorher nicht da war. Kein Gefühl, sagen mir meine Sinne. Etwas anderes. »Wer bist du?«, frage ich. Donner grollt.

Der seltsame Besucher rührt sich nicht. Sagt kein Wort. Eine gefühlte Ewigkeit verharren wir schweigend. Mir liegen so viele Fragen auf der Zunge. Das Gewitter wird stärker, ein Blitz erhellt den Raum. Jetzt kann ich sein Gesicht erkennen.

Das kann nicht sein.

Das kann nicht stimmen.

Er sieht mich weiter an, mit vorwurfsvollem Blick, aus diesen mir so vertrauten Augen. Dafür gibt es keine Erklärung. Denn er ist es. Der Junge aus meinen Bildern. Der Junge, der sich nie bewegt, nie verändert, der nie spricht. Der Junge, über dessen Tod das schöne Mädchen so erbärmlich weint.

»Du bist tot«, sage ich und klammere mich an der Bettdecke fest. Das kann nicht sein, beharrt mein Verstand. Das ist eins von Fears Spielchen. Eine Illusion. Die Leere in mir regt sich. Ich stelle mir vor, wie sich in einer Mauer ein Stein lockert, der Mörtel herunterregnet.

Der Junge nimmt nichts davon wahr. Der Raum ist wieder in Dunkelheit gehüllt. Einen Augenblick frage ich mich, ob er verschwunden ist, in die verborgenen Winkel meines Bewusstseins abgetaucht, als seine Stimme wieder an mein Ohr dringt: »Du hast mich getötet«, flüstert er.

Ein zweiter Blitz erhellt das Zimmer, und ich sehe, wie sich eine Blutspur vom Haaransatz über sein ganzes Gesicht zieht.

Ich reiße die Augen auf und fahre hoch, schaue in die Zimmerecke, in der niemand steht.

Ich wusste es. Es war nur ein Traum.

Kein Flüstern, kein Blut, nur das Hier und Jetzt dieser Welt.

Seltsam.

Der Regen draußen trommelt sanft gegen die Fensterscheibe, nicht mehr so unheilvoll wie eben. Ich schiebe die Decken weg. *Es ist heiß, viel zu heiß.* Ich lege mich wieder hin und sehne den Schlaf herbei.

Ich kenne Joshua Hayes, seit wir klein waren. Wir sind schon zusammen in den Kindergarten gegangen, und obwohl wir nie wirklich befreundet waren, haben wir uns immer im Auge behalten. Einmal in der fünften Klasse, als mehrere Jungs mich umzingelten und mich kniffen und schubsten, hat mich Joshua verteidigt und musste zur Strafe nachsitzen. Er hatte hinterher mehr blaue Flecken als ich.

Erst auf der Highschool haben sich seine Gefühle für mich verändert. Er beobachtet mich, als würde er mehr sehen, als da ist. Offensichtlich verwechselt er mein Schweigen mit Nachdenklichkeit und interpretiert meine Einsamkeit als bewussten Wunsch, mich abzugrenzen. Er hat zwar recht, dass ich anders bin als die anderen, aber er irrt sich, was den Grund betrifft. Ich bin nichts Besonderes und auch keine Einzelgängerin. Doch ich lasse ihn in dem Glauben, solange er sich von mir fernhält.

Trotzdem würde er mich gern ansprechen – ich merke, dass seine Sehnsucht stärker wird, und in der Schule wird er jetzt immer häufiger von Gefühlen besucht. Ich schaue zu und warte ab, doch ich weiß, dass ich das Feuer irgendwann löschen muss.

»Für unser kommendes Projekt möchte ich, dass ihr in Paaren arbeitet«, verkündet Mrs Farmer am Montagmorgen zum Ende der Stunde. Sie streicht sich müde das Haar aus dem Gesicht.

»Worum geht es bei dem Projekt?«, fragt Susie Yank, das zierliche Mädchen, das alle zur nerdigen Besserwisserin abgestempelt haben. Dabei ist sie eigentlich nur einsam und rettet sich ins Lernen, weil sie niemanden hat. Neben ihr steht *Sehnsucht,* die Hand auf Susies Schulter, während diese zu Sophia hinüberschaut und sich wahrscheinlich vorstellt, wie es wäre, sie als Freundin zu haben. *Sehnsucht* ist wunderschön, mit langem glattem Haar und leicht schräg gestellten exotischen Augen.

Mrs Farmer seufzt. »Das wollte ich gerade erklären. Eure Aufgabe ist es, zusammen mit einem Partner eine Mappe mit eigenen Texten zusammenzustellen. Wir konzentrieren uns ab jetzt eine Weile aufs Kreative Schreiben und lassen die Klassiker ruhen. Ich setze dabei auf Partnerarbeit, weil ich weiß, dass manche von euch Schwierigkeiten mit dem Schreiben haben. So könnt ihr euch gegenseitig helfen und Ideen austauschen.«

»Und die Mappe …«

»In die Mappe« – Mrs Farmer wirft Susie einen genervten Blick zu – »kommen zwei Gedichte und eine Kurzgeschichte, dazu zwei Leser-Rezensionen eurer Mitschüler. Auf dem Handout könnt ihr nachlesen, was in diesen Rückmeldungen stehen soll, außerdem gibt es einen Leitfaden zu den Gedichten und der Kurzgeschichte.«

Während sie die Blätter austeilt, spüre ich Joshuas Blicke. *Sehnsucht* hat sich verdoppelt und steht jetzt auch neben ihm. Sie ist heute anscheinend ziemlich aufgedreht: Statt Joshua an der Schulter zu fassen, beugt sie sich herab und drückt ihm einen langen Kuss auf die Lippen. Joshua sieht sie natürlich nicht, aber Menschen haben genau wie alle Lebewesen dieser Erde Instinkte, und er wendet sich stirnrunzelnd von mir ab und fährt sich über den Mund. Er wird diese Berührung als Einbildung abtun.

Sehnsucht zwinkert mir zu. »Armer Kerl«, bemitleidet sie Joshua und sieht mich an. »Du quälst ihn. Warum gibst du ihm keine Chance? Er ist doch so süß.«

Ich antworte nicht. *Sehnsucht* streicht Joshua über die Wange, grinst mich noch einmal an und verschwindet. Sie hat auch Susie alleingelassen, aber ihre Aura hängt noch in der Luft. Im Moment ist kein anderes Gefühl im Raum.

»Hier, Zombie.« Sophia hält mir das Handout hin. Sie wedelt

damit vor meiner Nase herum. »Hallo, jemand zu Hause?« Ich will das Blatt nehmen, doch Sophia zieht es weg. In ihrem Gesicht steht Ablehnung. »Du bist so ein Freak«, ätzt sie. »Was ist eigentlich los mit dir? Hä?«

»Nichts, was ich sage, wird dir als Antwort genügen«, erwidere ich und werfe einen Blick zu Mrs Farmer, die jetzt auf die Uhr schaut. Ihre Brille hängt ihr schief auf der Nase. Ich wende mich wieder Sophia zu. »Kann ich jetzt bitte das Blatt haben?« Natürlich nützt das nichts, aber ich versuche es trotzdem – einfach, weil es normal wäre, so zu reagieren.

Sophia wedelt wieder mit dem Handout vor meinem Gesicht herum. »Na, was machst du jetzt?«, zischt sie. »Nimm es mir doch ab, Elizabeth. Hol es dir doch.« Sie hält mir das Blatt hin, nur um es sofort wieder wegzuziehen, wenn ich danach greife. Ich rühre mich nicht und denke nach. Mrs Farmer hat noch nichts bemerkt, und wenn ich jetzt Ärger mache, lande ich am Ende noch beim Rektor und mein Vater bekommt ein Schreiben von der Schule.

Sophia lacht mich aus, und andere fallen ins Gelächter ein, weil sie glauben, ich könnte mich vor Angst nicht mehr rühren. Fear ist aber ausnahmsweise mal nicht zu sehen.

»Ich nehme es gerne.« Joshua macht eine rasche Bewegung, und Sophia schaltet erst, als ihr das Blatt schon aus den Fingern gezogen wird. Sie funkelt Joshua böse an.

»Keiner hat dich gebeten, dich einzumischen«, presst sie wutentbrannt hervor. Sie möchte so gerne, dass er sie mag, aber sie kann sich nicht überwinden, nett zu mir zu sein.

Auf Joshuas Gesicht erscheint ein herausforderndes Grinsen. »Natürlich nicht. Deswegen macht es ja solchen Spaß.« Er reicht mir das Blatt. Sein Blick sagt mehr als tausend Worte. *Freude, Mut* und *Stolz* stehen dicht neben ihm. Joshua hat eine freche Miene aufgesetzt, aber die Anwesenheit der drei Emotionen offenbart mir seine wahren Gefühle.

»Danke«, sage ich.

Sophia hat sich wieder umgedreht, doch ihre steifen Schultern versprechen übelste Beleidigungen, die auf mich warten. *Wut* steht neben ihr und tut so, als wäre ich nicht da – aus irgendeinem Grund mag er mich nicht.

Mrs Farmer redet weiter, und ich gebe vor, ihr zuzuhören.

»Für dich immer«, höre ich Joshua sagen, worauf ich ihn noch einmal ansehe. Er spielt den Clown, grinst mich an, tippt sich an einen imaginären Hut und geht zurück zu seinem Platz. *Freude* ist jetzt weg, aber ich weiß, dass sie noch in ihm nachwirkt, so beschwingt, wie er läuft. *Mut* bleibt bei mir stehen. Er ist eins der Gefühle, die ich noch nicht kennengelernt habe, aber aus irgendeinem Grund weiß ich instinktiv, wer er ist.

Die Pausenklingel läutet und auf einmal bricht Hektik im Klassenzimmer aus. Alle springen zur Tür, als würde ihr Leben davon abhängen. Joshuas Blick ruht noch einmal auf mir, bevor er geht.

»Spätestens morgen solltet ihr dann euren Partner gefunden haben.« Mrs Farmer muss beinahe schreien, um gehört zu werden. Sie folgt dem Strom in den Flur.

Kurz darauf bin ich mit *Mut* allein.

Ich stehe auf und sammle mein Zeug ein. »Du bist nicht so schön wie dein Gegenstück«, sage ich. »Aber dafür bist du nicht so rastlos.«

Mut – Fears Bruder und natürlicher Feind – mustert mich von oben bis unten. Er hat eine lange Aristokratennase und seine dichten schwarzen Locken fallen ihm in den Nacken.

»Natürlich nicht. Ich bin all das, was er nicht ist.«

Das stimmt – er ist so dunkel wie sein Bruder blass ist. In unserem kleinen und nichtssagenden Klassenraum ist er eine imposante Erscheinung.

»Du bist ein interessantes Wesen«, sagt er und mustert mich. In seiner Stimme schwingt ein Hauch von Neugier mit. »Ich habe die Geschichten gehört über eine Sterbliche, die wir nicht berühren können. Wirklich außergewöhnlich. Ich verstehe, warum Fear so fasziniert ist.«

»Er hasst alles, was er nicht begreifen kann.«

Mut nimmt das mit nachdenklicher Miene auf. »Du bist ganz schön jung, um schon so viel zu wissen. In unserer Welt ist Wissen gefährlich. Versuche, daran zu denken.«

»Du würdest also Unwissenheit bevorzugen?« Ich bemühe mich um einen höflichen Ton. Seine Antwort könnte mir weiterhelfen.

Mut dreht den Kopf, er ist offenbar gerade abgelenkt, weil irgendjemand auf der Welt einen Anstoß von ihm benötigt. Sein Körper flirrt und zuckt – ein Zeichen, dass er einem Ruf folgt, indem er eine Kopie seiner selbst schickt. »Wie sagen die Menschen noch?«, murmelt er dann und sieht mich wieder an. »Unwissenheit ist ein Segen. Richtig?«

Er wird jetzt jeden Augenblick verschwinden. Ich beende das Gespräch, indem ich verspreche: »Ich behalte das im Kopf.« Als *Mut* sich nicht rührt, füge ich hinzu: »Ist noch etwas?«

Er steht so dicht neben mir, dass ich seine Hitze spüre. Es fühlt sich seltsam an, da Fear immer so kalt ist. *Muts* Stimme zerfließt wie Lava, als er sagt: »Sei lieber freundlich zu diesem Jungen, der dich verteidigt hat.«

»Ich dachte, die andere Ebene mischt sich nicht in menschliche Angelegenheiten ein«, erwidere ich.

Mut wendet sich zum Gehen. Er ist anders als die anderen, er verschwindet nicht so blitzartig wie sie. Im Türrahmen bleibt er stehen, dreht sich aber nicht zu mir um. »Auch wir verändern uns. Wir erfahren immer mehr darüber, was es heißt, sterblich zu sein. Sei freundlich zu ihm«, wiederholt er. »Du hast nicht nur Fears Interesse geweckt. Auch andere von uns beobachten dich. Jemand glaubt, dass du diesen Jungen am Ende noch brauchen wirst.«

Bevor ich auch nur eine der Fragen stellen kann, die sich durch seine Bemerkung aufdrängen – *Welches Ende? Wer beobachtet mich? Warum sollte ich Joshua brauchen?* –, ist er auch schon weg. Ich lasse ihn gehen. Er ist vielleicht anders, aber er ist und bleibt ein Gefühl – und Gefühle lieben Rätsel.

Fünf

Gleich als ich aus meinem Pick-up steige und der Schotter unter meinen Turnschuhen knirscht, weiß ich, dass etwas nicht stimmt. Es liegt eine drückende Stille über allem, wie ein böses Omen. Niemand hat die Kühe zum Melken in den Stall gebracht. Dads Wagen ist weg.

Ich gehe auf das Haus zu, hänge mir die Tasche über die Schulter. Die Stille rauscht in meinen Ohren. Hinter mir lasse ich wie üblich die Tür laut zufallen, um mich anzukündigen, aber Mom ist nicht in der Küche. Nachdem ich meine Tasche neben dem Tisch abgestellt habe, sehe ich in jedes Zimmer. Irgendetwas stimmt hier nicht. Ich gehe die Treppe hoch, und als ich am Badezimmer vorbeikomme, durchbricht ein Schluchzen die Stille: Mom.

Ich weiß sofort, was los ist. Mein erster Impuls ist, umzudrehen und mich irgendwo zu verstecken. Aber mein zweiter Impuls ist stärker: *Spiele deine Rolle.* Ein normaler Mensch – eine normale Tochter – würde jetzt nicht einfach wegrennen.

Rasch laufe ich zurück in die Küche, schnappe mir ein Tuch, befeuchte es und haste wieder nach oben. Meine Mutter hat die Tür abgeschlossen. Ich fahre mit den Fingern den Türrahmen entlang und suche nach dem kleinen Haken. Sobald ich ihn ertastet habe, lasse ich ihn hochschnappen und drehe den Knauf.

»Verschwinde!«, schreit meine Mutter, als sie sieht, dass ich es bin. Die verlaufene Wimperntusche hat schwarze Striemen auf ihrer Wange hinterlassen. Aus einem Riss in ihrer Lippe blutet es.

»Ist es schlimm?«, frage ich, obwohl ich weiß, dass sie mir nicht antworten wird. Stattdessen umklammert sie ihre Knie und wippt vor und zurück. Mit dem Hinterkopf schlägt sie dabei immer wieder gegen die Wand, also fasse ich sie am Arm, damit sie aufhört. Sie zuckt zusammen, als ich sie berühre.

»Hier.« Ich halte ihr das nasse Tuch hin. Sie lässt mich nicht nahe genug an sich heran, um die Wunde zu reinigen. Aber sie greift auch nicht selbst nach dem Tuch. Bestimmt denkt sie an Tim und fragt sich, was diesmal der Auslöser gewesen ist.

»Es ist nicht deine Schuld«, murmle ich.

Darauf reagiert sie. »Halt den Mund!«, faucht sie und funkelt mich durch die Tränen wütend an. »Du bist nicht mein Kind! Du bist unnatürlich. Verschwinde aus meinem Leben!«

Ich betrachte sie einen Moment. Meine Anwesenheit regt sie nur noch mehr auf, also sage ich: »Okay, ich gehe.«

Auf dem Weg zur Tür bleibe ich kurz am Fenster stehen, weil ich draußen etwas gesehen habe. »Tim kommt gerade zurück. Vielleicht solltest du dich lieber im Schlafzimmer einschließen.«

Es ist, als hätte ich nichts gesagt. Sie starrt mich nur an. »Was bist du?« Ihre Stimme bricht.

Die Bremsen von Tims Pick-up quietschen, als er seinen Wagen neben meinem abstellt. Ich sehe zu Mom. »Soll ich wirklich gehen?«

Wir beide hören, wie unten die Tür aufgerissen wird, begleitet von einem Rülpsen und einer Tirade wildester Flüche. Tim ist also immer noch betrunken. Und wütend. Mom atmet schneller. Fear ist da, kniet sich neben sie und nimmt sie in seine eiskalte Umarmung. Mom zittert, ihre Augen werden glasig.

»Hilf mir«, wimmert sie. Zwei ganz einfache Worte, und doch steckt so viel darin.

Einen kurzen Moment sehe ich echtes Mitgefühl in Fears hellen Augen aufblitzen. Er schenkt mir ein bitteres Lächeln. »Ach, ihr Sterblichen«, sagt er leise. »Ihr seid in euren Traditionen gefangen. Nur weil sie mit ihm verheiratet ist, sitzt sie hier in der Falle.«

Mom flüstert etwas vor sich hin, immer wieder von vorn, aber ich kann die Worte nicht verstehen. Von unten höre ich, wie Tim auf dem Weg in die Küche stolpert. Ich denke schnell, logisch. Wenn ich meiner Mutter jetzt helfe, hat sie womöglich das Gefühl, dass sie mir etwas schuldet oder dass ich doch normal sein könnte. Dann können wir den Anschein eines Alltags noch etwas länger aufrechterhalten, bis ich einen Weg finde, etwas zu fühlen. Vielleicht kann ich ein normales Mädchen sein, so wie es alle von mir erwarten.

Mom flüstert noch aufgeregter, sie ist jetzt völlig aufgelöst.

»Bleib hier oben«, sage ich und schließe die Badezimmertür. Ich gehe die Treppe hinunter. Bleibe in der Küchentür stehen. Sehe meinem Vater bei seinem Absturz zu. Mehrere Minuten lang bemerkt er mich nicht. Er murmelt vor sich hin, öffnet sämtliche Schränke und sucht wahrscheinlich nach etwas zu trinken. Ich trete von einem Bein aufs andere und schrappe dabei absichtlich mit dem Schuh über den Boden. Da schlägt er die Kühlschranktür zu und wendet sich mir zu. Seine Bewegungen sind träge.

»Du«, lallt er, und seine geröteten Augen heften sich an mir fest. »Deinetwegen hat das alles angefangen.«

»Was meinst du damit?«, frage ich unbeeindruckt, während er

auf mich zutorkelt. Ich habe vage Erinnerungen und weiß, worauf er anspielt. Meine Andersartigkeit hat meine Eltern auseinandergetrieben. Zuerst gab es Streitereien in gedämpfter Lautstärke, die schnell vorbei waren. Doch bald wurden daraus hitzige Wortgefechte, die Stunden dauerten. Dad begann zu trinken, Mom zog sich zurück. Bis unser Leben so wurde, wie es ist. Es stimmt also: Ich bin schuld.

Tim faselt weiter unzusammenhängend und ohne Sinn vor sich hin. Er packt mich an der Schulter und drückt mich gegen die Wand. Er keucht, sein Atem riecht sauer.

»Du bist anders«, murmelt er.

Hinter seiner Schulter sehe ich ein Gefühl schimmern, das seinetwegen hier ist. *Schlechtes Gewissen? Kummer?* Ich kann es nicht erkennen, weil Tims rotes Gesicht im Weg ist.

»Du warst mal wie Charles. Einfach ein Kind. Jetzt bist du … Du bist …« Tim weiß nicht weiter. »Ich muss was trinken«, brummt er.

Wie so oft an diesem Punkt erwachen meine Instinkte. *Rette dich. Kämpfe. Renn weg,* zischeln sie. Doch das Bild meiner Mutter, wie sie jämmerlich und allein in unserem grünen Badezimmer hockt, geht mir nicht aus dem Kopf. Ich unterdrücke meinen Fluchtinstinkt und schaue Tim an. Meine Worte sind Gewehrkugeln, sie treffen ihr Ziel genau. »Ich glaube, noch etwas zu trinken ist das Letzte, was du brauchst.«

Wie erwartet bringt ihn das vollends auf die Palme. »Du sagst mir nicht, was ich brauche.« Er packt mich wieder und schüttelt mich. »Du bist nichts als eine … eine Missgeburt!«

Er ist noch nicht wütend genug. Wenn er sich wieder beruhigt, wird er zu Mom gehen. Ich muss ihn noch mehr reizen.

»Kann sein«, gebe ich zu und setze eine Maske aus Trotz auf. »Aber wenigstens bin ich kein widerwärtiger betrunkener Schläger.«

Seine Faust fährt schneller aus, als ich gedacht habe.

Hinter ihm schnappt jemand nach Luft. Fear funkelt mich an. »Elizabeth!«, blafft er. »Wehr dich!«

An der Wand zusammengesunken, verdränge ich jeden Impuls zum Selbstschutz, verdränge Fears Stimme. Ich rapple mich auf und blicke Tim ins Gesicht.

Ich provoziere ihn, bis mir Sterne vor den Augen tanzen. Mir ist klar, dass es Schuldgefühle sind, die meinen Vater schluchzen lassen. Er scheint sich seiner Kraft nicht einmal bewusst zu sein, als er mich erneut zu Boden wirft. Ich versuche nicht, mich zu wehren. Die Worte, die Mom gemurmelt hat, laufen in einer Endlosschleife in meinem Kopf ab. *Rette mich, rette mich, rette mich* …

Bevor ich ins Schwarz hinabsinke, sehe ich, wie sich Fear über mich beugt. In seinem Gesicht lauert noch immer dieses seltsame Mitgefühl.

»Bis bald, kleine Elizabeth«, flüstert er.

In einem kleinen Ort verbreiten sich Gerüchte rasend schnell. Da es überhaupt wenig gibt, worüber man reden könnte, ergreift jeder sofort die Chance, hinter meinem Rücken über mich zu lästern, mit aufgeregten Flüsterstimmen, die in jede Ecke eines jeden Raums dringen.

»Ich habe gehört, sie hat sich freiwillig zusammenschlagen lassen, als Mutprobe für ihre neue Gang.«

»Sophia Richardson hat sie gestern nach der Schule fertiggemacht. Hast du nicht gehört, dass sie sich im Unterricht gestritten haben?«

»Sie kommt doch vom Bauernhof. Sicher hat ihr eine Kuh ins Gesicht getreten oder so.«

Den ganzen Tag werden Geschichten und Vermutungen ausgetauscht. Seltsam, dass nicht eine der Wahrheit nahekommt. Wollen alle das Offensichtliche ausblenden? Oder glauben sie wirklich, was sie da erzählen? Vielleicht durchschaue ich die Menschen doch nicht so gut, wie ich dachte.

Es ist Dienstag. Als das letzte Klingeln ertönt und alle aus den Klassen strömen, gehe ich langsam zu meinem Schließfach und überlege mir Ausreden, warum ich Maggie nicht besuchen kann. Sie darf mein zerschundenes Gesicht nicht sehen, sonst macht sie sich nur Sorgen, und das ist sicher nicht gut, wo sie doch alle Kraft braucht, um sich gegen den Krebs zu wehren.

Jemand rammt meine Schulter, sodass ich stolpere. »Viel Spaß beim Alleinsein, du Freak«, zischt Sophia, und die Freundin an ihrer Seite kichert. In eine Parfümwolke und ihre Markenklamotten gehüllt, laufen die beiden weiter, an einem Mann vorbei. Mein Blick bleibt an ihm hängen, als ich mich eben wieder meinem Schließfach zuwenden will. Ein Stück entfernt steht er auf dem Flur, mit gespreizten Beinen, genau in der Mitte des gefliesten Gangs. Er starrt mich an. Ich kann sein Gesicht nicht genau erkennen, denn gleich hinter ihm ist die Doppeltür und das Sonnenlicht fällt durch die Scheiben. *Hier stimmt was nicht,* sagt mir mein Instinkt. Der Mann bewegt sich nicht und er passt eindeutig nicht in eine Highschool. In meinem Mund bildet sich ein seltsamer Geschmack.

Doch bevor ich der Sache weiter nachgehen kann, dreht sich der Mann um. Er steckt die Hände in die Taschen und läuft mit lockeren Schritten davon. Sein langer Schatten folgt ihm. Er stößt die Tür auf, dann ist er verschwunden.

Seltsam. Ich verscheuche die warnende Stimme in meinem Kopf – ich habe in letzter Zeit zu wenig Schlaf bekommen, da waren zu viele schlechte Träume und geflüsterte Vorwürfe – und schlage die Spindtür zu. Ich beschließe, Maggie anzurufen. Mehr aus Gewohnheit als aus einem anderen Grund. Aber gerade, als ich mir die Tasche über die Schulter werfe und zum Sekretariat laufen will, stoße ich mit Joshua Hayes zusammen. Er geht zu Boden und gibt ein überraschtes Grunzen von sich.

Ich schaue zu ihm hinunter. »Tschuldige.«

Schnell fängt er sich und grinst mich an. Seine roten Haare sind zu lang, sie hängen ihm ins Gesicht und kräuseln sich über dem Jackenkragen.

»Wenn du mit mir reden willst, könntest du auch einfach *Hallo, wie geht's* sagen«, witzelt er. Als stiller Widerspruch zu seinem großspurigen Gehabe kniet *Besorgnis* neben ihm. Aber das Gefühl beachtet mich nicht.

Ich öffne den Mund und will mich schon wieder verabschieden, aber da fällt mir ein, was *Mut* gesagt hat: *Jemand glaubt, dass du diesen Jungen am Ende noch brauchen wirst.* Nach kurzer Überlegung entscheide ich, dass ich seinem Ratschlag folgen werde – irgendetwas an *Muts* Verhalten hat mich überzeugt, dass er nicht gelogen hat.

Schweigend reiche ich Joshua die Hand. Er zögert nur einen Moment, bevor er sie ergreift und ich ihm aufhelfen darf. Seine Hand ist feucht, und als ich ihn wieder loslasse, versucht er, sie unbemerkt an seiner Hose trocken zu reiben.

»Also …« Er grinst mich wieder an, plötzlich schüchtern. »Du hast es wohl gerade eilig?«

»Nein«, antworte ich. »Ich wollte nach Hause.« Das Sekretariat ist nur ein paar Meter über den Flur. Ich gehe darauf zu.

Joshua läuft neben mir, ohne dass ich ihn dazu aufgefordert hätte. Er will mich kennenlernen und hat nicht vor, sich diese Gelegenheit entgehen zu lassen. Dabei kaut er an der Unterlippe. »Oh.« Er versteckt sich hinter seinen Haaren und denkt nach. »Ich gehe auch nach Hause. Hab viel zu tun«, fügt er etwas einfallslos hinzu.

»Ja.« Ich bleibe vor der Tür mit der Aufschrift SEKRETARIAT stehen. Eine Erinnerung kommt hoch, und aus irgendeinem Grund spreche ich sie aus: »Ich weiß noch, wie meine Mutter mich mal zu euch mitgenommen hat, als wir klein waren. Sie hat deinem Vater einen Auflauf gebracht.«

Er nickt, mit angespannter und düsterer Miene. Seine Stimmung ändert sich, neue Gefühle tauchen auf. *Trauer* und *Wut.* Sie verfolgen ihn wie böse Geister, und ich sehe schnell in eine andere Richtung.

»Ja«, presst Joshua hervor. »Ich erinnere mich. Viele Leute sind vorbeigekommen und haben Essen gebracht, als Mom gestorben ist.«

»Es tut mir leid, was du da durchgemacht hast.« Ich erwidere Joshuas Blick, denke an *Muts* Worte und lasse meine Stimme aufrichtig klingen. »Obwohl du weißt, dass es nicht ihre Schuld war, fällt es dir sicher manchmal schwer, ihr nicht böse zu sein. Weil sie einfach gegangen ist.«

Joshua mustert ziemlich unverhohlen meine blauen Flecken. Er runzelt die Stirn, anscheinend liegt ihm etwas auf der Zunge. Aber dann sagt er nur: »Das klingt, als hättest du auch jemanden verloren.«

»Nein, hab ich nicht«, antworte ich knapp. Ich weiß, was er mich fragen will. Doch das kann ich nicht zulassen. Joshua ist ein Mensch, der sofort handelt, wenn er glaubt, dass jemand Hilfe braucht. Aber dieser Satz – *Das klingt, als hättest du auch jemanden verloren* – weckt die Erinnerungen an das Mädchen im Wald, das schluchzend in den Himmel schaut. An den Jungen in ihren Armen. Das Haus am Meer, das Lächeln der Frau.

Du hast mich getötet.

Ich weiß, dass ich jetzt nicht daran denken darf, und lege die Hand auf die Türklinke, um anzuzeigen, dass ich das Gespräch als beendet betrachte.

»Warte mal«, sagt Joshua schnell. Ich drehe mich zu ihm um. Er zögert erneut, schaut auf seine Schuhe. Holt tief Luft und hebt dann doch den Kopf. »Kann ich … kann ich dich mal anrufen?«

Jahre hat er für diese Frage gebraucht, und jetzt ist sie raus. Wieder flüstert es in meinem Kopf: *Jemand glaubt, dass du diesen Jungen am Ende noch brauchen wirst.*

Welches Ende?, frage ich mich.

Joshua hält die Luft an, bereitet sich innerlich auf ein Nein vor. Ich zwinge mich, ihn anzulächeln. »Ja, klar.« Ich rattere meine Nummer herunter. Noch bevor er sich mit einer Antwort abquälen kann, tauche ich schnell ins Sekretariat ab und bin in Gedanken schon bei meinem Anruf bei Maggie.

Sechs

Charles erzählt Dad schließlich doch von der Uni – davon, dass er sein Studium abgebrochen hat. Ich hatte also recht, Charles hat Probleme. Während ich oben in meinem Zimmer bin, höre ich, wie Tim mit meinem Bruder schimpft, von wegen Verantwortung, Geld, Erwachsenwerden. Gegenüber Charles hat sich Tim viel mehr im Griff als bei mir oder meiner Mutter.

Nachdem Tim aus dem Haus gestürmt ist und eine bedrohliche Stille hinterlassen hat, kommt Charles die Treppe hoch. Ohne zu klopfen, betritt er mein Zimmer und lässt sich mit dem Gesicht nach vorn neben mich aufs Bett fallen. Die Bettfedern quietschen. Charles seufzt, aber selbst nach dem heftigen Streit erscheint neben ihm nur *Erleichterung*. Das Gefühl ist ein kühler und junger Typ, der seine Aufgabe ernst nimmt. Er beachtet mich nicht.

»Was willst du jetzt machen?«, frage ich meinen Bruder und starre an die Decke. Die weiße Fläche erinnert mich an die in helles Mondlicht getauchte Haut des Mädchens aus meinen Träumen.

Charles ahnt nichts von meinen Gedanken. Er beantwortet auch meine Frage nicht. Doch das liegt nur daran, dass er es selbst nicht weiß. Ich kenne ihn. Er hat jetzt nur noch den Job im Supermarkt, aber er hat keine Angst vor der Zukunft. Mein Bruder ist einfach so. Charles hat schon immer ein eher sorgloses Leben geführt.

»Warum hängst du hier nichts auf?«, murmelt er nach einer Weile. »Ist ja deprimierend.«

»Ich wusste nicht, dass Weiß depressiv wirkt«, erwidere ich.

Er dreht sich zu mir um, ausnahmsweise mit ernster Miene. Er kann die blauen Flecken in meinem Gesicht nicht länger ignorieren. »War es schwer für dich, als ich weg war?« *Erleichterung* macht sich bei dieser Frage aus dem Staub.

Ich denke über die beste Antwort nach, betrachte dabei die Wände und überlege, wie sie mit Postern oder Farbe bedeckt aussehen würden. Es ist seltsam. Sie sind jetzt schon so lange weiß, genauso leer wie ich, dass ich es mir gar nicht anders vorstellen kann. »Für mich ist nichts schwer«, sage ich und versuche, überzeugend zu klingen. »Und Mom hält mehr aus, als man denkt.«

Charles seufzt, streicht sanft über die Wunde an meinem Auge. »Es tut mir leid, dass ich … dass ich nie …« Ein neues Gefühl erscheint: *Schuld*. Sie legt meinem Bruder ihre Hand an die Wange. Charles kann mit seinen aufkommenden Gefühlen nicht umgehen, also dreht er sich abrupt weg. Er rollt sich auf den Rücken, steckt den Arm unter den Kopf und sieht an die Decke. »Die Uni war nichts für mich, Liz«, murmelt er. »Ich habe schon die Schule nicht gemocht.«

Ich stupse ihn leicht mit der Schulter an, spiele die kleine Schwester. »Du meinst, du hast die Schule nicht so sehr gemocht wie Partys und Alkohol.«

»Hey!«, protestiert er mit einem reumütigen Grinsen. »Ich bin eben schwach. Ich habe ja versucht, mich davon fernzuhalten. Wirklich.«

Er lügt, aber das reibe ich ihm nicht unter die Nase. Mit einem letzten Grinsen steht er auf und geht aus dem Zimmer. Der Fußboden knarrt, die Tür fällt zu. Stille. Ich schließe die Augen, meine Muskeln entspannen sich. Während ich zwischen Traum und Wirklichkeit hänge, spüre ich wieder die Anwesenheit dieser seltsamen, unbekannten und doch irgendwie vertrauten Gestalt, die draußen auf der Straße lauert, ganz in meiner Nähe. Sie beobachtet und wartet – aber worauf?

Ich bin zu müde, um aufzustehen und nachzusehen. Doch ich weiß, dass der rätselhafte Besucher noch längst nicht fertig ist mit mir. Auf die eine oder andere Art werde ich noch herausfinden, was er von mir will.

Über diesem Gedanken schlafe ich ein.

Ich stehe am Rand einer Lichtung. Das Gras ist kniehoch, es rauscht sanft im Wind. Der Himmel über mir ist durchzogen von flauschigen Wolken, die mich an Sahnehäubchen denken lassen. Es ist weder Sonnenaufgang noch Sonnenuntergang … sondern etwas dazwischen – ein Moment, an dem die Zeit stillzustehen scheint.

Auf der anderen Seite der Lichtung, mit dem Rücken an einen Baum gelehnt, sitzt der Junge aus meinen Träumen.

Mit gesenktem Kopf liest er gebannt in einem Buch. Er runzelt die Stirn. Bei Tageslicht kann ich sein Gesicht selbst aus dieser Entfernung sehr gut erkennen. Er ist … zart. Seine Haare fallen ihm wie ein schwarzer Seidenvorhang in die Stirn. Sein Gesicht ist oval, die Lippen sind ein schmaler, nachdenklicher Strich. Er trägt Hemd und Jeans, aber keine Schuhe.

Ohne darüber nachzudenken, nähere ich mich dem Jungen.

Er erschrickt nicht, als er mich kommen hört. Das lange Gras kitzelt meine Handflächen, ein leichter Stoff streicht gegen meine Knie. Ich sehe an mir herab und merke, dass ich ein strahlend gelbes Sommerkleid trage. So etwas würde ich nie in meinem Schrank finden.

Als ich nur noch ein paar Schritte von dem Jungen entfernt bin, bleibe ich stehen. Ich warte. Er ist noch schmaler, als ich dachte; seine langen, spitz zulaufenden Finger umklammern den Buchrand.

»Wo ist sie?«, fragt er, ohne aufzuschauen. Seine Stimme klingt dieses Mal ganz ruhig, so federleicht wie ein Wiegenlied. Als ich nicht antworte, sieht er zu mir auf – es ist ein offener, unschuldiger, schokoladenbrauner Blick. Das genaue Gegenteil von dem glühenden Hass, der in der vergangenen Nacht aus seinen Augen gesprochen hat. Eine Fliege summt an meinem Ohr vorbei. Er wartet.

»Wer soll wo sein?«, frage ich, doch schon im nächsten Moment wird es mir klar. Wen soll er auch sonst meinen? Es gibt nur eine Person, die mit ihm in Verbindung steht: das Mädchen aus meinen Träumen. Sie schreit, sie weint und wiegt den Jungen in ihren Armen.

Auf einmal sammeln sich Tränen in seinen Augen. »Was hast du mit ihr gemacht?«, fragt er und umklammert dabei sein Buch. Seine Stimme und sein Ausdruck sind nun schroff und hart wie Tims Faust. Ich öffne den Mund, aber es kommt nichts heraus. Was soll ich ihm sagen?

Das Buch fällt mit flatternden Seiten zu Boden. Der Junge drückt verzweifelt seine Stirn an die Knie, seine Schultern zittern. Sein Hemd hat sich in der Baumrinde verfangen, doch das kümmert ihn nicht. Er erstickt in Trauer, so wie seine Gefährtin in meinen Träumen. Aber wer der beiden ist nun tot? Was ist das hier für ein Ort? Welche Rolle spiele ich in all dem?

Doch plötzlich ist das alles egal. Ein seltsamer Instinkt befiehlt mir, den Jungen zu berühren. Vielleicht, um mir zu beweisen, dass das hier nicht real ist, dass er nicht real ist.

»Sie lebt«, sage ich. Es kommt einfach so aus mir heraus. Ich kann es nicht beweisen, weiß nichts über sie, aber irgendetwas in mir löst sich, als der Junge aufhört zu weinen und mich hoffnungsvoll ansieht.

Er steht auf, mit geröteten Augen sieht er mich entschlossen an, fasst mich an den Schultern. All das passiert rasend schnell: Erst sitzt er noch am Boden, im nächsten Moment steht er ganz nah vor mir, hitzig und aufgeregt.

»Wo? Wo ist sie?«, fragt er.

Ich schüttle nur den Kopf. Das macht ihn anscheinend wütend, doch neben ihm tauchen keine Gefühle auf. Was hat das zu bedeuten?

Bevor ich darüber nachdenken kann, packt mich der Junge an den Schultern. »Das bist du mir schuldig!«, ruft er aufgebracht.

Plötzlich trübt sich die Schönheit des Ortes. Der Himmel färbt sich dunkelorange und die Luft ist wie aufgeladen.

»Du warst das! Du hast alles kaputtgemacht. Wir waren glücklich. Geborgen«, fährt er völlig außer sich fort. »Du musst mir die Wahrheit sagen!«

Offenbar ist ihm nicht klar, wie abwegig seine Forderung ist. Man kann keine Antworten von jemandem verlangen, der die Wahrheit nicht kennt. Ich ignoriere die grollende Welt um uns herum und antworte ihm geradeheraus, ohne Bedauern oder Mitleid vorzutäuschen: »Ich weiß nicht, wo sie ist.«

Ein Insekt landet auf meinem Arm, und ich spüre einen kurzen Schmerz, als es mich sticht. Ich schüttle das Tier ab und mein Blick löst sich von dem Jungen. Erst jetzt bemerke ich die dunkle Wolke um uns herum. Ein blutrünstiger, wütender Schwarm hat uns völlig umschlossen. Sein gieriges Surren wird immer lauter. Es gibt kein Entkommen.

»Das ist alles nicht real«, sage ich und sehe wieder zu dem Jungen. Bevor ich ihn fragen kann, wo wir sind und was das alles hier zu bedeuten hat, verfärben sich seine Augen plötzlich rubinrot. Seine Pupillen verschwinden, seine Lippen verziehen sich.

»Du lügst!«, faucht er. Seine Finger bohren sich in meine Haut. Das ist nicht er, flüstert mein Instinkt.

Sein Körper zuckt. Die Farbe seiner Augen wechselt hin und her zwischen Rot und Braun. Monster, Junge. Ich sehe ihn an. »Wer bist du?«

Meine Worte verklingen zu einem Echo: … bist du … bist du. Die Zeit bleibt stehen.

Und dann verschwindet alles genauso schnell, wie es gekommen ist. Der Insektenschwarm verteilt sich, der Himmel hellt sich zu einem strahlenden Blau auf und die Furcht einflößende Gestalt ist wieder ein normaler Junge. Er sitzt gegen den Baum gelehnt, hält das Buch in der Hand und blättert die Seite um, als würde er eine unglaublich spannende Geschichte lesen. Als wäre nichts geschehen.

Ich gehe einen Schritt auf ihn zu, ich will unbedingt alles wissen.

In diesem Moment wache ich auf.

Sieben

»Elizabeth?«

Es ist Donnerstagmorgen. Wir haben gerade Englisch. Gedankenverloren hebe ich den Kopf und schaue zu Mrs Farmer. »Du sollst ins Sekretariat kommen. Jemand möchte mit dir sprechen.« Mehr sagt sie nicht, aber wir wissen beide, dass die Schulpsychologin mich erwartet. Offenbar wollen nicht alle meine blauen Flecken ignorieren.

Schnell packe ich meine Sachen zusammen. Joshua starrt mich an. Als ich an Sophias Tisch vorbeikomme, versucht sie, mir ein Bein zu stellen. Ich weiche ihr geschickt aus, woraufhin sie mürrisch das Gesicht verzieht. Ihre dunklen Augenringe sind noch auffälliger als sonst. Ob Morgan sie wieder wach gehalten hat?

Mit dem Rücken schiebe ich die Tür auf. Alle in der Klasse beobachten mich und überlegen sich anscheinend neue Theorien. Ich meide Joshuas Blick – er bekommt mehr mit, als ihm guttut – und verlasse die Klasse so schnell wie möglich.

Meine Schritte hallen über den leeren Gang. Es ist nicht das erste Mal, dass Sally Morrison, unsere Schulpsychologin, mich sprechen möchte. Sie glaubt weder den Gerüchten noch akzeptiert sie meine Erklärungen, dass ich einfach nur tollpatschig bin. Es passiert nicht oft, aber doch oft genug, dass sie direkter wird.

»Hallo, Elizabeth«, grüßt sie mich, als ich in der Tür zu ihrem Büro erscheine. Im Sekretariat hinter mir ist einiges los, die Assistentin telefoniert laut, das Faxgerät in der Ecke spuckt Papier aus. »Mach sie ruhig zu«, meint Sally und deutet mit ihrem Stift auf die Tür. Ich gehorche und sehe dabei, dass sie sich eine neue Pflanze ins Regal gestellt hat. Jetzt sind es acht.

»Und, was war es dieses Mal?«, erkundigt sich Sally ohne Einleitung. Kein Smalltalk mehr. Ich setze mich und warte auf das Knacken des Stuhls, wenn ich mein Gewicht darauf verlagere. Wir haben inzwischen unsere Routine.

Bevor ich ihr antworte, gehe ich meine Optionen durch. Sally hat nichts in der Hand, solange ich ihr nichts Konkretes verrate. Sie kann niemanden anrufen oder sich in mein Leben einmischen, wenn ich ihr keine verwertbaren Informationen gebe. Wozu ich natürlich nicht die geringste Absicht habe.

»Beim Melken hat mich unsere Kuh getreten. Sie ist manchmal ziemlich empfindlich.« Ich zucke mit den Schultern, als wollte ich sagen: *Da kann man nichts machen.*

Sally seufzt und tippt mit ihrem Stift auf die Tischplatte. Ich betrachte ihr kantiges Kinn und die dünnen Lippen. Ihre Gesichtszüge sind zu derb, als dass man sie hübsch nennen könnte, doch das versucht sie durch stilvolle Kleidung wettzumachen. Ihr Stift tippt weiter und mein Blick wandert zu ihrer Seidenbluse, der Silberkette und ihrer schwarzen Bundfaltenhose.

»Na schön, Elizabeth«, sagt sie jetzt und lenkt damit meine Aufmerksamkeit auf das Gespräch zurück. »Wir kennen beide das Spiel, wir spielen es ja jetzt schon einige Jahre. Du solltest langsam wissen, dass ich dir eigentlich nur helfen möchte.«

Spiele. Ich muss plötzlich wieder an die Gefühle denken. An

meine innere Leere, die Bilder, meine Träume. Sally wartet auf eine Antwort, und ich versuche, den Kopf wieder freizubekommen. Normalerweise lasse ich mich nicht so leicht ablenken. Ich zwinge mich, mich auf meine Rolle zu konzentrieren, und schenke ihr ein starres Lächeln, das sie hoffentlich verwirren wird. »Ich weiß, wonach es aussieht, aber ehrlich, ich bin einfach nur ungeschickt und dumm.«

»Du bist nicht dumm«, erwidert die Psychologin automatisch und streicht ihr kinnlanges, mausgraues Haar zurück. Hinter ihr erscheinen Gefühle: *Frustration* und *Sorge*. Aber sie bleiben nicht lange. »Ich glaube trotzdem, dass du mir etwas verheimlichst, Elizabeth. Wenn du Angst hast, kann ich dir helfen. Ich werde nicht zulassen, dass dir jemand wehtut. Bist du sicher, dass du mir nichts sagen möchtest?«

In ihrem Gesicht lese ich, dass sie es ernst meint. Auf eine Art erinnert sie mich an Maggie und auch an Joshua: Sie alle sehen mich an und glauben, mehr zu entdecken, als da ist. Sie machen sich Sorgen – ganz gleich, was ihr Instinkt ihnen rät.

Ich lächle Sally an, als würde mich die ganze Sache amüsieren. »Wirklich, es ist alles gut. Danke der Nachfrage.«

Sie runzelt die Stirn, lässt mich widerwillig gehen. Weil sie muss. Man kann niemandem helfen, der sich nicht helfen lassen will.

Dieses Mal erwischt mich Fear nicht unvorbereitet. Er kommt von Westen, schnell wie eine Sternschnuppe. Ich merke, wie sich etwas in mir regt. Auch die Kühe werden unruhig. Ich sitze auf dem Heuboden, die Hände schlaff auf meinem Schoß, und betrachte eines meiner Bilder. Meine Gedanken wandern zu dem Jungen. Der Traum von letzter Nacht beginnt immer wieder von vorn: dieselbe Unterhaltung, dieselben roten Augen und dieselben hungrigen Insekten.

Die Sonne ist fast untergegangen. Das abnehmende Licht sickert auf den Dachboden und wärmt meine Haut. Ich schließe die Augen.

»Du hast mir das mit der Zeitung noch nicht erklärt«, sage ich.

Fear setzt sich neben mich, sein schwarzer Mantel flattert sanft um uns. Ich bekomme eine Gänsehaut und konzentriere mich auf das Bild. Fear streicht mir die Haare über die Schulter. Dabei berühren seine Finger meinen Hals. Jeder normale Mensch würde spätestens jetzt loskreischen, ich aber sehe ihn unbeeindruckt an. Er bedrängt mich mit Bildern, die anderen den Verstand rauben würden. Blut. Gewalt. Blitzende Messer und Folterinstrumente. Und noch mehr. Doch ich sehe nur zu, bin ein unbeteiligter Beobachter.

»Dich gibt es schon ewig«, sage ich. »Manche meinen, schon viel zu lange.«

»Und manche finden, es gibt noch nicht genug Angst auf der Welt«, kontert er und weicht zurück. »Ich bin nun mal so, wie ich bin.«

»Hast du nicht manchmal genug davon?«, frage ich. Kann man sich wirklich jemals ändern? Oder belügen wir uns nur, indem wir an etwas anderes, Höheres glauben? Vielleicht ist der Glaube an etwas Neues vergleichbar mit dem Glauben an den Weihnachtsmann oder an die Zahnfee.

Fear lacht und streckt seine langen Beine aus. »Seltsame Idee. Wieso sollte ich genug davon haben, der Menschheit das Grauen zu lehren, wenn ich doch genau dazu da bin?«

»Dein Bruder hat etwas ganz Ähnliches gesagt, glaube ich.« Ich achte nicht auf die Worte, die aus meinem Mund kommen. Meine Gedanken wandern wieder zu meinen Träumen. Weder das Mädchen noch der Junge haben einen Namen genannt. Und diese roten Augen … mein Instinkt sagt mir, dass da noch jemand war. Oder *etwas*. Aus irgendeinem Grund muss ich auf einmal an den bedrohlichen Schatten denken. An die Gestalt auf dem Bild, die über dem Mädchen lauert. Und zuschaut.

»Du hast *Mut* getroffen?« Fears alarmierte Stimme holt mich zurück in die Realität. Licht spiegelt sich in seinen wilden, weißblonden Haaren. Er ist schön anzuschauen, und ich verstehe, warum sich manche Menschen zu ihm, zur Angst, hingezogen fühlen. Wir nehmen Schönheit wahr, auch wenn wir sie nicht sehen können.

Es wird kälter, jetzt wo die Sonne verschwunden ist. Um mich warmzuhalten, ziehe ich die Knie an und umfasse sie mit den Armen. Ich antworte, schaue dabei aber zu Boden. »Ja. Er hat jemanden aus meiner Klasse besucht.«

»Und, was hältst du von meinem Gegenstück?« Fears Stimme klingt aufgewühlt. Sein Unbehagen lässt das Stroh zu unseren Füßen rascheln. Sogar die Kühe unter uns spüren Fears Laune und muhen verängstigt.

»Beruhige dich, Fear.« Ich lege ihm die Hand auf den Arm. Er erstarrt und betrachtet sie mit einer Mischung aus Verwirrung und Erstaunen.

»Kein Mensch hat mich je freiwillig angefasst«, murmelt er. Seine Worte klingen so seidig, dass wieder etwas in mir zu zittern beginnt. Mein Instinkt meldet sich. Aber gerade, als ich meine Hand wegziehen will, packt mich Fear mit einer raschen Bewegung. Seine Finger verschränken sich mit meinen und seine Kräfte ringen mit meiner Leere. Aber tief in mir fühle ich mich mit Fear verbunden, zu ihm hingezogen. Nicht zu seiner Art, sondern zu etwas anderem, etwas viel Wesentlicherem. Doch ich kann es nicht in Worte fassen.

Stille legt sich um uns, ich neige den Kopf und sehe mir unsere ineinander verschlungenen Hände an. Es ist ein seltsamer Anblick: Meine Haut ist gebräunt vom Arbeiten in der Sonne, seine ist bleich, glatt, makellos. Unmenschlich.

Bei dem Gedanken ziehe ich meine Hand weg. »Ich bin eben anders als die meisten Sterblichen.« Ich schenke Fear ein ausdrucksloses Lächeln.

Überraschenderweise reagiert er nicht darauf. »Ich habe dich die ganze Zeit über beobachtet«, erzählt er stattdessen und schaut hoch zu den Dachbalken. »Als ich dich das erste Mal sah, warst du vielleicht vier oder fünf Jahre alt. Dein Vater hat deine Mutter geschlagen, und du hast nicht auf meine Berührung reagiert, standest nur in der Ecke und hast zugeschaut. Du hast mich direkt angesehen. Schon damals warst du klug genug, nichts zu sagen. Du hast unrecht, wenn du meinst, ich wäre nur aus Langeweile hier. Seit diesem Tag suche ich nach Antworten.«

Ich höre, wie draußen die Haustür zuschlägt. Wahrscheinlich kommt Tim vom Feld zurück. Ich wende mich Fear zu. Doch er starrt nur mit gerunzelter Stirn auf das Bild uns gegenüber. Er wird nie aufhören, mich verstehen zu wollen, er wird nicht eine Sekunde Ruhe geben.

»Womit hast du dich denn beschäftigt, bevor du mich getroffen hast?«, frage ich abwesend, nur um das Schweigen zu füllen.

Wider Erwarten antwortet Fear tatsächlich darauf. Und seltsamerweise klingt er dabei ähnlich wie ich: unbeteiligt, ausdruckslos. Als würde er sich absichtlich keine Mühe geben.

»Vor dir war da ein anderes Mädchen«, murmelt er. Er windet sich, der Schmerz in seinen Augen lässt sich nicht verbergen. Er hat dieses Mädchen nie erwähnt, aber ich kann mir denken, was dahintersteckt. »Sie war natürlich nicht wie du«, fügt er ernst hinzu, ganz ohne sein typisches herausforderndes Grinsen. »Sie war … sie hat einfach *alles* gefühlt. Sie hat so hingebungsvoll getanzt, dass alle innegehalten und ihr zugeschaut haben. Sie war von allem und jedem hingerissen. Von ihrer Familie, ihrem Zuhause.« Hier stockt er plötzlich.

»Und du hast sie geliebt«, bemerke ich knapp. Warum zieht sich bei dem Gedanken daran etwas in mir zusammen? Aber noch seltsamer ist, dass ich nicht weiter nachbohre.

Wir schweigen. Dann schluckt Fear. »Ja. Ich habe sie geliebt.«

Mehr nicht. Ich frage nicht, wo sie jetzt ist, denn mir ist klar, dass das Mädchen tot ist. Doch ich versuche mir vorzustellen, was sie so besonders gemacht hat, warum sich Fear so sehr zu ihr hingezogen fühlte. Das Mädchen und ich haben nichts gemeinsam, das hat er selbst gesagt. Sehe ich ihr ähnlich? War auch sie von einem Geheimnis umgeben? Ich stelle keine dieser Fragen, denn Fear sitzt jetzt kerzengerade da, und ich weiß, dass es ihm für heute mit der Ehrlichkeit reicht. Aber vielleicht kenne ich ihn doch nicht so gut, wie ich dachte.

Wir schweigen, jeder ist in Gedanken mit seiner eigenen Vergangenheit beschäftigt. Doch es ist ganz anders als gestern mit Charles, als wir einfach nur geschwiegen haben, weil es nicht notwendig war, etwas zu sagen. In dieser Stille mit Fear lauern unzählige unausgesprochene Worte, Andeutungen und Abgründe.

Die Sonne ist jetzt ganz hinter dem Horizont verschwunden. Irgendwie geschieht das immer, ohne dass ich es merke. Die einzige

Lichtquelle, die uns bleibt – der Mond ist wolkenverhangen –, ist eine alte, flackernde Glühbirne, die von der Decke baumelt. Fear und ich sehen gleichzeitig zu ihr hoch.

Was für ein seltsames Paar wir doch abgeben, denke ich. Ich sehe die Szene vor mir: Umgeben von rätselhaften Bildern sitzt ein scheinbar normales Menschenmädchen mit ausdruckslosem Gesicht unter den Dachbalken im Heu. Neben ihr lehnt ein wunderschönes, zeitloses Wesen mit undurchschaubarer Miene an der Wand. Allein der Name dieses Wesens lässt die Menschen erschaudern. Im Gegensatz zu mir wirkt Fear in dieser Scheune völlig fehl am Platz: Jeder normale Mensch würde sich die Augen reiben und damit rechnen, dass er in der nächsten Sekunde wieder verschwindet.

»Du hast meine Frage nicht beantwortet«, sage ich, als die Stille durch das Muhen einer Kuh im Stall unter uns durchbrochen wird.

Fear schiebt sich herüber, bis wir Schulter an Schulter sitzen. Er kann es nicht lassen. Ich bleibe ausnahmsweise, wo ich bin. Vielleicht ist er dann hilfsbereiter. »Welche Frage?«, erkundigt er sich. Ich sehe ihn nur mit hochgezogenen Augenbrauen an. Fear grinst, denn er weiß, dass ich mich nicht beirren lasse. »Ich habe dir die bestmögliche Antwort gegeben.« Er fährt mit den Fingern über meine Wange, bevor ich der Berührung ausweichen kann.

»Nicht auf meine Frage, ob du nicht irgendwann auch mal genug hast.«

»Es ist meine Bestimmung«, beharrt er.

Kühle Luft weht durch die Ritzen in den Wänden zu uns herein. Der kalte Luftzug und Fears Nähe lassen mich schaudern. Als Fear es bemerkt, zögert er keine Sekunde. Blitzschnell hat er den Raum durchquert, die alte Pferdedecke geschnappt, die ich für kalte Nächte wie diese hochgebracht habe, und sie mir um die Schultern gelegt. Ich bedanke mich nicht. Dankbarkeit wäre eine unkluge Geste.

»Du bist müde«, meint Fear auf einmal. Er klingt überrascht.

Ich ziehe die Decke hoch und kuschle mich darin ein. Plötzlich blitzt eine Erinnerung von gestern Nacht vor meinen Augen auf – vor mir sehe ich die Pupillen des Jungen, wie sie immer kleiner und kleiner werden. Zitternd wickle ich die Decke noch enger um mich. »Ich habe nicht gut geschlafen, das ist alles.«

Fear druckst herum. »Ich …« Das Stroh vibriert, als er wieder nervös wird. Doch dann geht er aufs Ganze. »Ich könnte dir beim Einschlafen helfen.«

Er meint, er kann seine Macht einsetzen. Aber nicht sein Angebot ist ungewöhnlich, sondern sein Motiv. Seine Unsicherheit hat längst die Überhand gewonnen, seine sorgsam einstudierte Arroganz bröckelt. Was bleibt, ist Verletzlichkeit. Ich merke, dass er nicht an sich selbst denkt. Es geht ihm um mich.

Ich kommentiere diese Einsicht nicht. »Nein, ich schaffe das schon.«

Fears Gesicht verschließt sich, er nickt. Die Distanz zwischen uns wächst wieder. »Vielleicht sollte ich mich dann zurückziehen.« Er spricht bewusst förmlich.

Ich sehe zu, wie er aufsteht, und fühle, wie sich meine innere Leere wieder ausbreitet. »Ja, ist gut.«

Die Luft um ihn herum knistert regelrecht. Ich habe Fears Ego verletzt, indem ich seine Hilfe abgelehnt habe.

»Du fühlst wirklich nichts.« Seine Stimme ist kälter als ein Hagelsturm. »Ich dachte, dass da etwas sein muss, wenn auch nur ganz schwach. Manchmal, wenn ich dich berühre, dir zusehe, glaube ich, einen kleinen Funken Menschlichkeit zu entdecken.«

»Ich habe dich nie belogen, Fear«, murmle ich. »Inzwischen bin ich eben gut darin, Dinge vorzutäuschen.«

»Ja, offensichtlich.« Seine Augen glühen förmlich.

Ich bleibe auf dem Strohballen sitzen und lege mir zurecht, was ich als Nächstes sage.

Auf einmal durchschneidet die schrille Stimme meiner Mutter die drückende Luft und lenkt Fear ab. »Elizabeth, da ist jemand für dich am Telefon!«

Sie scheint keine Antwort zu erwarten, aber ich rufe zurück: »Ich komme!«

»Wer ruft *dich* denn an?«, fragt Fear, als ich mich an ihm vorbei zur Treppe dränge. Er verschwindet und erscheint direkt vor mir wieder, stellt sich mir in den Weg. »Du hast doch gar keine Freunde.«

Ich weiche ihm aus, die Stufen knarren bei jedem Schritt. »Das stimmt nicht. Maggie ist meine Freundin.«

»Nicht mehr lange«, haucht er mir in den Nacken. Seine Anwesenheit verstört die Kühe, sie fangen wieder an, wie wild zu brüllen. Fears Mantel flattert um seine Füße, während er mir zum Haus folgt.

Entschlossen ignoriere ich seinen Kommentar und flüstere: »Geh jetzt lieber. Meiner Mutter geht es nicht gut.« Ich möchte nicht, dass sie sich in meiner Gegenwart noch unwohler fühlt. Denn wenn ich hier nicht bleiben kann, habe ich gar keinen Zufluchtsort mehr.

Fear antwortet nicht, aber als ich mich umdrehe, ist er verschwunden. Ein Gefühl von Schmerz und Kummer liegt in der Luft.

Als ich die Küche betrete, bemüht sich meine Mutter, beschäftigt zu wirken, und ignoriert mich. Das Telefon liegt auf dem Tisch. Ich gehe hin und melde mich. »Hallo?«

»Hallo, Elizabeth. Hier ist … Joshua.«

»Hallo.« Mir ist klar, dass Mom zuhört. Außer Maggie hat mich noch nie jemand angerufen, erst recht kein Junge. Als Joshua nicht antwortet, füge ich hinzu: »Wie geht's?«

Er räuspert sich. »Okay. Gut. Und dir?«

»Gut.«

Joshua schweigt wieder, dann sagt er mit einem Beben in der Stimme: »Hör mal …« Im Hintergrund scheppert etwas, wahrscheinlich ist er über einen Stuhl gestolpert. Er hüstelt, um die Geräusche zu übertönen. »Ich wollte dir nur sagen, heute nach der Stunde bei Mrs Farmer, als du schon weg warst, haben sich alle Partner für die Projektarbeit gesucht, und übrig geblieben sind nur wir beide.«

Ich sollte ihn nicht dazu ermutigen, sich mit mir anzufreunden – dafür hat er eine zu gute Beobachtungsgabe, die mir gefährlich werden könnte. Außerdem habe ich im Moment andere Sorgen. Aber dann denke ich wieder daran, was *Mut* mir geraten hat. Er war ehrlich zu mir, und ich bin zum ersten Mal geneigt, einem Gefühl zu trauen.

»Ist doch super«, antworte ich und versuche, genauso jung und schüchtern zu klingen wie Joshua.

Falls er überrascht ist, lässt er es sich nicht anmerken. »Genial. Cool, meine ich. Vielleicht hast du dir das Handout schon angesehen: Die Gedichte und die Kurzgeschichte müssen ein gemeinsames Thema haben, und da dachte ich, wir könnten doch …«

»Ja, habe ich gelesen«, unterbreche ich ihn, da ich draußen Tims schwere Schritte höre. »Wir bereden das in der Schule, ja?«

Joshua stellt keine Fragen und versucht nicht, das Gespräch künstlich zu verlängern. »Okay, bis dann.«

»Tschüss.« Ich lege auf. Meine Mutter beäugt mich neugierig, aber ich gebe ihr keine Erklärung. Tim öffnet die Tür, die Scharniere quietschen. Ich bin weg, noch bevor er einen Fuß ins Haus setzt.

Acht

Mir ist nicht entgangen, dass Fear bei seinem letzten Besuch nicht noch einmal auf den Zeitungsbericht eingegangen ist. Dass der Artikel einfach so verschwunden ist, hat ihm sicher zu denken gegeben, und jetzt will er die Sache wohl lieber allein klären. Fear ist zwar ein hervorragender Lügner – er konnte diese Kunst über Jahrtausende hinweg perfektionieren –, aber er scheint mir gegenüber die Wahrheit nicht verbergen zu können. Als würde er insgeheim wollen, dass ich alles erfahre. Und das werde ich auch, denn im Nachforschen bin ich gut.

In der Mittagspause sitze ich nicht wie sonst allein herum, sondern gehe in die Schulbücherei. Die Bibliothekarin, Mrs Marble, nickt mir zu, als ich den Raum betrete. Schnell schleiche ich in die hintere Ecke und husche von Bücherregal zu Bücherregal.

Ich kann mich nicht darauf verlassen, dass Fear Antworten findet. Als die Buchstaben vor meinen Augen verschwunden sind, habe ich deshalb beschlossen, mir eine eigene Ausgabe der Zeitung zu besorgen. Es ist ja nicht so ungewöhnlich, dass Menschen einen Autounfall überleben, aber dass sich der Artikel während des Lesens in Luft aufgelöst hat, kann nur eins bedeuten: Ich soll irgendetwas nicht erfahren. Soweit ich mich erinnern kann, haben meine Eltern den Unfall nie erwähnt. Aber warum?

Das Archiv der Schule ist natürlich beschränkt, aber es ist die einzige Bibliothek in Edson, also kann ich die Ausgabe der Zeitung, wenn überhaupt, nur hier finden. Mrs Marble lässt mich in Ruhe stöbern und ich verkrieche mich niesend in die staubige Ecke mit den Chroniken. Hier hat sich seit Jahren niemand mehr umgeschaut.

Ich gehe die Jahreszahlen durch. Wenn ich zur Zeit des Unfalls drei oder vier war, muss die Ausgabe 2003 oder 2004 erschienen sein. Es fehlen ziemlich viele Ausgaben, aber ich suche trotzdem weiter.

Aus unserer Gegend gibt es nicht viel Aufregendes zu berichten. Ich stoße auf Schlagzeilen wie *Ernte in diesem Jahr mager* oder *Lehrer wegen Drogenmissbrauchs entlassen*. In den Artikeln geht es um Kleinkriminelle, belanglose Streitereien oder Schulfeste. Ich bin mit 2003 halb durch, aber nirgendwo wird von einem kleinen Mädchen berichtet, das einen Autounfall überlebt hat.

Mir bleibt keine Zeit, das ganze Jahr zu durchforsten – die Pausenglocke läutet zur nächsten Stunde: Geschichte. Vorher packe ich sorgfältig alles zurück: Mrs Marble hat die Besucher ihrer Bibliothek fest im Blick, Liegengelassenes lässt sie unter Beobachtung wegräumen.

Als ich die Klasse betrete, steht Joshua schon an seinem Platz – er scheint auf mich zu warten. Meine Bücher an mich gedrückt, suche ich mir wie üblich einen Platz ganz hinten.

Joshua sieht mich an und ein schiefes Grinsen huscht über seine Lippen. Ich habe keine Ahnung, was er wirklich denkt, denn seine Augen werden von seinen langen Haaren verdeckt. Als ich ihn freundlich anlächle, kommt er zögerlich angelaufen. Er erinnert mich an ein neugeborenes Fohlen, doch er kann seine Ängstlichkeit und Aufregung besser verstecken.

»Also, wegen dem Projekt«, beginnt er ohne Einleitung und lehnt sich an meinen Tisch. Ich habe Joshuas Klamotten noch nie wirklich beachtet, jetzt aber werfe ich doch einen Blick auf seine zerschlissene Jeans, das dreckige weiße T-Shirt und die völlig zerschrammten Stiefel. Die Arbeit auf dem Hof hat Joshua gutgetan: Seine Arme sind nicht so dürr, wie ich dachte, sondern richtig sehnig. Er ist nicht schlaksig, nur schlank.

»… das geht klar, oder?«

Ich blinzle Joshua an. »Wie?«

Er sieht mich besorgt an; und tatsächlich tritt *Sorge* neben ihn und berührt ihn leicht, bevor sie gleich wieder verschwindet. »Hast du was dagegen? Ich kann auch noch mal mit Mrs Farmer reden. Ich dachte nur …«

Ach ja. Die Partnerarbeit. »Schon gut. Geht klar«, versichere ich Joshua und unterbreche sein ängstliches Gestammel. »Tut mir leid. Ich war in Gedanken woanders.«

»Ja?« Joshua sieht mich neugierig an. »Und wo?«

»Liebe Leute, bitte setzt euch. Die Münder bleiben ab jetzt geschlossen. Holt Stifte und Hefte heraus – heute gibt es viel zum Aufschreiben. Wenn es klingelt, fallen euch die Finger ab!« Ein kollektives Stöhnen begleitet Mr Anderson auf seinem Weg zum Pult. Ihm hinterher hüpft *Begeisterung*, mit ihren abstehenden Haaren und schlanken Gliedern. Mr Anderson hat richtig Spaß am Unterrichten, das merkt man. Joshua zuckt mit den Schultern und grinst mich an, bevor er zurück an seinen Platz geht.

Sophia fehlt heute, und wenn ich könnte, würde ich Erleichterung empfinden. Ich setze mich aufrecht hin und konzentriere mich voll aufs Mitschreiben.

Joshua bemüht sich, den Rest der Stunde nicht zu mir herüberzuschauen, und doch wandert sein Blick ab und zu in meine Richtung. Ich kann praktisch hören, wie es in seinem Hirn rattert. Er ist anscheinend ziemlich abgelenkt.

Aber bei Weitem nicht so sehr wie ich.

Die nächsten Tage vergehen, ohne dass etwas passiert. Mein Vater ist zufrieden mit der Ernte und er lässt mich viel arbeiten. Seine gute Laune überträgt sich auf Mom, die mich während dem Abendessen nun weniger wie eine Furcht einflößende Fremde, sondern eher wie eine entfernte Verwandte auf Besuch behandelt. »Reichst du mir bitte das Gemüse, Elizabeth?«, fragt sie höflich.

Charles tut natürlich so, als wäre alles super. Er hat sich etwas Neues überlegt, um aus Edson herauszukommen: Autorennen. Vor ein paar Tagen hat er sich vom Schrottplatz ein altes Auto gekauft – Old Tom hat ihm einen guten Deal gemacht. Wenn ich abends male, bastelt Charles in der Garage an dem Wagen. Er war auch schon auf einer Rennpiste in Chippewa Falls. »Wollte mal die Konkurrenz begutachten«, hat er mir erklärt. »Wenn ich mein Baby erst mal fertig habe, stecke ich die anderen locker in die Tasche.« Ich stimme ihm zu, denn das erwartet er.

Am Donnerstag sind meine Blutergüsse so weit zurückgegangen, dass ich sie mit Make-up abdecken kann. Das Ergebnis ist annehmbar, und ich kann Maggie besuchen. Es ist über drei Wochen her, dass ich bei ihr war, und ich habe das Bedürfnis, den Schein einer guten Freundin zu wahren. Charles übernimmt das Melken für mich und denkt sich eine Entschuldigung aus, falls Dad merkt, dass ich weg bin.

Als ich nach der Schule in meinen Pick-up steige, habe ich meinen Plan klar vor Augen. Auf dem Parkplatz starten die Motoren, alle verabschieden sich laut rufend.

Gerade als ich den Schlüssel ins Zündschloss stecke, entdecke ich einen Zettel unter dem Scheibenwischer. Eilig steige ich aus und ziehe das Stück Papier hervor. Ein geschwungenes B, mit blauer Tinte geschrieben. Ich steige wieder ins Auto und streiche den Zettel auf dem Lenkrad glatt.

BIST DU SIE?

Die Handschrift ist hübsch, mit eleganten Schwüngen und Bögen. Ich halte das Papier vor die Nase und rieche daran. Es klebt ein frischer, dunkler und kalter Geruch daran. Seltsam. Das ist entweder irgendein blöder Scherz – oder etwas ganz anderes. Aber ich habe keine Ahnung, was es sein könnte. Am besten, ich denke später darüber nach. Ich stecke das Papier ein, starte den Motor und breche nach Eau Claire auf, das etwa vierzig Minuten entfernt liegt.

Die Landschaft verändert sich nicht, draußen sieht man nur die typischen Hügelwellen von Wisconsin. Die Zeit vergeht, während der Kilometerzähler immer weiter nach oben steigt.

Irgendwann tauchen Umrisse des Krankenhauses auf. Ich stelle das Auto ab und lese die Worte über dem Eingang: *Sacred Heart Hospital.* Inzwischen kennen mich die Angestellten hier ziemlich gut. Die Krankenschwester mit den Locken am Empfang nickt mir zu, als ich durch die Schiebetür trete, zum Aufzug gehe und die neun drücke. Die Taste leuchtet rot. Bei jeder Etage macht es leise *pling!* Ich konzentriere mich ganz auf dieses Geräusch, bereite mich mental auf den Besuch vor. Meine Mimik, meine Reaktionen, meine Stimme, meine Gesten – alles muss zu der mitfühlenden, besorgten Freundin passen.

Maggie schläft, als ich ihr Zimmer betrete. Der Fußboden quietscht unter meinen Sohlen. Die Sonne scheint durchs Fenster und wirft einen Strahl auf den Boden. Ich bleibe stehen. Maggies Eltern sind nicht da, und ich habe keine Ahnung, wie lange sie noch schlafen wird. Jede vorbeitickende Sekunde ist eine Sekunde, in der Tim merken kann, dass ich nicht da bin. Ich wende mich wieder zum Gehen.

»Und du hinterlässt nicht einmal eine Nachricht?«, flüstert sie. Als ich mich zu ihr umdrehe, sehe ich, wie sie müde die Augen öffnet. Seit dem letzten Mal ist sie noch schwächer geworden. Ihr Gesicht ist fast so weiß wie das Kissen in ihrem Nacken. Sie trägt heute keine Perücke – ihre wenigen Haare stehen in Büscheln vom Kopf ab – und jemand muss ihr das Lippenpiercing abgenommen haben. Aber in typischer Maggie-Manier rebelliert sie mit einer Totenkopf-Halskette und schwarz lackierten Fingernägeln. Ich gehe auf sie zu und setze mich auf den unbequemen pinkfarbenen Stuhl neben ihrem Bett. Maggie lächelt mir müde zu, während sie mich beobachtet.

»Ich habe vom Meer geträumt«, sagt sie. »Weißt du eigentlich, dass ich noch nie am Meer war?«

»Ja, hast du mal erzählt.«

Maggie bewegt den Kopf unruhig hin und her, mit ihrer dünnen Hand fasst sie nach den Überbleibseln ihrer einst leuchtend roten Mähne. »Ich würde schon gern mal meinen Fuß reintauchen«, meint sie. »Bunte Fische beobachten und Fotos von Korallenriffen machen.«

»Ich weiß«, antworte ich sanft. »Das kannst du sicher irgendwann.«

»Nein, kann ich nicht. Und das wissen wir beide.« Maggie sieht mich an und zwingt sich zu einem Lächeln. Es sieht unnatürlich aus. Sie wirkt eher, als würde sie sich im nächsten Moment in einer dunklen Ecke verkriechen und losheulen. Aus den Augenwinkeln sehe ich das Gefühl, das uns begleitet: *Kummer*, der sich an Maggie schmiegt, eine glänzende Träne auf der Wange. Seine dunklen Haare verdecken das übrige Gesicht. Ich ignoriere ihn und beuge mich zu Maggie hinüber. Obwohl sie es abstreitet, weiß ich, dass sie mehr Lügen hören will. Also tue ich ihr den Gefallen.

»Wir ziehen ganz knappe Bikinis an und rennen den Strand entlang«, erzähle ich ihr, während ich ihre Hand halte. Sie greift nach meinen Fingern und ich drücke automatisch fester zu. »Die Jungs werden dir verliebt nachschauen, alle Mädels vor Eifersucht platzen. Wir nehmen unsere Kameras mit und fotografieren alles. Und wenn wir Hunger bekommen, kaufen wir uns eine Tüte Pommes und setzen uns diese lächerlich riesigen Sonnenhüte auf« – Maggie schnaubt verächtlich – »und vielleicht können wir auch mit Delfinen schwimmen. Alles Mögliche halt.«

Meine Freundin seufzt, ihr bittersüßes Lächeln ist jetzt echt. »Ich weiß nicht, ob es an dem Zeug liegt, das die mir hier verabreichen, aber du siehst so anders aus im Sonnenlicht. Richtig schön. Als wärst du von Licht umgeben. Es scheint aus *dir* heraus zu leuchten – und nicht vom Himmel.«

»Könnte an den Medikamenten liegen … oder einfach nur an dir«, necke ich sie.

Aber Maggie hat plötzlich keine Lust mehr. Ihre Stimmung kippt – die Ärzte haben mal gesagt, das liege an den Medikamenten – und sie schnalzt ungeduldig mit der Zunge. »Vergiss es. Scheiß drauf. Ich will nicht mehr über mich reden. Ich habe es satt, auf die Ärzte und Pfleger oder auf meine Eltern zu hören. Lenk mich ab,

Liz. Erzähl mir von der Schule, die ganzen schmutzigen Gerüchte. Oder noch besser, lass uns einen draufmachen. Du bist doch mit dem Auto da, also komm, wir suchen uns eine Party!« Ihre Augen glänzen, *Kummer* verblasst und wird prompt von *Verzweiflung* abgelöst. So viele Gefühle …

Jetzt muss ich mir ein Lächeln abringen, um sie zu besänftigen. »Warum bleiben wir nicht beim neuesten Tratsch?«, schlage ich vor. Maggie lässt sich ins Kissen sinken. *Verzweiflung* verschwindet wieder, auf der Suche nach einem neuen Opfer. »Pass auf …« Ich denke nach. »Die Dorseth-Brüder sind mal wieder verhaftet worden. Sie sind in den Baumarkt eingebrochen. Und Joshua Hayes hat Sophia Richardson abblitzen lassen, als sie ihn gefragt hat, ob er mit ihr auf den Schulball gehen will.«

»Was?« Maggie kreischt auf und versucht, sich hochzurappeln. Ich drücke sie sanft wieder zurück, aber ihre Augen sind vor Entzückung weit aufgerissen. »Woher weißt du das? Erzähl mir alles.«

Eine Stunde lang heitere ich sie mit Geschichten auf. Maggie schnappt alles begierig auf, und ich schaffe es, sie eine Weile abzulenken. Aber irgendwann lässt ihre Aufmerksamkeit nach, mehr und mehr Gefühle erscheinen und berühren meine todkranke Freundin. *Neid, Einsamkeit, Sehnsucht.* Maggie hört mir nur noch halb zu, nickt, damit ich weiterrede, aber ich nehme an, sie denkt an das, was sie verloren hat. An das, was sie verpassen wird – an all die Dinge, die sie sich wünscht, aber nicht bekommen wird. Ich konzentriere mich, um nicht den Gefühlen allen Raum zu lassen.

Irgendwann schaue ich auf die Uhr an der Wand: Es ist Viertel vor sechs. Ich kann nur noch ein paar Minuten bleiben. Mein Blick wandert zurück zu Maggie und fährt die Umrisse ihrer hohlen Wangen nach. Um ihre kleine Nase sind Sommersprossen gesprenkelt. Sie ist so zierlich … wie ein Vögelchen, das für immer im Nest bleiben muss und nie erfahren wird, wie es ist, die Flügel auszubreiten und den Wind und die Sonnenstrahlen zu spüren.

Ich habe aufgehört zu reden. Maggie dreht ihr Gesicht zum Fenster. Orangegelbes Licht fällt auf ihre Bettdecke. Sie schließt die Augen, ihre langen Wimpern berühren die Haut. »Elizabeth«, sagt sie leise. Es steckt so viel in diesem einen Wort, meinem Namen. Ich weiß, dass sie genug für uns beide empfindet.

»Ja?«

Maggie schluckt. »Ich dachte nur … na ja, ich mache Witze über den Tod« – beim letzten Wort zuckt sie zusammen – »und ich verdränge den Gedanken an ihn. Ich ziehe mich sogar so an.« Sie schnieft, will sich zusammenreißen, aber es funktioniert nicht. Nicht mehr. Sie zittert, sieht mir fest in die Augen. Offenbar hat sie eine Entscheidung getroffen. »Wir machen uns was vor, die ganze Zeit. Aber ich muss mich damit abfinden, dass ich sterben werde, und ich brauche jemanden, der das für mich ausspricht.«

Es gibt kein Zurück mehr, und sie scheint es endlich akzeptiert zu haben, also höre ich auf, sie zu belügen. »Ich weiß, Maggie.«

Sie grinst schwach. »Ja, das tust du. Du wusstest schon immer mehr. Aber das hat mich nie gestört, nicht so wie die anderen. Mit dir habe ich mich … sicher gefühlt. Ich war oft neidisch. Du bist so stark, so selbstsicher. Aber ich wollte mehr. Ich wollte angehimmelt werden, wollte so wie Sophia Richardson sein, beliebt, schön und bezaubernd. Als das nicht ging, habe ich versucht, etwas Besonderes zu sein, indem ich den Goth der Schule spiele. Und jetzt sieh mich an. Nun bin ich wirklich etwas Besonderes, oder?« Maggie lacht verbittert.

»Aber das ist nicht …«

»Ich weiß, ich weiß. Du musst mir das nicht noch mal sagen. Ich habe nichts getan, womit ich das verdient hätte. So was passiert halt, es ist reiner Zufall. Ich weiß. Ich weiß. Aber warum? Warum ich? Und warum jetzt? Du weißt doch so viel, Liz. Sag es mir. Warum muss das ausgerechnet mir passieren?«

Insgeheim habe ich damit gerechnet, habe diesen Moment vorhergesehen. Kein Mensch kann dem Tod furchtlos ins Auge blicken. Aber ich finde keine Worte, um Maggie zu beruhigen, denn die Antwort, nach der sie sucht, gibt es nicht. Schmerz und Leid haben weder einen Sinn noch einen Zweck, an dem sich die Lebenden festhalten könnten – diese Dinge existieren einfach. Ich könnte ihr all die netten Lügen erzählen, aber das würde die Wahrheit nicht erträglicher machen. Es gibt kein Zurück mehr.

»Ich bin hier«, sage ich nur. Mehr Worte braucht es nicht. Nur eine Sache gibt es noch. Maggie wartet darauf, dass ich es ausspreche. Also tue ich es. Mit all der Leere, die mich ausfüllt. »Du wirst sterben, Maggie.«

Sie starrt mich an, dieses Mädchen mit nassen, bleichen Wangen und blutendem Herzen. Gefühle drängen sich um sie, greifen nach ihr wie Schlingpflanzen. Die Leere in mir droht mich zu verschlingen. Ich stehe auf. Wie aufs Stichwort höre ich, wie sich Maggies Eltern im Flur mit leisen und besorgten Stimmen unterhalten.

»Ich komme bald wieder, okay?«, sage ich.

»Ich liebe dich, Liz«, flüstert Maggie mir nach. Ich halte kurz inne und überlege, ob ich etwas antworten soll, aber dann lasse ich es einfach. Ohne mich noch einmal umzudrehen, gehe ich aus dem Zimmer.

Neun

»Also, wann hättest du Zeit?«

Blinzelnd sehe ich zu Joshua hoch und hebe schlaff die Hand, um meine Augen vor dem Licht abzuschirmen. Die Zeichnung, an der ich gerade gearbeitet habe, liegt halb fertig auf meinem Schoß: Ich habe Hände gemalt, die einen langen Zopf flechten. Schnell klappe ich das Notizbuch zu. »Wozu?«, frage ich. Meine Gedanken sind ganz woanders. Die ganze Nacht über haben mich Träume und offene Fragen gequält.

Joshua tritt von einem Fuß auf den anderen, ringt kurz mit sich und hockt sich dann neben mich. »Wir müssen an den Texten arbeiten. Oder wir legen fest, wer was macht und jeder schreibt dann für sich. Aber ehrlich gesagt, ich bin nicht besonders kreativ, also …«

»Die Arbeit müssen wir doch erst in zwei Wochen abgeben«, erinnere ich ihn.

Er spielt mit einem Gummiband an seinem Handgelenk und starrt dabei auf die Straße. »Schon, aber ich bin gerne gut vorbereitet«, erwidert er.

Wir sitzen auf den Stufen vor der Schule. Es ist ruhig. Niemand ist da, vor dem ich mich verstellen muss aus Angst, einen Fehler zu begehen.

Joshua rutscht unruhig hin und her. Er ist wohl einer dieser Menschen, die nie still sitzen und sogar im Schlaf herumzappeln. »Sollen wir uns diese Woche nach der Schule treffen?«, frage ich schließlich.

Ein paar Mitschüler kommen auf die Schule zu, gefolgt von *Beklommenheit* und *Verzweiflung*. Für diese Kids ist es unendlich wichtig, beliebt zu sein, dazuzugehören. Ihre Stimmen schrecken Joshua auf. Er sieht zu, wie sie die Stufen hochtrampeln, dann richtet er seinen Blick wieder auf mich. Aus seinem Gesicht lässt sich unmöglich ablesen, was er denkt. Mir fällt auf, dass die beiden Gefühle an Joshua vorbeigehen, ohne ihn zu berühren.

Dann öffnen sich die Türen und die anderen sind verschwunden. Es ist wieder vollkommen still.

Joshua merkt, dass ich immer noch auf eine Antwort warte. Sein Hals und seine Wangen färben sich rot. »Ja, das wäre super«, sagt er mit einem dümmlichen Grinsen. »Wie wäre es Donnerstagabend? Ich bin dann vielleicht etwas früher mit der Arbeit fertig und wir können uns bei mir zu Hause treffen.«

Ich sehe ihn fragend an. »Und warum nicht bei mir?«

Sein Blick bleibt auf den überschminkten blauen Flecken in meinem Gesicht hängen; damit sagt er eigentlich schon alles. Trotzdem fügt er hinzu: »Ich dachte nur, du kommst vielleicht auch gerne mal … von zu Hause weg.« Sein Ton ist so vorsichtig und sanft, als wäre ich aus Glas.

»Gut. Ich bin um sechs da.«

Joshua grinst, sein Lächeln reicht beinahe von einem Ohr zum anderen. Meine Augen folgen ihm, als er aufsteht, registrieren seinen unpraktischen Haarschnitt, die ausgeprägten Wangenknochen. Irgendetwas an Joshua Hayes ist … anders. Mein Körper reagiert auf ihn. Etwas in meinem Magen zieht sich zusammen, obwohl da eigentlich nichts sein sollte. Es fühlt sich an, wie wenn ich an einem Bild arbeite oder ein Gefühl in der Nähe ist: als sollte ich eigentlich etwas empfinden. Und wahrscheinlich würde ich das auch, wenn diese Leere nicht alle Emotionen blockieren würde. Bei Fear war es genauso.

Erst als Joshua zu lächeln aufhört, wird mir bewusst, dass ich ein paar meiner Gedanken laut ausgesprochen habe. »Du bist auch anders, Elizabeth.« Seine Stimme klingt weich, und ohne auch nur eine Sekunde zu zögern, berührt er mich an der Schulter. Dann dreht er sich um und geht die Stufen hoch. »Gleich klingelt es«, ruft er noch. »Du hast schon genug Ermahnungen fürs Zuspätkommen. Los.«

Ich rühre mich nicht, sondern sehe zu, wie er im Schulgebäude verschwindet. *Vorsicht,* flüstert es in mir. *Halt dich von ihm fern.* Das sollte ich wirklich. Diese Sache kann nicht gut ausgehen.

Aber ich weiß, dass ich es nicht tun werde.

Ich liege in meinem Bett und starre an die Decke. Draußen ist es dunkel und die Lampe auf der Kommode wirft ein schwaches Licht auf den Boden und auf meine Bettdecke. Mir fällt wieder ein, was Charles gesagt hat: *Warum hängst du hier nichts auf? Ist ja deprimierend.*

Langsam setze ich mich auf und berühre die eierschalenfarbene Wand. Plötzlich kommt mir eine Idee. Ich sehe mich um, denke nach. Niemand außer Charles betritt je mein Zimmer: Meine Eltern können sich also über nichts beschweren, von dem sie nichts wissen.

Während ich mich an die Kopfseite meines Bettes lehne und meine Knie umfasse, überlege ich mir, was ich morgen alles erledigen muss. Vor meinem inneren Auge tanzen die Eindrücke, meine Bilder und Tagträume. Bäume, Dunkelheit, Meeresgischt, Schreie. *Du wirst alles vergessen. Du warst das.*

Plötzlich richte ich mich auf, springe vom Bett und laufe zur Tür, die ich einen kleinen Spalt öffne. Ich linse auf den Flur. Unten läuft der Fernseher und ich höre Tim rülpsen. Meine Mutter sitzt in der Ecke an ihrer Nähmaschine – das Surren der Nadel dringt bis zu mir nach oben.

Aber das ist es nicht, was mich aufgeschreckt hat. Irgendetwas regt sich in meinem Inneren: Jemand ist in der Nähe. Jemand, der Macht hat. Ein Schleier am Rande meines Bewusstseins bestätigt mir: Das Wesen vom Straßenrand ist wieder da. Aber nicht im Haus. Draußen.

Ich schließe die Tür und laufe ans Fenster. Nach einem kurzen Zögern gehe ich zu meinem Nachttisch und krame eine Taschenlampe aus der Schublade. So leise wie möglich kehre ich ans Fenster zurück und öffne es. Mit der Taschenlampe zwischen den Zähnen klettere ich auf den Sims und ertaste den Baumstamm, der nur einen halben Meter vom Haus entfernt steht und sich leicht nach rechts neigt. Es ist ganz einfach, daran hinunterzuklettern und sich dann auf den Boden fallen zu lassen. Unter meinem Gewicht raschelt das Laub. Ich sehe mich um. Die weiten Felder liegen vor mir, und ich weiß, dass dieses fremde Wesen irgendwo da draußen auf mich wartet. Ich kann seine Macht spüren. Ohne zu zögern, laufe ich in die Dunkelheit hinein. Die Taschenlampe schalte ich erst ein, als das Haus außer Sichtweite ist.

Die Luft ist kühl. Ich ignoriere das unangenehme Stechen unter meinen Fußsohlen und stapfe weiter barfuß durch den Mais. Stattdessen konzentriere ich mich auf das Wesen zwischen den Bäumen. Es ist immer noch da, seine Aura pulsiert hartnäckig in meinem Kopf. Nach ein paar Metern habe ich den Waldrand erreicht. Leichtfüßig renne ich los. Trotz der Geräusche, die ich verursache, läuft das Wesen nicht weg. Plötzlich fährt mir ein stechender Schmerz durch den Fuß: Ich bin auf irgendetwas Stacheliges getreten. Ich bleibe stehen und ziehe scharf die Luft ein. Doch gleich darauf laufe ich weiter, zwischen den Bäumen hindurch. Die Schmerzen ignoriere ich. In mir zieht sich wieder etwas zusammen. Mein mysteriöser Besucher ist ganz in der Nähe.

Als ich mir sicher bin, dass das Wesen nur noch ein paar Meter entfernt ist, bleibe ich am Rand einer Lichtung stehen und lausche. Mit der Taschenlampe suche ich die Baumreihe ab. Ich kann es immer noch spüren, es ist irgendwo vor mir, aber ich sehe nichts. Will es mich provozieren? Während ich auf ein Zeichen warte, sehe ich mich aufmerksam um. Mein Fuß brennt.

Da knackt etwas ganz in meiner Nähe. Das Wesen ist absichtlich auf einen Zweig getreten, es will, dass ich es finde. Ich reiße die Taschenlampe in die Richtung, aus der das Geräusch kam. Mein ganzer Körper ist in Alarmbereitschaft, auf alles gefasst. Und da entdecke ich den Besucher, eine schwarze Gestalt, die nur ein paar Schritte weiter hinter einem Baum steht.

»Wer bist du?«, rufe ich. »Was willst du von mir?«

Es kommt keine Antwort, aber der Fremde ist noch dort. Will er mich irgendwie auf die Probe stellen? Ich rufe nicht noch einmal nach ihm, darauf wartet er nur. Der Wald um uns kribbelt vor Leben, die Zeit scheint erst zu rasen, dann zu schleichen.

Plötzlich bewegt sich doch etwas. Meine Sinne sind immer noch geschärft, als ginge es um Leben und Tod. Die Gestalt tritt hinter dem Baum hervor, in den Lichtkegel meiner Lampe. Immer noch in höchster Anspannung mustere ich sie. Es ist zweifellos ein weibliches Wesen. Obwohl sie mit weiter Jogginghose und hochgezogenem Kapuzenpulli dasteht, zeichnet sich ihre schlanke Figur ab. Das ist auf keinen Fall ein Mann.

»Wirst du mir meine Fragen beantworten?«, erkundige ich mich ausdruckslos. Auf die kurze Entfernung trifft mich ihr Wesen stärker als je zuvor, aber ich kann sie nicht benennen. Ist sie ein Gefühl oder ein Element?

Sie hält den Kopf gesenkt, benutzt die Dunkelheit als Tarnung. Ich nehme die Taschenlampe herunter, um sie nicht zu erschrecken. »Ich bin gekommen, um dich zu warnen«, sagt sie. Ihre Stimme klingt voll und tief, aber auf mich wirkt sie trotzdem relativ jung. Ich habe wieder das Gefühl, sie zu kennen. Bevor ich jedoch nachhaken kann, fährt sie fort: »Er hat dich gefunden. Du musst dich noch stärker bemühen, dich zu erinnern.« Die Worte kommen stockend, als müsste sie gegen schreckliche Schmerzen anreden.

»An was erinnern?«

Irgendwo heult eine Eule, ein Geräusch, das Normalität vortäuscht. »An das, was wir getan haben«, erwidert die Fremde und tritt einen Schritt von mir weg. Sie ist nervös und wütend zugleich. Aber sie hat auch … Angst. Als würde sie meine Gedanken lesen, weicht sie noch einen Schritt zurück. Unter ihren langen Ärmeln ballt sie sicher die Fäuste.

»Mehr kannst du mir nicht sagen?«, frage ich. Ihr nachzulaufen hat keinen Sinn. Wenn mir diese Frau entwischen will, dann tut sie es.

»Stell keine dummen Fragen«, faucht sie und weicht noch weiter zurück. »Du weißt es doch schon. Erinnere dich, für dich und für mich. Und vertraue niemandem.«

Damit dreht sie sich um und rennt weg, verschmilzt mit dem schwarzen Hintergrund. Ihre Schritte sind kaum hörbar, und bald kann auch der Strahl meiner Taschenlampe sie nicht mehr erreichen. Ich warte, bis sie ganz verschwunden ist, dann gehe ich zurück zum Haus.

Aber schon nach ein paar Schritten bemerke ich aus den Augenwinkeln eine Bewegung. Ich bleibe stehen, jeder Muskel meines Körpers ist angespannt, doch dann erkenne ich, dass es nur ein Reh ist, das neben einem Strauch steht. Seine Ohren zucken vor und zurück, die Nüstern beben, wahrscheinlich wittert es mich. Entschlossen mache ich mich auf den Weg nach Hause. Es gibt genug andere Dinge, über die ich nachdenken muss.

Und ich muss die Dornen aus meinem Fuß ziehen.

»Nein«, schluchzt sie und drückt den Jungen an sich. Ihre Bluse und ihre Haut sind mit leuchtend rotem Blut getränkt. Sie schaut hinauf in den Himmel, und Tränen der Wut und Verzweiflung laufen in dünnen Rinnsalen über ihre Wangen. Sie schreit die unschuldigen Sterne an.

Als sie heiser geworden ist, wiegt sie sich und den Jungen vor und zurück. Dabei schluchzt sie. »Nein. Bitte. Komm zurück«, flüstert sie mit brüchiger Stimme und streicht über das blutverschmierte Haar. »Lass mich nicht allein. Bitte. Komm zurück. Bitte …« Wimmernd legt sie die Wange an den Kopf des Jungen.

Keine Antwort, keine Reaktion. Zumindest nicht von dem Jungen. »Wir müssen hier weg«, sagt eine Stimme zwischen den Bäumen. Das Mädchen antwortet nicht, sie wiegt sich weiter vor und zurück. Sie gräbt die Finger in den

Jungen, als wolle sie ihn nie wieder loslassen. Immer wieder murmelt sie etwas – seinen Namen – und küsst seine Stirn. Als sie den Kopf wieder zurücknimmt, klebt Blut an ihren Lippen.

»Wir sind hier nicht sicher. Wir müssen …«

»Lass mich!«, kreischt sie. Ihre Augen glühen förmlich. Aber schon kurz darauf ist sie wieder dieses unendlich traurige, schmerzerfüllte Mädchen. »Du darfst mich nicht allein lassen. Bitte, bitte, bitte«, jammert sie. »Komm doch zurück …«

Aber das wird er nicht, nie mehr.

Meine Augen öffnen sich flatternd und ich registriere die kargen, farblosen Wände meines Zimmers. Das Erste, was ich bewusst wahrnehme, ist, dass ich mich nicht bewegen kann. Mein Körper zuckt vor Schmerzen. Als ich an mir herabsehe, erkenne ich, dass meine Hand- und Fußgelenke mit Klebeband an den Bettpfosten festgemacht sind. Auf meinen Armen, meinen Beinen, meinem Bauch sind unzählige Schnitte. Tim steht in der Ecke und beobachtet mich, mit einem langen, blitzenden Messer in der Hand. Von der Klinge tropft mein Blut.

Ich atme tief durch die Nase ein. Das Zimmer ist erfüllt von Macht. »Ich darf nicht zu spät zur Schule kommen«, sage ich. Obwohl ich ihn nicht sehen kann, weiß ich, dass er da ist. Als ich mich blöderweise bewege, um einen Krampf aus dem Bein zu schütteln, zucke ich erneut zusammen.

»Du hältst sowieso schon den Rekord im Zuspätkommen«, meint Fear und taucht neben mir auf. »Einmal mehr macht da sicher keinen Unterschied.« Er setzt sich zu mir, kalte Luft streicht mir übers

Gesicht. Er riecht nach Tau und Sonne und Entsetzen. »Warum eigentlich?«, fügt er hinzu, und kleine Falten erscheinen auf seiner sonst so glatten Stirn. »Immer benimmst du dich wie ein Roboter, aber in den Unterricht schaffst du es trotzdem nicht rechtzeitig.«

Es nützt nichts, mich zu wehren. Stattdessen versuche ich, eine weniger schmerzhafte Position zu finden. Fear sieht tatenlos zu, er ist immer noch wütend. Ich habe seinen Stolz verletzt, und das wird er nicht so schnell vergessen. »Könntest du wenigstens diesen Teil der Vorstellung beenden?«, bitte ich und deute mit dem Kinn auf meinen Körper, an dem die Schnitte weiter bluten.

Fear lächelt schwach, aber es ist kein echtes Lächeln. »Nein«, erwidert er. »Ich will Antworten.«

Resigniert gebe ich auf, bewege mich nicht mehr. »Was willst du denn wissen?«, frage ich.

Statt einer Antwort hält Fear eines meiner Bilder hoch. Er muss es vom Heuboden mitgebracht haben. Es ist das Bild mit dem Haus am Meer. Gischt peitscht in die Höhe, krallt sich mit weißen Fingern in die Felsen.

»Du hast das gemalt«, sagt er. »Es ist dein Traum. Ich weiß, dass du ständig daran denkst. Erzähl mir, was du weißt. Wer sind diese Menschen? Was ist dort geschehen? Oh, und … « Er hebt seinen langen, bleichen Finger. »Lüg mich nicht an. Dazu fehlt mir heute leider die Geduld.«

»Wie du schon gesagt hast, ich träume davon … und dann male ich diese Bilder«, erkläre ich nach einer Weile. Wie lange will Fear seine Show noch durchziehen? »Ich weiß so gut wie nichts, ich habe dieses Mädchen noch nie gesehen. Sie weint und sie schreit, und sie fleht den Jungen an, zurückzukommen. Mehr weiß ich nicht.«

Fear verzieht das Gesicht und beugt sich zu mir hinunter, die

Hände locker zwischen die Knie geklemmt. »Du verbirgst etwas vor mir, Elizabeth. Ich muss es wissen. Sag es mir. Bitte.«

Die Leere in mir bebt. Einen kurzen Moment lang sehe ich seine tiefe Verzweiflung, sein Begehren, aber dann setzt er doch wieder seine Maske auf und ist das großspurige, arrogante und vor Selbstsicherheit strotzende Wesen, das ich kenne. Die Schmerzen sind jetzt beinahe verschwunden, mein Körper ist taub. Ich drehe den Kopf weg und schaue aus dem Fenster. Das Licht am Morgen ist immer so sanft, so ruhig und klar.

»Ich habe da eine Theorie«, meint Fear und unterbricht das Schweigen. »Zu dir. Ich glaube nämlich nicht, dass du überhaupt nichts fühlst. Es gibt zu viel, was dagegen spricht.«

»Aha? Und das wäre?«, erwidere ich. Je schneller das hier endet, desto schneller bekomme ich meine normale Welt zurück und kann zur Schule gehen. Ich habe noch nie einen Schultag versäumt. Das Sekretariat soll nicht bei mir zu Hause anrufen.

»Du empfindest etwas, Elizabeth.« Fear berührt meine Wange, sein Blick ist von Zärtlichkeit erfüllt. »Ich weiß, dass du mit deiner Freundin Maggie mitfühlst, du hast Mitleid mit deiner Mutter und du machst dir Sorgen, dass du diesem Jungen aus der Schule wehtust. Du hast zwar keine überschwänglichen Gefühle, aber tief in deinem Inneren spürst du trotzdem etwas.«

»Das ist reines Wunschdenken, Fear. Du möchtest mich verstehen, du möchtest mich einsortieren können. Aber wir werden nie die Wahrheit erfahren über das, was mit mir geschehen ist.«

»Das kann ich nicht glauben«, beharrt er, während er mich sanft berührt. Er scheint sich nicht zurückhalten zu können, ich bin zu nah. Seine Finger wandern über meinen Hals und malen kleine Muster auf mein Dekolleté. Ich spüre die Kälte, die von seiner

Haut ausgeht. Sein Einfluss kämpft mit meiner Unantastbarkeit. Bilder von Krieg, Gewalt und Zerstörung drängen sich in mein Bewusstsein.

Sonnenstrahlen fallen durch das Fenster und treffen auf Fears eisblaue Augen. »Du hast mich doch aufwachsen sehen«, sage ich. »Hätte ein Kind nicht geweint, wenn sich seine Eltern nicht kümmern? Würde ein Mädchen nicht darunter leiden, wenn sein Vater es schlägt? Warum macht es mir nichts aus, wie Sophia mich behandelt? Und wenn ich Maggie treffe, müsste ich da nicht …«

»Warum bist du so ein Dickkopf?«, unterbricht mich Fear. »Du willst unbedingt, dass du recht hast und ich unrecht. Bedeutet das nicht, dass du etwas fühlst?«

Es ist zwecklos, mit ihm zu streiten. Ich schaue auf die Uhr neben meinem Bett. »Fear, ich muss jetzt los. Kannst du mich bitte gehen lassen?«

Seufzend lehnt er sich zurück und fährt sich frustriert durch die Haare. »Noch nicht.« Sein Blick wandert zum Fenster. Er zuckt nervös, wie ein wildes Tier, ein Lebewesen, das niemand zähmen oder begreifen kann, zumindest nie ganz. Dabei erinnert er mich an einen weißen Löwen. Schön, wild, immer auf der Jagd.

»Alles hat einen Zweck«, erinnere ich ihn mit weicher Stimme. »Aber deiner ist es nicht, mich zu verstehen. Wenn du jemals glücklich sein möchtest, musst du loslassen.«

Er lacht leise. »Siehst du. Genau das ist es. Warum solltest du so etwas sagen, wenn du kein Mitgefühl mit mir hättest?«

Ich ziehe eine Schulter hoch und ignoriere die Schmerzen, die diese Bewegung hervorruft. »Vielleicht, weil ich Instinkte habe, Fear. Aber ich kenne nicht alle Antworten. Also lass mich jetzt bitte zur Schule gehen.«

Resigniert wedelt er mit der Hand. Ich bin wieder zurück in meinem realen Zimmer und Tim ist verschwunden, genauso wie die Wunden an meinem Körper. »Tut mir leid«, sagt Fear. Ich frage mich, ob er die Schmerzen oder alles andere meint.

»Schon gut.« Ich schwinge meine Füße aus dem Bett und stehe auf. Fear sieht mir sehnsuchtsvoll zu. Zum Duschen ist keine Zeit mehr, also krame ich nur schnell eine Jeans und ein T-Shirt aus dem Schrank – meine Uniform für jeden Tag.

»In einem Kleid würdest du bestimmt schön aussehen«, sagt Fear so leise, dass ich ihn beinahe nicht höre. Ich bitte ihn erst gar nicht zu gehen – er tut sowieso nie, was ich sage –, sondern drehe ihm nur den Rücken zu und ziehe mein Nachthemd aus. Er zieht scharf die Luft ein, aber als ich mich umdrehe, um ihn anzusprechen, ist er schon verschwunden.

Zehn

Nach einem weiteren Schultag, an dem Sophia mir jedes Mal, wenn sie mir über den Weg läuft, eine schnippische Bemerkung zuwirft, und Joshua ständig mit sich ringt, um mich nicht anzusehen, steige ich ins Auto und verlasse den Parkplatz. Aber ich fahre nicht nach Hause, sondern in die Stadt.

Hal, der Besitzer des Baumarktes, winkt mir zu, als ich angerauscht komme. Ich nicke zum Gruß und laufe direkt zu Regal acht. Dort sehe ich mir die begrenzte Auswahl an. Es gibt drei Grüntöne: Lindgrün, Smaragdgrün und Myrthengrün. Ich beschließe, sie alle drei zu nehmen. Kurzerhand packe ich auch noch Grau, Weiß und Schwarz dazu.

»Soll ich dir beim Tragen helfen?«, fragt Hal, während ich die Farben bezahle.

Ich staple die Farbeimer aufeinander, presse sie an meinen Oberkörper und schüttle den Kopf. »Nein, danke.« Und schon bin ich an der Tür.

»Nein, nichts anfassen!«

Pappschachteln fliegen zu Boden. Eine weibliche Stimme flucht, kurz darauf erscheint eine Frau mit blonden Strähnchen und glitzernden Kunstnägeln. Sie hält ihr Handy ans Ohr gedrückt, bückt sich und ordnet die Packungen wieder ein. »Ich habe doch gesagt, du sollst nichts anfassen!«, schnauzt sie. Ihr wütender Blick ist auf jemanden gerichtet, den ich hinter dem Stapel nicht erkennen kann. »Nein, alles gut«, seufzt sie ins Telefon. »Morgan nervt nur wieder.«

Damit kann sie eigentlich nur Morgan Richardson meinen, Sophias kleine Schwester. Diese Frau ist dann wohl ihre neue Betreuerin.

Doch da fällt mein Blick auf die Uhr über dem Eingang und ich eile nach draußen.

Schnell fahre ich nach Hause und achte nicht auf die Temposchilder: Tim holt bestimmt schon die Kühe von der Weide, und Charles ist nicht da, um beim Melken für mich einzuspringen. Ich parke neben Tims Pick-up, lasse die Farben im Wagen und renne direkt zum Stall. Mora steckt den Kopf aus ihrer Box, als sie mich kommen hört. Es ist sogar noch später, als ich dachte. Gerade als ich nach der Melkmaschine greifen will, höre ich Tims Stimme hinter mir.

»Wo warst du?«

Ich hätte ihn beim Hereinkommen eigentlich sehen müssen. Er steht neben dem Flaschenregal und hält ein Halfter in der Hand. Das heißt, er hat die Kühe schon alle reingeholt.

»Ich war in der Schule«, erwidere ich vorsichtig. Ich versuche zu erahnen, was mir bevorsteht. Mein Vater sieht mich wütend an.

»Ich weiß, dass du in der Schule warst, Elizabeth. Du kommst immer um drei nach Hause. Jetzt ist es zwanzig nach. Also noch mal: Wo warst du?«

Er zwingt sich, ruhig zu bleiben, aber ich kann sehen, wie die Adern an seinen Schläfen pochen. Die Wahrheit wird mir nicht helfen. Er findet sowieso einen Grund, seine Wut an mir auszulassen. »Ich musste für den Englischunterricht noch an einem Projekt arbeiten, zusammen mit einem Partner«, erkläre ich. Vielleicht komme ich noch einen Tag ohne Schläge davon, wenn er die verantwortungsvolle Schülerin in mir sieht.

Tim zupft an dem Halfter und macht ein nachdenkliches Gesicht. »Und wer ist dein Partner?«

Ich zögere und überlege, wie ich ihn noch mal beruhigen kann. »Joshua Hayes.« Ich warte. Tim zeigt keine Reaktion. »Er lebt auf einem Bauernhof auf der anderen Seite der Stadt, zusammen mit seinem Vater. Seine Mutter …«

»Ich kenne den Jungen, Elizabeth.« Tim legt das Halfter endlich ab. Erst jetzt bemerke ich, dass seine Hände zu Fäusten geballt sind, sogar die Knöchel treten weiß hervor. »Seltsam …« Mein Vater macht einen Schritt auf mich zu. Ich bleibe regungslos stehen. »Joshua Hayes hat vor zehn Minuten hier angerufen und deine Mom gebeten, dir auszurichten, dass etwas dazwischengekommen ist und er morgen nicht mit dir an dem Projekt arbeiten kann. Wart ihr nicht vor zehn Minuten noch zusammen?« Tim tritt noch näher, bis er mich fast gegen die Wand drückt.

Ich sehe zu ihm hoch und blinzle. Mein Instinkt rät mir, mich zu wehren oder wegzulaufen. »Was glaubst du denn, wo ich war?«, frage ich, fest entschlossen, mich nicht einschüchtern zu lassen.

Er mustert mich mit unergründlicher Miene. »Weißt du, ich habe es zuerst nicht bemerkt. Es hat eine Weile gedauert, bis ich erkannt habe, dass du dich nach diesem Verkehrsunfall verändert hast. Das Kind, das ich bis dahin kannte, war einfach weg. Ich weiß nicht, was mit dir passiert ist. Der Arzt meinte, es wäre nichts, wir würden uns zu viele Sorgen machen. Aber das glaube ich nicht.«

Mir wird klar, dass mein Zuspätkommen nur ein Vorwand ist.

Das eigentliche Problem ist der Autounfall. Ich versuche, ängstlich auszusehen. »Ich kann mich stärker bemühen, wieder das Kind zu sein, das du mal kanntest. Wirklich.«

»Wenn ich in dieser gottverdammten Welt etwas gelernt habe, dann dass sich Menschen nicht ändern. Nimm mich zum Beispiel.« Er lacht leise und ich rieche den Alkohol in seinem Atem. »Ich habe versucht, ein guter Ehemann und ein guter Vater zu sein. Und nachdem das nicht geklappt hat, wollte ich wenigstens ein guter Landwirt sein. Nein, Menschen ändern sich nicht!«

Seine Worte rufen irgendetwas in mir wach. Er hat unrecht: Menschen können sich ändern. Das weiß ich. Aber ich widerspreche ihm nicht. Stattdessen versuche ich, sein Mitleid zu wecken. »Dad …«

Doch diese Anrede scheint ihn nur noch wütender zu machen. »Du bist genau wie deine Mutter«, sagt er, und noch bevor ich ihm ausweichen kann, packt er mich grob an der Schulter. »Ihr könnt immer nur lügen!«

Ich schiebe ihn weg, doch mein Widerstand macht ihn noch rasender. Blitzschnell presst er mich gegen die Wand. Tränen schießen mir in die Augen. Meine Instinkte kreischen: *Renn weg! Schlag zu! Denk nach!*

»… du würdest mich nicht anlügen, es sei denn … Warst du bei einem Jungen?«, will Tim wissen. »Hast du mit ihm geschlafen? Seit wann geht das? Und was ist, wenn du schwanger wirst? Erwartest du etwa, dass deine Mutter und ich deinen Mist ausbaden?« Die Fragen hageln auf mich ein, und jedes Mal knallt Tim mich gegen die Wand. Ich sehe nur noch verschwommen. Doch dann übernimmt der Instinkt, und noch bevor ich mich zurückhalten kann, schlage ich zurück. Tim stolpert brüllend hintenüber.

»Ich war mit niemandem zusammen«, sage ich, doch Tim hört nicht zu. Mit einem Schrei packt er mich am Arm und wirft mich zu Boden. Als ich mich hochrappeln will, tritt er mit seinem schweren Stiefel auf meine Hand, und wir hören beide etwas knacken. Der Schmerz lässt mich aufschreien. Mit zufriedener Miene beugt er sich zu mir herunter und zieht mich hoch. Ich versuche, mich zu wehren, doch er weicht rechtzeitig aus. Obwohl es sinnlos ist, schlage ich um mich.

»Du gehörst zu dieser Familie«, presst er hervor und schüttelt mich. »Ich gehe jeden Sonntag mit dir in die Kirche. Was habe ich bloß falsch gemacht? Warum werde ich mit einer Tochter wie dir bestraft?«

Selbst wenn ich wollte, könnte ich nichts darauf antworten – Tim schüttelt mich noch immer. Ich hätte nichts sagen dürfen. Hätte seine Beschimpfungen, seine Schläge und Beleidigungen, seine Alkoholfahne und seine Schweißhände stillschweigend ertragen sollen.

Nein. Es gibt nur zwei Möglichkeiten: sich wehren oder weglaufen. Ich bleibe bei meiner Entscheidung und versuche, mich nicht von Tim einschüchtern zu lassen. Ob es wirklich mein Instinkt ist, der mich dazu drängt? Anders kann ich es mir nicht erklären. Ohne nachzudenken, graben sich meine Fingernägel in Tims Hand. Mit einem Grunzen lässt er mich los. Ich taumle in den Dreck, schlage mir Knie und Handflächen auf, knalle auf die verletzte Hand. Ich zucke vor Schmerzen zusammen. Entschlossen suche ich nach einer Waffe, nach irgendetwas, mit dem ich ihn abwehren kann. Die Mistschaufel …

Tim greift mich von hinten an. Er packt mich an den Haaren und zieht mich zurück. Aus den Augenwinkeln sehe ich, wie Fear

Gestalt annimmt – er wollte mich sicher wieder besuchen. Seine weiße Schönheit lässt die Szene fast surreal wirken. Er ist wutentbrannt und … hilflos.

»Es wird nicht mehr lange dauern«, sagt er. »Bald wird er bewusstlos.«

Das weiß ich, aber die Schmerzen werden dadurch nicht erträglicher. Ich versuche wegzukriechen, aber Tim bekommt meinen Knöchel zu greifen. Stöhnend bleibe ich an der Wand liegen. »Steh auf!«, befiehlt er. »Na los, steh auf!«

Fear ist plötzlich direkt neben mir. Seine Kälte weht sanft über mich hinweg. Ich fasse den Saum seines Mantels. Fear kniet sich neben mich und sieht mich mit sorgenvollen Augen an. »Ich darf nicht eingreifen«, murmelt er. »Das ist eine der wenigen Regeln, die wir befolgen müssen. Glaub mir, ich würde dir helfen, wenn ich könnte.«

»Nicht schlimm«, flüstere ich schwach.

»Was sagst du?«, schnaubt Tim. »Was hast du eben gesagt?« Er reißt mich an den Schultern hoch und stößt mich noch mal gegen die Wand. *Morgen werde ich übel aussehen*, denke ich nur. Fear streicht mir sanft über die Wange, bevor er zurücktritt.

Plötzlich stolpert Tim gegen mich und klemmt mich zwischen sich und der Wand ein. Ein kreischender Schmerz durchzuckt meine Hand. Ich versuche, mich zu befreien, aber Tim ist wie ein nasser Sack. Er atmet schwer und klammert sich an mir fest. »Los«, murmelt er gedämpft. »Antworte.«

Ich schaue starr nach vorn. »Nichts, was ich sage, würde dir gefallen.«

Mein Vater lacht, aber es klingt eher wie ein Bellen. »Du bist … anders. Die Leute in der Stadt halten dich für verrückt. Und das bist du auch …«

Ich kann mich immer noch nicht bewegen. Doch ich halte weiter Ausschau nach etwas, das ich als Waffe benutzen könnte.

Fear steht immer noch in der Ecke und beobachtet das Ganze mit zusammengepressten Zähnen. Unsere Blicke treffen sich. Doch als Tim stöhnt, drehe ich mich von Fear weg, und erneut stößt mir Tims fauler Atem ins Gesicht. »Es tut mir leid«, murmelt er mit Tränen in den Augen. Das sind nichts als leere Worte. »Du weißt doch, dass ich es nicht so meine, oder? Sarah kann mir nicht ins Gesicht schauen. Sie liebt mich nicht mehr. Es ist alles meine Schuld. Ich sollte an diesem Tag auf dich aufpassen …«

Ich höre genauer hin. Meint er den Tag des Unfalls?

Aber Tim ist nicht mehr in der Lage, irgendwelche Fragen zu beantworten. Er stöhnt erneut, versucht sich aufzurichten und stolpert dabei wieder gegen mich. Ich mache einen Schritt zur Seite und verliere das Gleichgewicht. Tim schluchzt, und ich stürze …

Direkt in die Mistgabel.

Ich schreie vor Schmerz auf und drehe mich im Fallen instinktiv auf den Rücken. Der Stiel der Mistgabel schlägt am Boden auf, aber die Gabel selbst bleibt stecken. Man könnte sie leicht herausziehen, doch die Schmerzen sind so stark, dass ich mich nicht rühren kann. *Soll ich die Gabel einfach herausziehen?*, überlege ich, während ich im dreckigen Heu liege. Tim stammelt vor sich hin, murmelt Entschuldigungen und heult. Ich hebe die Hand und betrachte das Blut an meinen Fingern. *Zu viel,* flüstert eine Stimme in meinem Kopf. Mir wird schwarz vor Augen. »Fear«, sage ich, ohne nachzudenken. Ich weiß nicht, wieso.

Mehr ist nicht nötig: ein hervorgepresstes Wort, sein Name, sein Wesen. Sofort ist Fear bei mir, eisiger Zorn blitzt in seinen Augen. Doch die Hände, die sich um mein Gesicht legen, sind ganz sanft …

als wäre ich noch zerbrechlicher als Glas. Als wäre ich etwas unendlich Wertvolles.

»Das wird wehtun«, warnt er. Bevor ich ihm sagen kann, dass es jetzt schon höllisch wehtut, flammt der Schmerz noch heftiger auf, mein Rücken krümmt sich und ich schreie los. Die Mistgabel ist verschwunden und die Löcher in meinem Körper verschließen sich, eins nach dem anderen. Ich keuche, blinzle durch den Schweiß in meinen Augen. Die Leere in mir bebt, doch kurz darauf spüre ich wieder, wie sie sich verfestigt.

Fear kniet immer noch neben mir und streicht mir die feuchten Haare aus dem Gesicht. Seine Hände sind eiskalt. »Alles in Ordnung?«, fragt er.

»Ich wollte das nicht!«, heult Tim jetzt. Rasend vor Zorn springt Fear auf. Seine Augen sind weit aufgerissen, die Nasenflügel beben. Er verschwindet in einem dunklen Nebelschleier, und plötzlich liegt Tim am anderen Ende des Raums. Fear beugt sich über meinen Vater, sein Mantel verdeckt mir wie ein schwarzer Wasserfall die Sicht.

»Du rührst sie nicht noch einmal an«, faucht er. Blut spritzt an die Scheunentür.

»Fear, hör auf«, flehe ich und versuche, mich hochzurappeln. Fear schlägt Tim mit voller Kraft ins Gesicht, wieder und wieder. Ich lege meine Hand auf seinen Rücken. Erst meine Berührung scheint ihn aus seinem Rausch zu reißen. Er hört auf, auf Tim einzuschlagen, und lässt ihn zu Boden sacken.

»Fear«, sage ich sanft. Er fährt herum und starrt mich an.

Ich erwidere seinen Blick und mein Magen zieht sich zusammen. »Es wird Konsequenzen haben, dass du mir geholfen hast«, flüstere ich. Natürlich weiß er das selbst, aber ich sage es trotzdem.

Die Gefühle und Elemente haben zwar niemanden, der über ihnen steht, dennoch greift eine unbekannte Macht ein, wenn sie eine der wenigen Regeln brechen. Früher oder später zahlen sie den Preis dafür.

Welchen Preis wird Fear zahlen müssen?

Meine immer noch verletzte Hand pocht. Fear schnaubt abfällig. »Nicht schlimm«, meint er und wiederholt dabei meine eigenen Worte. Plötzlich lächelt er – es ist ein schwaches, freundliches Lächeln. Ich merke, wie sich etwas in mir regt. Aus irgendeinem Grund muss ich wieder an den Abend auf dem Heuboden denken. Er hat meine Hand gehalten und mir angeboten, mir beim Einschlafen zu helfen.

Während Fear mich weiter anschaut, fällt mir wieder diese unerwartete Verletzlichkeit in seinem schönen Gesicht auf. Mir tut zwar alles weh, aber ich schulde ihm etwas. Ich mache langsam einen Schritt auf ihn zu und lege meine Arme um ihn.

Nach kurzem Zögern erwidert er meine Umarmung. Er vergräbt sein Gesicht in meinen Haaren und atmet tief ein. Tim hat vorhin dasselbe getan, aber mit Fear ist es etwas ganz anderes. Ich spüre wieder, wie sich etwas in mir regt. Durch Fears Berührung stürmen unzählige Furcht einflößende und entsetzliche Bilder auf mich ein, aber ich ignoriere sie alle.

Fear seufzt, er hält mich immer noch fest, fast so, als wolle er mich nie wieder loslassen. »Ich werde gerufen«, murmelt er widerwillig. »Es ist Zeit zu gehen.«

Ich antworte nicht. Lächelnd beugt sich Fear zur mir herab und haucht mir einen sanften Kuss auf die Lippen. Wieder und wieder küsst er mich, als wäre ich eine Droge, von der er nicht genug bekommen kann. Fear – dieses zeitlose, mächtige Gefühl – zittert in meinen Armen. Ich erkenne, wie das Zusammensein mit mir ihn verändert, ihn beeinflusst.

»Lass das.« Widerwillig löse ich mich von ihm. Etwas in mir sehnt sich nach Fears Nähe, doch das liegt wahrscheinlich daran, dass mein Verstand nach Schutz sucht – und Fear verkörpert im Moment diese Sicherheit, selbst wenn Tim keine Bedrohung mehr darstellt. Er sitzt zusammengesunken mit dem Rücken gegen die Stallwand gelehnt, nichts als ein Häufchen Elend. Das schlechte Gewissen steht ihm ins Gesicht geschrieben. Die Kühe beobachten uns neugierig. »Das kann nicht gut ausgehen.«

Fear zwinkert mir verschmitzt zu, die Küsse haben seine Laune verbessert. »Das werden wir sehen.«

Er verschwindet aus meinem Blickfeld. Ich drehe mich zu Tim um und sehe nach, wie schlimm Fear ihn verletzt hat. Der Anblick ist nicht gerade ermutigend, denn mein Vater spuckt Blut und in seinem Gesicht klebt Heu.

»Oje«, murmle ich. Doch dann spüre ich wieder die Schmerzen meiner eigenen Verletzungen.

»Da ich die Regeln sowieso schon gebrochen habe …«, höre ich Fears Stimme in meinem Ohr. Kurz darauf sind meine Kratzer und Blutergüsse verschwunden, die Wunden verheilt, als wäre nichts geschehen. Auch der stechende Schmerz in meiner Hand ist weg.

»Du mischst dich schon wieder ein«, bemerke ich.

Fear antwortet nicht. Ich überlege hin und her, was ich nun mit Tim anfangen soll. Am besten mache ich einfach gar nichts. Stattdessen melke ich die Kühe und schließe den Stall für die Nacht ab, nur die Seitentür lasse ich offen.

Elf

Am nächsten Tag sind zwei Dinge anders als normal. Joshua ist nicht in der Schule, und als ich nach Hause komme, ist Sheriff Owen bei uns in der Küche und befragt meine Mutter und Tim.

Mein Vater hat ausgesagt, dass er in der Nacht allein im Stall wach geworden ist und sich nicht erinnern kann, wer ihn zusammengeschlagen hat. Sheriff Owen steht ganz ruhig in der Küche und macht sich Notizen. Während ich seinen sandbraunen Schnurrbart im Blick behalte, berichte ich ihm in einfachen Worten, dass ich gestern erst spät nach Hause gekommen bin, die Kühe gemolken habe und dann zum Abendessen und Hausaufgabenmachen ins Haus gegangen bin. Nein, Tim habe ich im Stall nicht gesehen. Um zehn Uhr bin ich dann schlafen gegangen. Und nein, ich habe im Umkreis der Farm keine verdächtigen Personen bemerkt.

»Eine der Türen stand weit offen und du hast Tim in seinem jetzigen Zustand aufgefunden, richtig?«, fragt Sheriff Owen meine Mutter. Sie nickt, ihre Lippen zittern.

Der Sheriff liest stirnrunzelnd in seinen Aufzeichnungen. »Also, so wie ich das sehe, hat Tim im Stall gearbeitet und jemand hat ihn von hinten überfallen. Das erklärt auch die Gedächtnislücke. Tim, bist du sicher, dass du mit niemandem Streit hast, der vielleicht ein Motiv für so etwas hat?«

Mein Vater hält sich ein Kühlkissen an die Stirn und schüttelt mürrisch den Kopf.

Sheriff Owen seufzt und steckt seinen Notizblock ein. »Ich werde mich mal in der Stadt umhören. Vielleicht kann ich was herausfinden.«

Meine Mutter begleitet ihn noch zum Auto. Der Motor heult kurz auf, als der Sheriff wegfährt. Dann kommt Mom wieder herein und macht sich direkt an den Abwasch. Tim trottet langsam nach oben, um sich hinzulegen. Er weigert sich, ins Krankenhaus zu gehen.

Ich warte, bis Tim im Bett ist – ich kann hören, wie er über uns herumläuft, im Bad das Wasser auf- und wieder zudreht. Wenig später quietschen die Bettfedern. Erst dann setze ich mich an den Küchentisch. Mom bemerkt mich zuerst gar nicht. Einsam und in Gedanken versunken spült sie das Geschirr, ihre Hände sind schon ganz schrumpelig. Sie hat die Schultern eingezogen und ihre Mundwinkel hängen wie immer nach unten. Ich wackle absichtlich ein wenig mit dem Stuhl, damit er knackt. Mom hält den Atem an und dreht sich um. Als sie mich sieht, verhärtet sich ihre Miene.

»Elizabeth«, murmelt sie unglücklich. Mein Name will ihr nur widerwillig über die Lippen kommen. »Möchtest du etwas?«

»Ich will Antworten«, erwidere ich und klinge dabei genauso wie Fear. »Es dauert auch nicht lange.«

Sie kehrt mir den Rücken zu und konzentriert sich wieder auf den Abwasch. »Und, worum geht es?«

Ich lege die Hände auf der Tischplatte zusammen und beschließe, sie einfach ganz direkt zu fragen. »Erzählst du mir von dem Unfall?«

Sie erstarrt, dreht sich langsam zu mir um und sieht mich scharf an. »Woher weißt du davon?«

Ich lächle trocken, verhalte mich ihretwegen normal. »Die Leute reden halt.«

Sie verzieht das Gesicht. Ihre Miene ist sowohl wehmütig und besorgt als auch angewidert und wütend. Plötzlich sind wir nicht mehr allein: Mein Blick wandert kurz zu *Groll,* der neben den anderen Gefühlen steht und mir zuzwinkert.

»… eine Mutter weiß so etwas«, sagt Mom. »Du bist nicht meine Tochter. Ich weiß nicht, wie und wieso, aber du bist jemand anderes. Meine Elizabeth hat gelacht. Sie hat Wutanfälle bekommen, wenn sie nicht jeden Tag ihr Prinzessinnenkostüm tragen durfte.« Mom ballt die Fäuste, in ihrer Stimme schwingt Verzweiflung mit. »Der Arzt meinte, du wärst katatonisch … wegen des Schocks. Aber ich wusste es. Du bist nicht meine Elizabeth.«

Neben meiner Mom erscheint *Schuld.* Sie ist ein großes, schwerfälliges Gefühl, aber sie hat auch etwas Schlangenhaftes, Gerissenes. Obwohl sie mit meiner Mutter Schulter an Schulter steht, nimmt sie den ganzen Raum ein. »Na, du kleiner Sonderling«, begrüßt sie mich. Ich wende den Blick nicht von meiner Mom ab.

»Sie hat es nicht nötig, mit einer wie dir zu reden, *Schuld*«, meint *Groll* grinsend. Alle anderen Gefühle sind bereits wieder verschwunden.

Mom weint leise. Obwohl alles dagegen spricht, hält sie weiterhin an dem Glauben fest, dass ihre echte Tochter irgendwo da draußen darauf wartet, gefunden zu werden. Trotz allem will sie nicht wahrhaben, dass dieser kalte Mensch neben ihr ihre Elizabeth ist. Ich will das in Ordnung bringen. Ich muss. »Es ist nicht deine Schuld«, sage ich und ignoriere die beiden Besucher in unserer Küche. »Was immer auch passiert ist. Dieser Unfall …«

Mom schnieft. Sie schüttelt den Kopf, wischt sich mit dem

Unterarm den Schweiß von der Stirn. Hat sie das mit Tim so sehr aufgewühlt? Oder erst das Gespräch mit mir? »Damit fing es an. Wir haben nie über den Unfall gesprochen. Für Tim ging es um seine Selbstachtung. Er wollte nicht daran erinnert werden, dass unsere vierjährige Tochter unbeobachtet auf die Straße laufen konnte und dann von einem Auto überfahren wurde.«

»Wie lange war ich im Krankenhaus?«, frage ich.

Meine Mutter versucht, sich zusammenzureißen und konzentriert sich wieder auf das Geschirr. *Groll* verschwindet, *Schuld* bleibt.

»Nur einen Tag«, antwortet meine Mutter. »Der Arzt hielt es für ein Wunder. Du hattest nur ein paar Kratzer und Prellungen. Sie wollten dich sicherheitshalber eine Nacht zur Beobachtung dabehalten.« Als sie leise lacht, zucken ihre Schultern. »Der Autofahrer hat den Krankenwagen gerufen, deswegen kamen Tim und ich erst später ins Krankenhaus. In dem Moment, als ich in dein Zimmer kam und du dich zu uns umgedreht hast … da habe ich sofort gemerkt, dass etwas anders ist. Du hast mich angesehen, als würdest du mich nicht kennen.«

Ich stehe auf und stelle mich an die Spüle, um ihr beim Abtrocknen zu helfen. Sie schickt mich nicht weg. »Vielleicht war es der Schock.«

Mom schüttelt so entschieden den Kopf, dass sich ein paar Haarsträhnen aus ihrem Pferdeschwanz lösen. Sie klammert sich weiter an diese Wunschvorstellung. »Nein. Ich habe meine Tochter jeden Abend in den Schlaf gewiegt, ich habe ihr Lieder vorgesungen, sie angezogen und gefüttert, ich habe mit ihr gespielt, sie neun Monate in mir getragen. Sie kannte mich und ich kannte sie.« Mom schrubbt so verbissen über einen Teller, dass Spülwasser aus dem Becken spritzt. Nicht zum ersten Mal fällt mir auf, wie verschieden wir doch sind, obwohl ich wie sie groß, schlank, blond und blauäugig bin.

»Ich hätte etwas tun sollen«, murmelt Mom und holt mich zurück in die Gegenwart. »Ich hätte um meine Tochter kämpfen sollen, sie bis zuletzt suchen müssen. Stattdessen habe ich hier in der Küche gestanden und abgewaschen und so getan, als wäre alles in Ordnung.«

Damit hätte ich rechnen müssen. Leugnen ist eben eine allzu menschliche Reaktion. Hoffen, wo es keine Hoffnung gibt. Ich betrachte das glänzende Glas in meiner Hand, dann frage ich: »Und was, glaubst du, ist wirklich passiert?«

Meine Mutter schüttelt nur den Kopf. Sie hat keine Ahnung, was sie sich eigentlich wünscht.

Menschen sind kompliziert. Sie wollen die Wahrheit hören, aber gleichzeitig wollen sie, dass man sie belügt. Um nichts Falsches zu sagen, schweige ich lieber. Ganz sorgfältig trockne ich alles ab, konzentriere mich auf Teller, Besteck und Töpfe, als wäre das meine einzige Aufgabe. Nach einiger Zeit bemerke ich, dass Mom aufgehört hat zu spülen und meine Hände betrachtet. Sie wirkt erstaunt und besorgt.

»Frag mich ruhig«, fordere ich sie auf. Sie erschaudert, wahrscheinlich, weil ich ihre Gedanken gelesen habe. Aber sie weicht nicht zurück, schnauzt mich nicht an. Ich sehe, wie sie mit ihrem Ehering spielt. Er rutscht leicht von ihrem nassen Finger und sie schiebt ihn langsam wieder zurück.

»Wer bist du?«, flüstert meine Mutter, ihre Stimme bricht fast. »Was bist du?«

Ich lasse mein Geschirrtuch über einen Teller kreisen. »Ich bin deine Tochter. Egal, ob du es wahrhaben willst oder nicht.«

Meine Mutter nimmt sich den nächsten Teller und schrubbt weiter. »Du bist immer so beherrscht …« Sie spitzt die Lippen. »Selbst als kleines Kind hast du nie gelächelt.«

»Ich könnte versuchen …«

»Nein.« Meine Mutter senkt den Kopf, die Haare fallen ihr ins Gesicht. Sie hält sich am Rand der Spüle fest. Ihre Handknöchel treten weiß hervor. Ich sehe ihren Schmerz. *Schuld* ist immer noch da, tut stumm ihre Pflicht, die spindeldürren Finger krallen sich in Moms Schulter. *Kummer, Wut* und *Hoffnung* kommen hinzu. Sekunden vergehen, die Luft vibriert vor Anspannung. Ich spüre, wie Mom mit einer Entscheidung ringt. Dann, endlich, nimmt sie ihren ganzen Mut zusammen und fragt mich mit zitternder Stimme: »Weißt du, wo meine Tochter ist?«

Tiefe Traurigkeit liegt in ihren Augen. Und in diesem Moment begreife ich, dass sie mich immer verleugnen wird. Sie wird niemals akzeptieren, dass ich ihre Tochter bin. Aber ich kann es nicht so einfach hinnehmen. Wenn ich sie ihrer Verzweiflung überlasse, gibt es für mich hier keinen Platz mehr. Also sage ich entschlossen und hart: »Ich *bin* deine Tochter. Und du bist es mir schuldig, mich so zu akzeptieren, wie ich bin, ganz gleich, wie stark ich mich verändert habe.«

Schweigen breitet sich zwischen uns aus. Das Spülwasser läuft blubbernd ab. Nach einigen Minuten nickt sie und wendet sich ab. Und so endet die erste sinnvolle und ernste Unterhaltung, die ich je mit meiner Mutter geführt habe.

Dieses Mal weiß ich, dass es ein Traum ist. Ich öffne die Augen und sehe mich in dem fremden Zimmer um. Die Wände sind blau, die Möbel bunt gemischt. In einer Ecke befindet sich ein schmales Bett mit zerwühlten Laken. Auf der Kommode steht eine Stereoanlage. Doch richtig außergewöhnlich und persönlich wird der rechteckige Raum erst durch die vielen Bücher, die sich an jeder verfügbaren Stelle stapeln. Einige sind aufgeschlagen, in manchen steckt ein Lesezeichen, ein paar wirken alt, andere sind noch vollkommen unberührt. Titel springen mir ins Auge: Der große Gatsby, Früchte des Zorns, Die Ermordung John F. Kennedys.

Ich stehe in der Ecke und beobachte alles. Durch das Fenster zu meiner Linken kann ich die Morgendämmerung sehen. Die Sonne geht gerade erst auf und orangerote Strahlen tauchen die Welt in ein sanftes Licht. In der Ferne hört man ein Brausen, ein mächtiges, zeitloses Rauschen. Erst nach einiger Zeit kann ich das Geräusch zuordnen: Es ist das Meer.

Schlagartig wird mir klar, wo ich bin: in dem Haus, das ich manchmal in meinen Träumen sehe. Das kleine Haus am Rand der Klippen.

»Das Essen ist gleich fertig!«, ruft eine Frau über den Flur.

Die Tür öffnet sich und ein Junge kommt herein. Ich bleibe stehen und warte darauf, dass er hochschaut und mich entdeckt. Doch das tut er nicht. Für ihn bin ich unsichtbar. Er geht zu dem vollgepackten Schreibtisch und durchwühlt konzentriert die Papiere in einer Schublade. Seine Bewegungen sind anmutig und unbekümmert. Er war eben noch unter der Dusche, denn seine Haare sind nass und er riecht nach Seife. Nach einer Weile findet er, wonach er sucht: einen Schreibblock und ein Schulbuch, das er aus dem Stapel zieht. Er klemmt sich beides unter den Arm und verlässt den Raum. Ohne zu zögern, folge ich ihm.

Ein paar Schritte und wir sind in der Küche. Alles ist sauber und ordentlich, ganz anders als das Zimmer des Jungen. Obwohl die Möbel abgewetzt sind und nur ein uralter Fernseher in der Ecke steht, fühlt man sich hier sofort zu Hause. Auf dem Boden liegen bunte Teppiche und an den Wänden hängen Bilder und gerahmte Fotos von einer glücklichen Dreierfamilie: der Junge, das rätselhafte

Mädchen, das in meinen Träumen weint, und eine ältere Frau mit Fältchen um die Augen. Die Aufnahmen sind authentisch, ganz anders als bei uns Caldwells – keine dunklen Blicke, kein gezwungenes Lächeln, kein sorgfältig gewahrter Abstand zwischen den Familienmitgliedern.

Ich löse den Blick von den Bildern und betrachte den Raum. Die Frau hat gerade den Kopf halb in den Kühlschrank gesteckt. Als der Junge an ihr vorbei auf den Tisch zugeht, sehe ich, dass sie an der Milch riecht. »Du kommst noch zu spät«, sagt der Junge.

Die Frau stellt die Milch vor ihm ab und meint: »Geht schon in Ordnung. Oh, und ich habe eine Extraschicht angenommen, also wird es heute Abend etwas später. Sag deiner Schwester Bescheid, ja?« Sie ist natürlich seine Mutter. Das erkennt man sofort daran, wie sie ihm liebevoll die Haare zurückstreicht, wie sie zielstrebig durch die Küche läuft. Der Junge ist ihr Ein und Alles. Bestimmt ist es schön, wenn man seine Aufgabe im Leben gefunden hat.

Der Junge öffnet die Milchpackung und leert sich die Milch ins Glas. Beide schweigen. Diese Stille ist ungewohnt für mich – keine tickenden Uhren, keine trampelnden Stiefel, die ins Haus kommen.

»Wo ist sie?«, fragt der Junge seine Mutter. Ich hebe den Kopf. Dieselbe Frage hat er mir auf der Lichtung auch gestellt. Bevor sich der Himmel verdunkelt hat und der Insektenschwarm kam.

Diesmal bekommt er aber eine Antwort. Die dunkelhaarige Frau seufzt. »Sie ist wieder in den Wald gegangen. Als ich gerufen habe, dass sie zurückkommen soll, hat sie mich nicht gehört.«

Er sieht sie an. »Mach dir keine Sorgen. Sie kommt bestimmt zurück. Das hat sie bisher immer getan.«

Die Mutter dreht sich kurz weg, damit er ihre sorgenvolle Miene nicht sieht. Als sie sich wieder ihrem Sohn zuwendet, zieht sie eine Augenbraue hoch und meint mit einem verschmitzten Lächeln: »Bist du sicher, dass sie zurückkommen soll? Dann musst du das Badezimmer weiter mit ihr teilen …«

Er lächelt schwach. Die beiden sind einander so nahe, sie verbindet eine tiefe Liebe und nicht nur Pflichtgefühl. Genau so sollte es in einer Familie sein.

Der Junge senkt den Kopf und konzentriert sich ganz auf sein Frühstück. Die Haare fallen ihm ins Gesicht. Wie bei Joshua. Ich hebe die Hand, um eine Strähne zurückzustreichen …

Plötzlich verschwindet die Szene. Kalte Luft, blaue und schwarze Streifen schießen vorbei. Mir wird schwindelig und ich muss mich hinknien, um nicht das Gleichgewicht zu verlieren.

Stille senkt sich über mich, so schnell wie ein rasender Zug, der abrupt zum Stehen kommt. Ich hebe den Kopf … und sehe ihn.

Er liegt nur einen Schritt entfernt – so nah, dass ich meinen Arm ausstrecken und ihn berühren könnte. Jeder andere Mensch würde entsetzt zurückweichen, ich aber bleibe auf Händen und Knien hocken und starre ich an. Die Leere in mir rührt sich.

Das Mädchen ist dieses Mal nirgends zu sehen. Niemand wiegt ihn in den Armen, niemand weint um ihn. Ringsum nur die Endgültigkeit des Todes. Das weiße Gesicht des Mondes blickt zu uns herab. Tau bedeckt das Gras und legt sich auf mein Kleid, doch das bemerke ich kaum. Blut sickert in die Erde, während ich die Szene betrachte. Plötzlich weiß ich ganz sicher: Sein Tod war kein Unfall.

Um mich herum herrscht absolute Stille, kein Laut ist zu hören. Ich kauere weiter neben der Leiche. Irgendetwas hält mich hier gefangen. Und aus irgendeinem Grund kann ich mich nicht von diesem Anblick losreißen.

»Du warst das«, flüstert der Junge. Er selbst öffnet dabei weder die Augen noch bewegt er sich. Dennoch sagt er die Wahrheit, das spüre ich tief in mir. Es ist meine Schuld, dass er jetzt tot ist. Wieso, weiß ich nicht. Kein Frühstück mehr, kein Lachen, kein Lernen. Nie wieder wird dieser schöne Junge eine Buchseite umblättern oder blinzelnd einen Satz lesen. Nie wieder wird er über einen Witz seiner Mutter lachen oder darauf warten, dass seine Schwester zurückkommt.

Sein Tod müsste mich mehr berühren. Ich habe diesen Traum, diese Erinnerung oder wie ich es nennen soll, nicht ohne Grund. Soll das hier helfen, mich zu erinnern? Soll es eine Emotion wachrufen, irgendein Gefühl wecken? Oder geht es um etwas ganz anderes? Vielleicht ist das alles doch nur ein Traum, eine zufällige Geschichte, die irgendwo in meinem Unterbewusstsein schlummert, so wie die Bilder, die ich gemalt habe.

Glaubst du das wirklich?, fragt mich eine innere Stimme.

Es wäre zumindest einfacher, angenehmer. Die Wahrheit sieht immer weniger verlockend aus, wird immer bedrohlicher.

Vielleicht aber bin ich doch menschlicher, als ich es mir eingestehen kann, denn ganz kalt lässt mich das Ganze hier nicht. Dieser Junge bedeutet mir etwas. Er ist Teil meiner Vergangenheit. Er ist keine zufällige Geschichte.

Er ist meine *Geschichte.*

Zwölf

Am Freitag ist Joshua wieder in der Schule. Er sieht müde aus. *Sorge* berührt seine Schulter. Sophias Schwester und meine Neigung zu blauen Flecken sind nicht die einzigen Gesprächsthemen an der Edson High. Es gibt Gerüchte, dass die Farm der Hayes in den vergangenen Jahren einen ziemlich schlechten Ertrag hatte. War er deswegen gestern nicht in der Schule? Weil er seinem Vater helfen musste?

Als es klingelt, gehe ich vorsichtig auf Joshua zu, als wäre er ein verletztes Tier. Er hebt den Kopf und sieht mich an. Die Schülermassen schieben sich über den Flur – Sophia rauscht an uns vorbei und ich gerate etwas ins Wanken –, trotzdem bleiben Joshua und ich stehen wie zwei Felsen in der Brandung. Mit zusammengekniffenen Augen sieht er Sophia hinterher: Sie zögert und ihre Wangen röten sich. Doch sie hat sich schnell wieder gefangen und verschwindet scheinbar gleichgültig durch die Tür.

»Wie geht es dir?«, fragt Joshua. Die Haare fallen ihm ins Gesicht.

Ich verstehe diesen Jungen nicht. Er wirkt selbst total erschöpft und besorgt, aber er fragt, wie es mir geht. »Alles gut«, antworte ich. »Was machst du heute nach der Schule?«

Joshua blinzelt überrascht. »Äh … nichts.«

Ich nicke entschlossen. Das ist genau das, was er braucht: jemanden, der die Kontrolle übernimmt, ihn etwas ablenkt. *Warum tust du das?,* fragt mich die leise Stimme in meinem Kopf. *Mut meinte, ich könnte ihn noch brauchen,* versuche ich logisch zu denken.

Und wie willst du erklären, dass du Fear Hoffnungen machst?, fragt mich meine innere Stimme weiter.

Ich ignoriere das.

»Komm doch bei mir vorbei«, sage ich. »Ich brauche deine Hilfe.«

Neugierig sieht er mich an. »Bei was denn?«

»Das wirst du dann sehen.« Ich presse meine Bücher an mich, drehe mich um und laufe zur Tür.

Leise und unsicher sagt er meinen Namen. »Elizabeth?« Ich drehe mich noch einmal um. Joshua richtet sich auf und räuspert sich. Er wird ein wenig rot. Aber er versucht, es zu überspielen, indem er besonders gelassen und selbstsicher tut. »Warum willst du mit jemandem wie mir Zeit verbringen?«

Ich gebe mich weiterhin kontrolliert, ziehe neckisch die Augenbraue hoch: »Ist nur ein Projekt, Joshua.«

Er grinst mich an. »Ja, aber du bist ein Mädchen. Und … du bist du.«

Ich mustere ihn, sein kariertes Hemd, seinen schmalen Oberkörper, die dreckigen Jeans und die zu großen, abgetretenen Arbeitsstiefel, die sicher seinem Vater gehören. »Ich finde, dass ich dich besser kennenlernen sollte«, antworte ich ganz ehrlich. *Du wirst diesen Jungen am Ende noch brauchen.*

»Warum?«, fragt er noch einmal.

Wir sind schon spät dran und ich muss noch an meinem Schließfach vorbei. Ich ignoriere seine Frage. »Wir können uns nach der

Schule vorne an der Treppe treffen. Dann kannst du mir mit deinem Auto hinterherfahren.«

Bevor er den Mund öffnen und weitere Fragen stellen kann, flüchte ich durch die Tür und tauche ins Schülermeer ab. Gespräche, quietschende Turnschuhe und Gelächter schallen von allen Seiten auf mich ein. Meine Mitschüler sind ständig in Bewegung, sie stecken so voller Leben – ein Leben, wie ich es nie haben werde, egal wie sehr ich es vortäusche.

Es ist relativ ungefährlich, Joshua mit nach Hause zu bringen. Tim ist oben im Bett, zugedröhnt mit Alkohol und Schmerztabletten. Er hat sich seit zwei Tagen nicht mehr blicken lassen.

Die Tür von Joshuas klapprigem Auto quietscht laut, als er sie öffnet, aussteigt und wieder zuschlägt. Unser Hof unterscheidet sich nicht sehr von dem seiner Eltern, trotzdem schaut er sich um, als hätte er noch nie eine Farm gesehen. Ich versuche mir vorzustellen, wie das alles auf ihn wirken muss, die abgeblätterte Farbe an der Hausfassade, das eingeknickte Scheunendach und der rostige, einsame Traktor auf der Weide.

»Hier wohnst du also«, murmelt Joshua so leise, dass ich es wahrscheinlich gar nicht hören soll.

Ich werfe meine Tasche über die Schulter und deute mit dem Kopf in Richtung Haus. »Komm mit. Mein Zimmer ist oben.«

Joshua folgt mir nach drinnen. Hinter uns schlägt die Tür zu. Meine Mutter lässt sich davon nicht ablenken und blickt weiterhin starr auf die Anrichte, wo sie Brokkoli in eine Schüssel schneidet. Erst als sie die schweren Schritte von Joshua hört, dreht sie sich um. »Oh.« Mit großen Augen mustert sie Joshua. Sie kennt ihn natürlich. Edson ist ein kleines Kaff, hier kennt jeder jeden. Mom wischt sich die Hände an einem Geschirrtuch ab und macht einen Schritt auf uns zu. Mir wirft sie nur einen flüchtigen Blick zu. Sie ist überrascht, dass ich jemanden mit nach Hause bringe. »Du bist groß geworden«, sagt sie nach einer Weile und hält Joshua die Hand hin.

Er schüttelt sie schnell und tritt dabei von einem Bein aufs andere. »Stimmt. Sie waren früher mal bei uns und haben Essen gebracht, nachdem …«

Mit einer Sanftheit, die ich an meiner Mutter nicht kenne, lächelt sie ihn an. Dann fügt sie hinzu: »Ich nehme an, ihr beide wollt an eurem Projekt arbeiten.« Sie kaut an der Unterlippe, wie immer, wenn sie nervös ist.

Es ist offensichtlich, wie sehr sie mir ausweicht. Ich habe das Englischprojekt gar nicht erwähnt, aber Joshua ist nicht blöd. Er weiß, dass hier etwas nicht stimmt. »Ja, genau. Wollen wir«, sagt er zu meiner Mom, während er sich eine lange Strähne aus den Augen streicht. »Danke, dass wir hier arbeiten können.«

Meine Mutter winkt freundlich ab und lächelt ihn wieder an. Sie freut sich wahrscheinlich, endlich einmal einen normalen Menschen im Haus zu haben, jemanden, der nicht zur Familie gehört. »Hast du Hunger?«, fragt sie. »Ich könnte …«

»Wir haben nicht viel Zeit«, unterbreche ich sie schnell und werfe ihr einen warnenden Blick zu. Schließlich könnte Tim bald aufwachen. Sie versteht und klappt den Mund zu. »Aber vielen Dank. Wir sind dann oben.«

Mom nickt und wendet sich wieder dem Brokkoli zu. Leise ziehe ich die Schuhe aus und gebe Joshua ein Zeichen, dasselbe zu tun.

Verlegen versucht er, seine dreckigen Socken zu verbergen. Ich tue so, als würde ich nichts merken, und führe ihn nach oben.

Es ist seltsam, so eine warme Person im Rücken zu haben.

Nachdem ich die Tür hinter uns geschlossen habe, sieht sich Joshua neugierig um. Wahrscheinlich hofft er, mein Zimmer würde ihm alles über mich verraten. Aufmerksam betrachtet er die nüchterne Einrichtung, die wenigen Möbel. Er sagt nichts, schaut sich nur alles genau an.

»Es ist ziemlich weiß hier«, bemerke ich und zeige auf die Farbtöpfe in der Ecke, die ich gestern noch aus dem Auto hochgeholt habe, als Tim schon schlief. »Das werden wir ändern.«

Er sieht mich belustigt an. »Du möchtest also, dass ich dir beim Streichen helfe? Das ist dein Projekt?«

»Natürlich, was hast du denn gedacht?« Ich habe die Möbel schon in die Mitte des Raums gerückt, also müssen wir nur noch die Abdeckplane ausbreiten, damit keine Farbe auf den Fußboden tropft.

Joshua antwortet nicht. »Na dann …« Er krempelt die Ärmel hoch. »Was hast du vor? Da ist ja ganz schön viel … Grün.« Mit einem Lächeln deutet er auf die Farbeimer. »Ich nehme mal an, irgendetwas mit einem Wald?«

Ich sehe ihn mit hochgezogenen Brauen an. »Genau. Eine Art Wandgemälde.«

Joshua nickt wieder und schaut sich noch mal um. Er kräuselt die Lippen und betrachtet nachdenklich die Wand, überlegt, wie man sie gestalten könnte. Dann dreht er sich zu mir um. »Ich hab dir ja gesagt, dass ich nicht besonders kreativ bin«, meint er augenzwinkernd. »Du musst mir also einfach sagen, was ich tun soll, okay?« Als ich ihn anlächle, kann ich genau sehen, wie ihm die Röte ins Gesicht steigt.

Um ihn aus seiner Verlegenheit zu retten, breite ich schon mal die Plane aus. Er hilft sofort mit. Bald schon liegt das knisternde Plastik zwischen uns am Boden. »Fangen wir an dieser Wand an«, bestimme ich und klebe die Plane fest. Dann mache ich einen Schritt zurück und denke nach. »Ich male die Umrisse der Bäume mit dem Bleistift, und du kannst dann daraus machen, was du möchtest.«

»Wie?«, fragt Joshua überrascht. »Bist du sicher? Willst du echt riskieren, dass ich dein Wandgemälde ruiniere?«

Er lacht laut auf und ich lausche beunruhigt, ob auf dem Flur etwas zu hören ist oder sich in Tims Zimmer etwas bewegt. Doch mein Vater schnarcht weiter seinen Vollrausch aus. Ich entspanne mich ein wenig. »Ich vertraue dir«, sage ich und zucke mit den Schultern. Joshua sieht mich nur verwundert an. Einen Moment lang weiß er nicht, wie er reagieren soll. Bevor er jedoch zu viel in meine Worte hineinlesen kann, drücke ich ihm einen Pinsel in die Hand. »Wir haben nicht viel Zeit«, wiederhole ich. »Ich fange schon mal an.«

Joshua sieht mir eine Weile zu, dann dreht er sich langsam weg. Während ich die Umrisse zeichne, meldet sich fordernd und hartnäckig meine innere Stimme: *Mach dem Jungen keine Hoffnungen. Freunde dich nicht mit ihm an. Mach Schluss, bevor es zu spät ist.*

Ich denke darüber nach. Ich habe schon eine Sophia, die mir das Leben schwer macht. Eine Maggie, der ich ständig etwas vormachen muss. Und sogar meine eigene Mutter merkt, dass ich nicht dazugehöre. Aber dann fällt mir wieder *Mut* ein, wie er anmutig vor mir steht und mir einen ernst gemeinten Rat gibt: *Du wirst diesen Jungen am Ende noch brauchen.*

Ich ignoriere meine innere Stimme und male weiter.

»Heute kommt noch ein Gewitter«, murmelt Joshua. Er steht an meinem Fenster und blickt in den grauen Himmel, beobachtet, wie der Wind über die Felder wirbelt. Vom Pinsel in seiner Hand kleckst Farbe auf den Boden, aber ich sage nichts.

»Am besten fährst du bald los«, rate ich ihm und trete einen großen Schritt zurück, um mein Wandbild zu begutachten: Auf zwei Wände habe ich Bäume gemalt, auf die dritte ein kleines Haus an einer Klippe, und auf die vierte …

»Was soll das darstellen?« Joshua betrachtet stirnrunzelnd die Szene an der Wand. Als ich nicht antworte, geht er vorsichtig um mein Bett herum und starrt gebannt auf meine Bleistiftzeichnung. »Wie traurig. Und schön. Aber mit diesem Bild vor mir würde ich abends nicht einschlafen wollen.«

Ich strecke den Arm nach dem Jungen aus, Joshua hat denselben Gedanken und unsere Finger berühren sich. Er erschrickt, und einen Augenblick lang bewegt sich niemand von uns. Ich sehe mir zum millionsten Mal den stummen Schrei des Mädchens an.

»Wie kommst du auf so was?«, fragt mich Joshua mit rauer Stimme, nachdem er seine Hand zurückgezogen hat. Anstatt zu antworten, konzentriere ich mich auf den Bogen, den die Wange des Mädchens beschreibt, und dann auf ihre Finger, die sich in die Schulter des Jungen krallen.

Wo ist sie?

Du hast mich getötet.

Joshua trommelt unruhig mit dem Daumen auf seinen Oberschenkel, sein Fuß klopft rhythmisch auf die Dielen. Offenbar kann er tatsächlich nicht lange still halten. »Ich wusste gar nicht, dass du so gut malen kannst.«

»Elizabeth?«, fragt er besorgt, als ich wieder nicht antworte.

»So gut kann ich es gar nicht. Und die Szene habe ich mir ausgedacht«, sage ich. Als ich den Bleistift aufs Bett werfe, fällt mein Blick zum Fenster. Draußen prasseln Regentropfen an die Scheibe. »Danke, dass du mir geholfen hast. Ich bringe dich noch runter.«

Er folgt mir stumm. Seltsam. Normalerweise wollen alle Antworten von mir oder stellen unmögliche Erwartungen an mich. Jemanden wie Joshua habe ich noch nie kennengelernt. Doch als wir die Treppe hinuntersteigen, sehe ich plötzlich den Grund für sein Schweigen. Im Schatten steht *Trauer* und wartet auf ihn. Joshua zuckt zusammen, als das Gefühl nach ihm greift. Wahrscheinlich hat mein Wandbild Erinnerungen an seine Mutter hervorgerufen.

Mom ist nicht in der Küche, als wir zur Haustür gehen. Doch Joshua bekommt das gar nicht mit, er ist ganz versunken in seiner Trauer. Bevor die Haustür zufallen kann, dreht er sich schnell um und hält sie fest, damit sie nicht knallt. *Trauer* sieht mich an, über die bleichen Wangen rollen Tränen, die schwarzen Haare flattern im Wind. Das Gefühl versucht, mich zu umfangen, ich sehe Tod, Wehklagen, Leere.

»Ist alles okay?« Joshua starrt mich verwirrt an. Ich laufe einfach weiter, der Kies knirscht unter meinen Füßen. Die Luft verändert sich, das Gewitter kommt rasch näher.

Als wir Joshuas Auto erreicht haben, frage ich leise: »Was hat dich an deine Mutter denken lassen?« Ein Blatt weht hoch und verfängt sich in meinen Haaren. Ich pflücke es heraus und halte es am Stängel fest.

Joshua spielt mit dem Autoschlüssel. »Woher weißt du, dass ich an sie gedacht habe?«

Ich zucke mit den Schultern. »War nur eine Vermutung.«

Er wischt sich die langen Haare aus dem Gesicht und funkelt

mich böse an. *Wut* gesellt sich zu *Trauer.* Schweigend packt er Joshua an der Schulter und ignoriert mich. »Weißt du, was mir aufgefallen ist?«, schnaubt Joshua plötzlich. »Du lügst ziemlich oft, Elizabeth. Ich bin nicht blöd.«

»Wann habe ich dich denn belogen?«

Er deutet mit einer wilden Geste auf das Haus und mein Zimmer. »Du hast dir dieses Bild nicht ausgedacht. So viel Schmerz kann man sich nicht ausdenken. Das ist echt, auch wenn ich nicht weiß, was es bedeutet.«

Über uns türmen sich die Wolken auf und der Donner grollt. Im Moment fallen nur ein paar leichte Tropfen, aber bald werden es mehr werden. Das Blatt in meiner Hand fühlt sich zerbrechlich an. Joshua bemerkt den Regen gar nicht. Er hält den Blick auf mich gerichtet und wartet auf eine Reaktion.

Ich zucke nur mit den Schultern, ich fühle mich so leer wie immer. »Du willst also die Wahrheit wissen? Na gut. Ich weiß nicht, warum ich das Bild gemalt habe. Ich träume davon. Aber ich bin nicht wie du. Es macht mich nicht traurig, ich leide auch nicht. Ich empfinde nichts.«

Sein Blick verdunkelt sich vor Enttäuschung. Er hält es für eine weitere Lüge. So sind die Menschen nun mal, sie sind alle gleich: Gibt man ihnen, was sie wollen, stellt sich anschließend heraus, dass sie etwas anderes erwartet haben.

»Wer auch immer dieser Junge ist«, sagt Joshua mit belegter Stimme. »Du hast Gefühle für ihn. Ich habe es dir angesehen, als du ihn berührt hast. Manchmal beobachte ich dich in der Schule«, fügt er plötzlich hinzu. Meine Gedanken können dem Themenwechsel nur langsam folgen. »Ich habe noch nie jemanden gesehen, der so traurig ist. Deswegen bin ich auf dich aufmerksam geworden. Ich dachte, du wärst der einzige Mensch, der den Schmerz versteht. Aber dann habe ich noch mehr in dir gesehen.« Der Himmel öffnet sich und der Regen strömt ungehemmt herab. Joshua wischt sich mit dem Ärmel über die Nase. Er wendet sich von mir ab, meidet meinen Blick und schließt die Autotür auf. Der Regen klatscht ihm die Haare an den Kopf.

»Was hast du in mir gesehen?«, frage ich, als mir klar wird, dass er nicht vorhat, mehr zu sagen.

Umgeben von Emotionen öffnet Joshua die Fahrertür und lässt sich auf den Sitz fallen. Hustend und spuckend springt der Motor an. »Ich habe *dich* gesehen«, antwortet er knapp. Dann schlägt er mir die Tür vor der Nase zu und setzt den Wagen zurück. Ein Gefühl nach dem anderen löst sich in nichts auf.

Ich bleibe allein und sprachlos zurück. Seine Worte hallen in meinem Kopf nach. Sie ergeben keinen Sinn. Das kann alles nicht stimmen.

Die roten Rücklichter an Joshuas Auto verschwinden am Ende der Einfahrt. Erst dann drehe ich mich durchnässt und fröstelnd um und gehe aufs Haus zu. Kurz bevor ich durch die Tür schlüpfe, fällt mir ein, dass ich immer noch das Blatt festhalte. Als ich es loslasse, reißt es mir sofort der gierige Wind aus den Fingern. Ich verfolge, wie es über das Maisfeld flattert, bis es nicht mehr zu sehen ist.

Dreizehn

Vier Tage lang habe ich Fear nicht gesehen. Vier Tage lang wurde ich nicht auf die Probe gestellt. Keine Spielchen, keine neugierigen Fragen. Mrs Farmer führt gerade einen Monolog über die verschiedenen Arten von Reimen, aber davon bekomme ich nichts mit. Ich muss die ganze Zeit an Fear denken. Es gab im Laufe der Jahre zwar immer mal wieder Tage, an denen er nicht kam, aber in letzter Zeit ist er eigentlich ständig in meiner Nähe gewesen. Seine Abwesenheit macht mich irgendwie nervös. Eine Vermutung nach der anderen geistert durch meinen Kopf: *Er hat irgendetwas vor. Er hat eine Spur entdeckt.* Und die schlimmste von allen: *Ihm ist etwas passiert.* Schließlich hat er die Regeln gebrochen, als er mir geholfen hat. Ist er vielleicht irgendwo da draußen und stirbt? Hilflos und allein?

Das ist dir doch egal, erinnert mich meine innere Stimme. Und wie zur Bestätigung spüre ich wieder die Leere in mir.

»Es gibt natürlich auch den freien Vers, der sich besonders seit der Moderne großer Beliebtheit erfreut …«

Sophia hält den Kopf gesenkt und schreibt scheinbar konzentriert mit – sie sieht dabei aus wie eine perfekte Musterschülerin. Ihr Stift kritzelt eifrig über das Papier. Aber so wie sie die Schultern eingezogen hat, sind die Zeilen, die sie gerade schreibt, sicher an mich gerichtet. Als ich ihr dabei zusehe, fällt mir wieder der Zettel an meiner Windschutzscheibe ein. *BIST DU SIE?* Hat Sophia etwa diese Nachricht geschrieben?

Sophia sieht heute ziemlich erschöpft aus. Ich weiß, dass ihre Mutter immer Nachtdienst in der Klinik hat. Ihr Vater hat die Familie verlassen, als die Mädchen noch klein waren. Wenn die Babysitterin keine Zeit hat, muss Sophia oft tagelang ganz allein auf Morgan aufpassen.

Als Mrs Farmer gerade nicht hinschaut, wirft Sophia schnell ein gefaltetes Stück Papier auf meinen Tisch. Ich überlege kurz, ob ich es überhaupt öffnen soll, aber ich nehme an, es wird Sophia zumindest für den Augenblick zufriedenstellen, wenn sie glaubt, mich damit verletzt zu haben.

Also entfalte ich das Papier. *Du bist nicht normal*, hat sie geschrieben. *Du gehörst weggesperrt, für immer.*

Kann sein.

Die Handschrift stimmt allerdings nicht mit der auf der Windschutzscheibennotiz überein.

Sophia und eine ihrer Freundinnen lachen leise vor sich hin. Sie hoffen auf eine Reaktion von mir, also schniefe ich übertrieben. Das reicht ihnen fürs Erste. Die beiden drehen mir wieder den Rücken zu und unterhalten sich flüsternd. Menschen sind grausam. Manchmal sind sie sogar noch schlimmer als Gefühle und Elemente.

Mir ist klar, wie sich das anhören muss. Als wäre ich kein Mensch … als würde ich nicht dazugehören.

»An alle, die es vielleicht vergessen haben: Eure Texte sind bis Freitag abzugeben. Also, Leute, seht zu, dass ihr fertig werdet. Sie machen einen Großteil eurer Note aus!«, ruft Mrs Farmer.

Ich werfe Joshua einen Blick zu, doch er versteckt sich hinter seinen Haaren.

Joshua. Er hat kein Wort mehr mit mir gesprochen, seit er letztens so wütend nach Hause gefahren ist. Aber während des Unterrichts musste er sich ein paarmal davon abhalten, sich zu mir umzudrehen. Offenbar will er, dass ich denke, unsere Auseinandersetzung wäre ihm egal, tatsächlich aber sehnt er sich nach einer Reaktion. Er will es verstehen, er will mich begreifen. In vielerlei Hinsicht ist Joshua Fear sehr ähnlich.

Als es zur Mittagspause klingelt, holt er mich auf dem Flur ein. »Wir müssen noch an den Texten arbeiten«, bemerkt er scharf. Er ist immer noch wütend, denn er weiß, dass ich etwas verberge.

Ich nicke und gebe die Kombination für mein Schließfach ein. »Ich weiß. Aber heute geht es nicht. Mein Vater will, dass ich gleich nach der Schule nach Hause komme. Wenn du willst, können wir morgen vielleicht in der Mittagspause darüber reden.«

»Und warum nicht jetzt?«, erwidert er fordernd und streicht sich dabei die Haare aus dem Gesicht. Ich frage mich, warum er sie nicht einfach abschneidet.

»Ich muss in die Bücherei, etwas recherchieren«, antworte ich, während wir den Flur entlanglaufen.

»Wonach suchst du?«

Er macht einen Schritt nach vorn und stellt sich mir in den Weg. Die Masse an Schülern teilt sich, einige laufen in uns hinein, andere passen sich ohne nachzudenken der Störung an.

Ich hebe den Kopf und sehe die Entschlossenheit in Joshuas Gesicht. Sein Geruch weht mir entgegen, eine Mischung aus Tanne, Heu und Seife. »Nach meiner Vergangenheit«, erkläre ich.

Joshua denkt nach und verzieht dabei die Lippen. »Na gut.« Er nickt. »Ich komme mit. Wir müssen aber noch an meinem Schließfach vorbei.«

Von dem schüchternen Jungen, den ich bisher kannte, ist nichts mehr zu sehen. Er ist ganz plötzlich verschwunden, und durch seine neue Selbstsicherheit bleiben auch die Emotionen fern, die ihn bisher ständig umgeben haben.

»Ich habe nicht um Begleitung gebeten«, informiere ich ihn ungerührt.

Joshua wird ganz rot im Gesicht. Also ist der schüchterne Junge doch noch da. Es ist eine seltsame Mischung aus verlegenem Grinsen, geröteten Wangen und stiller Nachdenklichkeit, die Joshua jetzt umgibt. »Wenn du lieber allein sein möchtest …«, setzt er an, hält aber sofort erleichtert inne, als ich den Kopf schüttle.

»Geht schon in Ordnung. Also dann los. Wir haben zwanzig Minuten.«

Obwohl ich jede Mittagspause damit verbracht habe, alte Zeitungen zu durchforsten, habe ich bis jetzt noch keine Antworten gefunden. Ich bin mit dem Jahr 2003 fast durch, aber die Zeitung, die Fear mir gezeigt hat, war nicht dabei.

»Im Ernst«, meint Joshua, während wir vergilbte Seiten durchblättern. »Ständig helfe ich dir bei deinen Projekten, aber die Texte, für die wir benotet werden, kriegen wir nicht hin.« Sein Pausenbrot liegt unberührt neben seinem Ellbogen, stattdessen beißt er beim Umblättern mit einem lauten Knacken in einen Apfel.

»Wir schaffen das noch mit dem Schreibprojekt«, murmle ich, während ich die April-Ausgabe mit der Schlagzeile *Kind in Fluss ertrunken* zur Seite lege und nach der nächsten greife. Joshua legt seine warme Hand auf meinen Handrücken und hält mich zurück.

Meine Finger rollen sich auf der Tischplatte zusammen, als ich seine Haut auf meiner spüre. Niemand hat mich je so angefasst …

Fear hat genau dasselbe gesagt, über mich.

Der Gedanke an Fear irritiert mich. Ich schaue hoch, um Joshuas Gesichtsausdruck zu lesen. Doch er lässt mir keine Zeit, die Situation zu bewerten. »Tut mir leid, wie ich letzte Woche reagiert habe«, gibt er zu. »Ich war frustriert. Aber das ist keine Entschuldigung dafür, dass ich dich eine Lügnerin genannt habe. Wenn du etwas für dich behalten willst, dann ist das deine Entscheidung.«

Sein Atem riecht nach dem Apfel, den er eben gegessen hat. Ich ziehe meine Hand weg. Das hier erinnert mich zu sehr an Fear – und *ein* Fear reicht mir absolut. *Und deswegen ziehst du deine Hand weg?*, fragt mich die Stimme in meinem Kopf. *Welchen Grund sollte ich denn sonst haben?*, entgegne ich. Als Antwort flackert die Erinnerung an Fears zarte Küsse auf.

Mir wird bewusst, dass Joshua immer noch auf eine Antwort wartet. Ich zucke mit den Schultern und bemerke mit gleichgültiger Stimme: »Du hast mich ja nicht wirklich eine Lügnerin genannt. Du hast nur gesagt, dass ich oft lüge, und das stimmt auch.«

Joshua schüttelt den Kopf und lächelt schwach. »Du bist echt seltsam, weißt du das?«

Ich lächle zurück. Und zum ersten Mal muss ich es nicht vortäuschen. »Dasselbe könnte ich über dich auch sagen.«

Schweigen breitet sich zwischen uns aus und jeder nimmt sich wieder eine Zeitung zur Hand. Die einzigen Geräusche in dem Lesesaal sind das Rascheln der Zeitungen und das Tuscheln von zwei Mädchen am Computerplatz. Nach einer Weile schließe ich kurz die Augen, um mich wieder auf meine Suche zu konzentrieren. Als ich sie wieder öffne, sehe ich plötzlich *Sorge* neben dem Tisch stehen … ein zappeliges, zerstreutes Gefühl mit Kräusellocken und Stockbeinen. Ich lege die Zeitung beiseite und schaue auf Joshuas gebeugten Kopf. Er hat dieselben roten Haare wie seine Mutter. Keine Ahnung, wieso ich gerade jetzt darauf komme.

»Wie läuft es eigentlich auf eurer Farm?«, frage ich in freundlichem Ton. Wenn ich mich konzentrieren möchte, muss ich ihn erst mal beruhigen.

Meine Frage erschreckt ihn, denn er schaut abrupt hoch. Er streicht sich die wilden Haare aus dem Gesicht und sieht mich verwundert an. »Wie?«

Ich weiß, dass er meine Frage gehört hat. Also warte ich einfach ab.

Joshua blinzelt mich verwirrt an, dann gibt er verdutzt nach. »Manchmal weißt du von Dingen, die du eigentlich nicht wissen kannst. Du wirst mir wahrscheinlich nicht sagen, wie das sein kann, oder?«

Ich schüttle den Kopf. »Ist erst mal besser, wenn du nichts davon erfährst.«

Joshua sieht mich genauer an. »Aber du wirst es mir eines Tages sagen.« Das ist keine Frage.

Es wäre klüger, ihm gleich die Hoffnung zu nehmen. Es wäre vernünftiger, seine Fragen einfach abzublocken. »Vielleicht«, sage ich. *Du wirst diesen Jungen am Ende noch brauchen.*

»Mein Vater und ich haben gestern noch stundenlang gearbeitet, weil wir uns die Ersatzteile für unseren Mähdrescher nicht leisten können«, beginnt Joshua unvermittelt. »Und natürlich ist er zu stolz, um irgendjemanden um Hilfe zu bitten.« Er beißt von seinem Sandwich ab. Wahrscheinlich ist ihm klar, dass er bei seiner persönlichen Suche nach Wahrheiten nicht weiterkommt. »Der Fruchtwechsel bringt nichts. Und auch das späte Pflanzen war sinnlos. Die Äcker sind einfach ausgelaugt.«

Mein Magen knurrt, während er erzählt. Mir wird erst jetzt bewusst, dass ich heute noch nichts gegessen habe. Sogar zu frühstücken habe ich vergessen, weil ich wegen meiner Träume wieder einmal verschlafen habe.

Ich muss immer wieder an das denken, was *Mut* zu mir gesagt hat … und der Gedanke daran wird jeden Tag stärker.

Joshua hat mein Magenknurren gehört und grinst. Er hat keine Ahnung davon, was in meinem Inneren vor sich geht. »Möchtest du die Hälfte von meinem Brot?«

Es ist seltsam, aber seine Freundlichkeit berührt mich irgendwie, löst etwas in mir aus. Ich fühle, wie die Leere in mir erzittert, sich wieder festigt. Sie wehrt sich gegen das kleinste Gefühl. Was ich jetzt wohl für Joshua empfinden würde, wenn ich dazu in der Lage wäre? Ich habe nicht die leiseste Ahnung.

Ich könnte dir beim Einschlafen helfen.

Seine Stimme kommt aus dem Nichts, aber sie erinnert mich wieder daran, dass Joshua nicht der Einzige ist, der mir helfen möchte. Fear … warum muss ich in letzter Zeit so oft an ihn denken?

Während ich versuche, meine Gedanken zu ordnen, beugt sich Joshua wieder über die Zeitungen und sucht nach Berichten über mich. Er will mir wirklich helfen. Wie widersprüchlich dieser Junge doch ist: Joshua ist einfach und kompliziert, direkt und nachdenklich, eifrig und geduldig. Gerade wenn ich denke, ihn richtig eingeordnet zu haben, sagt oder tut er etwas völlig Unerwartetes, das mich meine Meinung über ihn überdenken lässt.

Ich betrachte wohl zum hundertsten Mal Joshuas Gesicht. Inzwischen kenne ich es schon genau, aber so kann ich mich gut ablenken. Die langen, dunkelroten Haare verdecken seine bernsteinfarbenen Augen, die goldenen Wimpern. Um seine lange Nase sammeln sich Sommersprossen. Seine Mundwinkel sind immer nach oben gerichtet, er sieht aus, als würde er gleich loslächeln. *Eigentlich sieht er ziemlich gut aus*, denke ich. Um ehrlich zu sein, ist er sogar schön. Nicht in dem Sinne wie die Gefühle oder Elemente, sondern wirklich, richtig hübsch. Wenn ich ihn ansehe, weiß ich, dass seine Schönheit nichts Übernatürliches hat, sondern echt ist.

Wenn ich normal wäre, wenn ich etwas fühlen könnte und Wesen wie Fear keinen Platz in meinem Leben hätten, dann würde mir Joshua wahrscheinlich etwas bedeuten.

Er scheint meinen Blick zu spüren, denn er sieht auf und lächelt mich fragend an. Schnell schaue ich auf die Zeitung vor mir, so wie er es eben noch getan hat. Ich spüre die Leere stärker denn je. Dieses Gefühl ist so schmerzhaft, dass ich das Gesicht verziehe.

»Ist alles klar bei dir?«, fragt Joshua.

Ich nicke schnell, und wie gerufen ertönt die Pausenglocke. Als ich aufstehe, falle ich aber in meiner Hektik beinahe über den Stuhl. So ungeschickt bin ich sonst nie.

»Elizabeth?« Joshua ist besorgt. Er folgt mir, lässt alles liegen. Mrs Marble wird nicht gerade begeistert sein, wenn sie den Zeitungshaufen auf dem Tisch entdeckt. Dieses Mal lasse ich mich von Joshua nicht einholen. Ich bin viel schneller als er, und es ist ganz einfach, durch die Tür abzuhauen und ihn allein stehen zu lassen. Er ruft mir noch nach, aber da bin ich schon außer Sichtweite.

»Ich vermisse dich. Hier ist es die Hölle. Und, was machst du so in unserem kleinen Edson?«

Ich muss das Telefon dicht ans Ohr halten, um Maggies leises Krächzen zu hören. Ihr zuliebe versuche ich, fröhlich zu klingen: »Ich mache ganz viele langweilige Sachen. Auf dem Hof mithelfen, Schule, Hausaufgaben. Du verpasst rein gar nichts.«

Sie lacht, aber es hört sich kein bisschen heiter an. Ihr geht es immer schlechter. »Falsch, Liz. Ich verpasse das Leben.«

Tims lautes Pfeifen durchbricht die Stille, und ich lehne mich zurück, um aus dem Fenster zu sehen. Die Maisstängel knacken, als er sie zur Seite schiebt. Mom macht gerade Abendessen und Charles kommt sicher auch gleich nach Hause. »Maggie, ich muss Schluss machen.«

Sie antwortet nicht. Ich starre an die Wand, wo ich ihr Gesicht hingemalt habe: schmal, blass und traurig. »Ich komme dich bald wieder besuchen«, füge ich hinzu, obwohl ich weiß, dass das leere Worte für sie sind. Ich sage sie trotzdem, denn außer ihren Eltern hat sie nur noch mich.

Sie seufzt leise. »Okay. Bis dann, Liz.«

Dabei klingt sie so unendlich traurig und hoffnungslos, als hätten wir gerade eben zum letzten Mal miteinander gesprochen.

Wenig später stehe ich mitten in meinem Zimmer und betrachte das halb fertige Wandbild; die Farbkleckse und Abdeckplanen auf dem Boden ignoriere ich. Ich nehme nur das Grün und den Farbgeruch wahr. Diese Bilder haben eine Bedeutung für mich. Aber welche? Was ist passiert, wer sind diese Menschen?

Du hast alles kaputtgemacht.

Er hat dich gefunden.

Komm zurück, bitte …

Musik dringt aus Charles' Zimmer und durchbricht meine Gedanken. Irgendeine Rockband, der Sänger brüllt eher, als dass er sich an einer Melodie versucht. Draußen heult der Wind und drückt gegen die Fensterscheiben. All das nehme ich aber gar nicht richtig wahr. Ich fahre mit dem Finger einen der Baumstämme an der Wand nach und versuche, mich an etwas zu erinnern, was ich möglicherweise vergessen habe. Erinnerungen, die mir vielleicht jemand genommen hat. In meinem Kopf drehen sich die Gedanken wie in einem wilden Karussell.

Du wirst alles vergessen.

Du bist rein menschlich – ich wüsste, wenn da noch etwas anderes wäre. Du bist nicht auserwählt, du hast keine Gabe.

Ich habe meine Tochter jeden Abend in den Schlaf gewiegt, ich habe ihr Lieder vorgesungen, sie angezogen und gefüttert, ich habe mit ihr gespielt, sie neun Monate in mir getragen. Sie kannte mich und ich kannte sie.

Manchmal weißt du von Dingen, die du eigentlich nicht wissen kannst.

Du bist nicht normal. Du gehörst weggesperrt, für immer.

»Liz?« Als ich ein ungeduldiges Klopfen an der Tür höre, wende ich den Blick von dem Wandbild ab. Charles. Er scheint ziemlich aufgewühlt zu sein, denn ich kann die Gefühle um ihn herum sogar durch die Wand hindurch spüren. Ich schlüpfe raus auf den Flur, bevor er meine Zimmerwände sehen kann. Ich weiß nicht, wie er in seinem jetzigen Zustand darauf reagieren würde. »Was ist los?«, frage ich und gebe mich besorgt.

Im Flur brennt kein Licht. Mein Bruder ist nur ein schwarzer Schatten, der sich nervös im Nacken kratzt. Neben ihm steht *Schuld.*

Irgendetwas muss zwischen ihm und Mom und Dad vorgefallen sein. Charles atmet tief ein. »Hör mal, kannst du mir vielleicht einen Gefallen tun?« Und ohne eine Antwort abzuwarten, erklärt er: »Könntest du morgen für mich einspringen und die Hausarbeit machen? Mir ist klar, dass eigentlich ich dran bin, aber ich will mit ein paar Kumpels die Piste austesten. Ich habe noch mal an dem Wagen rumgeschraubt und will ihn jetzt Probe fahren.«

»Ist gut«, sage ich. Offenbar will er nicht darüber reden, was ihm Sorgen bereitet, und ich werde nicht nachfragen. *Schuld* sieht mich mit einem schiefen Lächeln an. Sie hat Charles die Hand auf die Schulter gelegt, ihre Augen glänzen im schwachen Licht.

Er nickt zögernd. »Okay, danke.«

Mein Bruder will sich gerade umdrehen, aber ich rufe ihn noch mal zurück: »Charles?« Als er mich anschaut, bemerke ich, wie sehr er unserer Mutter ähnelt. Ich mustere sein Gesicht. »Weißt du noch, wie ich als Kleinkind war?«

Falls ihn meine Frage überrascht, lässt er sich nichts anmerken. *Schuld* verblasst langsam, während Charles mich anlächelt und sich wahrscheinlich denkt, wie seltsam ich bin. »Na klar, Liz. Du hast höllisch genervt.«

»Was meinst du damit?«

Charles tritt nervös von einem Bein auf das andere – er muss bald zur Spätschicht in den Laden. Trotzdem beantwortet er meine Frage. »Du warst ein kleiner Racker, Liz. Ständig auf den Beinen, bist überall herumgelaufen, hast einfach alles erkundet. Und du hast nicht aufgehört zu reden. Pausenlos gequatscht hast du.«

»Magst du mich noch genauso wie damals?« Ich weiß nicht, warum ich ihm diese Frage stelle. Es gibt keinen Grund dafür. Die Antwort bringt mich auch nicht weiter. Was ist nur los mit mir?

Charles wird nun doch etwas ungeduldig. Er hat keine Zeit für die blöden Fragen seiner kleinen Schwester. »Natürlich, Liz. Ich muss jetzt los, okay?« Aber seine Worte sind nicht ernst gemeint, und er vermeidet es, mich anzusehen. Er dreht sich um und geht. Seine Schritte hallen von den Wänden wider und das Geräusch setzt sich in meinem Kopf fort wie ein Herzschlag.

Ich bleibe allein zurück.

»Elizabeth? Hörst du mir überhaupt zu?«

Ich schaue verwirrt zu Joshua auf. »Hm? Ja, natürlich höre ich dir zu.« Meine Stimme tönt laut durch die Regalreihen.

Als Mrs Marble den Kopf hebt und mir einen bösen Blick zuwirft, winke ich entschuldigend.

Joshua schiebt ein Blatt Papier über den Tisch, bis es an meine Handkante stößt. »Wir beide kriegen das ja anscheinend nicht auf die Reihe, daher habe ich zu Hause schon mal angefangen«, erklärt er mir. »Ich habe das Projekt aufgeteilt, du musst also nur noch ein Gedicht und einen Kommentar schreiben. Du kannst mir dann am Donnerstag geben, was du geschrieben hast. Ah ja, und Mrs Farmer will ja, dass unsere Texte ein gemeinsames Thema haben, also habe ich einfach eins ausgewählt …« Er sieht mich an. »Und zwar: Verborgenes.«

»Interessant«, bemerke ich trocken. »Und wie bist du auf dieses Thema gekommen?«

Er streicht sich die Haare aus dem Gesicht und beugt sich nach vorn. Seine Augen leuchten, als er das Blatt Papier nimmt und es noch einmal durchliest. »Ich habe zuerst an die Highschool gedacht und an das typische Schulleben. Und dann sind mir all die kleinen Dinge eingefallen, wie zum Beispiel …« Joshuas Blick wandert an die Stelle, an der vor ein paar Tagen noch meine blauen Flecken zu sehen waren. Schnell redet er weiter: »Ich habe einfach gemerkt, dass es so vieles gibt, was ich nicht weiß … und das von Menschen, mit denen ich jeden Tag zusammen bin. Wie viele von ihnen tragen wohl Geheimnisse mit sich herum? Dinge, die sie vor allen anderen verbergen? Wie viele setzen eine Maske auf, wenn sie irgendwo sind? Wir kennen andere wahrscheinlich nicht halb so gut, wie wir denken«, beschließt er ernst.

Die Sonne scheint durch das vergitterte Fenster neben uns und wirft ein Schattenmuster auf Joshuas Gesicht. Ich lehne mich zurück und denke über seine Worte nach.

Doch plötzlich kommen mir auch andere Worte in den Sinn, unterschwellig und fordernd zugleich.

Und du hast sie geliebt.

Ja, das habe ich.

Warum diese Worte? Und warum jetzt? Ich versuche, die Erinnerung daran zu verdrängen, und zwinge mich zu lächeln. »Und du sagst, du wärst nicht kreativ.«

Joshua errötet. Erst jetzt fällt mir auf, dass er schon eine ganze Weile nicht mehr rot geworden ist. Früher ist er immer über die Wörter gestolpert und hat gestottert, wenn er mit mir geredet hat, aber jetzt … Ich beobachte, wie seine langen Wimpern flattern. Zum ersten Mal fällt mir auf, wie schön die goldenen Sprenkel in seinen Augen im schwachen Licht glitzern. Sie funkeln beinahe so wie bei Fear.

Fear.

Unwillkürlich muss ich an sein herausforderndes Grinsen denken, daran, wie er mich immer ansieht und so hartnäckig an dem Glauben festhält, dass mehr in mir steckt. Seit einer Woche habe ich ihn nicht mehr gesehen.

Mein Blick fällt auf die Zeitungen ein paar Gänge weiter, lenkt meine Aufmerksamkeit weg von den Gedanken an Fear. Weg von all den seltsamen Dingen, die mir in letzter Zeit ständig durch den Kopf spuken. Die Zeitungen rufen förmlich nach mir. Sie sind die perfekte Ablenkung. Ich habe noch einen großen Teil des Jahres 2004 vor mir, ich sollte also unbedingt weitermachen.

Joshua folgt meinem Blick und seufzt. Lustlos wedelt er mit dem Papier vor meinem Gesicht. »Nimm es einfach und erledige deinen Teil«, befiehlt er, nimmt mein Handgelenk, hebt den Arm, schiebt den Zettel darunter und legt meine Hand auf den Tisch. Aber anstatt wieder loszulassen, wandert seine Hand langsam weiter. Zögerlich – offensichtlich hat er Angst davor, dass ich mich dagegen wehre – schiebt Joshua seine Finger zwischen meine.

Ich bewege mich nicht.

Stattdessen sehe ich ihn nur an und er erwidert meinen Blick. Es ist so seltsam, wenn man plötzlich glaubt, man wäre nur noch zu zweit auf der ganzen Welt, obwohl man in Wahrheit aber nie wirklich allein ist. Es liegt an ihm – an seiner Natürlichkeit und seiner Überzeugung, dass alles eigentlich ganz einfach ist. Joshuas Hand wirkt so erwartungsvoll, so lebendig, so ganz anders als meine. Er muss diesen Unterschied auch spüren, aber er sagt nichts. *Freude* erscheint hinter Joshuas Stuhl und legt die Arme um ihn. Ihre Haare sind sogar noch röter als Joshuas, fast orange, und sie gehört zu den eher stämmigeren Emotionen. »Du machst ihn ja so glücklich!«, zirpt sie und strahlt mich dabei glücklich an. Ihre dicken Oberarme schlackern. »Ich freue mich so! Diesen Jungen hier habe ich nicht mehr zu sehen bekommen, seit … na ja, du weißt schon. Aber schon lustig, dass gerade du der Grund für meine Erscheinung bist, nicht wahr?« Sie kichert.

Ich blende *Freudes* Geplapper aus, während ich die Situation bewerte. Eigentlich sollte ich diese Scharade beenden. Ich sollte Joshua sagen, wie sinnlos das hier ist. Ihn warnen, ihm dieselben Lügen erzählen, die ich allen anderen auftische … auch Fear gegenüber. Aber ich tue es nicht. Joshua ist das, was ich sein sollte. Instinktiv fühle ich mich deshalb zu ihm hingezogen.

»So, so.«

Als hätte ich ihn mit meinen Gedanken herbeigerufen, schneidet Fears Stimme durch die Stille. »Da bin ich mal ein paar Tage weg, und was passiert? Es entwickelt sich eine kleine Schülerromanze. Interessantes Paar, ihr beide, wirklich. Das Mädchen, das nichts empfindet, und der Junge, der zu viel fühlt.«

Joshua merkt, dass etwas nicht stimmt, noch bevor ich meine Hand wegziehe und unter den Tisch auf meinen Schoß lege, wo sie vor seinen Zärtlichkeiten sicher ist. »Elizabeth?« Er rührt sich nicht, und als ich aufstehe, starren mich Joshua und *Freude* verwirrt an. Dem Gefühl hat es die Sprache verschlagen. Wegen Fear natürlich. Ich nehme meine Tasche von der Stuhllehne und versuche, ihren Blicken auszuweichen.

»Bis nachher dann«, murmle ich und drehe Joshua den Rücken zu. Er wirkt so verloren wie ein kleiner Junge, seine Haare sind zerzaust und in seinem Gesicht kämpfen Schmerz und Verwirrung. Ich lasse ihn und *Freude* allein zurück. Und dieses Mal läuft er mir nicht hinterher.

Fear aber folgt mir. Auf dem Flur ist im Moment niemand zu sehen, da alle beim Essen sind. Ich halte vor einem Plakat mit der

Aufschrift *RAUCHEN TÖTET,* darunter ein Bild von einem mit einem Tuch bedeckten Menschen auf einem Metalltisch. Konzentriert starre ich auf das Plakat und warte auf das Unvermeidliche.

Das Schweigen zieht sich zu lange hin, deshalb sage ich laut: »Ich gehöre nicht dir.« Meine Stimme durchbricht die Stille und klirrt wie Glasscherben über unseren Köpfen. Ich musste das sagen, es ist wichtig, das klarzustellen.

Fear steht hinter mir und ich spüre einen Luftzug, wo eigentlich keiner sein dürfte. Die Lampen flackern. Er ist so nah an meinem Rücken, dass sein Mantel gegen meine Beine flattert. Ich höre, wie Menschen aus der ganzen Welt schreien, schluchzen, stöhnen. Sie sind in Fears Schatten gefangen.

»Zum ersten Mal in deinem Leben tust du etwas, ohne darüber nachzudenken«, sagt Fear schließlich mit knurrender Stimme. »Das kann kein gutes Ende nehmen.«

Ich drehe den Kopf und sehe ihn an. Seine schönen blauen Augen blitzen, sein Mund ist nur ein dünner Strich. Die langen weißblonden Haare streicheln seine Wangen. Er darf niemals erfahren, wie oft er sich in meine Gedanken drängt. Ich hätte es gar nicht so weit kommen lassen dürfen. So habe ich ihn auch noch ermuntert. Aber damit muss jetzt Schluss sein, es ist für uns beide besser so. »Geht es dir dabei wirklich um mich oder nur um dich?«, frage ich.

Meine Worte gefallen ihm gar nicht. Bis jetzt hat er meine Sturheit und meine Frechheit zwar hingenommen, aber er ist daran gewöhnt, dass ihm die Menschen gehorchen und in seiner Gegenwart erzittern.

»Dieser Junge hat alles kaputtgemacht«, faucht Fear und packt mich an den Armen. Sein Griff ist so fest, dass ich zusammenzucke. »Wegen ihm hast du aufgehört, nach der Wahrheit zu suchen. Wie, glaubst du, wird es weitergehen? Du wirst erwachsen, heiratest ihn und lebst ein normales Leben? Das wird nie passieren. Glaub, was immer du willst, aber du wirst niemals so ein Leben führen. Irgendwann will er hinter deine Maske blicken, und wenn er dann merkt, dass nichts dahinter ist … dann wirst du alles verlieren, was du dir aufgebaut hast. In deinem Leben ist alles nur vorgetäuscht, Elizabeth. Gerade du solltest das wissen.«

Meine Arme sind schon taub und mein Instinkt rät mir, Fear nachzugeben. Aber ich lasse mich nicht einschüchtern. Ich weiß, wie ich ihn verletzen, ihn vertreiben kann. Selbst jemand wie Fear wird nicht bleiben wollen, wenn er erst erkennt, dass ich mich zu jemand anderem hingezogen fühle. »Und wenn es das nicht ist?«, flüstere ich. Es ist nur ein leiser, hilfloser, zerbrechlicher Satz, aber Fears Augen weiten sich, als hätte ich plötzlich sieben Köpfe, die ihm alle die gespaltene Zunge zeigen.

»Du fühlst etwas?« Seine Stimme klingt heiser und er ist noch blasser als üblich. »Du empfindest etwas?« Er beugt sich zu mir herüber, atmet meinen Geruch ein. Als das nicht genügt, drückt er seine kalten Lippen auf meinen Mund. Ich schließe die Augen und fürchterliche Horrorszenen stürmen auf mich ein. Fear zieht schwer atmend den Kopf zurück. »Nein, du bist immer noch dieselbe …« Er schüttelt den Kopf. »Aber dieser Junge …«, wiederholt er und umklammert mich noch fester, als würde ich sonst gleich davonschweben. »Halte dich von ihm fern. Er ist gefährlich.« Fear meint das völlig ernst: Ich kann regelrecht die Verzweiflung in seinen Augen sehen. Aber er denkt dabei wieder einmal nur an sich selbst.

Gleich klingelt es. In der Ferne werden Türen aufgeschlagen und lautes Gelächter ertönt. Ich höre Sophia, wie sie einem Mädchen etwas wegen ihrer Geburtstagsparty am Wochenende zuruft. »Hier kommen gleich alle vorbei«, erkläre ich. »Ich muss weg.«

Er zerrt mich näher zu sich. »Du kannst nicht *ihn* lieben«, flüstert er. »Ich habe so lange gewartet. Warum dieser Junge? Wieso hat gerade er es geschafft, Gefühle in dir zu wecken?«

Endlich lässt er mich los und beobachtet mit wütendem Blick, wie ich verschwinde. Und obwohl es sich seltsam anfühlt, füge ich noch hinzu: »Vielleicht, weil er es nicht darauf angelegt hat.«

Vierzehn

Als ich dieses Mal in Maggies dunkles Krankenzimmer komme, schläft sie wirklich. Unentschlossen halte ich einen Moment inne. Es wäre klüger, sofort umzudrehen und wieder nach Hause zu fahren – bevor Tim merkt, dass ich weg bin. Aber ich bleibe, und ein paar Sekunden später setze ich mich auf den Stuhl neben ihrem Bett. Das Licht aus dem Flur wirft einen hellen Streifen auf den Fußboden. Mein Blick fällt auf die schlafende Maggie …

Es geht ihr jeden Tag schlechter. Ihr Gesicht ist durchzogen von Falten – Falten, die dort nicht hingehören. Und während sie träumt, erscheint ein sorgenvoller Ausdruck auf ihrem Gesicht. Ich sehe, wie sich ihre Wimpern sacht bewegen. Kein schwarzer Eyeliner, keine Totenkopfkette, keine schwarze Perücke. Nur ein trauriges kleines Mädchen, das bald sterben wird. Sie atmet gleichmäßig. Mein Blick wandert zu der Infusion an ihrem Handrücken, dann weiter zu dem Puls-Oximeter, das an ihrem Finger klemmt, und schließlich hinauf zu den blinkenden Maschinen mit den grünen Kurven, die anzeigen, dass ihr Herz noch schlägt.

Maggie hat nicht mehr viel Zeit.

Ich stütze meinen Kopf mit der Hand und schaue zu den schwachen Umrissen des Fensters. Draußen dämmert es. Die Vorhänge sind zugezogen, sodass man den Sonnenuntergang nicht sehen kann. Leise stehe ich auf, schleiche hinüber und ziehe die Vorhänge ein Stück auf. Dann setze ich mich wieder. Der Stuhl unter mir knackt, doch Maggie schläft ruhig weiter. Rote und orangefarbene Schatten fallen über ihr Gesicht. In diesem Moment sieht sie aus wie ein normaler, schlafender Teenager. Etwas in meinem Inneren zuckt zusammen, wie bei einem Stromschlag.

Maggies Finger krümmen sich plötzlich, als würde sie meine Gegenwart spüren. Aber wahrscheinlich träumt sie nur von einem besseren Ort. *Ich habe vom Meer geträumt.* Langsam beuge ich mich nach vorn, ich habe das seltsame Bedürfnis, ihr die zotteligen Haare aus der Stirn zu streichen. Aber dann lehne ich mich doch wieder zurück und balle die Hand zur Faust. Ich halte mich zurück, denn es wäre gemein, sie jetzt aufzuwecken.

Um uns herum herrscht Stille. Die Dunkelheit ist keine Bedrohung, sondern ein verständnisvoller Freund. Irgendwo auf dem Flur muss eine Uhr sein. Unnachgiebig tickt sie weiter, erinnert mich daran, dass ich bald nach Hause muss. Sobald die Sonne untergegangen ist, werde ich losfahren. Aber erst einmal – nur ganz kurz – lege ich meinen Kopf auf Maggies Bettdecke und schließe die Augen.

Dieses Mal komme ich in dem Traum gar nicht vor. Ich bin nur ein stiller Beobachter.

»Jetzt antwortet doch endlich!« Die Frau mit dem kräftigen Kinn und den Falten um die Augen steht auf der Treppe vor dem Haus, die Hände in die Hüften gestemmt. Sie starrt wütend in Richtung der Bäume, als könnte sie sie so dazu zwingen, ihr den Blick auf die Lichtung freizugeben. »Ich meine es ernst!«

Plötzlich kommen zwei Teenager aus den grünen Schatten hervor. Ihre Klei-

dung – kurze Hosen und T-Shirts – ist dreckig. Die Frau sieht zu, wie die beiden lächelnd auf das Haus zulaufen. Auch als der Junge den Arm um ihre Schulter legt, verzieht die Frau keine Miene. Sie ist immer noch wütend. »Wo wart ihr?«, will sie wissen. Zum ersten Mal sehe ich die kleinen grauen Strähnen in ihrem Haar.

Ihre Frage verdirbt dem Jungen die Laune, er hört auf zu lächeln, senkt den Blick und zuckt nur mit den Schultern. Als der Frau klar wird, dass sie von ihm keine Antwort bekommt, wendet sie sich an das Mädchen.

»Wir waren nur im Wald«, erklärt sie ihrer Mutter. Dabei funkeln ihre Augen vor Freude und ein geheimnisvolles Lächeln umspielt ihre Lippen. »Wir haben getanzt.«

Die Frau zieht die Stirn in Falten. »Wart ihr allein?« Plötzlich schwingt Angst in ihrer Stimme mit. »Bitte, sagt mir, dass ihr allein wart«, verlangt sie, als sie keine Antwort bekommt.

Das Mädchen schaut sehnsüchtig in den Wald, als fühle sie sich noch immer wie magisch von ihm angezogen. »Wir waren allein, Mom«, plappert sie nach. »Tut mir leid.« Sie umarmt ihre Mutter, versucht sie zu beschwichtigen, starrt aber weiterhin zu den zuckenden Schatten.

»Uns geht es gut«, sagt der Junge.

Die Frau sieht sich unruhig um, als könnte jederzeit noch jemand aus dem Wald hervorkommen – jemand, der nicht so willkommen ist wie die Kinder, die sie nun ins Haus scheucht. »Ihr geht nicht mehr nach draußen, nicht, ohne mich vorher zu fragen«, befiehlt sie. »Und es wird nicht mehr getanzt. Verstanden?«

Der Junge stimmt sofort zu, aber das Mädchen wirft einen weiteren Blick zu den Bäumen zurück, bevor auch sie langsam ins Haus folgt. In der Tür bleibt sie noch einmal stehen, sieht wieder zum Wald und murmelt etwas. Einen Namen. Kurz darauf erscheint neben ihr ein Gefühl. Das schmerzhaft schöne Wesen fasst das Mädchen fest an der Schulter. Doch sie zuckt nicht einmal zusammen, ihre Gesichtszüge bleiben weich und verträumt. Ihr Blick ist auf jemanden da draußen im Wald gerichtet – auf jemanden, der sie genauso intensiv beobachtet. Sein Gesicht ist im Schatten verborgen, aber er hebt die Hand und winkt. Das Mädchen wirft ihm einen Kuss zu.

»Was machst du da?«

Langsam, fast widerwillig wendet sich das Mädchen ab und geht ins Haus. Die Tür fällt hinter ihr zu und das Gefühl verschwindet.

Es ist Liebe.

Mora sieht mich mit großen, braunen, feuchten Augen an. »Was hältst du davon?«, frage ich die Kuh. Ihre Zitzen liegen warm in meinen Händen. Die Milch spritzt mit dem vertrauten rhythmischen Geräusch in den Eimer und meine Muskeln entspannen sich. Mora schaukelt auf der Stelle und schnauft durch die Nüstern, sie interessiert sich nicht für meinen Traum. Sie sieht nur das Heu vor ihrer Nase.

Im Stall ist es still. Die Kühe kauen langsam, und ich sehe zu, wie sich ihre Kiefer bewegen. Doch plötzlich spüre ich etwas, meine Sinne schärfen sich, meine Nasenflügel beben: Ich kenne diese Aura. Sie gehört zu dem Wesen, das ich auf dem Weg zur Schule wahrgenommen habe. Zu der Frau mit der Kapuzenjacke, der ich neulich nachts bis in den Wald gefolgt bin.

Ein Windstoß fährt mir durch die Haare. Ich habe schon auf ihren Besuch gewartet, und dieses Mal bin ich vorbereitet.

»Es wird Zeit«, sagt eine tiefe Stimme hinter mir.

Ich drehe mich zu ihr um, nicht im Geringsten überrascht. »Zeit wofür?« Ich spiele ihr Spielchen mit, obwohl mir mein Instinkt davon abrät.

Sie krümmt sich, als würde ihr meine Nähe körperliche Schmerzen bereiten. Wie auch beim letzten Mal trägt sie dunkle Kleidung – schwarze Jogginghose, schwarze Stiefel, schwarzer Hoodie. Von ihrem Gesicht kann ich nur noch die Nasenspitze erkennen. »Das wirst du schon noch merken«, presst sie hervor. Ihre Stimme zittert, sie klingt erschöpft, besorgt, ängstlich. In ihrer Nähe erscheinen keine Gefühle. Ein eindeutiger Beweis dafür, dass sie kein menschliches Wesen ist … als ob mir das vorher noch nicht klar gewesen wäre.

Ich konzentriere mich auf meine Hände. »Warum gibst du nur Antworten, die mir nicht weiterhelfen?«

Natürlich ignoriert die Fremde auch diese Frage. Stumm beobachtet sie mich, während ich Mora melke. Als ich aufstehe, kratzt der kleine Schemel über den Boden. »Du weichst mir aus«, sage ich, sperre mit der einen Hand Mora in die Box und halte in der anderen den Eimer Milch. »Wenn du wirklich willst, dass ich mich an alles erinnere oder wieder etwas fühle, dann musst du mit mir reden.«

Resigniert bricht sie ihr Schweigen. »Oh, du wirst deine Antworten schon noch bekommen. Da kannst du dir sicher sein.«

Ein Windstoß hebt ihre Kapuze an und ich nehme den Geruch von Waldluft wahr. Ich spüre auch die Macht, die von ihr ausgeht. Doch bevor ich ihre Aura einem Gefühl oder Element zuordnen kann, ist sie schon nach draußen gelaufen.

Die Scheunentore stehen noch offen. Offensichtlich will sie mir etwas zeigen. Also stelle ich den Eimer in die Kühlung und folge ihr.

Doch so schnell will ich nicht aufgeben. »Wer bist du?«, frage ich, während wir im Regen durch den Matsch schlurfen.

»Später«, würgt sie mich ab. Ich habe schon mit dieser Antwort gerechnet, aber irgendwann wird sie einen Fehler machen – und wenn es so weit ist, bin ich darauf vorbereitet.

Wie auch beim letzten Mal führt sie mich durch die Felder in Richtung Wald. Meine Mutter und Tim sind schon im Haus verschwunden, jeder ist mit sich selbst beschäftigt. Sie werden nicht merken, dass ich weg bin. Mir ist klar, dass das hier wahrscheinlich meine letzte und einzige Chance ist, die Wahrheit zu erfahren. Ich darf also nicht zulassen, dass diese Frau wieder einfach so verschwindet.

Sie murmelt im Gehen. »Die Macht, die deine Erinnerungen und Gefühle blockiert, schwindet langsam – aber sie ist immer noch da. Doch du bist k-kurz davor, sie zu durchbrechen. B-bald ist es so weit.« Warum klingt es, als hätte sie Schmerzen?

Ich lasse die Worte auf mich wirken. *Bald. Bald ist es so weit.* Das ist mehr, als sie mir letztes Mal gesagt hat. Daher belasse ich es dabei und bedränge sie nicht noch mehr.

Von beiden Seiten schlagen die Maisstängel gegen meine Schultern. Die Frau läuft jetzt zwar schneller, aber ich folge ihr weiter durch das Feld. Ich weiß, dass sie nicht vor mir wegrennt. Sie will mir etwas zeigen.

Wir treten aus dem Schutz des Maisfeldes und tauchen ein in die Dunkelheit des Waldes. Die Farm liegt jetzt weit hinter uns. Schweigend laufen wir weiter, nur der Wind braust mir um die Ohren. Ich spüre Gefühle und auch Elemente in meiner Nähe. *Gier, Hoffnung, Regen* und *Neugier* bahnen sich einen Weg zwischen den Bäumen hindurch, sie folgen ihrem Ruf, ihrer Bestimmung.

»Du bist eine von ihnen«, stelle ich fest. »Aber ich kann deine Aura nicht einordnen. Sind wir uns schon einmal begegnet?«

Sie schnaubt verärgert. Dann beginnt sie wieder zu rennen, vorbei an einem Baumstamm, und ich muss einen Zahn zulegen, um sie nicht inmitten von Grün und Schwarz zu verlieren. Sie achtet sorgsam darauf, mir weiter den Rücken zuzukehren, ihr Gesicht unter der Kapuze vor meinen Blicken zu verstecken.

Schließlich werden wir wieder langsamer. Ich weiche einem umgestürzten Baum aus, um meiner rätselhaften Besucherin zu folgen, doch plötzlich blitzt eine Erinnerung in mir auf. Ich drehe mich noch einmal um und sehe mir den umgestürzten Baum genauer an. Im Wald wird es langsam dunkel, die Umrisse der Bäume zeichnen sich in der orangefarbenen Dämmerung gut ab.

»Also erkennst du es wieder.« Ihre Stimme kommt von irgendwo hinter mir. »Ich wusste nicht, ob du dich daran erinnerst.«

Aber ich höre sie kaum, meine Aufmerksamkeit gilt dem umgestürzten Baum, der zwischen zwei anderen hängt, den Umrissen der anderen Bäume … und den Schatten.

Als mir bewusst wird, woher ich diesen Ort kenne, zieht sich alles in mir zusammen. Das hier ist die Lichtung aus meinen Träumen. Genau diese Bäume haben das Mädchen und den Jungen umgeben, dieselben dunklen Schatten, dasselbe Gras, dieselben rauschenden Blätter …

Hier ist er gestorben.

Ich muss nicht einmal die Augen schließen, um das Bild vor mir zu haben. Unzählige Male habe ich es im Traum gesehen … Immer wieder habe ich es auf meinen Leinwänden festgehalten. Es ist in meine Gedanken eingebrannt wie ein geheimnisvolles Tattoo. Das schöne Mädchen, ihr schmerzverzerrtes Gesicht, das Blut, das ins Gras fließt, und der Junge, den sie in den Armen hält …

Die Fremde tritt in mein Sichtfeld und beobachtet mich. Die Luft um sie herum sirrt vor Energie. »Du musst wissen, das hier ist nicht wirklich der Ort, an dem er gestorben ist«, erklärt sie mir. »Ich habe diese Illusion erschaffen, um herauszufinden, an wie viel du dich erinnern k-kannst.« Ihre Stimme klingt immer noch gequält. Der umgestürzte Baum … das Trugbild verschwindet wieder. Ich nehme davon aber kaum Notiz, denn die Fremde ist vornüber auf die Knie gefallen. Als ich einen Schritt auf sie zumache, bedeutet sie mir zurückzubleiben. Sie hat ihr Gesicht abgewandt – offenbar ist es ihr sehr wichtig, dass ich sie nicht sehe oder erfahre, wer sie ist.

Mir wird bewusst, dass ich recht hatte: Irgendjemand hat mir das angetan. Es ist nicht meine Schuld, dass ich so bin. Hat *sie* mir diese Bilder in den Kopf gesetzt? Denn anscheinend kennt sie die Geschichte, die sowohl in meinen Träumen als auch in meinen Erinnerungen auftaucht. *Erinnere dich, für dich und für mich.* Die Erkenntnis überfällt mich, doch ich sage nur: »Warum hast du mich hierhergebracht?«

Es ist dunkler geworden. Sie versucht zu antworten, bekommt aber keinen Ton heraus. Schließlich stößt sie hervor: »Ich habe es dir schon gesagt. Du musst diese Macht, deine Leere durchbrechen, du musst erkennen …« Plötzlich stockt sie, bricht mitten im Satz ab. Sie versucht zu schlucken. Offenbar hat sie einen Kloß im Hals, der sie nicht weitersprechen lässt. Doch schließlich fügt sie noch hinzu: »Ich bin zurückgekommen, weil es nicht mehr sicher ist.«

Das ergibt keinen Sinn. Das ist nichts, woraus man irgendeine Erkenntnis ziehen könnte. Ich starre dieses mächtige Wesen an und frage mich, warum ich es nicht früher gesehen habe. »Du bist das Mädchen aus meinen Träumen«, sage ich leise. Das Mädchen, das lächelt und weint und liebt.

Sie schweigt. Entweder kann sie nicht antworten oder sie will es nicht.

Aber es ist so offensichtlich. Sie haben dieselbe Größe. Die Stimme unterscheidet sich ein bisschen, doch die kann man leicht verstellen. Die Frage kommt von allen Seiten, dröhnt in meinem Kopf wie ein endloses Trommeln. *Wo ist sie? Wo ist sie? Wo ist sie? Hier*, versuche ich dem Jungen im Stillen mitzuteilen. Sie ist nicht tot. Aber Geheimnisse umhüllen dieses Mädchen wie Nebelschleier.

»Wovor versteckst du dich?«, dränge ich und muss dabei an den Schatten aus meinen Träumen denken. »Was habe ich mit all dem hier zu tun?« Sie weicht zurück. Den Kopf hält sie weiter gesenkt.

In der Ferne höre ich einen Ast knacken. Ich spüre eine zweite unbekannte Gestalt in meiner Nähe – gibt es noch ein Wesen, das mich verfolgt? Blitzschnell drehe ich mich um und blinzle ins Gebüsch. In einem hat das Mädchen recht: Hier draußen ist es nicht sicher. Meine Sinne sind zum Zerreißen gespannt. »Wir reden ein andermal weiter«, erkläre ich ihr und verlasse schnell die Lichtung. Meine Finger streichen über die Rinde eines Baums, dann renne ich los.

Irgendwie hat mich das Mädchen eingeholt. »Noch etwas, bevor du gehst«, krächzt sie und ihre Hose flattert im Wind. Durch ihre schwarze Kleidung und Geheimnistuerei wirkt sie so dunkel und gesichtslos wie ein Gespenst.

»Ja?« Der Wind braust in meinen Ohren.

Sie lässt sich zurückfallen, aber ich laufe weiter. Ihre Stimme ist eine Mischung aus Befehl und aufrichtiger Sorge: »Geh unter keinen Umständen zur Geburtstagsparty von Sophia Richardson«, warnt sie mich.

Ich versuche erst gar nicht, nach dem Grund zu fragen.

Fünfzehn

Das leere Blatt Papier starrt mich an, spöttisch, lockend. Ich starre zurück und denke nach. Mein Stift klopft gegen den Küchentisch. Ein Gedicht über Verborgenes, über Geheimnisse. Ich bin keine Schriftstellerin – und wenn es diese Träume nicht gäbe, wäre ich auch keine Malerin. Joshua glaubt, ich sei kreativ … ich hätte das sofort richtigstellen sollen. Dann müsste ich mich jetzt nicht mit diesem Blödsinn herumschlagen.

Mir fällt nichts ein. Davon abgesehen schweifen meine Gedanken ständig ab. Die Frau, das Mädchen, meinte, es sei bald so weit. Jemand – *er* – hätte mich gefunden. Und ich müsste mich unbedingt erinnern. Aber was hat das mit dem Autounfall zu tun? Wie passen meine Träume ins Bild?

»Seit wann machst du hier deine Hausaufgaben?«

Ich sehe hoch zu meiner Mutter, die neben dem Küchentisch steht und mich mit undurchdringlicher Miene anblickt. Sie ist müde – das merke ich an ihren hängenden Schultern und den Ringen unter ihren Augen. Während sie so vor mir steht, kommt mir nur ein einziger Gedanke: Ich hätte mir mehr Mühe geben müssen … mehr wie die Tochter sein müssen, die sie früher jeden Abend zärtlich zugedeckt hat.

Meine Mutter wartet nicht auf eine Antwort, sondern geht zur

Spüle. Ich sehe ihr nach. Anscheinend gibt es immer etwas zu spülen, ganz egal, ob ich das Geschirr schon gewaschen habe oder nicht. Manchmal gebe ich auch eine Ladung Wäsche in die Waschmaschine oder wische den Kühlschrank aus. Aber falls sie diese kleinen Gesten überhaupt bemerkt, erwähnt sie sie mit keinem Wort.

»Übrigens, Sally Morrison hat vorhin angerufen«, sagt sie plötzlich. »Das ist doch die Schulpsychologin, oder? Sie wollte wissen, wie es dir geht.« Meine Mutter spricht mit tiefer, vorsichtiger Stimme. Dabei weicht sie meinem Blick aus. »Als ich um ihre Nummer gebeten habe, sagte sie, du wüsstest schon, wo du sie finden kannst.«

Sie fragt sich bestimmt, was ich Sally wohl erzählt haben mag. Aber mir ist klar, dass sie das, was bei uns passiert, nicht ausgesprochen haben möchte. In der Hinsicht sind sich Mom und Charles manchmal sehr ähnlich. Also sage ich nur: »Danke, ich weiß Bescheid«, und konzentriere mich wieder auf das weiße Papier, das sich riesengroß vor mir ausstreckt.

»Würdest du sagen, dass ich mich vor dir verstecke?«, frage ich sie unvermittelt, während ich weiter mit dem Stift auf den Tisch klopfe.

Mom erschrickt und dreht sich zu mir um. Ein paar Haarsträhnen sind ihr ins Gesicht gefallen. Sie streicht sie zurück und schweigt. Im Haus ist es sogar so still, dass ich die Uhr ticken höre. Ich zähle die Sekunden.

»Was meinst du damit?«, fragt Mom irgendwann.

»Ich schreibe ein Gedicht über … das Verborgene«, erkläre ich stockend. »Ich meine, wenn man anderen etwas vortäuscht, dann versteckt man doch etwas, oder?«

»Du willst wissen, was ich davon halte?« Ihre Stimme klingt ungläubig. Sie nimmt sich einen Teller und wischt ihn trocken, während sie sich eine Antwort zurechtlegt. Nach einiger Zeit räuspert sie sich und sagt: »Ja, ich denke schon. Wenn du etwas vortäuschst, dann ist das so ähnlich wie wenn du dich verstecken würdest. Verstecken scheint mir da aber nicht ganz das richtige Wort zu sein. Ich würde eher sagen, wenn man vorgibt, etwas zu sein, oder wenn man verbirgt, wer man eigentlich ist und woran man glaubt … dann tut man das doch eigentlich nur, um sich selbst zu schützen.«

Meine Mutter – obwohl ich diese Anrede eigentlich nicht mehr benutzen sollte, denn sie will es nicht wahrhaben – stößt einen tiefen Seufzer aus. *Reue* erscheint an ihrer Seite. Das Gefühl ist recht unscheinbar. Sie beachtet mich auch nicht, sondern widmet sich voll und ganz ihrem Auftrag. Ihre Augen sind groß und wässrig, ihre Haare matt und kraftlos.

»Ich hoffe, dass es nie zu spät ist, etwas zu ändern«, murmle ich beiläufig. Sarah – denn das ist ihr Name – sieht mich wieder an.

»Was meinst du damit?«, fragt sie.

Ich gebe das Gedichtprojekt auf und lehne mich zurück. Es ist sowieso bald Zeit, in die Schule zu gehen. »Na ja, dass nichts in Stein gemeißelt ist.« Ich bücke mich nach meiner Tasche. »Die Vergangenheit ist, was sie ist, aber alles andere lässt sich noch ändern. Man kann neue Wege einschlagen, oder?«

Sarah antwortet nicht, doch ich sehe, wie sie die Stirn runzelt. *Reue* ist wieder verschwunden. Ich gehe zur Tür, wende mich aber noch einmal um und lächle sie an. Reflexartig erwidert sie mein Lächeln. Zwar nur zaghaft, doch es ist immerhin ein Anfang.

»Ich werde zu Sophia Richardsons Geburtstagsparty gehen.«

Joshua schreckt hoch, als er meine Stimme hört. Er wirft mir einen skeptischen Blick zu und lässt sein Schließfach zufallen. »Angenommen«, beginnt er müde, »du hast tatsächlich eine Einladung zu dieser furchtbaren Veranstaltung bekommen – was ich bezweifle –, was willst du dort überhaupt? Ich jedenfalls gehe mit Sicherheit nicht hin.«

Ich zucke mit den Schultern und drücke meine Bücher an mich. »Es gibt dort etwas … was ich sehen möchte.« Das Mädchen, die Frau – das Gefühl oder Element oder was sie auch sein mag – will entweder verhindern, dass auf dieser Party etwas Bestimmtes geschieht, oder aber ich soll etwas auf keinen Fall herausfinden. Und wenn es ihr so wichtig ist, wenn sie mich sogar davor warnt hinzugehen, dann muss ich unbedingt dort sein.

Joshua beäugt mich misstrauisch. »Und was willst du auf Sophia Richardsons Party sehen? Wie sich die Dorseth-Brüder so lange besaufen, bis sie nicht mehr gehen können? Wie Sophia ihre Freundinnen quält und mich zum Tanzen zwingt? Willst du Flaschendrehen spielen? Wahrheit oder Pflicht? Was soll da schon Interessantes passieren?«

Nichts, was ich sage, wird ihm als Grund einleuchten, also zucke ich wieder mit den Schultern. »Ich dachte, du würdest vielleicht mitkommen.«

Joshua dreht sich um und macht sich auf den Weg in seine Klasse. Und obwohl ich eigentlich in die andere Richtung muss – wir haben heute kein gemeinsames Fach –, folge ich ihm. Er schweigt, und ich bin mir sicher, dass er daran denkt, wie wir das letzte Mal zusammen in der Bibliothek waren. Wie ich einfach weggelaufen bin und wie schlaff meine Finger zwischen seinen hingen.

»Eins will ich wissen«, meint Joshua plötzlich. Er schiebt sich zum millionsten Mal die Haare aus dem Gesicht, und ich muss mich zurückhalten – beinahe hätte ich gesagt, er soll sie abschneiden. »Warum willst du, dass ich mitkomme?«

Wenn ich sofort antworte, weiß er, dass ich lüge. Aber wenn ich seine Frage ignoriere, wird er mich stehen lassen und nicht mehr ansehen, egal wie sehr er mich mag. Ich habe schon Fear abgewiesen, Maggie liegt im Sterben, mein Bruder ist ein Feigling … und im Grunde ist Joshua der einzige Mensch auf der Welt, dem ich nicht egal bin. Einen Augenblick lang überlege ich noch, doch dann wird mir bewusst, dass ich gar nicht darüber nachdenken *will*. Das allein ist schon seltsam. Beunruhigend, gefährlich.

»Wenn du nicht mitkommen willst, dann verstehe ich das«, sage ich schließlich leise. Die Leere in meiner Seele verliert an Kraft. Obwohl sie sich immer weiter in mir ausbreiten will, fühle ich mich tatsächlich ein wenig … verletzlich. Ich blende alles andere aus, bleibe mitten auf dem Flur stehen und versuche, an diesem kleinen Funken Gefühl festzuhalten. Ich nehme nur diese eine Emotion wahr, und ihre Wirkung auf mich ist mir vollkommen unbekannt. Mein Verstand ist einfach nicht darauf vorbereitet. Deutlicher als je zuvor wird mir bewusst, dass ich die Menschen noch viel weniger verstehe, als ich gedacht habe. Mein Atem geht schneller, und obwohl die Tore zu meiner Seele kaum geöffnet sind, werde ich von diesem Gefühl regelrecht überschwemmt.

Trauer.

Aber warum?

»Elizabeth? Geht es dir gut?« Eine Hand umfasst meinen Ellbogen. Joshua sieht besorgt zu mir herab.

»Elizabeth?« Sally Morrison steht nun ebenfalls im Türrahmen zum Sekretariat und beobachtet mich sorgenvoll. Ihre Stirn ist voller Runzeln und Falten.

Bitte, komm zurück, bitte …

Du hast mich getötet.

Und plötzlich muss ich an diesen Schatten denken – diese undurchdringliche Dunkelheit, die in meinen Träumen hinter dem Mädchen und der Leiche des Jungen lauert. Diese roten Augen, die schwarze Wolke aus hungrigen Insekten. Sie verfolgen mich. Ich bekomme kaum noch Luft.

»Deine Angst schmeckt genau so, wie ich es mir vorgestellt habe, Elizabeth«, flüstert Fear in mein Ohr. Der süße Geruch von Erdbeeren steigt mir in die Nase, während sich Fear an meinen Rücken drückt. Und zum ersten Mal bewirkt seine Berührung etwas. Mein Herz pocht, aber trotz meiner Angst möchte ich mich zu ihm umdrehen, ihm die Hand auf die Brust legen und noch einmal seine Lippen auf meinen spüren …

Doch plötzlich ist es vorbei: Die Leere schnallt wie ein Gummiband zurück an ihren Platz, sperrt jegliche Emotionen aus. Ich spüre sie stärker als je zuvor. Alle Gefühle sind wie weggeblasen. Schwarze Tinte sickert durch meine Seele, das Loch in meinem Inneren wird immer größer, bis es mich fast ganz verschluckt. Fear seufzt zufrieden, aber er ist auch enttäuscht. Er tritt einen Schritt zurück und betrachtet die Situation. »Es muss an dem Jungen liegen«, murmelt er.

Ich löse mich von Joshua und mustere ihn. Hat wirklich er diese Gefühlswelle in mir ausgelöst? Nein. Das mysteriöse Mädchen meinte, es wäre bald so weit. Es gibt also keinen vernünftigen Grund mehr, weiter mit Joshua Hayes zusammen zu sein. Es kostet nur Zeit und Mühe, und allein der Gedanke an ihn lässt Fear wütend werden. Und Tim erst. *Mut* mag vielleicht gedacht haben, dass ich diesen Jungen irgendwann einmal brauche, aber im Gegensatz zu dem Mädchen mit der Kapuze ist *Mut* nicht besonders mächtig. Es bringt mich also nicht weiter, seinem Rat zu folgen.

»Alles gut, danke«, sage ich zu Joshua, und Fear gibt ein zufriedenes Grunzen von sich. »Ich muss dann mal los, sonst komme ich noch zu spät zum Unterricht.« Ich werfe Sally einen Blick zu. »Mir geht es gut, wirklich«, versichere ich ihr und setze zur Beschwichtigung ein Lächeln auf.

»Was ist mit dem Projekt? Dem Gedicht? Bist du fertig geworden?«, ruft Joshua mir nach. »Wir müssen morgen abgeben!«

Ich ignoriere seine Frage und werde schneller, um es noch rechtzeitig zum Chemieraum zu schaffen. Fear läuft schweigend neben mir. Diese Nachdenklichkeit passt eigentlich gar nicht zu ihm. Vor der Tür zum Klassenzimmer bleibe ich noch einmal kurz stehen. Wir sind allein, abgesehen von einem großen Jungen, der etwas weiter den Flur runter zum Unterricht hetzt.

»Du wirst meine Angst nie wieder schmecken«, teile ich Fear gelassen mit. »Ich hoffe, du hast es genossen.« Ich denke zurück und frage mich, wieso ich plötzlich den Impuls hatte, ihn zu küssen.

Überraschenderweise bekomme ich dieses Mal keine schlagfertige Antwort. Er berührt sanft meine Wange, beugt sich zu mir hinunter und atmet tief ein. »Ich sollte mich darüber freuen, dass du beschlossen hast, dich von diesem Jungen fernzuhalten«, murmelt er, während er mit der Hand meinen Arm entlangfährt. »Doch irgendwie hat er dir gutgetan. Ich glaube, er war kurz davor, zu dir durchzudringen.«

»Niemand kann das«, lüge ich. In Gedanken füge ich hinzu: *Aber das Mädchen hat gesagt, es ist nur noch eine Frage der Zeit …*

Fear bemerkt den falschen Ton in meiner Stimme. Doch erst als er seine Augenbrauen hebt, wird mir bewusst, dass ich die letzten Worte laut ausgesprochen habe.

»Du hast also etwas herausgefunden«, stellt er interessiert fest. »Aber du willst nicht mit mir darüber reden.«

Es wäre nicht klug, Fear von dem Mädchen zu erzählen. Selbst wenn er sie findet, wird sie ihm nichts sagen. Ich öffne schon den Mund, um mich herauszureden, als mich die Chemielehrerin vor der Tür stehen sieht und wütend anstarrt.

Es wird jeden Moment klingeln. Ich drehe mich unauffällig zur Seite, damit meine Lehrerin nicht sieht, wie ich scheinbar mit mir selbst rede: »Ich werde dir alles erzählen, was ich weiß … aber nur, wenn du mir dafür einen Gefallen tust«, flüstere ich.

Fears Neugier ist geweckt. Er legt den Kopf schief und sieht mich fragend an.

Ich blicke zu meiner Lehrerin und mache eine Geste, dass ich gleich da bin, dann wende ich mich noch einmal Fear zu. »Ich möchte, dass du Samstagabend mit mir zu einer Geburtstagsfeier kommst. Ich weiß nicht, was mich dort erwartet, aber ich brauche vielleicht deine Hilfe.«

Fear grinst mich an. »Was kann denn an einer Geburtstagsparty unter Menschen so gefährlich sein?«

Ich öffne die Klassentüre und denke: *Das werden wir dann ja sehen.*

Als ich nach Hause komme, hat sich meine Mutter wieder im Badezimmer eingeschlossen. Ihr raues Schluchzen dringt leise in den Flur. Ich versuche erst gar nicht, sie zu trösten, denn das hat letztes Mal auch nichts genützt. Stattdessen gehe ich in mein Zimmer und arbeite weiter an dem Wandgemälde. Nachdenklich sehe ich mir noch einmal den umgestürzten Baum an, der zwischen zwei anderen hängt … betrachte die beiden Gestalten am Boden, die mir alles und nichts bedeuten.

Und plötzlich stürmt eine neue Erinnerung auf mich ein.

»Mir ist langweilig. Komm, wir holen die anderen und tanzen wieder.«

Das Mädchen wartet auf eine Antwort. Ganz ungeduldig steht sie da, mit dreckigen Kleidern und zerzausten Haaren. Der Junge sitzt an einen Baum gelehnt, ein Buch im Schoß, und schaut zu ihr hoch. Seine dunklen Haare kräuseln sich in seinem Nacken. »Du hast Mom versprochen, dass wir nicht mehr in den Wald gehen«, sagt er nur. Er blättert eine Seite um und fährt mit der Fingerspitze die Zeilen entlang.

Das Mädchen schmollt. Nach einer Weile beugt sie sich vor und berührt eine welke Blume, die vor ihren nackten Füßen steht. Sofort richtet sich die Blume auf ihrem frischen grünen Stiel auf, die Blütenblätter strahlen in einem hellen Rot. »Es ist schon so lange her«, sagt sie. »Bitte. Nur noch ein Mal.«

Der Junge sieht sie unschlüssig an. Neben seinem Bein steht eine weitere tote braune Blume. Während das Mädchen auf eine Antwort wartet, haucht sie auch dieser mit einer Berührung neues Leben ein. Der Junge runzelt nachdenklich die Stirn. Er möchte ihr einen Gefallen tun. Und auch er möchte noch einmal tanzen. Gerade als er den Mund öffnet, um zu antworten – vielleicht sogar nachzugeben –, durchbricht ein knackendes Geräusch die Stille. Erschrocken drehen sich die beiden um.

»Wer ist da?«, ruft der Junge. Es gelingt ihm nicht, mutig zu klingen.

Hastig steht er auf, das Buch fällt unbeachtet zu Boden. Das Mädchen runzelt die Stirn und fasst ihren Bruder am Arm.

»Landon, da ist nichts. Du weißt doch, dass es hier draußen nichts gibt, wovor wir uns fürchten müssten …«

Doch noch während sie spricht, löst sich eine Gestalt aus dem Schatten der Bäume. Der Junge stellt sich schützend vor das Mädchen und starrt den Fremden wütend an.

»Du hast hier nichts zu suchen«, schimpft er. An seinen Augen merkt man, dass er die unbekannte Person wiedererkennt.

Der Eindringling betrachtet die Geschwister mit einem seltsamen Lächeln auf den Lippen. Sein genaues Alter ist zwar undefinierbar, doch er ist älter als die beiden. Mit seiner makellosen Kleidung, der schwarzen gebügelten Hose und dem weißen Anzughemd passt er nicht in diesen Wald. Er wirkt hier fehl am Platz.

»Tut mir leid, wenn ich euch erschreckt habe«, sagt er und verschränkt die Arme hinter seinem Rücken. »Wisst ihr, ich hatte etwas weiter nördlich von hier einen Auftrag.« Mit freundlichem Ton fährt er fort: »Und dann habe ich euch reden gehört und mir gedacht, ich komme kurz vorbei und sage Hallo. Was macht ihr beide denn so weit draußen im Wald? Hier ist es gefährlich.«

Sein Lächeln ist viel zu breit. Das Mädchen starrt ihn nur böse an. Und als er von keinem der beiden eine Antwort bekommt, macht der Mann einen Schritt auf sie zu und legt den Kopf schief. »Wo sind eure Eltern?«, fragt er leise. »Eure Mutter … und euer Vater?«

Landon öffnet den Mund, um etwas zu sagen, doch das Mädchen ist schneller. »Verschwinde«, faucht sie, und in ihrer Aufregung lässt sie die Blätter der Bäume erzittern. »Du hast hier nichts zu suchen, und du bist hier nicht willkommen.«

»Rebecca«, zischt ihr Bruder. »Hör auf damit!«

Überraschenderweise zieht sich der Besucher zurück. Er lächelt immer noch. »Geht lieber nach Hause«, rät er, als er den Waldrand erreicht. »Im Dunkeln solltet ihr nicht allein hier draußen sein. Man kann nie wissen, was sich hier herumtreibt.«

Und plötzlich ist er verschwunden.

Ganz langsam nehme ich die Hand von dem toten Jungen auf dem Wandbild. Dieser Mann … woher kenne ich ihn? Er kam mir irgendwie bekannt vor. Angestrengt versuche ich, mich an ihn zu erinnern. Aber es will mir nicht einfallen. Es gibt einfach so vieles, das ich nicht weiß … aber zumindest eines ist jetzt klar: Die Geschwister aus meinen Träumen sind keine normalen Menschen.

Und sie heißen Rebecca und Landon.

Das Telefon klingelt. Abgesehen von dem Ticken der Uhr im Flur ist es das einzige Geräusch. Langsam öffne ich meine Augen und lausche den Tönen: *ringring, tick, ringring, tock.* Im Nebenzimmer schnarcht Tim unbeeindruckt weiter. Weder Moms noch Charles' Schritte knarren über die Dielen, also sind sie durch das Klingeln nicht aufgewacht.

Es ist mitten in der Nacht – so spät ruft sonst niemand mehr an.

Das Telefon verstummt. Doch eine knappe Minute später klingelt es erneut. In der Stille der Nacht hört es sich beinahe aggressiv an. Ich schiebe die Decke weg und schleiche barfuß nach unten. Beim dritten Klingeln hebe ich ab.

»Hallo?«

»Elizabeth? Bist du das?«, fragt eine verweinte Stimme.

Da ich immer noch nicht richtig wach bin, kann ich sie nicht sofort zuordnen. Die Person am anderen Ende fragt mich, ob ich noch dran bin, und da dämmert es mir langsam. Maggies Mutter. Ich lecke mir über die trockenen Lippen und versuche, besorgt zu klingen, aber es will mir nicht so recht gelingen: »Ja, ich bin dran. Ist was mit Maggie?«

Die Mutter meiner Freundin versucht, ihr Schluchzen zu unterdrücken. »Tut mir leid, dass ich so spät noch anrufe«, stößt sie hervor. »Aber Maggie hat nach dir gefragt. Ich dachte, vielleicht willst du sie noch einmal sehen … Die Ärzte sagen, sie wird nicht mehr lange … Sie geben ihr bis morgen Abend.«

Ich antworte erst einmal nicht, sondern höre ihr nur beim Weinen zu. Nüchtern lausche ich der Aneinanderreihung von nassen, trostlosen Geräuschen: Wimmern, Schnauben, Schlucken, Ausatmen. »Elizabeth? Bist du noch da?«, fragt sie, als ich nicht reagiere.

»Ja. Ich denke nach.«

»Tut mir leid«, wiederholt sie. »Es ist nur … Maggie ist jetzt schon kaum noch ansprechbar … und du bist eine so wichtige Person für sie. Da dachte ich …«

Es ist im Moment wirklich keine gute Idee, Maggie zu besuchen. Tim wird es sicher herausfinden, wenn ich die Schule schwänze, und außerdem muss ich noch das Projekt für Mrs Farmer fertig machen. Das Gedicht habe ich immer noch nicht geschrieben. Ich sollte mich nicht noch mehr auf diese Freundschaft konzentrieren – zumindest jetzt nicht. Es wäre keine gute Idee … Nicht, solange ich die Wahrheit über mich noch nicht kenne und die Leere jegliche Gefühle verschluckt.

»Elizabeth?« Noch nie hat jemand meinen Namen so traurig ausgesprochen. Ich umklammere den Hörer und halte ihn etwas vom Ohr weg, als würde mich ihre Stimme sonst durchbohren. Maggies Mutter schnieft ein letztes Mal, und ich beschließe, doch noch einmal die trauernde Freundin zu spielen. Maggie wird in ein paar Stunden tot sein, und niemand wird dann verstehen, warum ich einfach weitermache, als wäre nichts gewesen.

»Ich komme bald.«

Maggies Mutter klingt furchtbar erleichtert und dankbar, als sie sich von mir verabschiedet. Nachdem ich aufgelegt habe, bleibe ich noch ein paar Minuten nachdenklich in der Küche stehen. Eine Idee formt sich in meinem Kopf und nach ein paar Minuten verlasse ich leise das Haus. Ich gehe in die Scheune, hoch auf den Heuboden, und fahre erst am Morgen ins Krankenhaus.

Im Krankenhaus ist die Stimmung zerbrechlich und düster, als wüssten alle von dem Mädchen im neunten Stock. Die Schwester am Empfang lächelt mich nicht an, und als ich aus dem Aufzug trete, stürzen das Leid und der Schmerz wie eine Welle auf mich ein. Auf dem Weg zu Maggies Zimmer treffe ich ihren Vater, John, der vornübergebeugt auf einem Stuhl im Flur sitzt. Er hat den Kopf in die Hände gelegt. Neben ihm steht *Trauer*, die weiße Hand auf seiner Schulter. Wie immer schweigt mich das Gefühl an.

Als er meine Schritte hört, sieht John zu mir hoch. Er erkennt mich wieder und zwingt sich zu einem Lächeln. »Sie freut sich bestimmt, dass du gekommen bist«, murmelt er. Seine Augen sind vom Weinen ganz rot, und er sieht aus, als hätte er tagelang nicht geschlafen. Dieser Mann hat uns aufwachsen sehen. Er hat Maggie und mich in den Park gefahren und uns Eis spendiert.

»Schläft sie?«, frage ich.

John lässt die Schultern hängen, als müsste er alle Last der Welt allein tragen. Vielleicht muss er das auch. »Immer mal wieder. Ihre Mutter ist gerade bei ihr. Und man hört nichts, also schläft sie wohl.«

Ich nicke. Als Maggies Vater das Paket unter meinem Arm bemerkt, fragt er mit lebloser Stimme: »Was hast du da?« *Trauer* sieht ebenfalls herüber.

»Etwas, das ich für Maggie gemacht habe.«

Er versucht zu lächeln, aber es gelingt ihm nicht. *Trauer* hält ihn erbarmungslos fest. »Geh nur rein. Du kannst dich ja an ihr Bett setzen und sie dann überraschen, wenn sie aufwacht.«

Ich schaue zur Tür. »Sicher?« John nickt und ich gehe an ihm vorbei in das Zimmer, wo es immer noch dunkel ist. Maggies Mutter sitzt zusammengesunken auf dem Stuhl neben dem Bett. Sie schrickt auf, als sie mich sieht, doch dann entspannt sie sich wieder.

»Oh, du bist es, Elizabeth«, sagt sie leise. Ihr geht es nicht viel besser als John. »Danke, dass du gekommen bist.«

»Elizabeth?« Maggies Stimme ist nur noch ein Krächzen. Es klingt, als würde es ihr schon Schmerzen bereiten, nur meinen Namen auszusprechen. Vorsichtig nähere ich mich dem Bett und drücke das Paket fest an mich, fast so, als müsste ich mich damit vor ihr verteidigen. Als mir das bewusst wird, lockere ich sofort meinen Griff.

»Hallo.«

Leise steht Maggies Mutter auf und lässt uns allein. Sie berührt sanft meine Schulter, bevor sie aus dem Zimmer geht. Und dann stehe ich neben meiner besten Freundin. Ihr Brustkorb hebt und senkt sich ziemlich schnell, sie bekommt offenbar nur schwer Luft. Im Gegensatz zu ihren Eltern gelingt es ihr, mich anzulächeln. Maggie kommt mir so fremd vor, dieses zusammengeschrumpelte, dahinschwindende Etwas. Sie strahlt nicht mehr wie früher, es ist kaum noch Leben in ihr – sie ist nur noch Haut und Knochen … ihre Organe werden ihren Dienst bald versagen.

Langsam setze ich mich auf den Stuhl neben ihrem Bett und

versuche, heiter zu klingen. »Ich habe dir etwas mitgebracht«, sage ich und beobachte, wie Maggies Blick zu dem rechteckigen Paket in meinem Arm wandert. Sie sieht mich fragend an. Schnell rutsche ich näher, wickle es aus und zeige ihr das Bild, das ich für sie gemalt habe. Plötzlich erscheinen mehrere Gefühle um ihr Bett: *Freude, Trauer, Wut, Verwirrung*. Sie ignorieren mich, denn Maggie erfordert ihre gesamte Aufmerksamkeit. Das Bild scheint ihr zu gefallen, aber bestimmt muss sie auch daran denken, dass es das letzte meiner Bilder sein wird, das sie sich anschauen kann. Sie scheint sich auch über meinen Besuch zu freuen, aber wahrscheinlich fragt sie sich trotzdem die ganze Zeit, warum es ausgerechnet sie treffen musste.

»Wenn du nicht zum Meer kommst«, sage ich mit sanfter Stimme, »dann kommt das Meer eben zu dir.«

Sie lächelt immer noch schwach, ein Spuckebläschen bildet sich in ihrem Mundwinkel. Ich strecke den Arm aus, um es wegzuwischen, aber da bewegt sie vorsichtig die Finger. Ihre Hand liegt schlaff in ihrem Schoß, also fasse ich danach und halte sie fest.

»Danke, Elizabeth«, flüstert Maggie. Mehr nicht.

Ich schaue ihr ins Gesicht und bemerke, dass sie unsere Hände betrachtet. »Gerne.«

Maggie sieht auf. Doch plötzlich wird sie von einem starken Hustenanfall geschüttelt. »Tut weh …«, krächzt sie. Ich halte ihre Hand noch fester, als könnte ich dadurch verhindern, dass sie von dieser Welle fortgerissen wird. Und vielleicht kann ich ihren Schmerz auf diese Weise etwas lindern.

Mut erscheint neben mir und gesellt sich zu den anderen Gefühlen, die uns bereits beobachten. Er ist zwar nicht so schön wie die anderen Emotionen, aber er hat etwas Engelhaftes an sich. Sein Blick ist auf mich gerichtet. »Du hast diesem Mädchen gutgetan«, sagt er. Seine Stimme ist rau und weich zugleich, erfüllt mit uralter Weisheit und Freundlichkeit.

»Ich habe doch gar nichts gemacht«, antworte ich spontan.

»Mit wem redest du?« Maggie folgt meinem Blick.

Ich sehe schnell wieder zu ihr. »Ach, nur mit mir selbst. Entschuldige.«

»Du warst schon immer anders als die anderen«, murmelt sie mit einem Lächeln.

Ich beuge mich zu ihr herab und sehe ihr fest in die Augen. »Und trotzdem wolltest du meine Freundin sein. Ich bin vielleicht anders, aber du bist total verrückt, würde ich mal sagen«, scherze ich. Aber ich spiele ihr nur etwas vor.

Maggie versucht zu lachen, doch ein weiterer grausiger Hustenanfall überfällt sie. Ich kann nur zusehen. Die Leere in meiner Seele ist so präsent wie immer, aber ich merke auch, wie sie sich noch mehr verdichtet, als würden noch mehr Steine auf die Mauer geschichtet.

»Ziemlich melodramatisch, oder?«, keucht Maggie. »Die dramatischen, bedeutungsvollen letzten Worte, der Krebs … Ich will nicht wie eine Heldin aus einem Kitschroman sein.«

Selbst jetzt empfinde ich nichts. Eigentlich war es nicht anders zu erwarten, aber es erscheint mir trotzdem so … falsch. Ich sollte dazu in der Lage sein, um meine einzige Freundin zu trauern. Die Fremde mit der Kapuze sagte doch, die Macht, die meine Erinnerungen und Gefühle blockiert, schwindet langsam. Wäre jetzt nicht ein guter Zeitpunkt? Ist Trauer nicht eine der stärksten Emotionen, kann es nicht sogar Herzen aus Stein erweichen?

Ich ignoriere diese Fragen, streiche Maggie über die Wange und schüttle den Kopf. »Du als tragische Figur in einem Kitschroman?

Das passt überhaupt nicht zu dir. Du bist so viel mehr als das, Maggie.«

Sie wirft den Kopf unruhig hin und her, doch die Bewegung schmerzt und sie zuckt zusammen. Ich stehe auf und stelle das Bild auf die Fensterbank neben ihrem Bett, wo sie es immer ansehen kann, wenn ihr danach ist. Mein Gesicht halte ich dabei im Schatten, denn ich habe die ganze Nacht auf dem Heuboden an dem Bild gemalt, und ich möchte nicht, dass Maggie die Ränder unter meinen Augen bemerkt. Danach setze ich mich wieder. Der Stuhl knackt. Ich nehme Maggies Hand in meine und sie erwidert ganz leicht meinen Druck.

»Kann ich dir ein Geheimnis verraten?«, fragt sie. Ihre Lippen zittern und sie wechselt plötzlich das Thema. »Ich weiß, dass du mitfühlst, dir Sorgen machst, auch wenn du es nicht immer zeigst. Das hat mir manchmal geholfen. Wenn du nicht da warst … wenn ich nichts von dir gehört habe … dann wusste ich, dass du das nur machst, weil es dir sch-schwerfällt, mich so zu sehen. Das ist sicher nicht einfach.« Sie schluckt und schließt vor Schmerz einen Moment die Augen.

Dieses Mädchen ist etwas Besonderes. Sie liegt hier in ihrem Krankenhausbett, wird vor meinen Augen immer schwächer, aber sie macht sich Sorgen darüber, wie schwer es für mich ist. Ich blinzle, beiße mir auf die Lippe. Da ich nicht weiß, wie ich darauf reagieren soll, frage ich stattdessen: »Welches Geheimnis wolltest du mir denn verraten?«

Sie dreht den Kopf und sieht aus dem Fenster. Es ist ein bedeckter Tag, es regnet zwar nicht, aber es scheint auch nicht die Sonne. Ich finde es ungerecht, wenigstens heute hätte der Himmel für sie strahlen können.

Maggie schluckt mehrmals, bevor sie spricht. »Ich habe Angst.« Ihr Atem geht inzwischen immer hektischer, und ich folge meinem Instinkt und nehme sie in die Arme. Sie klammert sich an mir fest, sucht nach Trost, nach jemandem, der ihr sagt, dass alles gut wird. Nun gesellt sich auch Fear zu den anderen, aber ich nehme ihn kaum wahr.

»Alles wird gut«, flüstere ich Maggie ins Ohr. »Dir wird nichts Schlimmes passieren. Du wirst sehen.« Leere Worte von einem leeren Menschen.

Sie zieht scharf die Luft ein, und ich weiß, dass ich ihr wehtue, egal wie sanft ich auch sein will. Langsam richte ich mich auf und Maggie lässt mich widerwillig los.

»Ich will noch nicht sterben, es ist einfach nicht fair.« Sie sieht mich mit geröteten Augen an. Ihr Gesicht hat eine gelbliche Farbe angenommen. Es heißt immer, Farben sind etwas Frohes und Schönes, doch hier sind sie nur ein schlechtes Omen. »Ich sollte erwachsen werden, studieren und einen Job finden«, sagt sie mit einem jämmerlichen Krächzen. »Meinen Traummann heiraten, Kinder kriegen. Und du wohnst im Haus nebenan … und irgendwann landen wir dann im selben Altersheim. Wir bewerfen uns mit Haferbrei, sitzen im Schaukelstuhl und schauen uns den ganzen Tag Seifenopern an. Das war mein Traum vom perfekten Leben. Ich will mich nicht immer wieder fragen, warum das gerade mir passieren musste, aber …«

Eine einzelne Träne kullert ihr über die eingefallene Wange. Dieses Mal wische ich sie nicht weg, ich lasse sie laufen, immer weiter, bis sie an ihrem Kinn heruntertropft. Das bedeutet es, ein Mensch zu sein. Leben und Tod in einem Raum.

Die Zeit läuft Maggie davon. Ich merke, wie sich die Luft verdichtet, spüre, wie sich das Element nähert, dem wir alle einmal begegnen werden. Sanft nehme ich Maggies kahlen Kopf in meine Hand und beuge mich über sie. Ich weiß nicht, ob es wirklich so ist, aber ich will sie nicht voller Angst auf die Reise schicken. Flüsternd beginne ich zu erzählen:

»Weißt du, es gibt da diesen Ort, an den alle gehen, wenn sie tot sind. Es ist wunderschön dort, so perfekt, dass es einem wie ein Traum vorkommt. Es scheint immer die Sonne, und wenn es mal regnet, dann fallen warme, glitzernde Tropfen herab und man kann ganz sorgenfrei im Regen tanzen. Deine Freunde und deine Familie warten dort auf dich, sie freuen sich schon unheimlich, dich wiederzusehen. Alle Kinder, die deine Mutter nicht bekommen konnte, deine Brüder und deine Schwestern sind ebenfalls dort … Und an diesem Ort werden alle deine Träume wahr, du kannst das Leben führen, das du dir so sehr gewünscht hast. Es gibt dort viele wunderschöne Städte, und alles ist ganz leicht und einfach. Die Zeit vergeht auch viel schneller als hier. Wenn ich also irgendwann auch mal dort hinkomme, wird es dir vorkommen, als hätten wir uns gerade erst voneinander verabschiedet.«

Im Zimmer wird es plötzlich kalt. Aus dem Augenwinkel sehe ich *Tod*, der uns geduldig beobachtet. Es ist schwer, ihm in die Augen zu sehen. Er ist alles und nichts, so vieles zugleich: schön und hässlich, furchtbar und wundervoll. Seine Augen sind so dunkel wie ein schwarzer Ozean. Ich will seine Kleider betrachten, doch es ist einfach unmöglich, den Blick von seinem Gesicht abzuwenden. Er beachtet mich kaum, schließlich ist er wegen Maggie gekommen.

Ich stehe auf, um ihre Eltern zu holen, aber sie hält mich zurück. »Elizabeth?« Maggies Augenlider flattern. Meine Finger umschließen immer noch ihr Handgelenk, daher merke ich, wie ihr Puls immer unregelmäßiger wird. »Bitte, hör nicht auf zu reden. Deine Stimme ist so schön … wie eine Melodie …«

»Keine Angst, ich bin hier«, versichere ich ihr und wende den Blick von *Tod* ab. Ich ignoriere ihn, und auch die Gefühle im Raum beachte ich nicht. »Ich lasse dich nicht allein.«

»Wann werde ich dich wiedersehen?«

Ihr Herzschlag wird immer schwächer. Eigentlich sollte ich jetzt dringend ihre Eltern holen, doch ich rühre mich nicht vom Fleck.

Ich berühre ihre Stirn, ihre Wange, ihre Hand. »Bald. Aber warte nicht auf mich, ja?«

Tod bewegt sich nicht, seine Macht ist sanft, aber unaufhaltsam. Sie hat nicht einmal mehr die Chance, mir zu antworten, denn Maggie Stone ist von uns gegangen. Als ich aufsehe, ist auch *Tod* verschwunden, und von meiner besten Freundin ist nur noch diese im Bett liegende Hülle da … Still, leblos, leer.

Sechzehn

In der Mittagspause sitze ich auf der Treppe vor der Schule. Abwesend starre ich auf den Bürgersteig und warte auf das Klingeln, damit ich wieder reingehen kann. Plötzlich taucht über mir ein Schatten auf, aber ich mache mir nicht die Mühe aufzuschauen. Ich kenne nur einen Menschen, der bewusst auf mich zugehen würde.

Joshua versucht erst gar nicht, etwas zu sagen. Er steht einfach nur da. Nach einer Weile setzt er sich. Stille. Ein Vogel ruft. Ein Auto fährt vorbei. Joshua beißt sich auf die Unterlippe, und ich weiß, dass er nach den richtigen Worten sucht, um mich aufzumuntern. Er versteht nicht einmal ansatzweise, dass das alles keine Rolle spielt, dass ich seinen Trost nicht brauche. Aber ich lasse ihn nachdenken.

Und dann entscheidet er sich dafür, das zu sagen, was schon Millionen Menschen vor ihm gesagt haben: »Es tut mir leid.«

Ich spüre seinen Blick, doch ich zähle weiter die Risse im Bürgersteig. Irgendwie hatte ich von ihm etwas anderes erwartet.

Als ich nicht antworte, räuspert er sich. »Ich weiß, dass Maggies Tod hier anscheinend niemanden kümmert – aber das liegt nur daran, dass keiner sie kannte. Ich habe ein paarmal mit ihr gesprochen, sie war in meinem Kunstkurs. Sie hat sich über mein Baumbild lustig gemacht.« Er lacht, als er daran zurückdenkt. Ich kann mir die Szene gut vorstellen, denn das ist so typisch Maggie: Ganz in Schwarz gekleidet, mit einer Totenkopf-Kette um den Hals, zeigt sie auf seinen Zeichenblock und lacht.

Joshua weiß, dass mir das nicht hilft. Vielleicht erinnert er sich aber auch daran, wie er sich gefühlt hat, als seine Mutter starb.

Ich beschließe, das Thema zu wechseln. »Tut mir leid, dass ich meinen Teil des Projekts nicht gemacht habe. Ich bin sonst nicht so unzuverlässig.«

Er starrt mich ungläubig an. »Das ist doch jetzt nicht wichtig, Elizabeth. Und Mrs Farmer hat auch kein Problem damit. Sie weiß das mit Maggie.«

Ich blicke in den Himmel und blinzle ins helle Licht. Welch Ironie des Schicksals, dass ausgerechnet heute die Sonne scheint. »Ich will keine Sonderbehandlung. Ich gebe die Texte noch ab.«

Joshua muss meine Antwort erst verarbeiten. Aber wahrscheinlich kommt er zu dem Schluss, dass das meine Art ist, mit der Trauer umzugehen. »Ich weiß, dass das schwer sein muss für dich. Aber wenn du mal reden willst … na ja, ich bin kein Therapeut oder so, aber ich bin ein Freund. Du kannst mich jederzeit anrufen.«

Langsam drehe ich den Kopf und mustere ihn mit kaltem Blick. »Joshua, es ist mir egal, dass Maggie gestorben ist. Ich habe zugesehen, wie das Leben aus ihr entwichen ist … und ich habe rein gar nichts dabei empfunden. Du musst nicht versuchen, mich zu trösten. Mir geht es gut, und so wird es auch bleiben, nichts wird sich ändern. Die Welt dreht sich weiter, ganz gleich, wer gerade gestorben ist. Daran solltest du dich gewöhnen.«

Ich stehe auf und lasse ihn allein mit seinen leeren Worten und traurigen Augen.

»Ich begreife nicht, wie du da hingehen kannst«, zischt Fear in mein Ohr, als ich in die Einfahrt zu Sophia Richardsons Haus biege. Es scheint, als wären alle zu ihrer großen Geburtstagsparty gekommen. Sophia wohnt etwas außerhalb der Stadt in einem Waldgebiet, in einer großen, zweistöckigen Villa, die ihre Eltern kurz vor der Scheidung gekauft haben. Als wir langsam vorfahren, sehe ich, dass ein Lagerfeuer brennt und der Whirlpool angeheizt ist. Einige Gäste sind schon betrunken und irgendjemand übergibt sich gerade in die Sträucher.

»Warum denn nicht?« Ich parke meinen Pick-up mit etwas Abstand zu den anderen Autos zwischen zwei Bäumen und schalte den Motor aus.

Fear verschwindet vom Beifahrersitz und taucht sofort wieder neben mir auf. Er knirscht mit den Zähnen.

»Wir wissen beide, warum«, meint er starrsinnig und versucht, mich mit seinem Blick einzuschüchtern. Ich schiebe mich an ihm vorbei, und wie üblich stürmen die grässlichsten Horrorszenarien auf mich ein.

Doch ich ignoriere sie und gehe auf den Whirlpool zu, um den sich die meisten Gäste versammelt haben. Ich bin mir sicher, dass Fear mir folgen wird. »Willst du nun Antworten oder nicht?«, fordere ich ihn heraus und mache einen Bogen um ein lautes Pärchen, das auf dem Rasen rummacht.

Er atmet wütend aus. »Du bist ein Feigling. Ich weiß genau, was du hier tust.«

Die Bässe aus den Boxen bringen den Boden zum Beben, ein schrilles Lachen ertönt. Es ist bereits dunkel und Sophia hat ein paar mittelalterlich wirkende Fackeln aufgestellt. Die flackernden Flammen werfen bizarre Schatten. Ich achte darauf, Fear nicht anzusehen, damit ich nicht zu sehr auffalle. »Was tue ich denn?«, frage ich und klinge tatsächlich neugierig.

Ein Mädchen drängelt sich vorbei und ruft: »Sean! Hey, Sean, hierher!«, und als ich stolpere, fängt Fear mich auf. Sobald ich wieder sicher auf den Beinen stehe, will er mich zwingen, ihn anzusehen, aber ich reiße mich los und laufe weiter.

Fear bleibt dicht bei mir. »Du hast Maggie Stone nie gesagt, was du tatsächlich für sie empfunden hast. Das warst du ihr schuldig!«, faucht er. »Und jetzt plagt dich das schlechte Gewissen.«

»Ach ja, und was empfinde ich für sie?«, frage ich und beobachte konzentriert das Geschehen rund um den Whirlpool – als würde mich dieses Teenagertheater tatsächlich interessieren. Ein paar Leute haben ihre Schwimmsachen dabei und ein Junge schubst gerade ein Mädchen ins Wasser. Sie kreischt übertrieben empört auf. Es sind eine Menge Gefühle unterwegs, die Partygäste stecken voller Emotionen.

Ich hätte es nicht für möglich gehalten, aber Fear wird noch wütender. Er verschwindet und taucht genau vor mir wieder auf. Entschlossen packt er mich an den Schultern, versucht, mich von seiner Wahrheit zu überzeugen. »Wir wissen beide, dass dich der Tod des Mädchens mitgenommen hat«, beharrt er. »Du hast ihre Freundschaft zwar nie wirklich erwidert, aber sie hat dich trotzdem nicht aufgegeben. Auch als sich alle anderen von dir abgewendet, dich ausgegrenzt haben, hat Maggie – ein ganz normales menschliches Wesen – weiterhin zu dir gehalten. Und egal, was du sagst, ich weiß, dass sie dir viel bedeutet hat. Ich habe erlebt, wie du sie im Krankenzimmer angesehen hast.«

»Manchmal siehst du Dinge, die nicht da sind, Fear. Das wissen wir beide.« Ich will wieder loslaufen, aber Fear packt mich erneut am Arm und zieht mich zurück. Seine Augen glühen förmlich. In meinem Inneren zieht sich etwas zusammen, doch ich ignoriere das Gefühl und hebe die Brauen.

»Elizabeth, gib endlich zu, dass du etwas empfindest«, knurrt er. Seine Stimme ist über die laute Musik hinweg kaum hörbar. »Sag es. Ich will, dass du nur ein einziges Mal die Wahrheit sagst.«

Niemand beachtet mich, wie ich hier im Schatten stehe. Ich hebe den Kopf und sehe Fear entschlossen in die Augen. »Bis jetzt habe ich deine Versuche, mich zu verstehen, mich ändern zu wollen, einfach hingenommen, aber damit ist jetzt Schluss. Ich will dir nichts mehr vormachen. Ab jetzt musst du damit klarkommen, dass ich nun mal so bin, wie ich bin.«

Plötzlich stiehlt sich ein Lächeln auf seine Lippen – ein bitteres, trauriges Lächeln. »Weißt du, manchmal erinnerst du mich an meinesgleichen. Du benimmst dich wie die Gefühle und Elemente. Du bist genauso unehrlich, beherrschst dieselben Spielchen.«

Diese Unterhaltung führt zu nichts – vor allem nicht hier. Ich sehe mich um, presse die Lippen aufeinander. *Geh unter keinen Umständen zur Geburtstagsparty von Sophia Richardson.* Irgendetwas wird heute geschehen, was diese Fremde – Rebecca – unbedingt vor mir geheim halten wollte. Also muss ich nur abwarten und versuchen, zur richtigen Zeit am richtigen Ort zu sein. Ich lasse Fear stehen und laufe Richtung Garten.

Was ist mit dem Haus?, fragt meine innere Stimme.

Sofort drehe ich wieder um und stoße fast mit Fear zusammen. Er sieht mich böse an. Als ich versuche, nach rechts auszuweichen, macht er einen Schritt zur Seite und stellt sich mir in den Weg.

»Lass mich vorbei«, befehle ich, ohne nachzudenken.

Fear mag es überhaupt nicht, wenn man ihm sagt, was er tun

soll. Doch diesmal grinst er mich nur herausfordernd an. »Nicht, solange du mir nicht gesagt hast, was du weißt«, erwidert er. »Wir haben eine Abmachung, weißt du noch? Ich begleite dich zu dieser bescheuerten Party und du erzählst mir alles. Also, ich höre.«

Ich gehe rasch an ihm vorbei und laufe auf das Haus zu. »Wenn dir alles so egal ist, wie du vorgibst«, meint Fear, der mir weiterhin folgt, »warum versuchst du dann, die Wahrheit herauszufinden? Warum machst du dir überhaupt die Mühe?«

»Na sieh mal einer an, wer da uneingeladen zu meiner Party erschienen ist.« Sophia funkelt mich wütend an, die Arme vor der Brust verschränkt. Ohne es zu realisieren, bin ich quer über den Rasen gelaufen, wo mich natürlich alle im Blick haben. Sophia hat ihre kleine Armee hinter sich: drei Mädchen in Miniröcken und Stöckelschuhen.

»Alles Gute zum Geburtstag«, sage ich ausdruckslos, während Fear weiterhin ruhig hinter mir steht.

Sophias Augen quellen hervor angesichts meiner Dreistigkeit. *Wut* steht neben ihr, wirkt aber ziemlich gelangweilt. »Ich werde ganz schön oft wegen dir gerufen, Menschenmädchen«, meint er gelassen. »Du hast irgendwie einen negativen Einfluss auf diesen Ort.«

Du auch, antworte ich beinahe. Offenbar habe ich mich heute nicht gut im Griff.

Sophia tritt auf mich zu, ihre albernen Stöckelschuhe versinken im Boden. Im Schein der Fackeln wirkt ihr Gesicht unheilvoll orange. »Ich habe dich nicht eingeladen, du Missgeburt«, faucht sie. »Und wenn du nicht bald verschwindest, dann kannst du was erleben.«

»Tu dir keinen Zwang an.« Ich lasse mich nicht einschüchtern.

Fear lacht. »Schlag zu! Ich wette, du traust dich nicht«, flüstert er mir ins Ohr.

Sophia schubst mich tatsächlich – damit habe ich nicht gerechnet. Überrascht stolpere ich einen Schritt zurück und sie lacht. Schließlich hat sie hier einen Ruf zu verteidigen. »Ich habe dich aus gutem Grund nicht eingeladen.« Sie macht drohend einen Schritt auf mich zu. »Du bist nämlich nicht *normal,* deswegen.«

Inzwischen sind alle Augen auf uns gerichtet und einige Gäste fangen schon an zu johlen. Derart angestachelt hebt Sophia die Hände, um mich noch einmal zu schubsen. Aber ich habe keine Zeit für so was. Rebecca würde diese Party nie ohne Grund erwähnen, und ich will noch das gesamte Grundstück absuchen. Als Sophia ausholt, fasse ich schnell nach ihrem Handgelenk, und bevor sie sich befreien kann, werfe ich sie mit erstaunlicher Leichtigkeit zu Boden. Sophia rollt kreischend durch das feuchte Gras. Ein paar Leute lachen.

»Wenn du normal bist, ist es vielleicht ganz gut, dass ich anders bin«, erkläre ich Sophia in einem sanften Ton. Ich steige über sie hinweg und weiche dabei ihren Schlägen aus.

»Ich bring dich um!«, flucht sie und ihre Augen blitzen vor Wut. Sie umklammert ihren rechten Arm. Ich wende mich ab.

Sämtliche Partygäste haben unseren Streit beobachtet, und die meisten weichen einen Schritt zur Seite, um mich durchzulassen. Einer jedoch bleibt stehen und starrt mich mit offenem Mund an – als hätte er mich noch nie zuvor gesehen. Ich werfe Joshua ein bitteres Lächeln zu, um ihm zu zeigen, dass das hier mein wahres Ich ist. Dass ich nicht das perfekte Mädchen bin, das er in mir erkannt haben will. Warum ist er überhaupt hier?

Weil er dich sehen will, flüstert die Stimme in meinem Kopf.

Egal.

»Elizabeth?« Joshuas Blick verfolgt mich, als ich an ihm vorbeilaufe, aber er hält mich nicht auf.

Fear klopft ihm übertrieben freundschaftlich auf die Schulter. »Lass sie gehen, mein Junge. Sie ist komplett neben der Spur.«

Stirnrunzelnd schaut sich Joshua um – er hört und sieht Fear natürlich nicht, aber er spürt dennoch, dass sich irgendetwas an mir und um uns herum anders anfühlt.

»Aha, *ich* bin also komplett neben der Spur?« Ich laufe zur Rückseite des Hauses. Fear lacht nur.

Das Haus ist dunkel und menschenleer. Seit meinem letzten Besuch, als ich noch jünger war, hat sich nicht viel verändert. Dieselben Holzdielen, dieselben braunen Möbel. Sophia wollte wahrscheinlich nicht, dass jemand ins Haus geht, weil ihre Schwester hier ist. Ich durchstreife die Küche und das Wohnzimmer, bis ich die Treppe nach oben finde. Ganz leise höre ich von irgendwo die Anfangsmelodie einer Fernsehserie. Ich stolpere im Dunkeln, und erst im letzten Moment strecke ich den Arm aus, um nicht mit dem Gesicht voran auf die Stufe zu knallen.

Wortlos hilft Fear mir hoch. Eine kleine Lichtkugel erscheint über seiner Handfläche und beleuchtet den dunklen Flur. Als ich mich von dem Schreck erholt habe, laufe ich weiter. Die Stufen knarren unter meinem Gewicht, Fear aber bewegt sich völlig lautlos. Während wir weiter die Treppe hochgehen, betrachte ich in dem schwachen Licht die Fotos an der Wand. Sophia lacht auf kaum einem, und auf jedem Bild steht sie neben ihrer Schwester – entweder um sie zu stützen oder um sie mit unergründlicher Miene anzustarren.

Ich laufe weiter, bis wir in einem breiten Flur stehen. Mein Blick fällt sofort auf eine Tür am hinteren Ende, aus der Fernsehgeräusche und ein bläuliches Schimmern dringen. Ohne zu zögern, gehe ich auf sie zu und öffne sie.

Das Zimmer ist klein und rosafarben. In der Ecke steht ein Schaukelpferd und an einer Wand ein großes, kuschelig weiches Bett. Aber das ist nicht das Erste, was ich in dem Raum sehe. Mein Blick fällt zuallererst auf Sophias Schwester, die auf einem Teppich sitzt und in den Fernseher starrt, den irgendjemand vor sie hingestellt hat. Wenn ich mich richtig erinnere, ist sie vier Jahre jünger als ihre zickige Schwester.

»Was machst du da?« Fear bleibt im Flur, als ich das Zimmer betrete. Ich lasse ihn stehen und gehe auf Morgan Richardson zu.

Ich weiß noch, dass sie nie Angst vor Fremden hatte, die ins Haus kamen. Aber erinnert sie sich noch an mich? Während ich auf sie zugehe, dreht sie den Kopf und beobachtet mich. Ich beuge mich zu ihr hinab und betrachte ihre dichten Wimpern, ihr rundes Gesicht und ihre verschlafenen Augen. Sie trägt einen Schlafanzug, auf dem Frösche abgebildet sind. Ihr Körper wirkt zierlich in der viel zu großen Hose. Morgan ist wahrscheinlich gerade in einer Phase, in der sie sich vor allen zurückzieht, denn sie sagt kein Wort. Sie hatte schon immer Probleme damit, sich richtig verständlich zu machen – das ist offenbar so geblieben.

»Hallo«, begrüße ich sie und sehe mich im Zimmer um. Abgesehen von den Möbeln und dem Spielzeug ist Morgan allein im Raum. Ihre Betreuerin scheint schon gegangen zu sein und wird wahrscheinlich auch nicht noch einmal zurückkommen.

»Elizabeth, das hat keinen Zweck«, meint Fear. Er lehnt sich an den Türrahmen.

Ich beachte ihn nicht, sondern knie mich neben Morgan hin. Ich lächle sie an, aber sie starrt nur zurück. Doch dann – so schnell, dass ich nicht sicher bin, ob ich mir das nicht doch nur eingebildet habe – schießt ihr Blick zu Fear. Eine Sekunde später glotzt sie wieder auf den Bildschirm. Dort läuft ein Zeichentrickfilm, irgendwas mit einem sprechenden Schwamm.

»Na fabelhaft«, kommentiert Fear und stapft zum Fenster. »Noch ein Mensch, der mich sehen kann. Einfach großartig. Mein Ego verträgt das nicht, musst du wissen.« Er starrt nach unten auf die Rasenfläche, der Mond wirft einen Schatten auf seine hohen Wangenknochen.

Langsam begreife ich, warum Morgan so angespannt ist. Ich streiche ihr das Haar aus dem Gesicht. »Du siehst bestimmte Dinge, oder?«, murmle ich. Sie lehnt ihre Wange an meine Hand. »Du weißt viel mehr, als du solltest, nicht wahr?« Das Mädchen zittert und ich nicke verständnisvoll. »Manchmal sind die Dinge, die du siehst, nicht besonders schön, oder?«

Fear dreht sich abrupt zu uns um, sein Blick durchbohrt mich. »Was soll das jetzt wieder heißen?«, beschwert er sich.

Als ich nicht reagiere, kommt er grummelnd näher. »Elizabeth, wir verschwenden hier unsere Zeit. Halte dich endlich an deinen Teil der Abmachung.«

»Tue ich ja. Und jetzt sei endlich still.« Ich konzentriere mich wieder auf das Mädchen, aber ich merke, wie Fear hinter mir vor Wut kocht. Morgan sieht mich direkt an, und für einen kurzen Moment ist ihr Blick klar … als würde sie mich und alle meine Geheimnisse kennen. Aufmerksam richte ich mich auf.

»Möchtest du mir etwas sagen?«, frage ich leise.

»Wie lange soll das noch dauern?« Fear ist wirklich wütend.

Morgans ungewöhnliche braunblaue Augen wechseln zwischen

trübe und klar. Ihr Mund zuckt, sie presst die Lippen zusammen. Ich beuge mich zu ihr hinunter und halte mein Ohr neben ihre Lippen. »Morgan?«, ermuntere ich sie.

Sie schluckt, öffnet den Mund, macht ihn wieder zu. Fear grunzt ungeduldig. »Ich habe auch noch etwas anderes zu tun, Elizabeth.«

Als das Mädchen meine Wange berührt, drücke ich ihre Hand. »Wenn du mir etwas sagen willst, dann ist jetzt die beste Zeit dafür«, sage ich und zwinge mich dazu, freundlich zu klingen. *Sehnsucht,* dieses unbeständige Gefühl, erscheint, kniet sich hin und umarmt Morgan. Dabei lächelt sie mich mit leuchtenden Augen an. Es ist klar, dass sich dieses Mädchen sehnlichst jemanden wünscht, der nett zu ihr ist – nur ein einziges Mal, und zwar völlig selbstlos und nicht aus Pflichtgefühl.

Morgans Muskeln verkrampfen sich, ihr Blick wird wieder glasig. Sie schaut zum Fenster und sieht in den Sternenhimmel. Sekunden vergehen, werden zu Minuten. Ich will schon fast aufgeben – sie wird wohl nichts mehr sagen –, doch dann sieht sie mich wieder an.

»Lauf weg«, sagt sie mit heller und klarer Stimme.

Bevor ich reagieren kann, zischt Fear und rast zurück in den Flur. Sein Mantel schlägt wie eine Peitsche gegen seine Knöchel. Schnell folge ich ihm und lasse Morgan in dem leeren Zimmer mit dem Fernseher allein. »Was ist los?«, frage ich. Die Worte hallen über den Flur.

Als Fear ohne zu antworten auf die Treppe zustürzt, bleibe ich einfach im Dunkeln stehen. Als er jedoch bemerkt, dass ich nicht mehr hinter ihm bin, knurrt er wütend, bleibt dann aber ebenfalls stehen und sieht mich an. Einen Moment herrscht absolute Stille. Verwirrt runzelt er die Stirn und murmelt: »Ich dachte, ich hätte …«

Er bricht mitten im Satz ab und starrt auf einen Fleck an der Wand, als könnte der ihm alle Fragen beantworten. »Erklärst du mir bitte mal, was los ist?«, frage ich.

Fear schnaubt frustriert und deutet auf das Zimmer, aus dem wir gerade gekommen sind. »Erklärst *du* mir mal, was los ist?«

Morgan kann mir nicht weiterhelfen. »Vielleicht«, entgegne ich.

Doch ich habe das Wort noch nicht ganz ausgesprochen, als Fear zusammenzuckt und den Kopf hebt. Er wittert etwas, seine Augen weiten sich, er wirbelt herum und rast in einem Wahnsinnstempo die Treppe hinunter. Mir ist klar, dass er jetzt jeden Augenblick verschwinden wird.

»Ich kann hier nicht länger bleiben«, sagt er nur.

Ich versuche, ihn einzuholen. »Aber es sind doch auch noch andere Gefühle hier«, rufe ich ihm laut hinterher. Meine Hand umklammert das Geländer. »Bist du …«

»Vertrau mir einfach!«, schnaubt er, als er unten ankommt. Er ist schon fast an der Tür, also laufe ich noch schneller.

Doch genau in diesem Moment stolpert ein Junge aus dem Klo – er riecht nach Erbrochenem. Bevor ich ihm ausweichen kann, umarmt er mich und besabbert meine Wange. Ich schiebe ihn weg. Fear ist schon nach draußen gelaufen. Schnell renne ich hinterher. Kühle Luft schlägt mir entgegen, als ich durch die Tür sprinte.

Keine Spur mehr von Fear – ich habe ihn verloren. Aber auch alle anderen Gefühle sind verschwunden. Die Party besteht nur noch aus einer wogenden Masse, die tanzt, lacht, flirtet, trinkt und grölt. Ohne Gefühle werden sie stundenlang dasselbe empfinden. Und selbst wenn die Gefühle nicht mehr zurückkommen – ihr Wesen, ihre Essenz bleibt. Fear hat mir einmal erklärt, dass die Emotionen nicht immer persönlich anwesend sein müssen, um ein Gefühl auszulösen – die Menschen greifen in diesem Fall einfach auf eine Erinnerung zurück.

Sophia steht bei ihren Freundinnen, offenbar noch immer wütend wegen unserer kleinen Auseinandersetzung. Am besten gehe ich ihr aus dem Weg. Also laufe ich in die entgegengesetzte Richtung, auf den Wald zu.

Warum folgen die Gefühle auf einmal nicht mehr ihrem Ruf?

Plötzlich sind Sirenen zu hören. Rote und blaue Lichter erhellen den Nachthimmel, spiegeln sich im Wasser des Whirlpools. Sheriff Owen brüllt mit müder Stimme: »Okay, Kinder, ihr bleibt alle, wo ihr seid. Ah, wen haben wir denn da? Die Dorseths! Keiner läuft weg!« So wird in einer Kleinstadt eine Party beendet.

Aber Rebecca wollte unbedingt verhindern, dass ich herkomme. Das heißt, ich bin hier noch nicht fertig. Von dem Chaos um mich herum bin ich kurz abgelenkt. Ich laufe weiter, beobachte aber mit zusammengekniffenen Augen die Umgebung in der Hoffnung, irgendetwas Auffälliges zu entdecken.

»Lass mich durch, du Idiot!«

Die unbekannte Stimme ertönt ein Stück entfernt und weckt meine Aufmerksamkeit. Sie klingt männlich, verzweifelt. Zwischen den Bäumen sehe ich Scheinwerfer aufleuchten. Ein Mädchen fällt betrunken vor meine Füße, aber ich nehme kaum Notiz von ihr und steige einfach über sie hinweg. Mein Instinkt sagt mir, dass in diesem Wald gleich etwas Wichtiges geschehen wird.

»Sie ist verletzt«, sagt jemand anderes, die Worte hallen durch die Nacht. Diese Stimme kenne ich. »Wir müssen sie ins Krankenhaus bringen.«

Joshua. Ich laufe los, schiebe Äste beiseite. Morgans Warnung drängt sich in meinen Kopf: *Lauf weg*. Ich renne in die Richtung, aus der ich Joshuas Stimme gehört habe. Plötzlich entdecke ich ein Gefühl, nein, ein Element, das im Gebüsch kauert: Es ist ein winziges Wesen, ein schimmerndes Mädchen. Als ich an ihr vorbeilaufe, springt sie mir auf die Schulter und zieht an meinen Haaren. Mit schriller Stimme versucht sie, mich zu warnen.

»Er ist hier! Er ist hier!«, kreischt sie. »Renn weg, bevor er dich kriegt!« Kurz darauf ist sie verschwunden.

Ich laufe weiter auf die streitenden Jungs zu, allerdings kann ich sie im Dunkeln zwischen den Bäumen immer noch nicht sehen.

»Die Bullen sind hier, du Idiot, und wenn du nicht sofort aus dem Weg gehst, dann fahre ich euch beide über den Haufen, das schwöre ich«, sagt die erste Stimme.

»Echt schlau von dir, Tyler. Wenn du erst noch zwei Menschen niedermähst, werden die Bullen dich garantiert nicht verfolgen.«

Endlich erreiche ich eine Lichtung, auf der mehrere Autos parken. Mein Blick fällt sofort auf Joshua, der im Licht der grellen Scheinwerfer auf dem Boden hockt und Susie Yank in den Armen hält. Aus ihrem Ohr tropft Blut. Tyler sitzt hinter dem Lenkrad eines Pick-up, startet den Motor und starrt mit geröteten Augen auf die beiden, die direkt vor seinem Wagen auf dem Boden sitzen.

Unbemerkt gehe ich auf sie zu. Hinter mir höre ich Schritte, aber darüber denke ich nicht weiter nach. Meine ganze Konzentration gilt der Szene auf der Lichtung. »Joshua?«, rufe ich. »Was ist passiert?« Als ich mich dem Wagen nähere, knackt unter meinen Füßen ein Zweig. Inzwischen sind auch andere Gäste zu ihren Autos geeilt, aber niemand achtet auf die Jungs. Alle wollen nur möglichst schnell von hier fliehen.

Joshua hat den Blick weiter auf Tyler gerichtet. »Ruf den Notarzt, Elizabeth«, sagt er. »Tyler hatte es so eilig wegzukommen, dass er Susie umgeworfen hat. Sie ist gestürzt und mit dem Kopf auf einen Stein geknallt. Ich glaube, es ist besser, wenn ich sie nicht bewege.«

»Doch, tu das«, erwidere ich schnell. Ich sehe die wilde Entschlossenheit in Tylers Augen, wie wütend er das Lenkrad umklammert. Ich bin noch einige Meter entfernt, aber selbst wenn ich renne, werde ich die beiden niemals schnell genug erreichen. Tylers Pick-up macht einen Satz nach vorne, der Motor heult auf. Er ist kurz davor, Joshua und Susie einfach zu überfahren.

»*Nein.*«

Ich habe nur noch einen Gedanken: *nicht noch jemand.* Ohne zu zögern – und ohne über die Folgen nachzudenken –, stürme ich los, rausche über die Lichtung, schnappe mir Joshua und Susie und ziehe sie mit einer Schnelligkeit und Kraft aus dem Weg, die ich unmöglich haben kann.

Mit einem triumphierenden Schrei fährt Tyler davon, ohne sich noch einmal umzublicken.

Ich höre Joshua schwer atmen. Erst jetzt merke ich, dass ich mich schützend über ihn geworfen und Susie dabei komplett ignoriert habe. Sie liegt halb unter Joshua. Es ist ein Wunder, dass ich die beiden noch rechtzeitig erreicht habe. Wie ist das nur möglich?

Nach einer Weile kann ich wieder klar denken. »Gut, dass ich so schnell bei euch war«, sage ich bemüht ruhig. Ich stehe auf und klopfe mir die Hose ab. »Hast du ein Telefon?«

Er schüttelt nur stumm den Kopf und starrt mich an. Seine Pupillen ziehen sich im Schock zusammen. Um ihn zu beruhigen, rede ich einfach weiter, als würde ich nur über unser Englischprojekt reden. »Ich habe auch keins. Wir werden wohl warten müssen, bis die Polizei wieder hier ist. Die können dann den Notarzt rufen.«

Immer noch laufen Partygäste an uns vorbei. Niemand scheint gesehen zu haben, was hier passiert ist … oder aber sie sind einfach schon zu betrunken, um die Wahrheit zu begreifen. Ich mache mich auf den Weg zurück zu meinem Wagen.

Als ich mich noch einmal zu Joshua umdrehe, sieht er mir immer noch mit starrem Blick nach. Die Leere in mir regt sich: Ich spüre, wie sie sich windet, um sich schlägt, sich ausbreitet und wieder zusammenzieht, alle Gefühle und Emotionen verschluckt. Doch ich gehe weiter, als wäre nichts geschehen. »Ich dachte schon, ich komme zu spät«, rufe ich ihm noch mit einem scheinbar erleichterten Lächeln zu.

Joshua hat den Schock halbwegs überwunden. Ich weiß, dass er mir das alles nicht abkauft – das merke ich daran, wie er mit den Zähnen knirscht. Aber es bleibt ihm keine Gelegenheit, mich zur Rede zu stellen. Wir hören beide, wie sich die Polizisten durch das Gestrüpp nähern, laut rufen und mit ihren Taschenlampen umherleuchten. Joshua steht auf und wendet sich ab. Er hebt Susie hoch und trägt sie den Polizisten entgegen. Ich bleibe am Waldrand stehen und sehe ihm nach.

Er dreht sich nicht noch einmal zu mir um, aber seine Schultern sind angespannt. Er wirkt entschlossen. Ich weiß, dass er sich mit meinen Antworten nicht zufrieden geben wird.

Siebzehn

Alle Lichter brennen, als ich nach Hause komme.

Es ist absolut still. Selbst die Kühe im Stall verhalten sich ruhig. Ich steige aus dem Pick-up und höre das vertraute Knirschen des Schotters unter meinen Schuhen. Die Haustür quietscht in den Angeln – wie immer, wenn ich das Haus betrete.

Das grelle Licht aus der Küche blendet mich. Es ist kein gutes Zeichen, wenn um ein Uhr morgens jemand dort auf einen wartet. Ich bleibe einen Moment im Flur stehen und lausche angestrengt, aber es ist still. Die beiden haben gehört, wie ich vorgefahren bin, sie haben gehört, wie ich die Haustür geöffnet habe. Also wissen sie, dass ich da bin. Sie warten.

Entschlossen betrete ich die Küche. Tim und Sarah stehen bei der Anrichte und starren mich an. Sarah bemüht sich, nicht nervös die Hände zu wringen.

Natürlich ergreift Tim als Erster das Wort. »Wo warst du?«

Seine Stimme ist laut und kontrolliert, seine Stirn glänzt. Die Wunden, die Fear ihm zugefügt hat, sind inzwischen nur noch blaue und gelbe Flecken. Zum ersten Mal seit Langem ist er nicht betrunken, aber nüchtern ist er noch gefährlicher.

Ich ziehe die Schuhe aus, damit Sarahs gewienerter Boden nicht dreckig wird. Dabei bewege ich mich ganz langsam, fast so, als wäre Tim das Raubtier und ich die Beute. Ich halte die Augen gesenkt und antworte leise: »Ich war auf Sophia Richardsons Geburtstagsparty.« Ich bin nach dem Abendessen losgefahren, nachdem ich alle Arbeiten erledigt hatte. Normalerweise interessiert sich niemand mehr für mich, sobald ich in meinem Zimmer bin. Aber heute war es wohl anders …

»Deine Mutter hat mir gerade erzählt, dass gestern die Schule angerufen hat.«

Ach ja. Ich habe nicht mehr daran gedacht, dass ich an dem Morgen, an dem Maggie gestorben ist, geschwänzt habe.

»Es hieß, du hättest den ganzen Morgen gefehlt«, fügt Tim gepresst hinzu. Ich antworte nicht und er ballt seine fleischigen Fäuste. »Was sagst du dazu?« Als ich immer noch nichts erwidere, macht Tim noch einen Schritt auf mich zu und baut sich drohend vor mir auf.

Renn weg, flüstert meine innere Stimme.

Irgendeinem seltsamen Instinkt folgend, bleibe ich aber stehen und hebe trotzig das Kinn.

Ein leichter Geruch nach Erde und Schweiß dringt in meine Nase. Ich sehe Tim ins Gesicht. Er wirkt größer als sonst. Offenbar hat er sich länger nicht rasiert, denn auf seinem Kinn und seinen Wangen kann ich schwarze Stoppeln erkennen.

»Du sagst mir jetzt sofort, wo du warst«, befiehlt er und wartet darauf, dass ich den Mund aufmache. Sarahs Hände zittern, als sie den Arm hebt, um sich die Haare aus dem Gesicht zu streichen. Verzweifelt versucht sie, an nichts zu denken und nichts zu fühlen. Sie bemüht sich, meine Gefühllosigkeit nachzuahmen.

Aber sie scheitert jämmerlich.

»Schatz, meinst du nicht …«, setzt sie an.

»Sei still!« Seine Stimme klingt kalt und erbarmungslos. Eigentlich sollte *Wut* neben ihm stehen, aber ich sehe keine Gefühle. Meiden sie etwa immer noch dieses unbekannte Etwas, das Fear auf Sophias Party wahrgenommen hat?

Als ich weiter schweige, macht er noch einen Schritt auf mich zu und steht nun direkt vor mir. »Elizabeth«, zischt er warnend. An seiner Stirn tritt eine Ader hervor, ein Zeichen dafür, dass er gleich zuschlagen wird. Aber aus irgendeinem Grund ignoriere ich den Drang wegzulaufen oder mich zu wehren. Stattdessen bleibe ich einfach stumm stehen, weigere mich, seine Fragen zu beantworten. Ich habe nicht vor, mich von ihm einschüchtern zu lassen. Der Tag im Krankenhaus, die Zeit mit Maggie … worüber wir geredet haben … das war … echt. Dieser Tag gehört uns, mir und Maggie. Und niemand sonst darf sich da einmischen.

Warum sollte dir das etwas ausmachen?, flüstert meine innere Stimme.

Ich sehe den Schlag nicht kommen. Mein Kopf fliegt zur Seite und meine Wange fühlt sich an, als hätte jemand kleine Nadeln in jede einzelne Pore meiner Haut gestochen. Tim wiederholt seine Frage und wartet ungeduldig auf eine Antwort. Als ich weiterhin schweige, holt er erneut zum Schlag aus. Aber dieses Mal ducke ich mich rechtzeitig weg. Tim kocht vor Wut. Sarah scheint nicht zu wissen, was sie tun oder fühlen soll. Sie will nicht dabei zusehen, was geschieht, und trotzdem wendet sie den Blick nicht von uns ab.

»Antworte!«, brüllt Tim.

Ich lächle ihn an. »Nein.«

Sarah hat inzwischen wirklich Angst. Wo ist Fear? Sie öffnet den Mund, will das Schlimmste verhindern, aber bevor sie etwas sagen kann, fängt Tim an zu lachen. Es kommt so unerwartet, dass sie ihn nur fassungslos anstarrt. Doch ich lächle einfach weiter.

Tim kann offenbar nicht aufhören zu lachen. »Du bist nicht normal«, meint er schließlich und schüttelt den Kopf. »Du bist nicht meine Tochter. Ich möchte, dass du sofort dieses Haus verlässt.« Sein Gesicht ist knallrot und überall treten Adern hervor. Er ist nicht wütend, nicht wirklich … Das hier ist einfach sein Wesen, auch ohne dass er von einem Gefühl angestachelt wird. Er hebt wieder die Hand und …

Nie hätte ich damit gerechnet, dass Sarah einen Schritt auf ihn zu macht und ihn leicht an der Schulter berührt. Tim lässt die Hand sinken und dreht sich zu ihr um.

»Du kannst sie nicht rauswerfen«, sagt sie schüchtern. Ich sehe, wie er darüber nachdenkt, mich kurzzeitig nicht mehr beachtet. Sarah schluckt. »Was werden die Leute sagen? Wir könnten Ärger bekommen.«

Tim überlegt. Eine Minute vergeht. Langsam verebbt seine Wut und die Adern verschwinden wieder. Seine Hand, mit der er mich eben noch schlagen wollte, krallt sich in Sarahs. Sie zuckt zusammen, aber Tim nimmt keine Notiz davon. Er presst die Lippen fest aufeinander und kneift die Augen zusammen.

Dann zeigt er auf mich. Unter seinen Fingernägeln klebt Dreck. »Du erledigst hier jeden Morgen deine Arbeiten, du gehst zur Schule und danach kommst du sofort nach Hause«, presst er hervor. Seine Nasenflügel beben. Während er mit mir redet, schaut er auf einen Punkt über meinem Kopf. Er kann mich nicht einmal mehr ansehen. »Dann erledigst du alles, was am Nachmittag ansteht, du hilfst deiner Mutter, machst deine Hausaufgaben und gehst auf dein Zimmer.« Tim lässt Sarah abrupt los und stürmt aus der Küche. Sie sieht mich noch einmal ängstlich an, dann folgt sie ihm.

Laut rufe ich Tim nach: »Darf ich morgen wenigstens zu Maggies Beerdigung gehen?« Dabei schaue ich ihn nicht an, sondern mustere stattdessen die Wand – als wäre sie unheimlich interessant. Meine rechte Gesichtshälfte brennt und ich konzentriere mich auf die gelben Blumen auf der Tapete.

Mein Vater bleibt stehen. »Es würde keinen guten Eindruck machen, wenn wir nicht hingehen«, blafft er mich an.

Als wäre nur das entscheidend.

Da liegt sie nun im Sarg, ihr Gesicht schmal, blass und starr.

»Maggie hat stets an ihre Mitmenschen gedacht«, erzählt Pastor Mike. Er ist der einzige Pastor in Edson. Er hält die Bibel locker in den Händen und blickt mit gespieltem Bedauern auf den Sarg herab. Dieser Mensch hat Maggie nicht gekannt. Seine Worte klingen hohl und mechanisch. Wahrscheinlich überlegt er gerade, was heute Abend im Fernsehen läuft. »Sie hat alles getan, um denen zu helfen, die ihre Hilfe brauchten.«

Tim und Sarah stehen hinter mir. Außer Maggies Familie und uns sind noch andere Leute aus der Stadt gekommen, auch Joshua. Aber bis jetzt hat er mich ignoriert. Neben mir stehen Maggies Eltern, sie wirken erschöpft und müde.

Die Sonne brennt auf uns herab, während Pastor Mike mit seiner Lobrede fortfährt. Alle tragen Schwarz, was bei dieser Hitze eindeutig keine gute Idee ist. Scheinbar erledigt nicht einmal *Herbst* seinen Job. Schweißgeruch steigt mir in die Nase. Mein Blick fällt auf das Mädchen im Sarg.

Die Sommersprossen, die sie erst zu Maggie gemacht haben, setzen sich in ihrem leblosen Gesicht zu deutlich ab. Sie trägt ein ordentlich gebügeltes Kleid – pinkfarben. Maggie hat Pink gehasst. Und sie haben ihr tatsächlich die Nägel gemacht. Maggie trug sie abgekaut und schwarz lackiert. Das da unten ist nicht meine Freundin Maggie. Die Person, die dort vor mir liegt, kenne ich nicht. Wo ist ihre Lebensfreude, ihre positive Ausstrahlung? Wo ist ihre Freundlichkeit, ihre Gutmütigkeit, ihre Ausgelassenheit? All das, was sie ausgemacht hat und an das ich mich erinnern werde?

»Komm schon, Liz!« Maggie läuft vor mir zum Eiswagen, ihre roten Zöpfe hüpfen fröhlich auf und ab. Ich folge ihr langsam, spüre die Hitze auf meinem Kopf. Ich kann mir an diesem Tag kein Eis kaufen. Tim ist wütend geworden, als ich ihn um Geld gebeten habe.

Als ich die Straße überquere, bleibe ich plötzlich stehen. Ein Gefühl beobachtet mich von der anderen Seite. Ich erkenne sein weißblondes Haar.

»Warum bist du zurückgekommen?«, frage ich. Maggie steht in der Schlange und wartet auf ihr Eis. Sie achtet im Moment nicht auf mich.

Das Gefühl lächelt auf mich herab. »Du machst mich neugierig. Und das schaffen nur noch wenige.« In seinem Blick liegt ein Hauch Traurigkeit.

Ich habe keine Gelegenheit mehr, ihm zu antworten, denn Maggie kommt auf mich zugerannt. Ihre Wangen sind gerötet und sie ist außer Atem. In den Händen hält sie zwei Tüten Eis.

»Hier!« Sie hält mir das tropfende Eis hin und ich nehme es ihr ab. »Alles Gute zum Geburtstag!«

Ich blicke auf das Eis. »Ich habe aber gar nicht Geburtstag.«

Sie grinst und ihre Augen funkeln dabei. »Ach nein? Na, was soll's. Komm!« Sie nimmt meine Hand und zieht mich weg von der Straße und dem Gefühl, das mir lächelnd nachschaut.

Das Eis in meiner Hand schmilzt und ich fange schnell an zu lecken.

Während ich an das Mädchen im Sarg denke, spüre ich die Leere in meiner Seele noch intensiver. »Sie hatte immer ein offenes Ohr, wenn ihre Freunde ihren Rat brauchten«, leiert Pastor Mike herunter. Falsch, ganz falsch. Ich war Maggies einzige Freundin. Und ich habe sie nie um Rat gefragt. Ich bin überhaupt nie auf sie zugegangen.

Mir fallen wieder Fears Worte ein: *Du bist ein Feigling.*

Weiß er denn nicht, dass ich um meine beste Freundin trauern würde, wenn ich nur könnte? Ich habe mir das alles doch nicht ausgesucht – ganz gleich, was die anderen glauben.

Wie gerufen stolziert Fear plötzlich durch die schwarz gekleidete Menge, als gehöre er hierher. Und vielleicht tut er das auch. Anscheinend ist die Bedrohung, die er auf Sophias Party gewittert hat, kein Thema mehr. Ich spüre, wie er sich mir nähert. Die Krähen auf den Grabsteinen verstummen.

»Sieh sie dir an«, murmelt Fear in mein Ohr. Seine Lippen berühren meine Wange. Ich will mich zu ihm umdrehen, aber er umklammert meine Arme und zwingt mich stehen zu bleiben. »Nein. Sieh sie dir an, Elizabeth.«

Er sollte nicht hier sein. Nicht jetzt. Ich starre zu Maggie hinab, ohne sie wirklich zu sehen.

»Hör mir zu.« Ich spüre Fears Atem an meinem Ohr, die Härchen in meinem Nacken kitzeln. »Sieh sie dir an, deine beste Freundin. Sie ist tot, Elizabeth. Sie kommt nicht zurück. Du warst bei ihr, als das Leben aus ihrem Körper wich. Du hast miterlebt, wie ihre Erinnerungen nach und nach verblassten. Alles, was ihr beide zusammen erlebt habt …« Seltsamerweise denkt er an denselben Tag wie ich vorhin, wendet aber alles gegen mich. »Weißt du noch, wie oft sie dir Eis gekauft hat, weil du kein Geld hattest? Erinnerst du dich, wie Maggie dich zu diesem Footballspiel mitgezerrt hat, und nachher, als alle weg waren, habt ihr mitten auf dem Spielfeld gehockt und euch die Sterne angesehen? Sie hat dir alles erzählt, während du dich vor ihr verschlossen hast. Das hat sie gespürt, aber sie hat es dir trotzdem nicht übel genommen. Sie hat immer gedacht, du würdest dich eines Tages schon noch öffnen …«

»Hör auf.«

Ich wollte die Worte nicht laut aussprechen, doch meine Stimme durchschneidet die drückende Luft. Pastor Mike verstummt tatsächlich und sieht mich erwartungsvoll an. Jemand hüstelt. Ich merke, wie Tim sich verkrampft. Maggies Vater John wendet sich zu mir um. Doch als er mein Gesicht sieht, wird sein Blick weich. Erst jetzt wird mir etwas bewusst, etwas Seltsames. Es ergibt keinen Sinn …

Ich weine.

Fear beugt sich herab, seine kalten Lippen küssen meinen Nacken. Er hat erreicht, was er wollte. »Du wirst wieder fühlen. Dafür werde ich sorgen«, verspricht er. Dann lässt er mich stehen, zurück bleibt ein kühler Wind, der über die Versammelten hinwegweht. Einige erschaudern.

»Möchtest du etwas sagen?«, fragt Pastor Mike mit hochgezogenen Brauen. Komisch, seine Augenbrauen sind grau, seine Haare aber schwarz. Offenbar färbt er sie.

Es gibt so vieles, was ich in diesem Moment sagen könnte. So viele Worte und Erinnerungen … so viele Möglichkeiten, mich zu entschuldigen – für die vielen Male, die ich sie enttäuscht habe.

Doch ich schüttle nur den Kopf und trete vom Sarg zurück. Mit meinem schwarzen Ärmel wische ich die Tränen weg. »Nein, ich habe nichts zu sagen. Entschuldigung«, murmle ich.

Der Pastor mustert mich, dann scheint er im Geiste mit den

Schultern zu zucken. »Wir haben sie alle geliebt und werden sie schmerzlich vermissen«, endet er und schlägt seine Bibel zu.

Ich hocke mit Stift und Papier auf dem Heuboden. Das Stroh sticht mir in den Po und in die Beine, aber ich merke es kaum. Unter mir im Stall schnappt Mora unruhig nach einer anderen Kuh. Nachdenklich klopfe ich mit dem Stift auf das Papier. Mir fällt einfach nichts ein: weder ein Reim noch ein ungereimter Vers. Mein Kopf fühlt sich völlig leer an. Ich habe keine Fantasie, und genau da liegt das Problem.

Plötzlich flattert etwas hinter dem Dachbalken, leichter Schweißgeruch durchzieht die Luft. Eine Sekunde später ertönt ein Schrei.

Ich hebe den Blick und rufe: »Fear?«

Er antwortet nicht, aber ich weiß, dass er in der Nähe ist. Er versucht, mir und den Fragen zu Sophias Party aus dem Weg zu gehen, aber zugleich fühlt er sich zu mir hingezogen. »Du kannst nicht beides haben«, gebe ich zu bedenken, während ich weiter grüble. Sich verstecken. So tun, als ob. Sich schützen. Ich muss nur einen Anfang finden – der Rest geht dann von selbst.

Es gibt verschiedene Arten, sich zu verstecken.

Meine Handschrift hebt sich fein säuberlich vom Papier ab. Fear zieht sich zurück, und ich nehme an, dass er mich heute Abend nicht mehr besuchen kommt. Das kann nur bedeuten, dass er mich meidet, weil er etwas herausgefunden hat, worüber er absolut nicht mit mir reden will.

Irgendetwas ist an diesem Partyabend geschehen. Etwas ist aufgetaucht, wovor alle Gefühle und Elemente geflohen sind. Aber was kann das sein? Eigentlich spielt es keine Rolle – die Wahrheit kommt doch sowieso irgendwann ans Licht. Und wenn nicht, ist es mir auch egal.

Ich ziehe die Knie an. Das Papier zerknittert und ich streiche es wieder glatt, fahre mit den Fingern über die Ecken.

Es gibt verschiedene Arten, sich zu verstecken. Ich verberge, ich schütze, ich täusche. Mit diesem Gedicht werde ich bestimmt nicht in die Geschichte eingehen, aber ich werde mein Versprechen gegenüber Joshua einlösen. Ich werde das zu Ende bringen, was ich begonnen habe.

Ach ja, wirst du das?, stichelt meine innere Stimme.

Mir fällt wieder ein, wie schmerzhaft es für Sarah war, als sie mich gefragt hat, ob ich weiß, wo ihre Tochter ist. Und wie Maggie am Ende ihren Optimismus verlor, als sie nur noch in diesem Bett lag. Ich denke an Fears unmögliche Verliebtheit. An Joshuas Arglosigkeit.

Erst jetzt wird mir klar, dass es so vieles gibt, was ich nicht weiß über die Menschen, mit denen ich jeden Tag zusammen bin. Wie viele von ihnen tragen wohl Geheimnisse mit sich herum? Dinge, die sie vor allen anderen verbergen? Wie viele setzen eine Maske auf, wenn sie nicht allein sind? Wir kennen andere wahrscheinlich nicht halb so gut, wie wir denken.

Mir geht nicht mehr aus dem Kopf, was Joshua gesagt hat. Wie Fear geht er mir in letzter Zeit aus dem Weg. Im Unterricht beachtet er mich nicht mehr. Im Flur läuft er an mir vorbei, ohne mich zu grüßen. Er ist vorsichtig geworden. Vor allem nach dem, was er auf Sophias Party erlebt hat und was ich zu ihm gesagt habe, als wir auf der Schultreppe saßen. Langsam scheint er zu verstehen, was die Leute in Edson schon immer wussten: dass ich seltsam und nicht normal bin. Ein Freak.

Es war ein Fehler, ihn und Susie zu retten. Ich weiß, dass alles aus einem guten Grund geschieht, und ich habe mich in ein Ereignis eingemischt, das hätte stattfinden sollen. Selbst rebellische Gefühle befolgen die Regeln, die ich gebrochen habe.

Hat Rebecca mich womöglich deshalb davor gewarnt, auf die Party zu gehen? Weil sie schon ahnte, dass etwas Bestimmtes geschehen würde? Dass ich die Kontrolle verlieren könnte? Wusste sie vielleicht sogar, dass ich eine Fähigkeit offenbaren würde, die ich unmöglich besitzen kann? Eine Fähigkeit, von der ich bis zu diesem Tag nichts wusste? Oder was, wenn ich gar keine Regel gebrochen habe? Vielleicht war ja vorgesehen, dass ich in das Geschehen eingreife. Möglicherweise sollte ich sogar verhindern, dass Joshua verletzt wird …

Ich lege mein halb fertiges Gedicht beiseite und stehe auf.

Zu viele Fragen und zu wenige Antworten.

Mein Pick-up rollt auf den Schulparkplatz. Gerade als ich nach meiner Tasche auf dem Beifahrersitz greife, merke ich, dass Sophia Richardson mich wütend anstarrt. Sie überlegt wahrscheinlich schon seit Tagen, wie sie es mir heimzahlen kann.

Die Schulglocke läutet zur ersten Stunde. Schnell werfe ich mir die Tasche um und jogge los, um noch rechtzeitig zum Unterricht zu kommen.

Gerade als ich die Türen erreiche, sehe ich aus den Augenwinkeln einen Schatten auf mich zukommen. Ich drehe den Kopf und begegne Joshuas durchdringendem Blick.

Mir war klar, dass er irgendwann auf mich zukommen würde.

»Jetzt nicht«, sage ich und weiche ihm aus. »Ich muss in den Unterricht.«

Von dem schüchternen, unsicheren Jungen ist nichts mehr zu sehen, als er seinen Arm ausstreckt und mir den Weg versperrt. »Das bist du mir schuldig«, sagt er ernst.

Zwei Mädchen rauschen an uns vorbei. Sie beachten Joshua und mich gar nicht, behandeln uns wie Luft.

Ich gebe nach und trete zurück auf den Treppenabsatz. »Wieso sollte ich dir etwas schulden?«, frage ich.

»Weil ich an dich glaube«, erwidert Joshua geradeheraus. Wieder spüre ich, wie sich etwas in mir zusammenzieht.

Ich denke kurz nach, dann nicke ich. »Okay. Ich höre.«

Dieser Junge, den ich fast mein ganzes Leben lang kenne, greift mich sanft am Arm und zieht mich von den Türen weg, damit uns kein Lehrer sieht. Er führt mich um das Gebäude herum, in den Schatten von ein paar Eichen.

»Wir wissen beide, was an dem Abend von Sophias Party passiert ist«, beginnt er und verschränkt mit entschlossener Miene die Arme vor der Brust. Wieder einmal fällt mir das Gummiband an seinem Handgelenk auf.

»Warum trägst du das?«, frage ich und zeige darauf.

Joshua blinzelt. »Was denn?«

»Das Gummiband«, erkläre ich. »Warum trägst du es am Arm?«

Auf einmal ist er wieder der schüchterne Junge. Er betrachtet das Band, spielt damit. Nach einer Weile geht er auf den Themenwechsel ein. »Es hört sich vielleicht dumm an«, sagt er, »aber das ist so ein Therapie-Ding. Und inzwischen ist es schon zur Gewohnheit geworden. Sally hat mir das Band ein paar Monate nach Moms Tod gegeben. Du kennst doch Sally, oder?«

Als ich nicke, redet er weiter: »Also, ich war zehn und ich habe mit niemandem geredet. Wahrscheinlich war ich depressiv oder so was. Ich habe mich oft mit anderen Kindern geprügelt. Niemand hat etwas aus mir herausbekommen – nicht einmal die Therapeuten, zu denen mich mein Vater geschickt hat. Und dann, eines Tages, kam Sally im Laden auf mich zu, kniete sich neben mich, sah mir in die Augen und gab mir dieses Gummiband. ›Jedes Mal, wenn du dir oder jemand anderem wehtun willst, lässt du es gegen dein Handgelenk flitschen‹, hat sie zu mir gesagt. ›Ein Gummiband ist immer besser als eine Faust, stimmt's?‹« Er lächelt, als er daran denkt.

»Aber echte Therapeuten würden doch versuchen, der Sache auf den Grund zu gehen, oder nicht?«, bemerke ich.

Joshua zuckt mit den Schultern. »Das war ja das Tolle daran. Sie hat nicht versucht, mich zu ändern oder an mir herumzudoktern. Stattdessen hat sie mir eine Alternative gegeben. Eine, die mir das Krankenhaus und weitere Therapiesitzungen erspart hat.«

Joshua lässt mich nicht lange über seine Worte nachdenken. Er will endlich die Wahrheit wissen. »Und jetzt bist du dran«, sagt er entschlossen und hebt herausfordernd die Augenbrauen. Ein leichter Wind lässt die Blätter über unseren Köpfen rauschen. Es ist ein angenehmes Geräusch.

Also sage ich ihm die Wahrheit. »Ich kann dich beruhigen, ich bin ein Mensch und kein Außerirdischer oder Vampir oder so was. Aber ich fühle nichts. Ich kann schneller rennen als ein Auto, und ich sehe Dinge, die nur wenige Menschen sehen können.« Viel mehr gibt es eigentlich nicht, aber ich fahre trotzdem fort: »Ich habe herausgefunden, dass ich nichts empfinde, weil irgendeine Macht meine Gefühle und Emotionen blockiert. Aber diese Macht schwindet langsam, und ich bin kurz davor, sie zu durchbrechen.« Anschließend erzähle ich Joshua auch noch von den Gefühlen und Elementen.

Er nimmt das alles gelassen hin. Das ist nicht die Reaktion, die ich erwartet hatte. Da ist keine Spur von Misstrauen, Ungläubigkeit oder Abscheu. Trotzdem war es ein bisschen zu viel für ihn.

Ich lasse ihm noch etwa eine Minute zum Nachdenken, dann hebe ich meine Tasche hoch. »Wir müssen jetzt echt los.«

Er atmet tief ein und schaut sich dabei um, als würde er die Schule gerade zum ersten Mal sehen. Die Haare fallen ihm ins Gesicht und verdecken seine Augen. Ich habe das seltsame Bedürfnis, die Hand auszustrecken und die Strähnen zurückzustreichen.

Als Joshua sich immer noch nicht bewegt, lasse ich ihn einfach stehen und gehe auf die Eingangstüren zu. Aber er hat sich schnell wieder gefangen und holt mich ein. »Wir sind noch nicht fertig, nur damit du es weißt«, sagt er. »Noch lange nicht.«

»Was soll denn noch sein?«

»Warte doch mal.« Joshua hält mich am Ellbogen zurück. Seine Augen, die im Sonnenlicht bernsteinfarben leuchten, blicken mich ernst an. »Nur, weil ich jetzt über dich Bescheid weiß, heißt das noch lange nicht, dass ich dich genauso mies behandle wie Sophia Richardson, klar?« Er grinst. »Du bist schließlich immer noch du, oder?«

Ich mustere sein Gesicht. »Und wer bin ich deiner Meinung nach?«

Joshua runzelt die Stirn. »Na ja, zuerst einmal glaube ich diesen Gefühllos-Mist nicht. Du zeigst es vielleicht nicht so offen, aber du fühlst genauso wie alle anderen.«

Noch jemand, der die Wahrheit leugnet. Fear kann ich zwar

nicht von seiner Idee abbringen, aber mit Joshua kann ich offen und direkt reden. »Was ich neulich auf der Treppe gesagt habe, Joshua, das war mein voller Ernst«, erkläre ich. »Maggies Tod hat mir nichts bedeutet. Es hat mir nichts ausgemacht, dass du mich die ganze Zeit ignoriert hast. Die Tatsache, dass meine eigene Mutter mich nicht liebt, ist mir gleichgültig. Und wenn mein Vater mich schlägt, empfinde ich nichts. Es macht mich auch nicht wütend, wenn mein Bruder so tut, als wäre alles prima. Ich kann nicht …«

»Hör auf«, unterbricht er mich. »Du verschließt dich der Realität, nicht ich.« Es ist, als hätte er meine Gedanken gelesen.

Ich versuche, mich an all die kleinen Dinge zu erinnern, die ihn davon überzeugen, dass ich normal bin. Momente, an denen ich scheinbar Gefühle gezeigt habe. Zum Beispiel, wie ich ihn im Kindergarten angelächelt habe. Wie ich Maggie auf dem Spielplatz getröstet habe, nachdem ein Junge meinte, sie sei hässlich. Wie ich gelangweilt aus dem Klassenfenster schaue, während unser Lehrer immer weiterredet. Wie ich frustriert das Wandbild in meinem Zimmer betrachte. Wie ich auf Maggies Sarg schaue und Tränen über meine Wangen kullern. Unsere ineinander verschlungenen Hände auf dem Tisch in der Bibliothek.

Stur schüttle ich den Kopf. »Joshua, egal wie es aussieht …«

Doch er lässt mich nicht ausreden. »Du hast eine Menge zu verarbeiten, das gebe ich gern zu«, fährt er fort, als hätte ich nichts gesagt. »Aber ich habe immer gewusst, dass du anders bist. Und es war mir egal. Verstehst du? *Es ist mir egal.* Du bist Elizabeth. Und du bist jemand, egal was du denkst oder sagst.«

»Joshua …«

Er seufzt. »Und warum ich dich ignoriert habe … das war nicht nur wegen dem, was du auf der Treppe gesagt hast oder was auf der Party passiert ist. Wenn du wenigstens ein bisschen auf andere achten würdest, dann wüsstest du, dass ich mir ziemliche Sorgen mache wegen der Ernte.«

Wir schweigen. Eine Biene summt vorbei. Das Einzige, was mir einfällt, ist *Es tut mir leid,* aber ich spreche die Entschuldigung nicht laut aus, denn es wäre nur eine weitere Lüge. Und ich habe ihn schon genug belogen … es wäre einfach nicht richtig.

»Möchtest du heute Abend zu mir kommen?«

Die Frage rutscht mir heraus, bevor ich wirklich darüber nachdenken konnte. Und jetzt ist es zu spät, um sie zurückzunehmen. Joshua ist fast so erschrocken wie ich. Und als hätte meine Hand ein Eigenleben entwickelt, als hätte sie ihren eigenen Kopf – oder besser gesagt, als würde *ich* den Kopf verlieren –, strecken sich meine Finger aus und streichen sanft, ganz sanft diese widerspenstigen Haarsträhnen zur Seite. Joshua sieht mich an und seine Augen sind nun endlich nicht mehr verdeckt.

»Die sind immer im Weg«, erkläre ich schulterzuckend. Er starrt mich weiter an, bestimmt fragt er sich gerade, was das zu bedeuten hat.

Und dann grinst er. Ein großes, zufriedenes Grinsen breitet sich auf seinem Gesicht aus und er strahlt hoffnungsvoll.

Ich drehe mich um und laufe in die Schule. In meinem Inneren zieht sich alles zusammen. Er folgt mir.

»Dann sehen wir uns also heute Abend?«, ruft Joshua noch, bevor die Tür zufällt. Ich stecke noch einmal kurz den Kopf nach draußen und versuche, nicht daran zu denken, welche Auswirkungen diese Unterhaltung haben könnte.

»Wenn meine Eltern schlafen«, antworte ich ihm und ignoriere meine innere Stimme. »Also erst ziemlich spät.«

Er nickt und joggt die Stufen hoch. Doch bevor er mich erreicht, laufe ich zu meinem Klassenzimmer. Schnell ruft er mir noch hinterher: »Bis dann, Elizabeth.«

Als er meinen Namen sagt, zieht sich die Leere in mir nur noch mehr zusammen. Seine Stimme klingt, als hätten wir ein Geheimnis, das niemand außer uns kennt.

Unwillkürlich muss ich an Fear denken.

»Ich bin erst morgen Früh wieder zurück!«, ruft Charles, als er das Haus verlässt.

Sarah winkt ihm zu, doch mein Bruder ist bereits draußen und startet den Wagen. Im Haus kehrt wieder Ruhe ein. Ich bin im Raum neben der Küche, wo die Waschmaschine steht. Sarah beobachtet jede meiner Bewegungen – ich weiß, dass ihr meine Anwesenheit unangenehm ist. Um sie nicht noch mehr zu beunruhigen, versuche ich erst gar nicht, mich mit ihr zu unterhalten.

Um mich herum stehen volle Wäschekörbe. Ich ziehe eine von Tims Jeans heraus, drehe sie um und gehe die Taschen durch, bevor ich sie in die Maschine gebe. Danach kommt noch ein T-Shirt von Charles. Als Nächstes nehme ich Sarahs Hose aus dem Korb und kontrolliere ebenfalls die Taschen, und plötzlich fällt mir ein gefaltetes Blatt Papier in die Hände.

Ich sollte nicht nachschauen, mich nicht in Sarahs Angelegenheiten einmischen, aber unbewusst habe ich das Papier schon aufgefaltet.

Es ist ein Flugticket. Nach New York. Ohne Rückflug.

Während ich das Ticket anstarre, fällt mir wieder ein, dass Sarah einmal erwähnt hat, dass ihre Mutter in New York wohnt. Das war an Weihnachten. Mom hatte dabei einen gequälten Gesichtsausdruck.

Ich schaue noch mal auf das Datum – heute in drei Tagen –, und schiebe das Papier wieder zurück in die Hosentasche.

Achtzehn

»Psst!«

Klack.

»Hey, Elizabeth, bist du da?«

Klack.

Langsam öffne ich die Augen und starre an die Decke. Ich wollte nicht einschlafen. Als ich mich aufrichte, fällt mein Notizblock zu Boden. Mein Blick wandert zu dem Gedicht, das ich auf die erste Seite geschrieben habe. Die dahingekritzelten Worte scheinen mich verhöhnen zu wollen.

Ich verberge, ich schütze, ich täusche.

Joshua ruft noch einmal und seine Stimme klingt zurückhaltend und laut zugleich. Er wirft etwas gegen das Fenster. Wenn ich nicht bald aufstehe, geht die Scheibe noch kaputt.

Als ich am Fenster stehe und nach unten schaue, sehe ich, wie er mit dem Arm ausholt und einen kleinen Stein nach oben wirft. Er hat mich zu spät bemerkt und schon breitet sich vor mir ein kleiner Riss im Glas aus. Wenn Tim das merkt, bin ich dran.

Joshua zuckt zusammen. »Tut mir leid!«

Ich öffne das Fenster und beuge mich hinaus. »Was machst du da?« Die Nacht ist kühl und meine Ohren und meine Nasenspitze werden sofort kalt.

Joshua zuckt mit den Schultern und grinst. »Du hast nur ›spät‹ gesagt. Ich wusste nicht, wie spät, also habe ich geraten. So leicht kommst du mir nämlich nicht davon.«

Ein kurzer Blick auf meinen Wecker verrät mir, dass es Viertel vor drei am Morgen ist. Joshua wartet geduldig. Ich deute ihm mit dem Finger, dass ich gleich komme, und er nickt. Leise trete ich vom Fenster zurück, lasse es offen stehen. Nur das einsame Rauschen des Windes ist zu hören, während ich einen Kapuzenpulli über mein Tanktop ziehe. Meine Jogginghose lasse ich einfach an, dann schleiche ich mich nach draußen.

Joshua wartet in der Einfahrt, die Hände in den Taschen. Er lächelt. Und in diesem Moment ähnelt er so sehr dem kleinen Jungen, den ich mal kannte … mit seinem blöden, schüchternen Grinsen und dem Haarbüschel, das am Hinterkopf hochsteht. Mein Magen macht einen seltsamen kleinen Hüpfer.

»Ich weiß nicht, warum ich dich hergebeten habe«, sage ich. Meine Stimme klingt dabei eiskalt. »Vielleicht war es ein Fehler.«

Er legt den Kopf schief und sieht mich an. Dabei fällt mir auf, dass ihm seine Haare nicht mehr in die Augen hängen – er hat sie sorgfältig zur Seite gestrichen. Die roten Strähnen glänzen im weißen Mondlicht.

»Möglich«, stimmt Joshua zu. »Aber vielleicht ist gerade das das Tolle daran. Du lässt endlich locker.«

Zum ersten Mal in meinem Leben gebe ich zu: »Ich weiß nicht, was ich tue.«

Wieder fallen mir Fears Worte ein: *Zum ersten Mal in deinem Leben tust du etwas, ohne darüber nachzudenken.* Anscheinend sorgt Joshua Hayes dafür, dass ich viele Dinge zum ersten Mal tue. Die Erinnerung an Fear lenkt meine Gedanken in eine ganz andere Richtung, und ich frage mich, ob ich ihn je wiedersehen werde. Nach dieser Unterhaltung im Flur …

Joshua hält mir die Hand hin. Ich verscheuche meine wirren Gedanken und greife nach ihr. Seine Handfläche fühlt sich vom harten Arbeiten auf dem Hof ganz rau und schwielig an – genau wie meine. Als sich unsere Hände berühren – seine ist warm, meine heiß –, bilde ich mir ein, dass die Luft um uns herum knistert.

Er merkt, dass ich nicht ganz bei der Sache bin. »Hey«, sagt er leise, während er meine Hand nimmt und mich weg vom Haus führt. »Hör doch wenigstens ein einziges Mal auf zu denken. Komm mit.«

»Wohin gehen wir?«

»Das wirst du schon sehen.«

Wir gehen die Straße entlang und der Rand meiner Schuhe reibt gegen meine nackten Knöchel – ich habe vergessen, Socken anzuziehen. Joshua hat etwas vom Haus entfernt geparkt. Wahrscheinlich wollte er Tim und Sarah nicht durch die Motorengeräusche wecken. Er bleibt kurz am Auto stehen, nickt und sieht dann zu den Bäumen am Straßenrand. Seine Hand fasst meine noch fester, bevor er auf den Wald zuläuft. Ich versuche, mich zu wehren.

»Joshua, was …«

»Hab noch etwas Geduld«, meint er und zieht mich weiter, tiefer in den Wald hinein. Ich lasse es zu, doch dann winde ich mich doch aus seinem Griff. Er lässt mich los, tut so, als wäre es ihm gleichgültig. Dunkelheit bedrängt uns von allen Seiten. Ich sollte Joshua sagen, dass dieser Ort gefährlich ist – ich muss wieder an den Schatten aus meinen Träumen, an Rebeccas Angst denken. Aber Joshua läuft einfach weiter, er blickt nicht einmal zurück, um nachzusehen, ob ich ihm folge.

Er weiß, dass ich ihn einholen werde.

Zwischen den Blättern glitzert ein zartes Spinnennetz, und ich beobachte, wie eine winzige kleine Spinne darin hin und her rennt, wie ihre langen Beine ohne Pause weben.

»… und als ich vorhin hergefahren bin, habe ich sie entdeckt«, erzählt mir Joshua. »Sie waren auch kaum zu übersehen, so hell hat es geleuchtet.« Wir ducken uns vor einem tief hängenden Ast.

Geleuchtet? Was soll das heißen? Abrupt halte ich an und Joshua dreht sich zu mir um. Wir stehen an einem leichten Abhang, deshalb bin ich ausnahmsweise auf Augenhöhe mit ihm. Ich bemerke die grünen Sprenkel in seinen braunen Augen. »Wir sollten nicht hier draußen sein«, sage ich.

Joshua lacht leise und setzt sich wieder in Bewegung. »Warum? Gibt es hier etwa Werwölfe?«

Als ich nicht antworte, dreht er sich erneut zu mir um und mustert mich mit hochgezogenen Brauen. »Gibt es hier Werwölfe?«

Mein Blick fällt auf eine Tierfalle, die am Boden schimmert. Schnell packe ich Joshua am Ellbogen und lenke ihn um sie herum. »Was …« Er dreht den Kopf und ich zeige wortlos auf die Falle. Joshua beäugt sie stirnrunzelnd. »Danke«, murmelt er. »Jetzt hast du mich schon zum zweiten Mal gerettet.« Ich bemerke die unausgesprochene Frage, aber ich gehe nicht darauf ein.

Sein Ellbogen liegt warm in meinen Händen, doch bevor er merken kann, dass ich ihn noch immer festhalte, lasse ich ihn los. Wir laufen schweigend weiter. Nach ein paar Minuten bleibt er stehen und dreht sich zu mir um. Er hebt die Hand und deutet auf das Gestrüpp vor uns, durch das ein zartes Leuchten zu erkennen ist. Joshua strahlt vor Freude – und ein wenig auch vor Ehrfurcht. Er greift noch einmal nach meiner Hand und zieht mich weiter.

Vor uns tut sich eine kleine Lichtung auf. Sie ist voller Leben, ganz lautlos fliegen Hunderte leuchtender Glühwürmchen herum. Natürlich dürfte das gar nicht möglich sein, schließlich nähert sich der Winter. Die Käfer hätten schon längst sterben müssen – oder zumindest in den Winterschlaf verfallen. Entweder stimmt hier etwas nicht mit den Elementen oder es ist ein sehr seltsamer Zufall. Und ich glaube nicht an Zufälle.

Die Glühwürmchen fliegen in alle Richtungen, so atemberaubend schön, so unglaublich hell. Sie leuchten auf und verblassen wieder, sie blitzen auf und verschwinden. Der Anblick ist betörend und fesselnd zugleich. »Wie schön.« Mehr sage ich nicht.

Joshua steht neben mir und wendet den Blick nicht von ihnen ab. »Das musste ich dir unbedingt zeigen«, flüstert er, als könnte zu lautes Reden sie verscheuchen. Ich antworte nicht, denn aus dem Augenwinkel bemerke ich eine Bewegung. Ein kleines Wesen springt von einem liegen gelassenen, umgedrehten Eimer auf und landet kurz danach auf meiner Schulter. Joshua sieht es nicht, also gehört es offenbar nicht zu dieser Welt. Ein leichter Duft nach Kiefernzapfen dringt in meine Nase. Der Geruch kommt mir vertraut vor, ich bin ihm also schon einmal begegnet. Sein Aussehen ist ziemlich ungewöhnlich. Es hat lange schwarze Haare, die bis zu den Füßen reichen. Kinn und Ohren sind leicht spitz, und die großen Augen sind so dunkelbraun, dass sie fast schwarz erscheinen.

»Wer bist du?«, frage ich. Meine Stimme ist kaum mehr als ein Flüstern, ich will nicht, dass Joshua mich mit dem Wesen reden hört. Um sicher zu sein, bewege ich mich ein Stück weg. Joshua scheint nichts zu merken. Er nähert sich weiter der Lichtung und ist ganz in Gedanken versunken.

»Moos. Ich bin *Moos*«, sagt die winzige Frau.

Als ich ihre hohe, piepsige Stimme höre, fällt mir wieder ein, wo ich ihr schon einmal begegnet bin. »Moos«, wiederhole ich. Sie kichert. Ich lächle sie freundlich an. »Du warst an diesem Abend bei Sophias Party.«

Ihre Hände beginnen zu zucken: Das Thema ist ihr offenbar unangenehm. Ich erinnere mich wieder daran, was sie mir zugeflüstert hat: *Er ist hier! Er ist hier! Renn weg, bevor er dich kriegt!*

»Du hast mich vor irgendetwas gewarnt«, füge ich hinzu. Ich greife sanft nach ihren Haaren und versuche, die Knoten darin ein wenig zu entwirren.

Ihre kleinen Hände zucken wieder, dieses Mal vor Freude. Sie nickt vorsichtig, ihre rosigen Lippen gespitzt. »Ich darf darüber nicht reden, es ist nicht sicher.«

Ein Leuchtkäfer flitzt an meiner Nase vorbei, und *Moos* richtet sich auf, als wollte sie ihm nachjagen. »Sagst du es mir trotzdem?«, frage ich, und ihr dunkler Blick fällt wieder auf mein Gesicht. Sie zuckt zusammen. Joshua ist immer noch ganz verzaubert von dem Leuchten der Glühwürmchen, meine leise Unterhaltung hat er gar nicht mitbekommen. Seine ganze Aufmerksamkeit gilt dem verschlungenen Lichtertanz.

Das Element auf meiner Schulter lächelt mich an und legt mir die Hand auf die Wange. Sie scheint die Wärme meiner Haut zu mögen. Doch einen Augenblick später quiekt sie erschrocken auf, zieht die Hand zurück, springt schnell von mir hinunter und verschwindet im Lichterspiel. Die Glühwürmchen tanzen noch wilder, malen helle Leuchtstreifen in die Luft. Irgendetwas stimmt hier nicht. Aber erst, als ich den kalten Atem an meiner Wange spüre und er sich an meine Schulter drückt, weiß ich den Grund für ihre Unruhe. Oh. Ich hätte es wissen müssen.

Ich blicke zu Joshua hinüber. Zu dem Jungen, den ich schon mein ganzes Leben lang kenne, zu dem Jungen, der mich immer aus der Ferne beobachtet hat. Er lächelt mir zu und winkt mich zu sich. Fear sieht er nicht, natürlich nicht.

Ich rühre mich nicht vom Fleck.

»Du wirkst fast, als würdest du etwas für ihn empfinden«, flüstert Fear und legt von hinten die Arme um mich. Ich spüre seinen Oberkörper an meinem Rücken. Seine Haut ist so kalt und hart wie Marmor. Er stützt das Kinn auf meinem Kopf ab. »Aber ich weiß ja, dass es nicht so ist. Du fühlst ja nichts, richtig?«

Seine Hände liegen auf meinen. Ich merke, wie sich die Leere in mir durch seine Nähe regt, und ich muss wieder an unsere Küsse denken – und an den kurzen Moment im Flur, als ich mich danach gesehnt habe, noch einmal seine Lippen zu spüren. Trotzdem versuche ich nicht, mich aus seiner Umarmung zu befreien. Vielleicht erzählt er mir, was auf der Party geschehen ist. »Stimmt.«

Er lacht bitter. »Ich wusste gar nicht, wie starrsinnig du sein kannst. Als du klein warst, konntest du das besser verstecken.«

Als ich nicht antworte, stellt sich Fear zwischen mich und Joshua. Schließlich hebe ich doch den Blick und sehe ihm in seine blauen Augen.

»Wenigstens weiß ich eine Sache mit Sicherheit: Du hast vielleicht keine Gefühle für mich, aber du kannst auch nichts für ihn empfinden«, sagt er mit leiser Stimme. Sein Blick bohrt sich in meinen. Dann dreht er sich um und schaut sich ebenfalls die Glühwürmchen an. Mit gerunzelter Stirn. Er versucht, seine Gefühle vor mir zu verbergen, aber ich weiß, was da in ihm tobt – Gut gegen Böse, Hell gegen Dunkel. Und ich stecke mittendrin.

Hat sich … hat sich vielleicht ein Teil von mir nach Fear gesehnt, in diesem kurzen Moment auf dem Schulflur, als die Leere in meiner Seele an Kraft verloren hat?

Nein. Das kann nicht sein. »Du gehst mir aus dem Weg«, bemerke ich und versuche, meine Gedanken in eine andere Richtung zu lenken. »Auf der Party, da …«

Er seufzt. »Ich werde dir keine Fragen zu diesem Abend beantworten, Elizabeth. Es gibt Dinge, die ein Mensch nicht wissen sollte. Nicht einmal ein Mensch wie du.«

In der Ferne ruft eine Eule, ein sanftes, lockendes Schuhu. Fast wie eine Melodie. Fear lächelt. »Darf ich zum Tanz bitten?« Er schaut an mir herab und versucht nun nicht mehr, seine Gefühle zu verbergen. Seine Hände liegen eisig auf meinen Armen. Wir sind uns sehr ähnlich, vielleicht sogar zu ähnlich.

»Tanzt du mit mir, Elizabeth?«

Joshua ist zurückgekommen und hält mir die Hand hin. Seine warme, raue, echte Hand. Genau in diesem Moment taucht *Mut* auf – und ohne ein Wort an mich oder einen Blick zu Fear berührt er Joshua im Nacken.

Ich sehe von Fear zu Joshua und schließlich zu den Lichtern, den glühenden, schwirrenden Massen. Ich balle die Fäuste. *Ich verberge, ich schütze, ich täusche.*

Joshua steht rechts von mir, ich spüre seine wohltuende und greifbare Nähe, und links von mir ist Fear, eisig und unerreichbar. Ich sehe einen Menschen, nach dessen Menschlichkeit ich mich sehnen sollte, und ein Wesen aus einer anderen Welt, einer anderen Ebene, die mein Leben durcheinandergebracht hat. Allein die Anwesenheit von Fear lässt meine eigene Welt unnahbar und surreal erscheinen.

Und das ist gefährlich.

Ich meide Fears Blick. Meine Finger sind ganz leicht, als sie sich um Joshuas Hand legen, und ich versuche mit den Augen zu sagen, was ich mit Worten nicht ausdrücken kann: *Ich entscheide mich für dich.*

Sophia weiß jetzt, wie sie sich an mir rächen will. Sie wirft mir verstohlene Blicke zu und ein heimtückisches Lächeln umspielt ihre glänzenden Lippen. Ihre Finger streicheln den Verband um ihr Handgelenk, das sie sich angeblich verstaucht hat, weil ich sie so hart gepackt habe. Ich halte den Kopf gesenkt und überlege, wie ich am besten darauf reagieren soll: ihr aus dem Weg gehen? Ihre Rache hinnehmen? Die direkte Konfrontation ist wahrscheinlich keine gute Lösung, schließlich lege ich keinen großen Wert auf eine Wiederholung dieses Partyunglücks.

Joshua wirft mir ebenfalls ständig Blicke zu, aber aus einem anderen Grund: Er fragt sich bestimmt, wie ich mich heute ihm gegenüber verhalte, nach den Erlebnissen der letzten Nacht. Während ich geschlafen und geträumt habe, hat sich die Leere in mir wieder ausgebreitet, doch tief in meinem Inneren spüre ich, wie sich immer noch etwas regt. Etwas, das mich ständig an Fear denken lässt … und vor allem an seinen Blick, als ich mit Joshua getanzt habe. Aber ich habe nur getan, was ich mir vorgenommen hatte: Fear von mir wegzuschieben. Doch warum verfolgt mich dann die Erinnerung an seinen Gesichtsausdruck?

»… lest ihr bitte die Kapitel, die ich euch angegeben habe«, weist Mrs Farmer die Klasse an. Während sie noch spricht, läutet es schon und alle stehen auf, packen ihre Sachen und verlassen so schnell wie möglich das Klassenzimmer.

Sophia stürzt mit ihrer üblichen Gefolgschaft auf den Flur – sie hat es bestimmt eilig, sich mit ihren Freundinnen über ihren Rachefeldzug gegen mich zu beraten.

Joshua bleibt an seinem Platz stehen und wartet auf mich. Ich gehe an ihm vorbei zu Mrs Farmer.

»Hier.« Meine Hand schlägt auf die Tischplatte des Lehrerpults, als ich meine zwei zusammengetackerten Seiten abgebe. »Das ist mein Teil des Projekts, das Sie uns aufgegeben haben.« Als mich Mrs Farmer verständnislos ansieht, füge ich hinzu: »Die selbstverfassten Texte?«

»Ah!« Langsam dämmert es ihr. Neben meiner Lehrerin erscheint *Mitgefühl* – ein großes Gefühl mit einem ernsten Ausdruck in den grauen Augen. Mrs Farmer streckt die Hand aus, um meine zu tätscheln. Ich ziehe sie schnell weg, worauf sie ihre betreten zurück auf den Schoß legt. »Joshua hat genug für euch beide geleistet«, sagt sie mit einem Blick zu ihm. »Du hättest dich nicht noch einmal daransetzen müssen. Ich habe vollstes Verständnis, wenn du unter diesen Umständen …«

»Das ist nett von Ihnen, aber ich möchte keine Sonderbehandlung«, erwidere ich. »Bitte sehen Sie sich das an und geben Sie mir die Note, die diese Arbeit Ihrer Ansicht nach verdient.«

Sie weiß, was ich damit sagen will: Ich möchte nicht, dass Maggies Tod Einfluss auf meine Note hat. Hier soll es nur um meine erbrachte Leistung gehen. Dann wende ich Mrs Farmer und *Mitgefühl* den Rücken zu und verlasse den Raum.

»Wann hast du die Texte fertig geschrieben?«, fragt Joshua mich im Flur. Sein Schließfach ist in der entgegengesetzten Richtung von meinem, aber er begleitet mich trotzdem. Wir laufen an Susie Yank vorbei, die mir schüchtern zuwinkt. Mir entgeht nicht, wie sie

Joshua nachschaut, mit beinahe ehrfürchtiger Miene. Ich winke zurück, bleibe aber nicht stehen.

»Heute morgen«, antworte ich schließlich. »Nachdem wir wieder zurück waren.«

»Darf ich es lesen?«

Ich werde schneller.

»Hey.« Er fasst mich am Arm und hält mich zurück. Anscheinend unterhält er sich am allerliebsten mitten auf dem Schulflur mit mir. Als ich meinen Arm wegziehe, sehe ich, wie er rot wird. Ich spüre wieder, wie sich etwas in mir regt.

Mit den Fingern fahre ich mir durch die zerzausten Haare: Heute Früh hatte ich keine Zeit mehr, sie durchzubürsten, weil ich noch meine Aufgaben erledigen und das Gedicht schreiben musste. »Tut mir leid.« Ich schaue zu ihm hoch. »Ich bin nicht wirklich gut in …«

»Aus dem Weg!« Eine von Sophias Freundinnen rempelt mich an, mustert mich kurz mit schrägem Blick und rennt dann weiter.

Joshua beachtet sie gar nicht. »Rede mit mir«, verlangt er.

Ich konzentriere mich voll und ganz auf die Schließfächer rechts von uns, mustere die Dellen in den Metalltüren, als hätten sie eine tiefere Bedeutung. »Das alles ist keine gute Idee«, sage ich und sehe dabei weiter die Dellen an. »Ich möchte dich einfach nicht verletzen. Alle um mich herum waren irgendwann enttäuscht von mir.«

»Aha.« Er fasst mich am Ellbogen und zieht mich etwas zur Seite, damit die Schüler auf dem Weg in ihre Klassen nicht in uns hineinlaufen. Ich werde wieder zu spät in den Unterricht kommen. Joshua schnippt mit den Fingern vor meiner Nase, zwingt mich, ihn anzusehen. »Ich glaube nicht, dass du dir wirklich Sorgen um mich machst«, sagt er geradeheraus. Ich blinzle.

»Was willst du damit …«

»Du hast Angst.«

Das stimmt nicht. Fear ist nirgends zu sehen. Mir fallen die Haare ins Gesicht – wie früher immer bei Joshua, doch er trägt sie jetzt immer zurückgestrichen. »Ich habe keine Zeit für so was«, behaupte ich und dränge mich an Joshua vorbei. Er lässt mich gehen, aber ich merke, dass er wütend wird.

»Wenn wir nichts riskieren, werden wir nie die Dinge entdecken, für die es sich zu leben lohnt«, ruft er mir nach.

»Der Unterricht fängt an, Joshua«, ist alles, was ich erwidere. Ich denke an das Gedicht, das ich ihm nie zeigen werde. Niemand außer Mrs Farmer wird es je zu lesen bekommen.

Es gibt verschiedene Arten, sich zu verstecken.
Ich verberge, ich schütze, ich täusche.
Ich gebe keine Versprechungen, blicke nicht nach vorn.
Mehr ist da nicht, nur ich.
Ein Schatten und ein Flüstern.
Ich verberge, ich schütze, ich täusche.
Alle anderen.
Niemand anderen.
Sinnlosigkeit und nutzlose Versuche.
Warum?
Ich weiß es nicht.
Ich weiß nur das.

Während der Mittagspause finde ich in der Bibliothek – umgeben von alten und vergessenen Geschichten und Ereignissen – doch noch den Zeitungsartikel, nach dem ich gesucht habe. Dieses Mal löst er sich nicht vor meinen Augen auf, aber ich habe ihn ganz umsonst so angestrengt gesucht, denn er sagt mir nicht mehr als das, was Sarah mir schon erzählt hat.

Mädchen überlebt Autounfall

Gestern lief die vierjährige Elizabeth Caldwell unbeobachtet auf die Schnellstraße vor ihrem Haus. Der Fahrer eines herankommenden Wagens sah das kleine Mädchen erst, als es schon zu spät war. Zum Unfall befragt, gab er an, keinerlei Erinnerungen an das Geschehen zu haben. Als der Notarzt eintraf, war Elizabeth bei Bewusstsein, das Mädchen hat lediglich ein paar Kratzer und Prellungen davongetragen. Die Ärzte sprechen von einem Wunder. Elizabeth wurde bereits aus dem Krankenhaus entlassen.

Ich frage mich langsam, ob es überhaupt Sinn macht, in meiner Vergangenheit nach Antworten zu suchen. Möglicherweise brauche ich die Wahrheit gar nicht, um hier in Edson in Ruhe weiterleben zu können – vielleicht sollte ich das Geheimnis einfach ruhen lassen.

Die Schule ist aus. Es klingelt. Man hört Mädchen und Jungs johlen, alle stürzen auf den Flur. Lehrer geben noch Hausaufgaben und bitten um Ruhe. Spinde knallen zu, Türen schließen sich, Lichter gehen aus. Ich bleibe mit meiner Tasche in einer Ecke stehen, bis alle verschwunden sind. Stille legt sich über die Räume, wartet darauf, am nächsten Tag wieder durchbrochen zu werden. Das Schulgebäude wirkt nach Unterrichtsschluss richtig gespenstisch, und umgeben von Schatten mache ich mich auf den Weg zum Ausgang. Weißes Licht fällt durch die Fenster und lockt mich nach draußen.

Ich verlasse das Schulgebäude, was bleibt mir auch für eine Wahl.

Natürlich könnte ich einen Bogen um Sophia und ihre Freundinnen machen, aber dann würden sie nur umso verbissener versuchen, es mir heimzuzahlen. Durch ihre Racheaktion werde ich zu spät nach Hause kommen – und Tim wird es bestimmt merken –, aber es ist besser, es jetzt schnell hinter mich zu bringen. Dann können wir wieder zur Tagesordnung übergehen: Ich konzentriere mich darauf, allen etwas vorzutäuschen, und Sophia kann zu ihren üblichen kleinen Quälereien zurückkehren.

Sonnenstrahlen brechen durch die Wolken. Ich blinzle in den Himmel, als ich nach draußen trete. Einen Augenblick bleibe ich noch auf den Stufen stehen und betrachte die Mädchen, die auf dem Parkplatz auf mich warten. Ich vermute, keine von ihnen will mir wirklich etwas Böses – sie stehen nur da, weil sie Angst vor Sophia haben. Die meisten sind wahrscheinlich froh, dass sie nicht in meiner Haut stecken.

»Hey, du Freak!«, ruft Sophia extra laut über den Parkplatz. Ich verstecke meine Tasche im Gestrüpp, damit sie meine Bücher nicht auch noch auseinanderreißen können. Meine Knie zittern, als ich mich hinunterbeuge.

Wenn ich Sinn für Humor hätte, fände ich den Anblick wahrscheinlich komisch. Abgesehen von Stephanie Dill, einem bulligen Mädchen, mit dem Sophia nur wegen ihrer Muskeln befreundet ist, ist der Racheclub ziemlich schmächtig. Alle tragen Miniröcke und zu viel Make-up.

»Komm her, wir haben nicht den ganzen Tag Zeit!«

Mein Pick-up steht ein paar Meter von ihnen entfernt. Sie wollen sichergehen, dass ich nicht wegfahre. Ich straffe meine Schultern und gehe auf die Gruppe zu, meine Schuhe schlurfen über das Pflaster. Sie starren mich an. So viele Gefühle, und doch ist kein Wesen zu sehen. Das kann nur eins bedeuten: Was immer sie auf der Party vertrieben haben mag, ist wieder zurück. Vielleicht sogar ganz in der Nähe.

Die Schulflagge schlägt gegen den Mast und ich konzentriere mich wieder auf die Mädchen. Sobald ich in Hörweite bin, faucht Sophia mit tiefer, wütender Stimme: »Ich verlange eine Entschuldigung.«

Ich versuche, nervös und schuldbewusst zu gucken. »Tut mir leid«, antworte ich und lege zusätzlich noch ein leichtes Zittern in meine Stimme.

Sie knirscht mit den Zähnen. »So einfach kommst du mir nicht davon.«

Ich bleibe drei Schritte vor der kleinen Versammlung stehen. »Was willst du denn von mir hören?«

»Die ist echt schräg«, höre ich ein Mädchen murmeln.

»Glaubst du etwa, ein ›Tut mir leid‹ reicht aus? Dafür, dass du mir meine Party ruiniert hast?«, schnauzt Sophia. »Du hast mich beleidigt! Und das in Gegenwart von …« Sie bricht ab, aber alle wissen, wen sie meint. Sie hält ihren Verband mit festem, zornigem Griff. »Glaubst du, da reicht eine einfache Entschuldigung?«

Ganz gleich, welche Antwort ich gebe, sie wird sich nur noch mehr aufregen.

Stephanie sieht mich böse an, sie wird langsam ungeduldig. »Können wir das jetzt mal hinter uns bringen?«, verlangt sie. »Ich brauche noch was aus dem Laden, bevor der zumacht.«

Sophia seufzt. »Na los.«

Mehr braucht es nicht. Alle Mädchen machen sich bereit zum Angriff, aber nur Stephanie springt mich an, packt meine Arme und drückt sie gegen meine Hüften. Sie hat offenbar erwartet, dass ich mich wehre oder wegrenne. Aber ich schaue nur zu Boden.

»Okay, ich hab sie«, erklärt sie stolz, als hätte sie eben einen schwierigen Ringkampf gewonnen. Der Geruch von Tabak und Fäulnis dringt mir in die Nase und lässt mich würgen.

Die Mädchen sind unschlüssig. Sie schauen sich unsicher an, zweifeln an dieser Situation und an ihrer Anführerin. Ein blondes Mädchen öffnet den Mund, um zu protestieren, besinnt sich dann aber eines Besseren und schweigt.

Sophia schenkt ihrer Gefolgschaft einen verachtenden Blick, den sie sonst nur für mich reserviert hat. »Worauf wartet ihr noch?«, zischt sie und macht einen Schritt auf mich zu. Sie grinst, hebt den Arm und greift nach dem Kragen meines T-Shirts. Der Stoff ist alt und ausgeleiert. Es zerreißt sofort.

Nachdem Sophia nun den Anfang gemacht hat, drängen sich zwei Mädchen nach vorn. Die anderen folgen. Nacheinander nehmen sie mir die Hose, die Schuhe, meine Socken weg. Als ich nur noch in BH und Unterhose vor ihnen stehe, grinst Sophia spöttisch.

Wehr dich, sagt mein Instinkt. *Beende das hier*, drängt mich die Vernunft. Nein, nicht die Vernunft. Das ist Fears Stimme in meinem Kopf. Fear, der mich antreibt. Wird er noch auftauchen? Oder habe ich ihn nun endgültig vertrieben?

Um mich noch mehr zu demütigen, lacht Sophia laut auf, die anderen stimmen ein. Wie ein Rudel Hyänen. Ich beobachte, wie sie die Köpfe in den Nacken werfen, wie ihre Zähne im schwachen Sonnenlicht aufblitzen.

Stephanie packt wieder fester zu. »War's das?«, fragt sie und beendet das Gelächter. Meine Zehen graben sich in den Boden, ein kleiner Stein bohrt sich in meinen nackten Fuß.

Sophias Grinsen verschwindet sofort, als sie mich ansieht. Ihre Augen glühen vor unterdrücktem Mitgefühl. Doch sie verbirgt es rasch hinter einer weiteren Hassattacke. »Und noch etwas«, zischelt sie. Zwei schnelle Schritte, sie holt aus und schlägt mir mitten ins Gesicht. »Das war nur eine Warnung. Wenn du mich noch einmal wütend machst, lass ich mir noch was viel Schlimmeres einfallen.«

Eine leere Drohung: Mein kalter Blick und mein unbeeindrucktes Lächeln haben Sophia völlig aus dem Konzept gebracht.

»Bring es einfach zu Ende«, schlage ich vor.

Ihr Blick verdunkelt sich. Die Wut steht ihr ins Gesicht geschrieben, doch sie spricht ihre Gedanken nicht aus. Stattdessen nickt sie Stephanie zu. Das große Mädchen zerrt mich hinüber zum Flaggenmast und stellt mich auf das Betonfundament. Ich wusste nicht, was sie mit mir vorhatten, aber mit so etwas habe ich nicht gerechnet. Langsam bereue ich meine Entscheidung, Sophias Rache einfach hinzunehmen. Stephanies dumpfer Blick sucht nach irgendeinem Anzeichen von Gegenwehr. Eines der Mädchen hält eine Kette hoch, die mir bisher nicht aufgefallen ist. Sie klirrt in ihren Händen.

Wieder zögern sie. Und wieder ist es Stephanie, die den ersten Schritt macht. Ich habe zu lange überlegt – bevor ich vom Sockel springen kann, wickelt sie die Kette um mich. Einmal, zweimal. Auch um meine Handgelenke. Als sie fertig ist, holt sie ein Schloss aus ihrer Tasche. Es hakt mit einem gut hörbaren Klicken ein. Die Mädchen glotzen mich an, lauern auf irgendeine Reaktion. Sophia grinst nur.

Die Kette bohrt sich in meine Haut. Sie liegt viel zu eng an. Der Mast in meinem Rücken fühlt sich angenehm kühl an.

Als ich immer noch nicht weine oder um Gnade flehe, verwandelt sich Sophias Selbstgefälligkeit in blanke Verachtung. »Nicht einmal jetzt kannst du dich wie ein normaler Mensch benehmen«, faucht sie. Sofort starren mich auch ihre Freundinnen voller Abscheu an – wie hirnlose Schafe machen sie ihr alles nach. »Kommt, wir gehen.« Sophia winkt ihrer Herde. Sie setzt sich in Bewegung.

Sie wollen eine Reaktion von mir? Na schön. »Sophia.« Ich versuche, weinerlich zu klingen. »Bitte, lasst mich hier nicht allein. Macht mit mir, was ihr wollt, aber ihr könnt mich doch nicht …«

»Ich kann tun und lassen, was ich will. Und du hast es nicht anders gewollt. Hättest du vorher mal nachgedacht … und zwar bevor du ohne Einladung auf meiner Party aufgetaucht bist und auf mich eingeschlagen hast.«

Sophia zeigt auf ihren Verband. Doch hinter ihren Worten steckt noch etwas ganz anderes. Sie hasst mich … Dafür, dass ich die Zuneigung ihrer Schwester bekommen habe, ohne mich darum bemühen zu müssen. Dafür, dass Joshua nur mich sieht und nicht sie. Ich will noch etwas sagen – irgendetwas –, aber da stolziert sie auch schon davon. Ihr Rock flattert im Wind, die hohen Absätze der Mädchen hämmern über den Asphalt. Meine Sachen nehmen sie mit.

Eine nach der anderen steigt in ihr Auto und startet den Motor. Der Parkplatz vibriert. Ohne noch einmal zu hupen, zu spotten oder triumphierend zu johlen, fahren sie davon. In weniger als einer Minute sind sie alle verschwunden. Das letzte Paar Rücklichter erlischt.

Als ich ihre Autos nicht mehr hören kann, versuche ich, gegen die Fesseln anzukämpfen. Das Rasseln der Kette durchbricht die Stille. Aber ich habe das hier nicht richtig durchdacht. Ich kann mich nicht befreien. Der Parkplatz ist kalt und verlassen. Das einzige Geräusch weit und breit ist der Wind, der um meine Ohren streicht. Es hat zwar keinen Sinn, aber trotzdem schreie ich, so laut ich kann: »Hilfe! Irgendjemand, bitte!« Kann Fear mich vielleicht hören?

Der Parkplatz ist immer noch leer, und er wird es auch bis zum Morgen bleiben. Mein Pick-up steht einsam in der Ecke. Der Himmel zeigt keine Regung und ich bin allein. Was jetzt?

»Na, das ist ja mal interessant.«

Neunzehn

Zuerst denke ich, ich habe mir die Stimme nur eingebildet. Um sicherzugehen, sehe ich mich um. Die Kette verhindert, dass ich mich ganz umdrehen kann, und der Mast blockiert mir die Sicht, aber es steht auf jeden Fall jemand hinter mir. Ich erkenne einen Mann mit schwarzen, zerzausten Haaren und einer Bügelfaltenhose. Vielleicht muss ich die Nacht doch nicht auf dem Parkplatz verbringen. »Guten Tag. Könnten Sie mir vielleicht helfen?«, frage ich höflich.

Der Mann tritt in mein Blickfeld. Ich bemerke ein kleines Lächeln und ein Blitzen in seinen dunklen Augen. Er trägt ein weißes Hemd, und das schwarze Jackett hat er sich über die Schulter geworfen, als würde er gerade aus dem Büro kommen. Seine freie Hand hat er lässig hinter den Rücken gedreht. Die Schuhe glänzen im Dämmerlicht. Manche Frauen würden ihn vielleicht attraktiv finden, mit seiner gepflegten Erscheinung und den starken Kontrasten. Weiße Haut, schwarzes Haar. Ich habe diesen Mann zwar noch nie gesehen, aber aus irgendeinem Grund lässt sein Anblick meinen Puls rasen. Ich habe einen säuerlichen Geschmack im Mund und meine Haut kribbelt.

»Ich habe keinen Schlüssel«, informiere ich ihn. Meine Stimme zittert. Fragen über Fragen stürmen auf mich ein, aber am lautesten diese: *Wer ist dieser Mann?*

Schweigend starrt er mich eine gefühlte Ewigkeit an und betrachtet meinen beinahe nackten Körper. Ich befürchte schon, dass er mir nicht helfen wird, aber dann läuft er doch um mich herum zu der Stelle, an der Stephanie die Kette angeschlossen hat. Sein Geruch dringt mir in die Nase. Eine Mischung aus frisch und unangenehm … beinahe verdorben. Als sollte der eine Geruch den anderen überdecken.

Er schweigt auch weiterhin, während er das Schloss untersucht. »Du hast Glück«, meint er dann. »Ich habe mir angewöhnt, auf Situationen wie diese vorbereitet zu sein.«

Seine Stimme – sie klingt sanft und selbstbewusst, wie eine Geige – lässt die Leere in mir erzittern, und jede Zelle meines Körpers schreit nach Flucht. *Kenne ich diesen Mann?*

Er beginnt, mit einem Dietrich im Schloss herumzustochern. Eigentlich sollte ich ihm dankbar sein, aber aus irgendeinem Grund kann ich das nicht. Ein Klumpen bildet sich in meinem Hals …

Fear.

Wo ist er? Wo kann er nur sein? Warum kommt er nicht?

Ruhig, rät meine innere Stimme. *Bleib ruhig.*

»Wie hast du dich eigentlich in diese Lage gebracht?«, fragt der Fremde mich, nun nicht mehr der schweigsame Retter. Seine Hand rutscht vom Schloss ab und sein überraschend spitzer Fingernagel schneidet mir in den Arm. Ich zucke zusammen.

»Die Mädchen aus meiner Schule«, sage ich nur. *Nicht real*, flüstert mein Instinkt. Irgendetwas an ihm kommt mir bekannt vor …

Dem Mann scheint meine Auskunft zu genügen, und ich höre ein Lächeln in seiner Stimme, als er antwortet: »Ich war schon an einigen Schulen. Kaum zu glauben, dass Kinder in so jungem Alter so grausam sein können. Und es wird nur noch schlimmer.«

Als das Schloss mit einem Klicken aufspringt und der Mann die Kette von mir wickelt, frage ich stockend: »Was tun Sie eigentlich um diese Uhrzeit an der Schule?« Ich reibe mir die wunden Handgelenke. An meinem Bauch sind Druckstellen von der Kette.

Ich sehe auf und bemerke, wie er mich anstarrt. Als ich mich räuspere, flackert etwas in seinem Blick auf und ein seltsames Lächeln erscheint auf seinen Lippen. »Ich bin zufällig hier vorbeigekommen und habe dich um Hilfe schreien hören.«

Seine Antwort höre ich kaum, denn sein Blick ist immer noch auf mich gerichtet. Er schaut nicht neugierig oder gelangweilt, wie ich vielleicht erwartet hätte. Dieser Mann beobachtet jede meiner Bewegungen mit … Verlangen. Er versucht es nicht einmal zu verbergen.

»Dürfte ich mir vielleicht Ihre Jacke ausleihen?«, frage ich ein bisschen zu förmlich. Dass ich hier allein mit ihm bin, lässt meine Sinne Alarm schlagen. *Lauf weg. Lauf.* Ich spüre, wie es um mich herum knistert. Und immer noch stürmt die Angst auf mich ein, will mich überwältigen. *Wo ist Fear?* Wo sind die anderen Gefühle? Warum kommen sie nicht? Ist es jetzt so weit? Durchbreche ich die Macht, die alle Emotionen blockiert?

Der Mann macht keine Anstalten, mir seine Jacke zu geben. »Du kommst mir bekannt vor«, sagt er stattdessen, als würde er meine Gedanken lesen. »Wie heißt du?«

Er legt den Kopf schief, und plötzlich sehe ich mich einem Raubtier gegenüber, bereit zum Sprung. Ich vergesse, dass ich nur in Unterwäsche vor ihm stehe. Vorsichtig antworte ich ihm.

»Ich heiße Elizabeth, und ich muss jetzt wirklich nach Hause. Meine Eltern warten – wie das halt so ist. Aber danke für Ihre Hilfe.« Ich frage erst gar nicht, wie ich mich revanchieren kann.

Als er wieder schweigt, mache ich einen Schritt vor, um an ihm vorbeizugehen. Ich gehe nach links und versuche, zu meinem Pick-up zu gelangen, doch er blockiert mir den Weg. Das tut er eindeutig mit Absicht, denn auch als ich nach rechts ausweiche, folgt er. Seine Füße machen dabei kaum ein Geräusch. Es sieht aus, als würden wir einen kleinen Tanz aufführen. Ich presse die Lippen fest aufeinander und versuche, das Gefühl der Unruhe zu verbergen. Plötzlich wünsche ich mir meine Emotionslosigkeit zurück. Ich *brauche* sie jetzt.

Die Tore zu meiner Seele öffnen sich.

Bitte. Komm zurück, bitte.

Du warst das.

»Woran denkst du gerade, Elizabeth?« Der Mann ist näher getreten, ohne dass ich es gemerkt habe. Fast panisch stürze ich an ihm vorbei.

»Tut mir leid, aber ich muss jetzt wirklich los«, rufe ich zurück. Dieses Mal versucht er nicht, mich aufzuhalten. Er bleibt ruhig stehen und sieht mir nach. Er hält den Kopf geneigt und ein seltsames Grinsen breitet sich auf seinem Gesicht aus. Die Hände hat er in die Taschen geschoben, und ich habe den Eindruck, dass der Dietrich nicht das Einzige ist, was in ihren Tiefen verborgen ist.

Erst als ich an der Fahrertür ziehe, wird mir klar, dass ich gar keinen Schlüssel habe. Der ist noch in meiner Tasche, die ich vor der Schule hinter den Sträuchern versteckt habe. In der Tasche müsste auch noch ein Pullover sein. Ich spüre, wie sein Blick jede meiner Bewegungen genauestens verfolgt. Schnell laufe ich zu dem Gebüsch, suche nach meinem Schlüsselbund und dem Pulli – es ist doch eine Windjacke –, ziehe sie an, werfe die Tasche über die Schulter und eile zurück zu meinem Wagen.

Der Mann sagt immer noch kein Wort. Diese absolute Stille fühlt sich fremd an, und meine Finger zittern, als ich den Schlüssel nehme und ins Türschloss stecke. Die abgewetzten Sitzbezüge kratzen auf meiner Haut, aber das nehme ich kaum wahr. Ich blicke starr auf meine Hände, konzentriere mich auf die richtige Reihenfolge: *Mach die Tür zu. Schließ sie ab. Leg deine Tasche auf den Beifahrersitz. Steck den Schlüssel ins Zündschloss. Drehe ihn herum.*

Nichts. Stille.

Ich drehe den Schlüssel. Noch einmal. Und noch einmal. *Nein, nein, nein …*

Nach ein paar Versuchen höre ich auf. Es hat keinen Sinn.

Der Mann hat mich geduldig beobachtet. Als er sieht, dass ich aufgehört habe, vergeblich den Motor zu starten, kommt er mit großen Sätzen ans Seitenfenster gelaufen und klopft mit den Handknöcheln dagegen. Mein Herz pocht, meine Hände schwitzen. Hier läuft etwas extrem falsch. Ich kurble das Fenster nur einen winzigen Spalt herunter und meide seine kalten Augen. Stattdessen betrachte ich seine strahlend weißen Zähne.

»Was dagegen, wenn ich mal nachschaue?«, fragt der Mann. Ich schüttle den Kopf.

Er geht nach vorn und öffnet die Motorhaube. Kurz darauf ruft er mir zu: »Die haben deine Batterie gestohlen.« Er lässt die Haube wieder herunterfallen.

In Gedanken gehe ich meine Möglichkeiten durch: Die Schule ist abgeschlossen, also komme ich an kein Telefon. Natürlich könnte ich zu Fuß nach Hause laufen … aber nein, nicht ohne Hose. Das wäre zu auffällig und bestimmt würde jemand Tim Bescheid geben. Aber das Wichtigste ist natürlich, dass ich nach Hause komme, ganz gleich, was Tim mir antun wird. Vielleicht sollte ich auch einfach hierbleiben … aber morgen Früh kommen die anderen, und wenn sie mich so sehen, werden sich in kürzester Zeit die wildesten Gerüchte verbreiten.

Ich habe absolut keine Ahnung, was ich tun soll. Das passiert mir in letzter Zeit öfter. Zu oft.

»Ich könnte dich nach Hause fahren«, bietet der Mann an, und seine Stimme klingt plötzlich ganz weich. Er weiß, dass ich keine andere Wahl habe. Kein Telefon, kein Auto, nichts zum Anziehen. Fear ist immer noch nicht aufgetaucht – und das allein ist schon sehr seltsam. Ich könnte noch ein bisschen warten …

Ein Donnergrollen lässt die Erde erzittern.

Ich schrecke hoch und sehe zum Horizont. Unbemerkt hat sich der Himmel verdunkelt. Die Sonne geht auch bald unter. Ein seltsames Gefühl der Angst durchströmt mich und macht es mir unmöglich, klar zu denken. Hierbleiben ist auf jeden Fall zu gefährlich … Oder? Vor allem, wenn da draußen etwas ist, vor dem sogar die Gefühle und Emotionen die Flucht ergreifen. Nein, viel zu gefährlich. Erst recht für ein halb nacktes Mädchen in einem verrosteten Pick-up – ganz egal, welche übernatürlichen Fähigkeiten sie besitzen mag.

Meine Hände krallen sich am Lenkrad fest, als könnten sie auf diese Weise den Motor starten und mich so aus dieser misslichen Lage befreien. Ich schlucke. »Und Sie würden mich bis nach Hause fahren?«

Das Grinsen des Mannes wird sogar noch breiter, bis es beinahe von Ohr zu Ohr reicht. Natürlich schreien in mir sämtliche Alarmglocken: *Du bist in Gefahr! Wie blöd bist du eigentlich? Bleib bloß, wo du bist.*

»… bis nach Hause«, verspricht der Mann hinter dem Fenster.

Die dünne Glasscheibe, die mich vor ihm beschützt, beschlägt, als ich tief ein- und ausatme. Vorsichtig berühre ich das Glas, wappne mich.

Der Mann dreht sich um und läuft über den Parkplatz. Als ich sitzen bleibe, wirft er einen Blick zurück und zieht eine Augenbraue hoch. »Kommst du?« Es klingt wie eine Herausforderung.

Geh nicht!, rät mir mein Instinkt ein allerletztes Mal.

Fear kommt bestimmt gleich. Aber weit und breit ist keine Spur von ihm. Ich kann nicht hierbleiben. Als ich meine innere Stimme ignoriere, verstummt sie, gibt sich geschlagen.

Jedes Geräusch klingt in meinen Ohren wie eine Explosion. Das Klicken der Türsicherung, das Öffnen der Türe, das Aufsetzen meiner Füße auf dem Asphalt. Ich nehme meine Tasche mit und lasse die Schlüssel hineinfallen. Als ich dem Mann folge, habe ich das Gefühl, von einem Schatten durch die Dunkelheit geführt zu werden. Doch ich verdränge das alles, denn ich bin ganz allein.

Da auf dem Parkplatz kein einziges weiteres Auto steht, nehme ich an, dass er sein Fahrzeug auf der Straße hinter der Schule abgestellt hat – dort, wo die Lehrer parken. Schweigend gehen wir über den Parkplatz.

Plötzlich dreht er sich um und läuft rückwärts weiter. Der Anblick wirkt seltsam beängstigend, er sieht aus wie eine Eule, die den Kopf nach hinten gedreht hat. »Also, Elizabeth«, sagt er mit sanfter Stimme. »Wie lange wohnst du jetzt schon in Edson?«

Wir umrunden die Schule und laufen zur Rückseite, wie ich es schon dachte. Dabei gehen wir über ein Stück Wiese, das sich unter meinen Fußsohlen feucht und kalt anfühlt. Am Straßenrand stehen nur ein Pkw und ein Pick-up. Ist der Hausmeister etwa noch da?

»Ich bin hier geboren«, antworte ich, meine Stimme gepresst und vorsichtig.

Er nickt, als sei das eine interessante Information. »Aha.« Unvermittelt bleibt er unter einer Trauerweide stehen. Licht fällt durch die Blätter und wirft verschlungene Schatten auf sein Gesicht. Ich beobachte, wie sich die Muster auf seiner Haut bewegen, sobald der Wind weht. Da ich nicht weiß, welches Fahrzeug ihm gehört, bleibe ich auch stehen.

Der Mann legt den Kopf schief, ein merkwürdiges Funkeln tritt in seine schwarzen Augen. »Sag mal, Elizabeth«, zischt er gefährlich leise, »ich bin schrecklich neugierig … hast du das Wandbild in deinem Zimmer schon fertig gemalt?«

Erwartungsvolle Stille breitet sich zwischen uns aus. Für einen Moment bin ich zu geschockt, um mich zu bewegen.

Und dann renne ich los.

Ich habe mich noch nicht einmal ganz umgedreht, da ist er schon hinter mir. Seine Schritte hallen dicht hinter mir, wie ein höhnisches Trommeln, das mich nicht loslässt, mir vor Angst die Kehle zuschnürt und mich auszulachen scheint. Während ich so schnell wie möglich davonlaufe, dämmert es mir, dass ich das Geräusch seiner Schritte irgendwoher kenne. Ich renne erneut um die Schule herum, zurück in Richtung Parkplatz und der Eingangstüren.

»Oh, Elizabeth!«, höre ich seine flötende Stimme hinter mir. Er klingt nicht einmal außer Atem.

»Hilfe!«, kreische ich. Wenn mich doch nur jemand hören könnte. Doch Fear, den ich jetzt so dringend bräuchte, ist meilenweit weg. Schnell laufe ich durch ein Gebüsch, die Zweige zerkratzen mir die Beine, dann erreiche ich endlich den Parkplatz. Bis auf meinen Pick-up in der Ecke ist er immer noch vollkommen leer. Ich laufe auf meinen Wagen zu.

Die Schritte hinter mir verstummen und mit einem gewaltigen

Satz steht der Mann plötzlich direkt vor mir. Er schwingt übertrieben mit den Armen und holt tief Luft. Die Adern in seinen Augen treten stark hervor. »Was hast du vor?«, keucht er theatralisch. Doch ebenso rasch, wie er zu diesem wilden Tier geworden ist, richtet er sich wieder auf, glättet sich die Haare und zupft an seinen Manschetten. »Können wir dann weitermachen?«, fragt er. »Oder willst du das noch einmal versuchen?«

Ich stehe hilflos da – versuche verzweifelt und voller Panik, einen Ausweg zu finden. Plötzlich fällt mir wieder ein, warum mir seine Schritte so bekannt vorkommen. An dem Abend von Sophias Party, als ich durch den Wald rannte und Joshua erreichen wollte, hat mich auch jemand verfolgt. Ich dachte, es wäre nur einer der Gäste, der zu seinem Auto wollte. Doch jetzt wird mir klar, dass dieser Mann hinter mir her war. Hat sich Rebecca seinetwegen solche Sorgen gemacht? Wollte sie mich etwa die ganze Zeit nur beschützen?

Noch mehr Erinnerungen kommen zurück: Ein Bild blitzt vor meinen Augen auf und verschwindet wieder. Immer wieder. Der glühende Blick, die steife Haltung. Ich erinnere mich jetzt. Er war der Mann auf dem Schulflur – er hat mich mit demselben Blick angestarrt wie jetzt. Ein Blick voller Verlangen.

Während ich versuche, meine Gedanken zu sammeln, fragt mich der Mann wie beiläufig: »Bist du sie?«

Die Frage geht mir nicht mehr aus dem Kopf. *Bist du sie? Bist du sie?* Der dahingekritzelte Satz auf einem Stück Papier. Seine Stimme hat bei der Frage einen verächtlichen Klang angenommen. Er verhöhnt mich. Es ist, als sollte ich wissen, dass der Zettel von ihm stammt.

»Was wollen Sie von mir?«, frage ich und verfolge misstrauisch jede seiner Bewegungen.

»Weißt du«, meint er, und ignoriert meine Frage, »du bist wirklich ein faszinierendes Wesen. Nie hast du auf unsere Spielchen reagiert. Das hat vor dir noch niemand gewagt.«

Wesen, nicht Mensch oder Mädchen. Offenbar glaubt er, dass ich ebenfalls zur anderen Ebene gehöre. »Sie irren sich«, sage ich und mache einen Schritt zurück. »Ich bin nur ein Mensch. Ich bin normal.«

Er lächelt wieder, tritt auf mich zu. »Das stimmt nicht. Du bist kein Mensch. Wir sind uns schon einmal begegnet, meine Kleine. Ich suche dich schon sehr, sehr lange. Du wolltest mich täuschen. Zusammen mit diesem Gefühl.«

Plötzlich ergibt alles einen Sinn. Es ist so offensichtlich, dass ich mich frage, warum ich die Wahrheit nicht sofort erkannt habe.

Es gibt Dinge, die ein Mensch nicht wissen sollte. Nicht einmal ein Mensch wie du.

Er ist hier, er ist hier! Renn weg, bevor er dich kriegt!

Dieser Mann ist kein Mensch, sondern etwas ganz anderes. Alle Emotionen sind vor ihm geflohen. *Und nun hat er mich doch erwischt,* denke ich wie betäubt. Aber warum ist er überhaupt hinter mir her, ich gehöre schließlich nicht zu den Gefühlen und Elementen. »Was wollen Sie von mir?«, frage ich und weiche noch weiter vor ihm zurück, einen Abhang hinab.

Seine unergründlichen schwarzen Augen glühen plötzlich rot. »Wo ist sie?«, fragt er gefährlich leise.

Nein. Nein, das kann nicht sein. Aber die Wahrheit ist so offensichtlich, dass mir ganz flau im Magen wird. *Du hast mich getötet. Wo ist sie? Du warst das. Du hast alles kaputtgemacht.* Ich weiche noch weiter vor ihm zurück, stolpere aber über meine eigenen Füße und falle. Meine Finger bohren sich fest in die Erde. Die vielen schlaflosen

Nächte, die quälenden Träume, die sich so real anfühlten … das war *er*. Nicht der Junge, der mir etwas mitteilen wollte. Keine Geister, wie ich insgeheim dachte, keine Botschaften aus der Vergangenheit. Nur diese hässliche Kreatur, die meine Gedanken zu lesen scheint und sie gegen mich wendet.

»Was bist du?«, frage ich mit brüchiger Stimme. Als er sich nähert und über mich beugt, dringt mir wieder dieser seltsame Geruch in die Nase. Erst jetzt weiß ich, wieso er mir so bekannt vorkommt.

Er riecht nach getrocknetem Blut.

»Weißt du das denn noch nicht?«, haucht er mir ins Ohr. Ich versuche, zu antworten, aber ich bekomme keinen Ton heraus. Seine Lippen berühren meine Haut, als er mir seinen Namen zuflüstert: »Ich bin *Albtraum*.«

Völlig starr vor Angst sehe ich zu ihm hoch. Schweigend blickt er auf mich herab und wartet auf eine Antwort. Alles an *Albtraum* strahlt sein heimtückisches Wesen aus, und ich habe keine Ahnung, wozu er fähig ist. Seine Bösartigkeit macht ihn völlig unberechenbar.

Aber das alles spielt jetzt keine Rolle mehr. Ich rapple mich hoch und renne davon.

Er hält mich nicht auf. »Ich habe gesehen, wie du diesem Jungen das Leben gerettet hast!«, ruft *Albtraum* mir hinterher. »Kein Mensch hätte ihn so schnell …«

Mitten im Satz bricht er ab. Keuchend blicke ich über die Schulter zurück und stolpere. Fear hat sich schützend zwischen *Albtraum* und mich gestellt. Ich sehe nur seinen Rücken und sein weißes, wehendes Haar. *Albtraum* sagt kein Wort, mit einem selbstgefälligen, hungrigen Blick mustert er Fear.

»Lauf weg!«, ruft Fear mir zu. Seine Muskeln sind angespannt, zum Kampf bereit, als würde er jeden Moment einen Angriff erwarten. Er lässt *Albtraum* keine Sekunde aus den Augen. »Dreh dich nicht um, Elizabeth! Lauf einfach weiter!«, befiehlt er.

Ohne zu zögern, tue ich, was er sagt, und renne los, der Wind ein weißes Rauschen in meinen Ohren. Doch als Fear hinter mir laut aufschreit, bleibe ich ruckartig stehen. Ich kann ihn nicht allein hier zurücklassen. Ich drehe mich um, will Fear helfen …

Doch dafür ist es zu spät. Fear kniet zusammengekrümmt auf dem Boden. Er blutet. Mit schmerzverzerrtem Gesicht versucht er aufzustehen, aber *Albtraum* lacht bloß und tritt ihm mit dem Knie ins Gesicht. Fear stürzt zu Boden. *Albtraum* steht über ihm, mit einem langen, Furcht einflößenden Messer in der Hand. Von der Klinge tropft Blut.

Als er den Blick hebt, merkt er, dass ich auf seine Waffe starre. Er lächelt. »Solltest du nicht weglaufen?«, ruft er freundlich und winkt mir mit der roten Klinge zu. »Du musst wissen, wir sind nicht unzerstörbar.«

Ich bin wie erstarrt. Fear dreht den Kopf, seine Wange kratzt über den Asphalt. Er sieht, dass ich stehen geblieben bin. »Lauf weg«, keucht er. So verzweifelt habe ich ihn noch nie gesehen.

Instinktiv drehe ich mich um und renne weg. *Albtraum* lacht belustigt auf. Kurz darauf höre ich, wie etwas durch die Luft fliegt und gegen mich prallt. Ich falle nach vorn und strecke die Handflächen aus, um den Sturz abzufangen. Der Schmerz schießt durch meinen Körper, als zuerst meine Hände und dann mein Gesicht auf dem Boden aufschlagen. Schwarze Punkte tanzen vor meinen Augen und um mich herum dreht sich alles. *Albtraums* Schuhe tauchen in meinem Blickfeld auf.

»Wirklich komisch«, flüstert er mir kurz darauf ins Ohr, während er mir sanft die Haare zurückstreicht. Wie ein Vater bei seinem Kind. »Diese jämmerlichen Menschen haben dich gefesselt und dann zurückgelassen wie eine reife Frucht, die man nur noch zu pflücken braucht. Und dann holst du auch noch deinen Freund. Zwei Fliegen mit einer Klappe. Ein echter Glückstag.« Er schmunzelt und fügt dann hinzu: »Übrigens, die Batterie ist hinter dem linken Vorderreifen deines Wagens. Wetten, du traust dich nicht, sie zu holen?«

»Elizabeth!«

Diese Stimme würde ich immer und überall wiedererkennen. Erleichterung durchströmt mich. *Albtraums* Schuhe verschwinden, ebenso der üble Geruch. Joshua ist plötzlich neben mir, er umarmt mich, wiegt mich vor und zurück. »Fear?«, frage ich schwach, aber Joshua hört mich nicht, er hält sein Handy ans Ohr.

»Hallo, ich brauche einen Krankenwagen. An der Edson High. Jemand hat Elizabeth Caldwell überfallen. Ja. Danke.«

Das Telefonat bekomme ich kaum mit. Langsam hebe ich den Kopf. Ich habe Angst, dass *Albtraum* wiederkommt. Doch er ist verschwunden – und Fear auch.

Aber Joshua ist bei mir. Immer wieder flüstert er mir ins Ohr, dass alles gut werden wird, dass er mich nicht allein lässt, dass ich in Sicherheit bin.

Der Vollmond strahlt vom wolkenlosen Himmel, als das Mädchen das Haus verlässt. So leise wie möglich schließt sie die Tür. Sie vergewissert sich, dass niemand sie beobachtet. Doch nur der heulende Wind und die leuchtenden Sterne umgeben sie. Auf leisen Füßen rennt sie los. Bis zum Wald ist es nicht weit, und sobald sie zwischen den Bäumen verschwunden ist, tritt eine große Gestalt hinter einem Stamm hervor.

»Rebecca.«

Erschrocken schnappt sie nach Luft und wirbelt herum. Als sie die Person erkennt, funkelt sie sie böse an. »Mach das nicht noch mal«, schimpft sie.

Doch Fear grinst sie nur unbekümmert an. Zögernd erwidert Rebecca sein Lächeln, bevor sie schüchtern die Hände hinter dem Rücken verschränkt und von einem Bein auf das andere tritt. Sie trägt nur ein Tanktop und Boxershorts. Fears Pupillen weiten sich, als er sie von oben bis unten mustert. Als sie seinen Blick bemerkt, stockt ihr der Atem.

»Gefällt dir, was du siehst?«, versucht sie zu scherzen, aber die Atemlosigkeit in ihrer Stimme verdirbt den Effekt. Wortlos streckt Fear die Hand nach ihr aus. Doch sie springt lachend zur Seite und läuft über die Lichtung. Er folgt ihr, sein Mantel flattert im Wind. Gerade als sie nach links ausweichen will, umschließt er ihre Hände. Sie wehrt sich nur halbherzig, als er sie an sich zieht und seine Arme sanft um sie legt. Bei seiner Berührung schlägt ihr Herz schneller.

Fear hält sie weiter fest, seine Lippen heiß und kalt in ihrem Nacken. Stöhnend wirft sie den Kopf zurück. Ihr Blick ist in den Himmel gerichtet, doch sie nimmt die Schönheit und Unendlichkeit der Sterne kaum wahr. Langsam lassen sie sich zu Boden gleiten. Fear beugt sich über sie und küsst sie überall. Er küsst ihren Arm, die Stelle neben ihrem Bauchnabel, ihren Oberschenkel, ihre Wade. Ihre Fußsohle, dann wieder ihre Wange, ihre Brust und schließlich … endlich auch ihren Mund. Er ist dabei unendlich zärtlich. Doch Rebecca ist ungeduldig, sie sehnt sich nach mehr, wickelt die Beine um seine Hüfte.

Er stöhnt ihren Namen, als sie ihn an sich zieht. Die Küsse werden immer intensiver. Der Geruch nach Erdbeeren und Angst umfängt sie. Sie liebt seine Augen, seine Nase, seine Lippen, seine Wangen. Voller Verlangen lassen die beiden los, geben sich einander hin, rollen schwitzend und schwer atmend über die Wiese. Nur der Tau kühlt ihre Haut.

»Geh heute nicht«, flüstert das Mädchen, und ihre Augen funkeln verliebt. Fear streicht ihre langen dunklen Haare sanft zur Seite, küsst ihre Schulter mit weichen Lippen.

»Ich liebe dich«, sagt er nur. Rebecca legt ihre Hand auf seine Wange und lächelt. Mehr muss sie auch nicht sagen, denn ihr Blick und ihr stoßweises Atmen verraten ihre wahren Gefühle. Fear erwidert ihr Lächeln, seine Augen strahlen vor Glück und Liebe. Sie umschlingen sich erneut, sinken zurück ins Gras.

»Ich möchte noch ein paar Tests machen, dann sind wir auf der sicheren …«

»Das ist nicht nötig. Ihr geht es gut. Sie haben doch selbst gesagt, es sei erstaunlich, wie schnell sie sich erholt hat.«

»Ja, aber ihre Blutzellen sind alles andere als …«

»Ich habe Nein gesagt, Dr. Pruett. Würden Sie uns jetzt bitte allein lassen?«

Langsam öffne ich die Augen. Mein Blick fällt sofort auf die glatte weiße Zimmerdecke über mir. Langsam kommen meine Erinnerungen zurück, und ich spüre, wie sich die Leere in mir wieder ausbreitet, sich verfestigt und jedes Gefühl blockiert. Ich empfinde keinerlei Freude darüber, dass ich ein weiteres Rätsel gelöst habe: Rebecca, das schöne, wütende, traurige Mädchen, das mich in meinen Träumen verfolgt … Fear kannte sie. Fear hat sie geliebt.

Während ich an Fear denke, spüre ich ein seltsames Stechen in der Brust. Lebt er noch? Wo ist er? Doch das weiß nur *Albtraum*.

Meine Gedanken schweifen ab.

Jemand hat ein Katzenplakat an die Decke gepinnt. *GUTE BESSERUNG!* steht darauf. Ich frage mich, was die Katze bedeuten soll.

»Bist du wach?«

Sarah steht an meinem Bett und sieht zu mir herunter. Sie wirkt müde. Dunkle Ringe haben sich unter ihren Augen gebildet … und sie lässt die Schultern hängen, meinetwegen. Sie streicht sich die strähnigen Haare aus dem Gesicht und seufzt. »Joshua wartet draußen. Er ist die ganze Nacht nicht von deiner Seite gewichen.«

»Wo sind Tim und Charles?«

Sie zupft ein Taschentuch aus der Box neben meinem Kopf und tupft sich die Augen. »Nachdem der Arzt gesagt hat, dass es dir besser geht, sind die beiden gegangen. Tim ist zu Hause, auf dem Feld. Und Charles ist arbeiten, glaube ich. Er meint, wenn du rechtzeitig entlassen wirst, sollst du zur Rennpiste kommen und ihm zuschauen.« Ihre Lippen kräuseln sich zu einem winzigen Lächeln.

»Warum setzt du dich nicht?«, frage ich leise. Kurz darauf lässt sie sich auf den Stuhl sinken, aber wahrscheinlich nur, weil ihr die Füße wehtun und sie noch nicht nach Hause will. Der Stuhl knarrt unter ihrem Gewicht.

Das Zimmer erinnert mich an Maggie und daran, wie ich sie im Krankenhaus besucht habe. Die gleichen beigefarbenen Wände, sogar die Vorhänge, Fliesen und der billige Fernseher an der Decke sind gleich. Wieder zieht sich etwas in mir zusammen.

Ich falte die Hände über dem Bauch und sehe Sarah an. Ich will ehrlich zu ihr sein.

»Morgen Abend bist du also weg.«

Sie zuckt zusammen. Hastig sieht sie zur Tür, als könnte Tim dort stehen und uns belauschen. »Die Ärzte möchten dich noch eine Nacht zur Beobachtung hierbehalten«, informiert sie mich. Meine Bemerkung ignoriert sie. »Du hast nur ein paar Kratzer und Prellungen. Und du hattest einen Schwächeanfall, aber die Ärzte meinen, du würdest dich unheimlich schnell erholen.« Sie presst die Lippen aufeinander und schaut angestrengt zu Boden. »Wie auch beim letzten Mal«, fügt sie hinzu. Ihre Stimme ist dabei so leise, dass ich mir nicht sicher bin, ob ich es überhaupt hören sollte.

In der Wand rauscht eine Wasserleitung. Draußen auf dem Fensterbrett landet ein grün-blau-schwarz gemusterter Vogel – so einen habe ich noch nie gesehen. Sarah und ich beobachten das kleine Tier.

»Normalerweise fliegen sie nicht so weit in den Norden«, murmelt Sarah verwundert. »Erst recht nicht zu dieser Jahreszeit.«

»Was ist das für eine Art?« Ich drehe mich und mustere Sarah von der Seite.

Sie betrachtet weiterhin den Vogel. Während er ruhig auf dem Fensterbrett sitzt und seine Federn putzt, stelle ich mir vor, wie Erinnerungen an den Himmel, an Würmer und Eier durch seinen kleinen Kopf ziehen.

»Ich bin mir ziemlich sicher, dass das ein Grünhäher ist«, erklärt mir Sarah. »Diese Vogelart lebt vor allem in Texas. Aber auch in ein paar anderen südlichen Staaten. Sie mögen es, wenn es das ganze Jahr über warm ist.«

»Woher weißt du das?« Der Vogel auf dem Fensterbrett sieht uns jetzt mit seinen schwarzen Knopfaugen an, seinen kleinen Kopf hat er zur Seite geneigt. Der Anblick erinnert mich wieder an *Albtraum* und mein Magen krampft sich zusammen.

Sarah schluckt hörbar. Sie ist offensichtlich nervös. »Das war mal ein Hobby von mir«, antwortet sie leise.

Das wusste ich überhaupt nicht. Es ist seltsam. Da kennt man jemanden schon so lange, hat so viel gemeinsam erlebt … und dann stellt sich heraus, dass man eigentlich so gut wie gar nichts über ihn weiß. Vielleicht wäre alles besser verlaufen, wenn ich mich anders verhalten hätte … wenn sie … wenn *ich* … wenn wir einfach jemand anderes gewesen wären.

Schau an, Elizabeth, das klingt ja, als würdest du etwas bereuen, höre ich Fears Stimme. Aber er ist nicht hier. Und ich weiß nicht, ob er je zurückkommt. Erinnerungen stürmen auf mich ein: die Verzweiflung in seinen Augen, das viele Blut. Ich beginne zu zittern, und mit einem bitteren Geschmack im Mund konzentriere ich mich wieder auf den Vogel, versuche, meine Gedanken in eine andere Richtung zu lenken. Der Grünhäher plustert seine Flügel auf, streckt sie aus, zeigt seine bunten Federn. Eitles kleines Ding. Trotzdem kann ich dieses kleine Tier nur bewundern, sein Durchhaltevermögen und seine Entschlossenheit. Nur wenige lassen alles Bekannte hinter sich und ziehen ins Ungewisse. Warum hat er die laue Luft in Texas verlassen? Wieso fliegt er Hunderte Kilometer weit in den Norden, um dann hier vor meinem Fenster zu landen? Was ist der Zweck dahinter, weshalb tut er das? Nur weil er es kann?

»Ich fahre nach Hause«, sagt Sarah plötzlich. Ihr Geständnis überrascht mich nicht wirklich, aber es kommt doch unerwartet, wie aus dem Nichts, als hätte sie den Satz gerade eben erst aus der Luft gezaubert.

Ich denke darüber nach. Sie bricht zwar nicht direkt ins Ungewisse auf, aber auch sie fliegt davon. Ist es nicht ungerecht, dass es allen egal sein wird … und das nach allem, was sie durchgemacht hat? Niemand wird ihre Geschichte erzählen. Sie selbst nicht und Tim auch nicht. Ein paar Leute in Edson werden möglicherweise Sarahs Abwesenheit bemerken und noch eine Weile darüber tratschen, aber irgendwann wird man sie dann vergessen. Vielleicht will sie auch genau das erreichen.

Doch ich werde mich an alles erinnern.

Sarah erwartet offenbar eine Antwort. Ein paar ermutigende Worte, die sie in ihrer Entscheidung bestätigen. Ich habe ihr einmal gesagt, dass man die Vergangenheit nicht ändern kann, die Zukunft aber schon. Sie hat zwar Tim geheiratet, die Liebe ihrer Tochter verloren und viele einsame, unglückliche Jahre durchlebt. Aber ihre Geschichte ist noch nicht zu Ende geschrieben. Und endlich hat sie den Stift selbst in die Hand genommen.

»Geh«, sage ich mit einem Lächeln. Sarah nickt zögerlich – meine Freundlichkeit hat sie nicht abgeschreckt. Ich beobachte, wie sich ihre Hände langsam entspannen.

Aus dem Flur dringen Stimmen ins Zimmer. Sarah sieht kurz zur Tür, doch dann wandert ihr Blick wieder zurück zu mir. Sie nickt noch einmal und steht auf. Ich bemerke einen Fleck auf ihrer Jeans, wahrscheinlich Bratensoße. »Owens Männer haben den Angreifer noch nicht geschnappt. Ich nehme an, sie suchen immer noch. Sobald es dir besser geht, wollen sie mit dir reden. Die Ärzte wollten weitere Bluttests durchführen, aber ich habe es ihnen nicht erlaubt«, fügt sie noch hinzu, als wäre ihr das eben erst eingefallen. »Ich war mir nicht sicher, ob du das möchtest.«

Langsam drehe ich mich wieder auf den Rücken und starre an die Decke. Eigentlich müsste ich starke Schmerzen haben, aber meine Prellungen tun kaum noch weh. *Deine Wunden sind verheilt,* flüstert eine Stimme in meinem Kopf, die ich für den Moment ignoriere. »Danke«, sage ich zu Sarah.

Sie nickt zum dritten Mal. Zwischen uns ist alles gesagt. Um Sarah den Abschied leichter zu machen, sehe ich zu dem Grünhäher hinüber. Er hat das Interesse an uns verloren und mustert nun wieder die Wolken.

Der Stuhl knarrt, als sich Sarah erneut darauf niederlässt. Sie beugt sich vor und stützt die Ellbogen auf mein Bett. Zusammen beobachten wir den Grünhäher, wie er seine Flügel ausstreckt und losfliegt, hinein ins Ungewisse … bereit, neue und unbekannte Orte zu entdecken.

Er steht unsicher im Türrahmen und mustert mich schweigend. Es gibt so vieles, was ich ihm noch sagen sollte. Ich spüre, wie die Uhr in meinem Kopf tickt wie eine Warnung. Bald ist es so weit. Die Wahrheit ist zum Greifen nah. War es eigentlich eine bewusste Entscheidung, das Rätsel um meine Gefühllosigkeit zu lösen? Hatte ich überhaupt eine Wahl? Oder hält doch das Schicksal alle Fäden in der Hand? Ich weiß nicht, was kommen wird, aber nichts wird so sein wie früher – erst recht nicht zwischen Joshua und mir.

Du wirst diesen Jungen am Ende noch brauchen.

»Du siehst schon viel besser aus«, bemerkt Joshua und bricht das lange Schweigen. Unentschlossen zupft er am Saum seines T-Shirts. Mit den dunklen Ringen unter den Augen sieht er genauso müde aus wie Sarah. Die fettigen Haare hängen ihm wieder ins Gesicht.

»Komm doch rein.« Ich deute auf den leeren Stuhl, aber er rührt sich nicht. Joshua blickt mich stumm an, er scheint sich jedes Detail in meinem Gesicht einzuprägen. Er wirkt innerlich zerrissen.

»Mir geht es gut – wirklich«, versuche ich, ihn zu beruhigen. Meine Wunden sind fast völlig verheilt. Ob Fear auch wieder gesund wird? *Hör auf damit,* sage ich mir streng. Aber es fällt mir schwer, nicht an ihn zu denken.

Joshua atmet zitternd ein, seine Hände spielen weiter mit dem

Saum seines T-Shirts. »Es war absolut seltsam«, erzählt er mir. »Ich war mit meinem Vater zu Hause, und auf einmal hatte ich das Gefühl, dass du mich brauchst. Ohne nachzudenken, bin ich losgefahren, direkt zur Schule. Aber dort war nur dein Wagen. Und dann habe ich dich schreien hören.« Er schließt die Augen.

Eine Durchsage ertönt über die Sprechanlage. »Annie Harkin möge bitte zum Schwesternzimmer im dritten Stock kommen …«

Joshua reibt sich mit dem Handrücken die Augen und seufzt erneut.

Ich streiche meine Bettdecke glatt. »Joshua …«

»Du machst es mir *wirklich* nicht einfach.«

Ich drehe den Kopf, als ich ihre Stimme höre. Joshua hält weiter die Augen geschlossen, er scheint mit den Gedanken ganz woanders zu sein. In der Tür steht eine Gestalt, die Kapuze tief ins Gesicht gezogen und die Fäuste geballt.

Rebecca.

Zwanzig

Unaufgefordert marschiert sie ins Zimmer und zeigt mit der Hand auf Joshua. »Du. Raus.«

Joshua blinzelt verwirrt, zieht die Stirn kraus. Sein Blick wandert unsicher zwischen uns beiden hin und her. »Möchtest du, dass …?«, setzt er an.

Unser Eindringling seufzt ungeduldig. »Du hast auf einmal das starke Verlangen, nach Hause zu gehen und dort zu tun, was eben gerade zu tun ist. Na los.« In ihren Worten liegt Macht.

Joshua zuckt leicht zusammen, er versucht, ihrem Befehl zu widerstehen. Doch er ist nicht stark genug. »Bis bald, ja?«, sagt er zu mir. Kurz bevor er den Raum verlässt, fügt er noch hinzu: »Ich muss nach Hause.«

Ich sehe ihm nach. Als Joshuas Schritte verklungen sind, richte ich meinen Blick auf dieses Wesen, das sich schon wieder in mein Leben einmischt. Sie mustert mich schweigend. Offenbar erwartet sie, dass ich sie zu meinen Erinnerungen, zu der Vergangenheit, befrage. Schließlich ist sie die Einzige, die die Wahrheit zu kennen scheint.

»Geht es Fear gut? Lebt er noch? Hast du etwas von ihm gehört?« Die Fragen kommen selbst für mich völlig unerwartet. Doch ich kann die Worte nicht mehr zurücknehmen.

Ich muss immer wieder an seinen Gesichtsausdruck denken, daran, wie seine Wange über den Boden schrappt, an das viele Blut … Es ist seltsam, aber bei dem Gedanken an Fear schlägt plötzlich mein Herz schneller – das Piepen des Monitors neben meinem Bett verrät mich.

Sie legt den Kopf schief, die Kapuze streift ihre Wange. Kein Laut kommt über ihre Lippen. Offenbar weiß sie nicht, wovon ich rede. »Du warst ziemlich lange weg«, sage ich, um das Schweigen zu brechen.

Ruckartig nähert sie sich meinem Bett. Sie ist wütend. Aber in ihrem Blick liegt auch Erleichterung – sie ist froh, dass mir nichts passiert ist. »Ich hätte nicht zurückkommen sollen«, schimpft sie. »Niemand ist so blöd, sich an diesem entsetzlichen Ort aufzuhalten, wenn dieses Monster in der Nähe ist.«

»Ah, ja.« Meine Augen verengen sich. »Er. Willst du mich umbringen? Ich nehme an, ich sollte deshalb nicht zu Sophias Party gehen? Weil du wusstest, dass er da sein würde?«

Rebecca atmet hörbar ein, sie versucht, nicht die Beherrschung zu verlieren. »Ja, und ich habe gesagt: *Geh unter keinen Umständen*. Aber du hast meine Warnung einfach ignoriert. Er war auf der Suche nach dir, und ich wusste, dass er dieser Party nicht widerstehen kann. Dass er von ihr angezogen wird wie die Motten vom Licht.«

»Warum ist er hinter mir her?«, frage ich geradeheraus.

Seufzend geht sie zum Fenster und sieht hinaus. »Du bist so unglaublich stur. Wenn du nur einmal …« Sie bricht ab, beginnt noch einmal von vorn. »Eine der Nebenwirkungen dieser Illusion ist, dass ich dir nicht sagen kann, warum ich sie geschaffen habe. Wenn du d-dich in meiner Gegenwart an etwas erinnerst, dann habe ich k-keine andere Wahl … Ich muss das B-Beweisstück verschwinden lassen.« Ihre weißen Finger krallen sich in die Fensterbank. »Ich kann gar nicht anders handeln. Und darüber reden kann ich auch nicht, sonst leide ich unsägliche Schmerzen. Das ist auch der Grund, warum ich dir gegenüber immer so vage war.«

Eine Illusion? Somit wäre ein weiteres Rätsel gelöst: *Sie hat den Zeitungsartikel verschwinden lassen.* Wie lange beobachtet sie mich wohl schon?

Mir schwirren unzählige Fragen durch den Kopf – zu dem Unfall, zu *Albtraum,* zu Landons Tod, zu ihrer Mutter und dem steinernen Haus, zu meiner Vergangenheit und zu dieser Macht – aber ich stelle keine davon. Denn am meisten beschäftigt mich etwas ganz anderes: »Weißt du, warum *Mut* mir gesagt hat, ich würde Joshua noch brauchen?«

»Weil ich dachte, der Junge könnte die Illusion durchbrechen!«, stößt sie aufgeregt hervor. Sie fuchtelt dabei wild mit den Armen und schreitet unruhig das Zimmer auf und ab. »Es wäre der schnellste Weg gewesen. Es sah aus, als würdest du etwas für ihn empfinden. Du hast gelächelt, du hast ihn an dich herangelassen. Ich habe euch beobachtet … wie du ihn angesehen hast, als er dich zu diesen bescheuerten Käfern geführt hat.« Sie stockt und reibt sich die Schläfen. In einem viel ruhigeren Ton fährt sie fort. »Du schienst so glücklich zu sein wie lange nicht – nicht seit …« Sie verstummt, schüttelt den Kopf.

Seit wann? Wie passe ich in dieses Bild? Frustration macht sich in mir breit. Es gibt so viele Dinge, die sie mir nicht erzählen will. Es hat zwar keinen Zweck, aber ich frage trotzdem. »Wer bin ich?«

Natürlich bekomme ich keine Antwort. Abwesend zupft sie an meiner Decke herum und betrachtet den Stoff. Ihre Nase kräuselt sich vor Abscheu. »Ich hasse Krankenhäuser«, murmelt sie vor sich hin.

»Diese … Illusion, du hast sie schon vor längerer Zeit geschaffen. Warum hast du dich erst vor Kurzem gezeigt? Wieso hast du dich so lange versteckt?«, frage ich als Nächstes. »Warum diese Spielchen?«

Unruhig stakst Rebecca zur Wand hinüber, um das Bild dort zu betrachten. Ihre Kapuze verrutscht dabei ein wenig. Hastig greift sie danach und zieht sie sich wieder tiefer ins Gesicht. »Ich habe es dir doch schon gesagt«, erwidert sie. »Ich kann nur zusehen. Am Anfang bin ich noch geblieben, aber dann habe ich gemerkt, dass es sinnlos ist. Also bin ich gegangen. Doch als ich mitbekommen habe, dass *er* in Edson herumstreift, konnte ich nicht länger tatenlos zuschauen. Deshalb bin ich zurückgekommen, um dich zu warnen. Viel gebracht hat es allerdings nicht. Ich konnte nur darauf hoffen, dass der Junge die Illusion durchbricht. Denn dann hättest du dich mit deinen eigenen Kräften gegen dieses Monster wehren können.«

Mit meinen eigenen Kräften? Was bin ich denn? Sie wird diese Fragen natürlich nicht beantworten. »Kannst du die Illusion denn nicht rückgängig machen?«, erkundige ich mich stattdessen.

Sie schüttelt den Kopf. »Nein, mit der Zeit verblasst sie von selbst. Nur wenn du große Emotionen wie Liebe, Furcht oder Trauer empfindest, kannst du die Illusion auflösen. Und es geschieht bereits. Die Gefühle brechen langsam durch. Deine eigenen Kräfte können nicht lange unterdrückt werden.«

»Sie werden schon seit dreizehn Jahren blockiert«, stelle ich fest und zwinge mich, nicht näher auf diese besonderen Fähigkeiten einzugehen.

»Weil du unglaublich gut darin bist, dich selbst zu belügen. Wirklich beeindruckend.«

Es fällt mir zunehmend schwer, diese Informationen zu verarbeiten. Schweigend versuche ich, meine Gedanken zu ordnen.

Doch Rebecca lässt mir keine Zeit. Ruckartig dreht sie sich zu mir um: »Du musst meine Illusion *jetzt* durchbrechen. Ich könnte dich natürlich von hier wegbringen, aber das würde nicht viel bringen. Er hat dich gefunden. Und er wird dich jagen, egal wohin du fliehst. Solange du dich nicht erinnerst, bist du in Gefahr. Du bist ihm hilflos ausgeliefert.«

»Und wie stellst du dir das vor? Wie soll ich denn eine ›große Emotion‹ herbeizaubern?«, frage ich kühl.

Sie presst die Zähne fest zusammen und atmet langsam ein und wieder aus. »Weißt du, das ist es ja. Wenn du wirklich wolltest, könntest du dich hier und jetzt an alles erinnern. Das Ganze ist allein deine Entscheidung. Die Wahrheit liegt direkt vor dir. Also greif zu, damit das alles endlich vorbei ist.«

Ich nicke langsam. »Also soll ich hier auf *Albtraum* warten …«

»*Sprich seinen Namen nicht aus!*« Blitzschnell wirbelt sie herum und sieht sich beunruhigt um. Als sie sicher ist, dass wir allein sind, verwandelt sich ihre Furcht in Wut. »Wie kannst du so dumm sein?«, beschimpft sie mich erneut. »Du bringst uns noch beide in Gefahr. Er kann dich jederzeit angreifen, nicht nur, wenn du schläfst.«

»Aber was will er von mir?«, wiederhole ich gereizt. »Warum ist er hinter mir her?«

»Macht«, kommentiert Rebecca nur. Nach einer Weile fügt sie hinzu: »Er lechzt nach Blut. Es ist wie eine Droge für ihn. Er fühlt sich nicht mehr verpflichtet, seinem Auftrag zu folgen. Wir wissen, dass er wahnsinnig geworden ist, aber bisher ist er uns immer wieder entkommen.« Sie zupft weiter an der Decke.

»Gibt es noch andere wie ihn?«, frage ich.

»Wir haben nicht die Absicht, einen Krieg zu entfesseln«, antwortet sie abschätzig.

Mein Blick wandert zum Fenster. Draußen wird es langsam dunkel, die Sonne ist schon fast am Horizont verschwunden. In einer Ecke des Zimmers brennt eine kleine Lampe und verbreitet eine falsche Gemütlichkeit.

Fear müsste eigentlich hier sein und mich bedrängen. Bei diesem Gedanken bildet sich ein Kloß in meinem Hals und meine Brust zieht sich schmerzhaft zusammen. Ich erinnere mich wieder an den Traum, daran, wie seine langen Finger sanft über Rebeccas Rücken streichen. In meinem Magen regt sich etwas. Ist das … Eifersucht?

»Hörst du mir überhaupt zu?«, schnaubt Rebecca und springt auf. Sie schnippt mir mit ihren Fingern gegen die Schläfe. Fest. Ich schlage nach ihrer Hand wie nach einer Fliege, aber sie ist längst zurückgetreten.

»Du musst ja noch so viel lernen«, spottet sie. »Und wenn du dich jetzt nicht bald zusammenreißt und dich erinnerst, wird dich dieses Monster finden und deine Kraft für sich nutzen.«

Die Worte rütteln mich wach. *Albtraum* ist immer noch hier … Irgendwo da draußen versteckt er sich und lauert auf seine Chance. Und er wird sie ergreifen, wenn sich nicht bald etwas ändert … Ich muss mich erinnern, die Illusion durchbrechen. Oder aus Edson fliehen. Sonst bin ich so gut wie tot. Was er Fear angetan hat, ist noch harmlos im Vergleich zu dem, was er mit mir machen wird.

Beim Gedanken daran wird mir schlecht. Wieder muss ich an Fears schmerzerfülltes Gesicht denken. Nachdenklich richte ich mich auf. Es wäre so einfach, das Bett und dieses Zimmer zu verlassen und zu fliehen. Ich könnte es wie Sarah machen, diese Stadt und das alles hier hinter mir lassen. In Edson hält mich inzwischen nichts mehr, und wenn doch, dann ist es jetzt auch schon egal.

Rebecca atmet stockend ein, lässt ihre Schultern hängen. Sie scheint plötzlich keine Kraft mehr zu haben. Ich mustere sie nachdenklich. Sie muss unglaublich stark sein, wenn sie nach einem so furchtbaren Erlebnis einfach weitermachen kann. Der schreckliche Tod ihres Bruders, die jahrelange Flucht. Wie sie wohl heute unter der Kapuze aussieht? Ich habe sie schließlich immer nur in meinen Träumen gesehen, mit diesem unglaublich traurigen und schmerzverzerrten Gesichtsausdruck. »Warum …«, setze ich an.

Sie schüttelt entschlossen den Kopf. »Keine Fragen mehr! Denk nach! Hast du n-nicht gemerkt, d-dass andere sich zu dir hingezogen fühlen?« Sie krümmt sich vor Schmerzen, fährt aber entschlossen fort: »Hast du dich je gefragt warum? Durchbrich endlich diese Illusion! Und versuch, bis dahin am Leben zu bleiben. Wenn *er* dich findet … Ich weiß nicht, ob ich den Jungen noch einmal rechtzeitig zu dir schicken kann.«

Moment, Rebecca hat Joshua gewarnt und mir so das Leben gerettet? Ich will mich gerade bei ihr bedanken, als mir etwas klar wird. *Zu dir hingezogen.* Morgan. Maggie. Fear. Joshua. Sie alle sind von sich aus auf mich zugegangen. Sie hat recht. Aber ich habe keine Zeit, mich auch noch um dieses Rätsel zu kümmern. Ich sehe auf und bitte sie: »Kannst du nicht …«

Sie unterbricht mich mit einer Handbewegung und geht zur Tür. Ihre Schritte sind lautlos. Bevor sie das Zimmer verlässt, wendet sie sich noch einmal zu mir um. Nachdenklich mustert sie mich. »Noch etwas.« Ihre Stimme klingt hart. »Fear ist nicht tot. Doch er ist schwer verletzt. Als dieses Monster mit dir beschäftigt war, habe ich ihn in den Wald gebracht. Ich tue mein Bestes, um ihn am Leben zu halten. Ich komme zurück, sobald du dich an alles erinnerst.« Sie dreht sich wieder zur Tür.

Schnell rufe ich ihr hinterher: »Fear dachte, du wärst tot. Er hat die ganze Zeit um dich getrauert. Warum hast du ihm nie gesagt, dass du noch lebst? Hast du gedacht, du könntest ihn dadurch … beschützen?«

Sie bleibt stehen. Nachdenklich blickt sie in den Flur. Nach einer Weile sagt sie ganz leise: »Ich war es nicht, nach der er gesucht hat.«

Diese Antwort habe ich nicht erwartet. Doch bevor ich nachfragen kann, ist sie schon zur Tür hinaus.

Eine Sekunde später höre ich ihre Stimme vom Flur: »Wenn du dich von ihm töten lässt, dann hole ich dich von den Toten zurück und bringe dich eigenhändig ein zweites Mal um. Das schwöre ich dir!«

Ohne Sarah ist unser Haus nur noch eine leere Hülle. Es scheint ihre zarten Hände zu vermissen, die sich um alles kümmern. Die Stille schreit nach ihren sanften Schritten und ihrer beruhigenden Stimme. Selbst die Schatten kommen einem verlassen und trostlos vor.

Sarah ist jetzt seit drei Tagen weg. Drei lange und angespannte Tage. Sheriff Owen kommt vorbei und stellt mir Fragen, auf die ich nur vage, nutzlose Antworten gebe. Tim ist ständig betrunken und kümmert sich nicht mehr um die Felder oder das Vieh, und Charles meidet das Haus. Joshua kommt inzwischen jeden Tag vorbei: In der Früh holt er mich ab und am Nachmittag begleitet er mich wieder nach Hause. Er überlässt nichts mehr dem Zufall und akzeptiert kein Nein.

Inzwischen lebe ich nur noch im Hier und Jetzt – auf mehr kann ich mich im Moment nicht konzentrieren. Mir Gedanken über etwas anderes zu machen, wäre sinnlos. Es gibt zu viele Fragen und zu wenige Antworten. Soll ich Edson verlassen? Ist *Albtraum* in der Nähe? Wann wird er mich angreifen? Wie geht es Fear? Aber auch Tim macht mir Sorgen. Er ist eine tickende Zeitbombe, die jeden Augenblick hochgehen kann. Wie weit wird er dieses Mal gehen, wenn Fear nicht da ist, um mir zu helfen?

Ich liege im Bett und starre an die Decke, der Geruch von getrockneter Farbe steigt mir in die Nase. Als ich ein lautes Knarren höre, schrecke ich hoch. Greift *Albtraum* mich jetzt an? Doch dann erkenne ich die langsamen, leichten Schritte meines Bruders. Ich kann mir denken, was er vorhat. Alle hier sehnen sich nach einem Neuanfang. Ob ich ihn darauf ansprechen soll? Zögernd rutsche ich aus dem Bett und trotte zur Tür.

»Was machst du?«

Charles zuckt zusammen. Langsam stellt er die Taschen mitten im Flur ab und dreht sich zu mir um. Das schlechte Gewissen steht ihm ins Gesicht geschrieben. Ich sehe, wie er mit sich selbst ringt, wie er überlegt, seine Flucht zu leugnen … so zu tun, als wäre alles so wie immer.

Vorsichtig gehe ich im Dunkeln auf meinen Bruder zu, bücke mich, packe den Griff einer seiner Taschen und drücke sie ihm in die Hand. Ich lächle ihn an, versuche, ihn zu ermutigen.

Er schluckt. Wir wissen beide, dass wir uns dieses Mal nichts vormachen können. Nach einer Weile murmelt er: »Ich muss hier weg.« Als hätten die Worte einen üblen Geschmack, räuspert er sich sofort. Offenbar zeige ich nicht die Reaktion, die er erwartet hat: Ich bin weder traurig noch wütend. Aber meine Gelassenheit schürt sein schlechtes Gewissen. Charles kann mir nicht länger in die Augen sehen, betreten blickt er zu Boden. In diesem Moment wirkt er wie ein kleiner Junge, den eine Standpauke erwartet.

Ich versuche, ihn zu beruhigen. »Schon gut. Wenn ich könnte, würde ich dasselbe tun.«

Charles lacht kurz auf und schüttelt den Kopf. »Nein, das würdest du nicht. Du wolltest nie irgendwo anders sein. Dir war das alles egal.«

Ich nehme auch die andere Tasche und reiche sie ihm. »Das stimmt nicht. Ich wollte schon immer mal nach Venedig.« Die Lüge rutscht mir raus, bevor ich darüber nachdenken kann. Ich weiß nicht, warum ich ihm das erzähle.

Er hebt überrascht den Kopf. »Ach ja?«

»Ja.« Das schwache Licht lässt ihn sogar noch jünger aussehen. Ich erinnere mich wieder daran, wie er als kleiner Junge war. Wie er mich immer stehen ließ, um mit seinen Freunden zu spielen, und wie er davonrannte, wenn Tim wieder einmal schlechte Laune hatte. »Du willst endlich das Leben führen, das du dir schon immer gewünscht hast«, sage ich. »Deswegen musst du kein schlechtes Gewissen haben.«

Die Standuhr am Ende des Flurs beginnt zu schlagen. Nachdem die Melodie verklungen ist, holt Charles tief Luft. »Ich bleibe erst mal bei meinem Kumpel Garrett. Wenn du … wenn ich irgendetwas für dich tun kann, dann ruf mich an, ja?«

Wir wissen beide, dass ich das nicht tun werde. Aber es ist nett gemeint und ich bin froh über das Angebot. »Bis dann«, sage ich und umarme ihn. Da er die Hände nicht frei hat, kann er meine

Umarmung nicht erwidern, aber ich merke, wie er ganz kurz sein Kinn auf meinen Kopf legt.

Charles geht langsam die Treppe hinunter. Ich will mich schon umdrehen und wieder in mein kaltes, einsames Bett zurück, als er mich noch einmal anspricht: »Liz?«

Ich bleibe stehen und sehe zu Charles hinunter. Nervös beißt er sich auf die Unterlippe. »Du hast mich mal gefragt, ob ich noch weiß, wie du als Kind warst.« Entschlossen sucht er meinen Blick. »Um die Wahrheit zu sagen: Ich kann mich gar nicht mehr richtig an dieses kleine Mädchen erinnern. Sie war so ganz anders. Aber eins weiß ich noch ganz genau. Das werde ich nie vergessen. Es war gleich nach dem Unfall. Ich habe dich gefragt: ›Wie geht es dir, Liz?‹ Und du hast mich mit leerem Blick angeschaut und geantwortet: ›Liz ist tot.‹ Es war richtig … beängstigend.«

Ich ringe mir ein Lächeln ab. »Danke, dass du …«

»Das war noch nicht alles.« Er packt sein Gepäck noch fester. »Ich habe dich gefragt, was du damit meinst. Aber du hast nicht gleich geantwortet. Erst nach dem Abendessen … Ich war draußen und habe ein paar Schläge geübt. Du bist zu mir rausgekommen und hast gesagt: ›Ich habe ihren Platz eingenommen.‹ Damals war ich nur ein kleiner Junge, aber ich wusste, wie recht du damit hattest. Du bist und warst nie meine Schwester, aber ich habe dich trotzdem so behandelt. Ich dachte, du könntest vielleicht jemanden brauchen, der freundlich zu dir ist.«

Ich blinzle. Einmal. Zweimal. »Was …«

»Ich bin nicht blöd, weißt du? Niemand von uns ist das. Wir haben alle bemerkt, wie sehr du dich verändert hast. Und das lag bestimmt nicht an diesem Unfall. Ganz gleich, was die Psychologen und Ärzte gesagt haben. Ich wusste schon immer, dass auf dieser

Welt seltsame Dinge geschehen. Auch wenn wir sie nicht sehen können. Und du bist eines dieser unerklärlichen Dinge, Elizabeth. Das habe ich so akzeptiert.«

Das muss ich erst einmal sacken lassen. Es aus seinem Mund zu hören … *Du bist und warst nie meine Schwester*. Auch wenn ich anders bin, mich fremd fühle – ein Teil von mir hat immer geglaubt, ich würde zu diesen Menschen gehören. Mir wird klar, dass es vielleicht genau dieser Wunsch war, dieses Bedürfnis nach einer richtigen Familie, weshalb ich Antworten gesucht habe. Möglicherweise hat mich ihr Schmerz erst angetrieben, zu dem Mädchen werden zu wollen, das sie einst kannten.

Ich verdränge die Gedanken an meine Vergangenheit und konzentriere mich ganz auf das Hier und Jetzt. Es ist Zeit zum Abschiednehmen.

Nachdenklich mustere ich Charles. Vielleicht habe ich ihn zu schnell verurteilt. Unter der Oberfläche steckt doch mehr als das, was man auf den ersten Blick sieht. »Charles.« Ich lächle zu ihm hinunter. »Geh nur. Du warst ein guter Bruder. Der beste, den ich mir nur wünschen konnte. Ich werde dich nie vergessen.«

Die Last scheint von ihm abzufallen, seine Schultern sacken nach unten. »Bis dann, Liz«, murmelt er grinsend. Sein Haarschopf glänzt unter dem Eingangslicht. Bevor er endgültig geht, nickt er mir noch einmal zum Abschied zu. Genau wie Sarah lässt er alles hinter sich, wagt einen Neuanfang. Er sehnt sich nach einem Leben ohne Geheimnisse, in dem es nicht notwendig ist, anderen etwas vorzutäuschen.

Die Haustür fällt mit einem leisen Klicken ins Schloss. Charles Caldwell ist aus meinem Leben verschwunden. Irgendwie weiß ich, dass ich ihn nicht wiedersehen werde.

Ich gehe ins Bett und verkrieche mich wieder unter der Bettdecke. Während ich darauf warte, dass mich der Schlaf umfängt, beobachte ich, wie die Vorhänge im Wind flattern. Der Traum lässt nicht lange auf sich warten.

Er hat mir den Rücken zugekehrt, die Hände im Nacken verschränkt. Wir scheinen zu schweben, um uns nichts als weiße, undurchdringliche Luft. Der Wind zerrt an meinen offenen Haaren. Normalerweise trage ich sie zu einem Zopf gebunden. Als ich an mir herabschaue, sehe ich das gelbe Sommerkleid. Es wirkt irgendwie fehl am Platz, denn dieses Mal hat er keine Illusionen geschaffen. Er gibt sich nicht als Landon aus, versteckt sich auch nicht hinter Wiesen oder Steinhäusern.

»Worauf wartest du noch?«, frage ich matt. »Na los, bring es zu Ende.«

Er sieht weiter in die andere Richtung. Doch einen Moment später sagt er: »Ich ziehe es vor, wenn sich meine Gegner am Spiel beteiligen.« Seine Stimme klingt unbeschwert und locker, als rede er über das Wetter. Der Wind presst seine Kleidung eng an seinen Körper. Ich sehe mich neugierig um. Wo sind wir? Doch kurz darauf fällt mir wieder ein, dass es eigentlich vollkommen egal ist. Nichts von dem hier ist real. Er ist nur in meinem Kopf.

Albtraum wendet sich schließlich doch zu mir um. Er mustert mich. Ich kann seinem Blick nur mit Mühe standhalten. Seine Augen sind zwei runde, schwarze Edelsteine. Wie bei einer Schlange. »Es ist Zeit für eine kleine Unterbrechung«, teilt er mir mit. Seine Haare legen sich seidig weich an seine Wangen. Sie erinnern mich an Fear.

Ich denke über seine Worte nach. »Ist das hier ein Spiel oder eine Vorführung?«, frage ich spöttisch. Das war nicht besonders klug, aber ich kann es nicht zurücknehmen.

Seine Augen werden zu Schlitzen. »Möchtest du, dass wir jetzt gleich weitermachen?«

Ich antworte ihm nicht, aber mein Herz schlägt schneller. Seufzend hebt er die Hand. »Nun geh schon, meine Kleine. Wir sehen uns bald wieder. Ich hoffe nur, dass du bis dahin etwas von diesem reizenden Gefühl zurückbekommst, das ich kurz habe aufflackern sehen.«

Als ich den Mund öffne, um ihm die Fragen zu stellen, die mir Rebecca nicht beantworten kann, stößt mich eine unsichtbare Hand zurück. Ich versuche, mich irgendwo festzuhalten, aber es ist schon zu spät. Rücklings stürze ich ins weiße Nichts, falle immer weiter hinab. Die Luft wird mir aus den Lungen gepresst.

Immer tiefer und tiefer falle ich, bis ich wieder auf meinem Bett lande.

Als am nächsten Morgen die Sonne aufgeht, weiß ich, dass es mit der trügerischen Stille vorbei ist. Mir war klar, dass der Moment kommen würde, aber ich hatte nicht so früh damit gerechnet. Tim hat endlich realisiert, dass Sarah ihn verlassen hat. Ich kann ihn durch die Wand murmeln hören – und er ist immer noch betrunken vom Abend zuvor. Jetzt braucht er jemanden, an dem er seine Wut auslassen kann.

Nur dumm, dass ich die Einzige bin, die noch hier ist.

Ich überlege kurz, ob ich wegrennen soll. Doch ich kann mich nicht dazu überwinden aufzustehen. Meine Gedanken wandern ständig zu Fear, Erinnerungen und Träume schwirren mir durch den Kopf. Während ich an die Decke starre, lausche ich Tims schweren Schritten. Ich muss wieder an Landon denken. Wie ist er umgekommen? War Rebecca bei ihm? Ist er in ihren Armen gestorben? Und Fear … er und Rebecca haben sich geliebt. In meinem

Traum habe ich beobachtet, wie sie sich leidenschaftlich geküsst haben. Er hat mir damals auf dem Heuboden von ihr erzählt. Ich habe sie immer für tot gehalten. Aber nach all der Zeit ist sie jetzt wieder bei ihm. Ob sie ihm gerade erklärt, warum sie so lange weg war? Gesteht er ihr, wie sehr er sie vermisst hat?

»Elizabeth!«, lallt Tim und schlägt gegen meine Tür. Er ist anscheinend immer noch zu betrunken, um den Türknauf zu drehen.

Bitte, komm zurück.

Es muss schrecklich sein, einen geliebten Menschen zu verlieren … seinen reglosen Körper im Arm zu halten … und zu wissen, dass man ihm nicht helfen kann. Es ist seltsam, aber außer Maggies unerwiderter Zuneigung zu mir habe ich noch nie so etwas wie Liebe kennengelernt.

»Mach die Tür auf, du kleines Monster!«

Ich kann nicht sagen, wer schlimmer ist, Tim oder *Albtraum*. In meiner Vorstellung sind sie beide gleich. Es hat keinen Sinn. Selbst wenn ich vor Tim wegrenne … sobald ich einschlafe, bin ich wieder in einer ganz ähnlichen Situation. Wofür soll ich noch kämpfen? Um zu überleben? Weil ich mich selbst liebe? Ich muss endlich einsehen, dass dies hier auch für mich nicht länger ein Zuhause ist. Nichts wird mehr so sein wie früher. Und doch kann ich nicht loslassen. Gefühle sind lästig. Sie sind zwar nur schwach, aber sie behindern trotzdem meine vertraute Vernunft.

Seit *Albtraums* Angriff und dem Gespräch mit Rebecca kann ich mich an immer mehr Dinge erinnern … an Rebecca, an Landon und an ihre Mutter. Ich weiß nicht, ob ich mich unbewusst dazu entschieden habe oder ob es einfach an der Zeit ist, aber die Illusion verblasst. Meine Gefühllosigkeit ist nur noch ein schwaches, müdes Etwas.

»Elizabeth!«

Das bin ich nicht. Ich muss endlich der Wahrheit ins Auge sehen. Während Tim weiter wutentbrannt gegen meine Tür schlägt, sage ich die Worte, die ich so lange vermieden habe.

»Ich bin nicht Elizabeth.«

Nichts passiert. Ich hatte aber auch nicht damit gerechnet. Es gibt weder einen Moment der Erleuchtung noch stürzen die Erinnerungen auf mich ein. Keine Gefühlswelle bricht über mich herein – ich bin und bleibe die Unberührbare. Ich bin nicht Elizabeth Caldwell. Aber wer bin ich dann? Langsam öffne ich die Augen und betrachte das Wandgemälde. Es ist noch nicht ganz fertig, eine Wand ist noch weiß. Meine ganze Aufmerksamkeit gilt dem Haus und Landons reglosem Gesicht. Ich versuche, mir Rebeccas Trauer über den Tod ihres Bruders und ihren unendlichen Schmerz vorzustellen – Emotionen, die ich selbst nicht fühlen kann.

»Ich bin kein Mensch«, sage ich als Nächstes.

Wieder geschieht nichts. Keine plötzliche Eingebung, die meine Leere durchbricht. Die Illusion bleibt intakt, zerspringt nicht in tausend Stücke.

Plötzlich gibt die Tür nach. Tim hat so lange dagegengehämmert, bis er mit der Faust ein Loch hineingeschlagen hat. Brüllend stößt er seine Schulter immer wieder gegen das Holz, Späne fallen zu Boden. Inzwischen ist der Spalt so groß, dass er hindurchklettern kann. Sein Gesicht ist vor Wut verzerrt, sein Blick wandert gehetzt durch das Zimmer.

»Du«, keucht er, die Augen fest auf mich gerichtet. »Du warst das.«

Er hat recht. Hätte ich nichts gesagt, wäre Sarah nie auf die Idee gekommen, ihn zu verlassen. Ich bleibe, wo ich bin, beobachte ruhig, wie Tim rasend vor Wut auf mich zusteuert. Er wirkt in meinem kleinen Zimmer irgendwie fehl am Platz. Erst jetzt fällt mir auf, dass er es noch nie zuvor betreten hat.

»Warum tust du das, Tim?« Meine Frage lässt ihn kurz innehalten. Es ist bestimmt besser, sich von ihm töten zu lassen, als von *Albtraum* umgebracht zu werden.

Der Mann, den ich für meinen Vater gehalten habe, packt mich und zerrt mich auf die Beine. Ich wehre mich nicht. Gedankenverloren starre ich ihn an. Tim erwidert schweigend meinen Blick. Nach einer gefühlten Ewigkeit schleudert er mich mit einem wütenden Schnauben gegen die Wand. Mit dem Rücken knalle in gegen Landon. Der Putz bröckelt. Ich ignoriere die Schmerzen, hebe den Arm und streiche über eine Träne auf Rebeccas Wange.

Tim geht schwankend auf mich zu. Er stinkt nach Alkohol – der Geruch dringt unangenehm in meine Nase. *Wut* ist nicht zu sehen – der Gefühlsausbruch kommt von ganz allein, angetrieben von dieser goldbraunen Flüssigkeit, die er so sehr liebt. Als Tim mich erneut an den Schultern packt, sage ich: »Was mir passiert ist, ist nicht deine Schuld.«

Ich weiß natürlich, dass das die falschen Worte sind. Sie wecken nur schmerzhafte Erinnerungen. Wie ein verwundetes, wildes Tier fällt er über mich her. Er wirft mich zu Boden, seine Hände legen sich um meinen Hals. Schmerzerfüllt schreie ich auf, aber dann fühle ich, wie mir die Luft knapp wird.

»Du bist ein Dämon«, murmelt Tim mit belegter Zunge. Er drückt noch fester zu. Sein Knie bohrt sich in meinen Bauch, als er das Gewicht verlagert. Ich versuche nicht, mich zu wehren. Meine Sinne schwinden langsam, nur ein einziger Gedanke bleibt: *Ich bin nicht Elizabeth. Ich bin kein Mensch.* Aber wer bin ich dann? Wo gehöre ich hin? Wieder muss ich an Fear und Rebecca denken. Bei der Vorstellung, dass er verletzt in einem Bett liegt, während sie neben ihm sitzt und ihn anlächelt, zieht sich meine Brust schmerzhaft zusammen.

Ich bin kurz davor, das Bewusstsein zu verlieren – grüne, blaue und rote Punkte tanzen vor meinen Augen. Tims Lippen bewegen sich, aber seine Worte dringen nicht zu mir durch. Dann wird alles schwarz.

»Wach auf!«, fleht jemand. Landon? »Mach die Augen auf, komm schon!«

Ich lächle müde. Die Stimme klingt vertraut, tröstend. »Es hat doch keinen Zweck.«

»Klopf, klopf«, sagt Landon. Das macht mich stutzig. Ich weiß nicht, wieso, aber so etwas würde er nicht sagen. »Klopf, klopf«, wiederholt er. Mühsam öffne ich die Augen. Mein Blick wandert an Tim vorbei zum Fenster, wo eine verschwommene kleine Gestalt ihr hübsches Gesicht an die Scheibe drückt. Draußen fällt leichter Regen. Ein paar Tropfen verfangen sich in ihren Haaren und funkeln im Licht. Die kleine Gestalt ballt die winzige Faust und klopft ans Fenster. *Klopf, klopf.* Sie wirkt besorgt.

Dunkelheit umfängt mich wieder. Ich spüre, wie mir nun endgültig die Sinne schwinden.

Plötzlich dringt eine neue Stimme durch die Dunkelheit. »Raus hier! Verschwinde und lass dich hier nie wieder blicken! Sonst rufe ich die Polizei, das schwöre ich dir. Und dann kannst du den Rest deines jämmerlichen Lebens im Knast verbringen.«

Unvermittelt verschwindet der Druck von meinem Hals. Hustend schnappe ich nach Luft. Um mich herum ist alles still. Ruhig bleibe ich auf dem Boden liegen und sehe mich in meinem Zimmer um, Ich bin allein. Nur mein Bett, die Kommode, der klapprige Tisch, ein Spiegel und das Wandbild leisten mir Gesellschaft. Ich versuche, meine Gedanken zu ordnen. Was war real und was habe ich mir nur eingebildet … Einen Moment lang dachte ich tatsächlich, es wäre Landons Stimme gewesen. Und stand da wirklich *Moos* am Fenster? Doch als ich zum Fenster schaue, sehe ich nur die Scheibe. Also war es doch nur meine Einbildung.

Wohin Tim wohl verschwunden ist? Da es im Haus ganz still ist, muss er tatsächlich gegangen sein. Nachdenklich schnuppere ich die verbrauchte Luft. Hat mich vielleicht ein Wesen der anderen Ebene gerettet? Fear? Aber ich rieche nur Alkohol …Tim.

Er kommt vielleicht zurück.

Als ich versuche aufzustehen, wird mir sofort wieder schwarz vor Augen. Ich kämpfe dagegen an, doch die Dunkelheit ist stärker. Dieses Mal gibt es keine Träume, ich sehe nur ein Gesicht, weiße Haare, strahlend blaue, lächelnde Augen und ein herausforderndes Grinsen. Fear …

Es ist absolut still.

Plötzlich spüre ich eine sanfte Berührung.

Ich muss eingeschlafen sein. Langsam öffne ich die Augen und blinzle heftig gegen die Helligkeit. Als ich wieder klar sehen kann, erkenne ich neben mir meinen Retter … den Jungen, der eigentlich nicht mein Bruder ist. Ich hätte nicht erwartet, dass ausgerechnet er mir das Leben rettet. Charles hat sich über mich gebeugt und mustert mich besorgt. Seine Lippen bewegen sich beim Sprechen, aber ich verstehe kein Wort.

Ich versuche, mich hochzurappeln. Charles redet weiter auf mich ein, während er mich stützt. Langsam drehe ich den Kopf, sehe mich nochmal in meinem Zimmer um. Tim verschwindet doch nicht einfach so, nur weil man es ihm sagt, oder? »Fear?«, flüstere ich hoffnungsvoll, doch ich bekomme keine Antwort. Als die Uhr im Flur schlägt, zucke ich reflexartig zusammen: *Ich komme zu spät zur Schule.*

»Elizabeth, antworte mir!« Mein Nichtbruder rüttelt mich sanft, sein Blick ist voller Sorge.

»Charles?« Ich blinzle ein paarmal benommen. Mir wird klar, dass ich ihn mir nicht einbilde. »Was tust du hier?«, frage ich verwundert. Doch dann fällt mein Blick auf *Mut,* der die Hand auf Charles' Schulter gelegt hat und mich beobachtet.

»Ich gehe nur deinetwegen das Risiko ein, hierher zurückzukehren«, erklärt mir *Mut* feierlich.

Mein Nichtbruder stützt mich immer noch. Als er merkt, dass ich aus eigener Kraft stehen kann, atmet er erleichtert auf.

»Geht es?« Es ist eher eine Feststellung als eine Frage. »Vorhin sah es richtig übel aus. Aber ich musste erst Tim rauswerfen, also habe ich dich noch eine Sekunde liegen lassen … Als ich zurückkam, warst du bewusstlos. Jetzt siehst du aber schon wieder viel besser aus.«

Charles und *Mut* beobachten schweigend, wie ich meine Arme und Beine untersuche. Nichts. Keine Prellungen, keine Verletzungen. Keine Schmerzen. Sogar mein Hals tut nicht mehr weh. Es scheint, als wären meine Wunden geheilt, während ich bewusstlos war. Nachdenklich mustere ich Charles … das vertraute Wuschelhaar, die gerötete Haut und seine unruhigen Hände. Mit ihm hätte ich am allerwenigsten gerechnet.

»Was tust du hier?«, wiederhole ich. Natürlich ist mir klar, warum er zurückgekommen ist, aber ich möchte, dass er die Worte laut ausspricht.

Charles zuckt nur mit den Schultern. »Ich hatte ein schlechtes Gefühl. Also bin ich zurück … Ich wollte nachsehen, ob du okay bist, und dann habe ich … Soll ich dich ins Krankenhaus bringen?«

»Mir geht es gut. Ich glaube, ich gehe sogar zur Schule.« Beruhigend lege ich die Hand auf seinen Arm, gleich neben die dunkelhäutigen Finger von *Mut*. Die Wärme des Gefühls breitet sich in mir aus, umhüllt mich. Ich höre auf zu zittern. »Charles«, sage ich leise. Sonst nichts, nur seinen Namen. Er hört bestimmt die Frage in meiner Stimme. Wir stehen mitten in meinem Zimmer, sind umgeben von den Wandbildern und den Bruchstücken der Vergangenheit. Wir wissen beide, dass ich nicht seine Schwester bin. Und trotzdem ist Charles meinetwegen zurückgekommen. Damit habe ich nicht gerechnet. Selten habe ich mich in einer Person so geirrt.

Muts Einfluss bestärkt Charles in seiner Entscheidung. Entschlossen zieht er mich an sich und umarmt mich etwas unbeholfen. Ich lege ebenfalls die Arme um ihn. Er macht einen Schritt zurück und räuspert sich verlegen … einmal, zweimal. Plötzlich platzt er heraus: »Ab jetzt lasse ich dich nicht mehr allein, okay?« Er versucht, schroff zu klingen, aber ich höre bloß Erleichterung in seiner Stimme – und auch einen Hauch Stolz. Kurz bevor *Mut* verschwindet, bemerke ich ein kleines Lächeln auf seinen sonst so ernsten Lippen.

Ich lächle ebenfalls. »Ich glaube dir.«

Charles hat die Wahrheit gesagt: Tim ist verschwunden, und auch sein Wagen ist weg. Schnell ziehe ich mich an, schnappe mir meine Tasche, steige in meinen Pick-up und fahre in die Schule. Diese

Routine hat etwas seltsam Beruhigendes … es ist, als wäre es ein Tag wie jeder andere: Sarah steht in der Küche, Tim ist schon auf dem Feld und Charles schläft noch. Aber natürlich ist heute alles anders.

Als ich in die Schule komme, ist der Parkplatz schon voll. Um nicht am Straßenrand parken zu müssen, wo mich jeder – oder auch jemand ganz Bestimmtes – überfallen kann, nehme ich eine der freien Lücken neben Sophias rotem Cabrio. Die hat natürlich ihr Vater bezahlt. Er kauft ihr alles, als Entschädigung dafür, dass er sie nie besucht. Und Sophia will, dass die Parkplätze neben ihr frei bleiben … damit niemand den Lack zerkratzt. Sie wird sich bestimmt freuen, meinen Panzer neben ihrem geliebten Wagen zu entdecken.

Kaum bin ich durch die Tür getreten und nur noch ein paar Schritte von meinem Schließfach und dem Klassenraum entfernt, da höre ich, wie jemand meinen Namen ruft.

»Elizabeth?« Langsam drehe ich mich um. Sally Morrison steht in der offenen Sekretariatstür und sieht traurig zu mir herüber. Sie scheint auf eine Antwort zu warten. Ich weiß, dass sie es gut meint, dass sie mir wirklich helfen möchte. Unentschlossen umklammere ich meine Tasche.

Nach einer Weile seufzt sie. »Möchtest du nicht in mein Büro kommen?«, fragt sie und macht eine einladende Handbewegung. Schweigend gehe ich auf sie zu und folge ihr in den Raum.

Sally schließt leise die Tür hinter uns und setzt sich an ihren Schreibtisch. Die Schulpsychologin mustert mich, während sie ihren Rock glatt streicht. Offenbar wartet sie darauf, dass ich zuerst spreche. Doch ich schweige nur.

»Möchtest du mir vielleicht etwas sagen?« Sally lehnt sich zurück. Sie weiß, dass ich ihr wahrscheinlich wieder eine Lüge auftische – so wie jedes Mal, wenn ich in ihrem Büro sitze. Ich konzentriere mich auf ihre übereinandergeschlagenen Beine und die glänzenden Schuhe, während ich nachdenke.

Sally wartet schweigend auf meine Antwort. Sie schaut nicht einmal auf die Uhr. Nach einer gefühlten Ewigkeit erzähle ich Sally Morrison zum ersten Mal die Wahrheit. Ich weiß nicht, warum, aber vielleicht ist es an der Zeit, alles hinter mir zu lassen.

»Erinnern Sie sich an das letzte Mal, als ich hier in Ihrem Büro war? An mein Gesicht?«, frage ich. Sie sieht mich schweigend an, also fahre ich fort: »Es war keine Kuh, die mich getreten hat.«

Einundzwanzig

Die einzige Konstante in meinem neuen Leben ist Joshua. Er ruft jeden Abend an, er begleitet mich zum Klassenraum. Aber je mehr Zeit vergeht, desto weniger besteht er darauf, mich zur Schule zu fahren. Offenbar glaubt er, dass ich nicht länger in Gefahr bin. Tim hat sich nicht mehr blicken lassen und auch *Albtraum* hat mich nicht mehr angegriffen. Aber ich weiß, dass es nur ein trügerischer Frieden ist.

Er wird zurückkommen.

Fear ist immer noch verschwunden. Bei dem Gedanken an ihn zieht sich alles in mir zusammen. Ich mache mir Sorgen um ihn – es kommen immer mehr Gefühle durch.

Mittwochfrüh – genau eine Woche nach meinem Gespräch mit Sally Morrison – biege ich kurz vor Schulbeginn auf den Parkplatz ein. Der Himmel ist grau und düster, der kalte Wind lässt einen frieren. Bald wird *Winter* über uns hereinbrechen, das beeindruckende Wesen mit weißen Wimpern und blauen Lippen ist schon auf dem Weg. Ich ziehe den Schlüssel ab, bleibe aber noch im Wagen sitzen. Durch die Windschutzscheibe beobachte ich, wie sich die Schüler im Vorbeilaufen unterhalten. Sie wirken so selbstsicher, scheinen zu wissen, wer sie sind und wo sie stehen. Wäre die Illusion nicht immer noch so stark, wäre ich wahrscheinlich eifersüchtig.

Joshua wartet vor dem Eingang auf mich. Er hat mich noch nicht entdeckt. Schnell springe ich aus dem Wagen, schließe ab und stecke den Schlüssel in die Jackentasche. Ich kann sehen, wie seine hellen Augen die Menge nach mir absuchen, sein Blick wandert zuerst über die Stufen vor dem Eingang und danach über den Parkplatz. Er ist ein unglaublich freundlicher und gutmütiger Mensch. Mir ist klar, dass es wahrscheinlich besser wäre, die Sache mit ihm zu beenden. Es wäre die richtige Entscheidung, denn selbst wenn die Illusion zerbricht und ich das hier überlebe … das mit mir und Joshua ist nur ein schöner Gedanke.

Dasselbe trifft auch auf Fear zu. Er hat sich nicht mehr bei mir gemeldet und Rebecca auch nicht. Wahrscheinlich genießt er gerade ihre Fürsorge … Er freut sich bestimmt darüber, nach all den Jahren endlich wieder mit ihr zusammen sein zu können.

Als ich daran denke, zieht sich mein Magen zusammen. Ich werfe mir die Tasche über und gehe auf Joshua zu.

»Elizabeth, richtig?«, raunt mir eine Stimme ins Ohr. Kurz darauf fügt sie hinzu: »Es ist so weit.«

Ich zucke erschrocken zusammen und bleibe wie angewurzelt stehen. Tyler Bentley weicht mir gerade noch rechtzeitig aus. Im Vorbeigehen wirft er mir einen genervten Blick zu. Die Angst in meinen Augen nimmt er nicht wahr. Ich öffne den Mund …

»Ah, das würde ich nicht tun, *Elizabeth.* Nein, dreh dich nicht um. Bitte. Was willst du machen? Die Polizei rufen? Einem Lehrer Bescheid sagen? Keiner dieser Menschen kann mich sehen, und dich würde man für ein armes, hysterisches Mädchen halten. Du willst doch nicht, dass das Blut dieses Jungen an deinen Händen klebt, oder? Lauf weiter.«

Joshua – er bedroht Joshua. Mir bleibt nichts anderes übrig, als ihm zu gehorchen. Langsam überquere ich den Parkplatz. »Du lässt die Finger von ihm«, stoße ich zwischen den Zähnen hervor.

Albtraum lacht leise und folgt mir. Drohend beugt er sich erneut über meine Schulter und flüstert mir ins Ohr: »Dann schlage ich vor, du verhältst dich friedlich.«

Plötzlich fährt ein Windstoß durch meine Haare und *Albtraum* ist verschwunden.

Doch er ist immer noch in der Nähe. In diesem Moment entdeckt mich Joshua. Trotz seines freundlichen Lächelns, seiner warmen Hand, die sich um meine legt, fühle ich weiter *Albtraums* Kälte.

In den Pausen steht er im Flur und beobachtet mich. Sein starker Geruch – nach Blut, Finsternis, Gier – dringt in meine Nase. Die tiefschwarzen Augen suchen nach meinen, verfolgen jeden meiner Schritte. Ich ignoriere ihn, so gut es geht. Er spielt nur Katz und Maus … er hält mich noch ein bisschen hin, bevor er zum letzten Schlag ausholt.

Doch *Albtraum* lässt sich Zeit. Weder in der Bibliothek, wo er Joshua und mir beim Lernen zuschaut, noch als er an der Tür zum Klassenraum vorbeikommt und mir zuzwinkert, greift er mich an.

Ein Tag ist mir noch nie so lange vorgekommen. Nach der Schule gibt mir Joshua noch einen Kuss auf die Wange, bevor er sich von mir verabschiedet. »Ich muss heute gleich nach Hause«, sagt er. »Aber ich komme später kurz bei dir vorbei, okay? Pass auf dich auf! Und bleib in Charles' Nähe!«

Auf dem Weg zu meinem Wagen komme ich an Sophias Clique vorbei. Sophia ignoriert mich inzwischen, wenn sie mich sieht. Seit das mit Tim bekannt wurde, benimmt sie sich mir gegenüber anders: Statt mich zu verspotten, tut sie so, als würde ich nicht existieren. Zu mehr ist sie wahrscheinlich nicht in der Lage. Sally redet natürlich nicht darüber, mein Bruder aber schon. Ein paar von Sophias Freundinnen meiden meinen Blick, sie haben ein schlechtes Gewissen.

Ohne noch einmal von *Albtraum* belästigt zu werden, erreiche ich den Pick-up. Schnell steige ich ein und fahre los. Auf die Straße. Nach Hause. Zu Charles. Nur noch ein paar Kilometer, dann bin ich in Sicherheit.

Unvermittelt tauchen im Rückspiegel zwei glühende Augen auf. Instinktiv trete ich das Gaspedal durch, versuche, ihn abzuschütteln. Ich stelle mir vor, wie er in einer Staubwolke zurückbleibt.

Plötzlich explodiert ein Reifen. *Peng.*

Sofort steige ich auf die Bremse, öffne die Tür, springe aus dem Wagen und renne los, durch eine Baumreihe hindurch auf ein Feld. Ohne mich noch einmal umzusehen, laufe ich weiter. *Albtraum* wusste, dass mein Reifen platzen würde. Ich renne, so schnell ich kann. Er darf mich nicht kriegen. Wo steckt er? Ich drehe mich um …

… und seine Hand legt sich um meinen Hals.

»Schlaf ein!«, gurrt er. Seine Finger ziehen sich zusammen. Plötzlich habe ich das Bedürfnis, mich hinzulegen und der Dunkelheit nachzugeben. Ich versuche, dagegen anzukämpfen, aber ich kann meine Augen kaum noch offen halten. Trotzdem schaffe ich es irgendwie, mich loszureißen. Stolpernd wanke ich in die entgegengesetzte Richtung, zurück zu meinem Auto. *Albtraum* schnaubt ungeduldig. »Na schön, wie du willst.« Gerade als ich über die Schulter zurückschaue, richtet das Element ein Gewehr auf mich. *Das ist alles nicht real. Nicht real.* Ich wiederhole diesen Gedanken immer wieder, während ich weiterrenne.

Auf einmal spüre ich einen scharfen Schmerz in der Schulter.

Ich schnappe nach Luft, schwanke, da trifft mich auch schon eine zweite Kugel in den Rücken. Vor meinen Augen verschwimmt alles, Schmerzen durchzucken meinen Körper. Benommen sinke ich auf die Knie. Einen kurzen Moment kann ich mich noch aufrecht halten, doch dann kippe ich vornüber und lande mit dem Gesicht voran im Dreck.

Mit leisen Schritten nähert er sich. Ich bin ihm hilflos ausgeliefert.

»Du machst es dir selbst unnötig schwer«, sagt *Albtraum* und hockt sich neben mich. »Aber es ist ziemlich unterhaltsam, das muss ich zugeben.« Er beugt sich vor, hebt mein Kinn etwas an und dreht meinen Kopf zur Seite, damit er mein Gesicht besser sehen kann. Ich versuche zu sprechen, aber kein Ton kommt über meine Lippen. Mein Blick trübt sich, *Albtraums* Gesicht ist nur noch ein verschwommener Schatten … Seine glühenden Augen sind auf mich gerichtet.

»Bitte …«, bringe ich stöhnend hervor.

»Dir wird nichts passieren. Wir wissen beide, wie schnell deine Wunden heilen.«

In meinem Kopf hämmert es und ich kann ein Wimmern nicht unterdrücken. Ein Stein bohrt sich in meinen Magen, aber die Schmerzen in meinem Rücken sind so stark, dass ich ihn kaum wahrnehme.

»… keiner von ihnen …«, sage ich. Tränen laufen mir über die Wange.

Albtraum steckt den Gewehrkolben in den Matsch und stützt sich auf den Lauf. Geschmeidig balanciert er auf den Fußballen. Er macht den Eindruck, als wollte er mit möglichst wenig Dreck in Berührung kommen. »Da muss ich dir widersprechen, meine Kleine«, erwidert er. »Wie gesagt, ich habe nach dir gesucht. Du trägst zwar ein anderes Gesicht, aber ich erkenne dich. Außerdem hast du besondere Fähigkeiten. Für wie dumm hältst du mich eigentlich?«

Die Schmerzen sind inzwischen unerträglich geworden. Ich gebe einen erstickten Laut von mir. *Albtraum* schüttelt seufzend den Kopf. »Wir können schrecklich arrogant sein. Aber wie du vielleicht merkst, sind wir nicht unverwundbar. Ich habe schon so viele Wesen getötet, dass ich aufgehört habe zu zählen. Und wir kommen immer wieder zurück!« Er grinst. »Dieses Spiel hört einfach nie auf. Wenn ich *Schuld* töte, dann taucht eine neue auf und nimmt ihren Platz ein.«

Als ich ihm keine Antwort gebe, legt er den Kopf zur Seite und mustert mich aufmerksam. Er scheint sich keine Sorgen zu machen, dass jemand vorbeifahren und meinen verlassenen Pick-up entdecken könnte. »Na gut, bringen wir es hinter uns.« Mit diesen Worten packt er mich an den Haaren und zerrt mich durch das lange Gras. Ich merke, wie mein Bewusstsein schwindet und alles um mich herum in Dunkelheit versinkt.

Etwas Weiches und Kaltes berührt meine Wange. Vorsichtig bewege ich den Kopf ein bisschen, öffne aber nicht die Augen. Ich bin zu müde. Plötzlich verschwindet der sanfte Druck von meinem Gesicht und kehrt auf unangenehme Weise wieder. *Klatsch*. Verwundert öffne ich die Augen. Vor mir schwebt ein bleiches, verschwommenes Oval. Ich schlucke, um meinen Hals zu befeuchten. »Wo bin ich?«

»Keine Sorge. Du bist in Sicherheit.«

Ich blinzle, langsam klärt sich mein Blick. »Fear?«, frage ich verwundert. Er liegt neben mir, den Kopf in die Hand gestützt, und sieht mich mit einem sanften Leuchten in den Augen an. Seine Finger streichen mir eine Haarsträhne aus dem Gesicht.

»Was …«, beginne ich. Doch in diesem Moment kommt schlagartig meine Erinnerung zurück und ich schnappe nach Luft. Meine Hände krallen sich in Fears Hemd. Ich richte mich auf. Um mich dreht sich alles. »Wir müssen hier weg.« Panisch blicke ich um mich, mein Herz pocht wie verrückt und ich bin schweißgebadet – Fears Nähe scheint meine Angst zu verstärken. »Albtraum …«

»Mach dir keine Sorgen«, sagt er beruhigend. »Er wird dir nichts tun.«

Wir sind in einem großen, weichen Bett. Ein weißes Laken schmiegt sich um meine Beine. Der Raum ist riesig, die Wände haben einen eleganten, zarten Lavendelton. Rechts von mir ist ein großes Fenster, der Vorhang ist zugezogen. Es ist warm und ein Gefühl der Sicherheit macht sich in mir breit. Mein Puls verlangsamt sich und ich lehne mich wieder zurück.

Fear kuschelt sich an mich. Langsam hebe ich den Kopf und mustere sein Gesicht. Ich habe nicht damit gerechnet, ihn je wiederzusehen. Wo ist Rebecca? Was hat das alles zu bedeuten? Doch bevor ich den Mund aufmachen und ihn mit Fragen bombardieren kann, unterbricht er mich sanft: »*Albtraum* will nur wissen, wo dein Vater ist.«

Erschrocken zucke ich zusammen. Rebecca und meine Fragen sind wie weggeblasen. Unruhig rutsche ich herum, bekomme nur mit Mühe Luft. »M-mein Vater? Tim? Ist *Albtraum* hier? Wo sind wir?«

Fears Mund ist plötzlich auf meinen Lippen. Die Bewegung

kommt so überraschend, dass ich keinen klaren Gedanken mehr fassen kann. Sanft streicht seine Hand über die nackte Haut an meinem Bauch. Seine Lippen sind süßer als alles, was ich je geschmeckt habe. Er verlagert sein Gewicht, mein Rücken sinkt tiefer in die Matratze. Seine Hand ballt sich in meinen Haaren zur Faust. So viele Gefühle auf einmal, es ist überwältigend – und zum ersten Mal in meinem Leben spüre ich, wie sich in mir ein warmes Kribbeln ausbreitet. Meine Hände krallen sich in seine Schultern und ich ziehe ihn noch näher. Danach habe ich mich schon damals im Schulflur gesehnt, als die Illusion verhindert hat, dass …

Fear zieht sich so ruckartig zurück, dass unsere Lippen ein schmatzendes Geräusch machen. »Sag mir, wo dein Vater ist, dann musst du nicht noch einmal auf ihn treffen«, sagt er mit schläfrigem Blick. »Ich überbringe die Nachricht und komme sofort zurück.«

Ich öffne die Augen. »W-was?« Der Moment der Leidenschaft ist verflogen. Verwirrt schaue ich Fear an. Er wirkt ungeduldig – und nach einer Weile sage ich mit heiserer Stimme: »Ich habe keine Ahnung, wo Tim ist.«

Er schüttelt den Kopf, streichelt sanft über meinen Rücken. Doch dieses Mal lenkt mich die Berührung nicht ab. »Nicht Tim. Du weißt, dass ich nicht ihn meine. Bitte, Elizabeth, sag mir, wo er ist. Dann ist das alles vorbei und wir können endlich zusammen sein.«

Ich starre ihn an. »Fear, ich weiß nicht, wen du meinst. Charles hat Tim rausgeworfen, danach ist er verschwunden. Von wem redest du?«

Er mustert mich – ganze drei Sekunden. Ich zähle mit. *Eins. Zwei. Drei.* Und plötzlich, ohne Vorwarnung, schreit Fear gequält auf. Ein tiefer Schnitt zieht sich quer über sein Gesicht. Er stürzt zur Seite und schlägt mit einem dumpfen Knall am Boden auf. Ich stolpere aus dem Bett, versuche, ihm zu helfen. Fear windet sich vor Schmerzen. »Er tötet mich, wenn du ihm nicht die Wahrheit sagst!«, presst er mühsam hervor. Sein ganzer Körper zuckt und er bäumt sich vor Schmerzen auf. Ich kann ihm nicht helfen. Stumm schüttle ich den Kopf.

»I-Ich weiß n…«

»Sag es ihm!«

Tränen strömen über meine Wangen. »Ich weiß es nicht!«

Die Zeit scheint auf einmal stillzustehen. Auf einmal ist Fear verschwunden. Stattdessen steht jetzt *Albtraum* vor mir. Seine rot glühenden Augen mustern mich ausdruckslos.

Ich weiche zurück, lande schmerzhaft auf dem Hintern. *Albtraum* seufzt. »Na schön, dann versuchen wir es noch einmal anders, ja?«, fragt er sanft, während er seine Manschetten richtet.

Wütend kämpfe ich mich auf die Beine. Doch bevor ich mich auf ihn stürzen kann, verliere ich wieder das Bewusstsein.

»Es ist ganz einfach. Ich möchte nur wissen, wo dein Vater ist. Komm schon, *Elizabeth*. Sag es mir. Dann muss ich dir nicht mehr wehtun.«

Ein scharfer Schmerz durchzuckt meinen Körper und ich schreie auf.

Die Glühbirne über uns flackert. Sie hängt an einem Kabel von der Holzdecke. Außer dem künstlichen Licht der Lampe dringt kein Lichtstrahl zu uns herein – wahrscheinlich ist es draußen schon dunkel geworden. Ich kann auch so nicht viel erkennen, denn mein Blick ist verschwommen. Aber ich glaube, ich bin in einer Hütte im

Wald. Draußen höre ich die Bäume rauschen, ich rieche die nasse Erde und spüre einen leichten Windhauch. Weder Tiere noch Elemente oder Gefühle sind in der Nähe. Niemand legt sich freiwillig mit dieser Kreatur an.

Das bedeutet natürlich auch, dass mir niemand helfen wird. Ich bin ganz allein.

Hier wird alles enden. An diesem Ort werde ich sterben.

Albtraum umrundet den Tisch, auf dem ich liege. Er seufzt. »Entschuldige bitte die Kulisse. Meine Überzeugungskünste funktionieren offenbar nicht bei dir.« Als ich auch weiterhin schweige, beugt er sich zu mir herunter. Seine Stimme klingt freundlich. »Irgendwann musst du aufgeben, meine Kleine. Ich habe schon gewonnen. Du ziehst deine Qualen nur unnötig in die Länge.«

Albtraum blickt auf mich herab, seine Pupillen verengen sich zu Schlitzen. »Sag mir, wo dein Vater ist, und ich lasse dich gehen«, flüstert er und streicht mir mit seinen scharfen Fingernägeln die Haare aus dem Gesicht. Ich versuche, seiner Berührung auszuweichen, aber ich kann mich nicht bewegen.

Albtraum spielt mit meinem Ohrläppchen, dann gräbt er seine Nägel seitlich in meinen Kopf. Schmerzerfüllt schreie ich auf. Er beugt sich noch weiter vor und knurrt mir gefährlich leise ins Ohr: »Sag mir, wo er ist, oder ich schwöre, ich ramme dir so lange ein Messer in den Bauch, bis nichts davon übrig ist.«

Seine Finger bohren sich noch tiefer in meinen Schädel und ich wimmere vor Schmerzen. Meine Finger zucken – ich kann mich immer noch nicht bewegen.

Schweigend sehe ich zu ihm hoch. Es hat keinen Sinn, ihm zu antworten – er glaubt mir sowieso nicht. Aber ich habe keine Ahnung, wen er meint – Tim ist es auf jeden Fall nicht. *Albtraum* richtet sich wieder auf und zieht seine Finger zurück. Tränen strömen über meine Wangen. Langsam umrundet er den Tisch, seine Schritte hämmern durch den winzigen Raum.

»Zwing mich nicht, so primitiv zu sein. Nun komm schon«, lockt er. Seine Stimme hat wieder diesen freundlichen Ton angenommen. »Dieser Idiot kann dir doch nicht so viel bedeuten. Ich habe deine Familie die ganzen Jahre über beobachtet … wie ihr geduldig auf ihn gewartet habt. Aber er ist nie gekommen. Ihr scheint ihm nicht besonders wichtig zu sein, sonst hätte er euch doch mal besucht, meinst du nicht? Wenn er etwas für dich empfindet, warum rettet er dich dann nicht? Ist er es wirklich wert, dass du für ihn stirbst?« Als ich immer noch nicht antworte, fügt er hinzu: »Er entwischt mir immer wieder. Jedes Mal, wenn ich bei einer Geburt war, ist er nicht aufgetaucht. Dass die anderen mich inzwischen kennen, macht die Sache nicht einfacher.«

Doch diesen letzten Teil höre ich kaum, ich bin zu abgelenkt. *Er weiß etwas über mich,* denke ich. *Er weiß, wer ich vor der Illusion war.* Aber selbst wenn ich wollte, könnte ich ihm keine Antworten geben … Als ich nur stumm den Kopf schüttle, verziehen sich *Albtraums* Lippen zu einem gefährlichen Lächeln. Wütend streckt er seine Finger nach dem Schalter an der Wand aus. Ich öffne den Mund, versuche zu schreien: *Nein, bitte, nicht!* – doch kein Wort kommt über meine Lippen. Mit gleichgültiger Miene legt er den Schalter um.

Mein Körper bäumt sich vor Schmerzen auf, meine Finger krallen sich verzweifelt in den Tisch. Schluchzend schreie ich auf. *Albtraum* drückt sofort auf den Schalter, seine Augen sind plötzlich hellwach.

»Ja?« Er tritt an meine Seite, streichelt mir zärtlich über die Wange. »Was hast du gesagt, meine Kleine?«

Ich warte, bis er sich zu mir herunterbeugt – dann spucke ich ihm ins Gesicht, direkt ins Auge.

Albtraum weicht überrascht zurück. Ruhig wischt er sich mit dem Handrücken übers Gesicht. »Das hättest du nicht tun sollen«, sagt er leise, in den Augen ein gefährliches Funkeln. Langsam geht er zu einem kleinen Tisch auf der anderen Seite des Raums, wo seine Messer- und Werkzeugsammlung liegt.

Während er genüsslich mit dem Finger über die Klingen fährt, erzählt er mir, welche Gefühle und Elemente er schon gejagt, gequält und getötet hat. Seine Stimme klingt ähnlich stolz wie Fear, wenn er darüber berichtet, wie die Menschen sich vor Furcht verkriechen. Aber Fear ist nicht so bösartig und grausam.

Ich kann *Albtraum* inzwischen kaum noch erkennen. Sein Ellbogen bewegt sich. Als er sich zu mir umdreht, sehe ich endlich, was er in den Händen hält. Ein kurzes Messer. Er nähert sich langsam, doch vorerst spielt er nur mit der Klinge, balanciert sie auf der Fingerspitze. Anstatt mich weiter zu quälen, zieht sich *Albtraum* einen alten Stuhl heran und lässt sich darauf nieder, schlägt beinahe förmlich die Beine übereinander.

»Weißt du, du bist die Einzige, die entkommen ist«, erzählt *Albtraum* in einem netten Plauderton. Die Glühbirne über uns wirft einen Schatten auf sein Gesicht. »Ich hatte schon aufgegeben. Aber dann, vor etwa einem Monat, habe ich ein paar Gefühle belauscht. Sie sprachen von einem Mädchen, das ihre Berührung kaltlässt, das nichts empfindet. Ich bin neugierig geworden … Also habe ich Nachforschungen angestellt und bald bin ich auf dich und deine Träume gestoßen. Ich musste nur noch eins und eins zusammenzählen. Du hast zwar ein anderes Gesicht, doch damit kannst du mich nicht täuschen. Ich gebe aber zu, mir kamen bald Zweifel. Meine nächtlichen Spielchen haben dich kein bisschen erschüttert. Du warst ganz schön stumpfsinnig, selbst für einen Menschen. Aber gerade, als ich mich wieder davonmachen wollte, hast du diesem Jungen auf der Party das Leben gerettet. Und da wusste ich es.«

Ohne Vorwarnung stößt *Albtraum* nach vorn und rammt die Messerspitze in meine Hand. Ich versuche, nicht zu schreien – diese Genugtuung will ich ihm nicht geben. Doch es gelingt mir nicht. *Albtraum* küsst mich auf die Stirn, seine Lippen sind trocken.

»Außer dir und Landon hat noch niemand so lange durchgehalten«, flüstert er.

Die Zeit scheint stehen zu bleiben. Was hat er da eben gesagt?

Landon.

Ich nehme kaum wahr, wie *Albtraum* aus meinem Blickfeld tritt und zurück zu seinen Folterinstrumenten geht. Blut rauscht in meinen Ohren, und ich spüre, wie etwas in mir bricht. Die Erkenntnis trifft mich wie ein Schlag: Dieses Monster hat Landon verletzt, ihn gequält – er hat ihn *getötet*. Wieso wird mir das erst jetzt bewusst? Der Schatten zwischen den Bäumen, das Böse in der Geschichte von Rebecca und Landon – das war *Albtraum*. Mein Atem wird flacher, mein Brustkorb hebt und senkt sich so rasch, dass sich um mich herum alles zu drehen beginnt. Vor meinen Augen erscheint ein Bild von Rebeccas Bruder … wie er am Küchentisch sitzt und sich genüsslich seine Cornflakes in den Mund schaufelt.

Albtraum soll dieselben Schmerzen spüren, die er Landon zugefügt hat. Ich will dabei zusehen, wie er stirbt. Er wird es noch bereuen, was er Landon angetan hat. Diesem schönen Jungen, der seine Bücher und seine Familie über alles liebte.

Möchtest du eine Geschichte hören?

Aus meinen Träumen weiß ich, wie konzentriert und ehrfürchtig er jede Seite umblätterte. Zum ersten Mal schmerzt die Erinnerung an ihn. Dieses Monster ist schuld an seinem Tod. Er hat ihm das Leben genommen, ihn dazu verurteilt, mich auf ewig in meinen Träumen zu besuchen.

»Ich bringe dich um«, flüstere ich. Die Worte brennen in meinem Hals. Meine Wunden sind noch nicht verheilt und meine Hand pocht vor Schmerz, Blut sammelt sich auf dem Tisch. Meine Kraft schwindet langsam, ich werde nicht mehr lange durchhalten. Mir bleibt keine Zeit mehr, nach Antworten zu suchen.

Albtraum dreht sich zu mir um. In der Hand hält er ein gekrümmtes Messer. »Was hast du gesagt?«, fragt er mit hochgezogener Augenbraue. Als ich den Mund zusammenpresse, tätschelt er meinen Arm. »Ich möchte gern mitlachen. Sag es mir!«

Obwohl ich nicht reagiere, spürt *Albtraum*, dass er einen Nerv getroffen hat. »Was habe ich denn gesagt?«, überlegt er laut. »Oh, stört es dich etwa, dass ich von Landon gesprochen habe? Mach dir keine Sorgen, meine Kleine. Er hat nicht … gelitten. Ich habe nur sein Blut genommen – du musst wissen, darin steckt unsere ganze Macht. Danach habe ich ihn lebendig verbrannt, und ich hoffe inständig, dass er in der Hölle weiterbrennt. Dir wird es genauso ergehen, wenn du mir nicht bald sagst, wo ich deinen Vater finde.«

Ich stelle mir vor, wie Landon neben mir steht und meine Hand hält. Entschlossen blicke ich *Albtraum* direkt in die leeren Augen und krächze: »Fahr zur Hölle!«

Zweiundzwanzig

Albtraum wirft den Kopf zurück und lacht, seine Zähne glitzern im schwachen Licht. Dann beugt er sich zu mir herab und drückt seine kalten Lippen an mein Ohr. »Willst du wissen, wie er gestorben ist?«, flüstert er. »Soll ich dir seinen Tod bis ins Detail schildern? Oh ja, es hat richtig Spaß gemacht, den Jungen zu töten.«

Ich weiß nicht, wie ich ihn umbringen soll. Meine Kräfte schwinden und ich werde ihn so niemals überwältigen können. Niemand wird mir zu Hilfe eilen … und lange werde ich das hier nicht mehr durchhalten. Schon bald werde ich bei Maggie und Landon sein. Die Zeit läuft mir davon. Ich schließe die Augen und versuche, mich daran zu erinnern, wie sich Fears Finger an meiner Wange angefühlt haben.

»Du hörst mir gar nicht zu, Schätzchen. Wie erlange ich wohl am besten deine Aufmerksamkeit? Ah, pass auf: Kannst du dir vorstellen, wie Landon geschrien hat, als ich ihm jeden Fingernagel einzeln herausgezogen habe? Ach, wie unaufmerksam von mir … Du warst ja nicht da. Er war mutterseelenallein, als ich ihn umgebracht habe.«

»Ich … hasse dich.« Zum ersten Mal in meinem Leben empfinde ich Hass. Das Gefühl ist zwar nur schwach, nicht mehr als eine Erinnerung, aber ich spüre, wie es leise durch meine Adern strömt. Wie es mich umfängt und einen bitteren Geschmack auf meiner Zunge hinterlässt.

Doch *Albtraum* hört mich nicht, meine Stimme ist nicht mehr als ein Flüstern. Langsam geht er zum Tisch an der Wand. Offenbar sind ihm die Messer zu langweilig geworden. Die Glühlampe über uns flackert wieder.

Nach einer Weile kommt *Albtraum* zurück und lässt sich auf den Stuhl sinken. Die Stuhlbeine kratzen über den Boden, als er näher an mich heranrückt. Er stützt seinen Ellbogen auf den Tisch und legt den Kopf in die Hand. Seine Augen mustern mich verträumt, als wäre ich ein faszinierendes Gemälde.

»Weißt du, ich mache mir eigentlich nicht gern die Hände schmutzig«, meint er, und mit Bedauern in der Stimme fügt er hinzu: »Aber du lässt mir keine andere Wahl.« Er hebt die Hand und ich erkenne eine seltsame Klemme zwischen seinen Fingern. Mit der anderen greift er nach einem Messer. Ich habe keine Ahnung, was er vorhat. Langsam beugt er sich zu mir herunter, die Glühbirne wirft unheimliche Schatten auf sein Gesicht. »Ich gebe dir noch eine letzte Chance: Wo ist dein Vater?«

Mein Vater? Ich weiß nicht, wen er damit meint – und noch weniger, wo er sich befinden soll. Resigniert wende ich den Blick ab. *Albtraums* Gesicht soll nicht das Letzte sein, was ich in meinem Leben sehe. Als ich die Augen schließe, denke ich an Fear, Joshua, Charles, Sarah, Maggie, Landon und Rebecca. *Euretwegen fühle ich wieder etwas.*

Kurz bevor *Albtraum* mir wehtun kann, klatscht etwas gegen die Wand. Etwas Schweres. Wir hören beide den dumpfen Aufprall direkt vor der Tür.

Albtraum blickt überrascht auf. »Ich sollte dich sofort töten«, murmelt er, doch ich merke, dass er vom Geschehen draußen abgelenkt ist. Die zweifelnden Falten auf seiner Stirn passen nicht zum entschlossenen Ton in seiner Stimme.

Geh zur Tür, sieh nach, was los ist, flehe ich in Gedanken.

Albtraum lässt nachdenklich die Hand sinken … und plötzlich ist das Messer nur noch Zentimeter von meinen zuckenden Fingern entfernt. Er macht einen Schritt auf die Tür zu.

Jetzt muss es schnell gehen. Ich raffe meine ganze Kraft zusammen, drehe mich herum und greife nach dem Messer. Mir bleibt nichts anderes übrig, als es an der Klinge zu packen. Ein schneidender Schmerz durchfährt mich. Stöhnend versuche ich, mich aufzusetzen, doch sofort spüre ich unsägliche Schmerzen. Kraftlos sinke ich zurück. Ich schaffe es nicht, vor meinen Augen dreht sich alles. Zitternd umklammere ich das Messer.

»Wie …« Fluchend springt *Albtraum* auf mich zu. Gerade als er mir die Waffe wegnehmen will, erscheint kurz eine winzige Gestalt auf seiner Schulter.

»Steh auf, komm schon!«, kreischt das kleine Ding.

Sie meint mich, denke ich halb bewusstlos und stöhne. Etwas zieht an meinen Haaren, und ich versuche wieder, mich aufzurappeln. Doch schon spüre ich *Albtraums* scharfe Fingernägel, die sich in meinen Schädel krallen, als er meinen Kopf anhebt. Grinsend schaut er mich an.

»Was hast du damit vor?«, fragt er mich spöttisch. »Na, dann mal los, ich bin neugierig.«

Er lässt meine Haare los und legt seine Finger um meine Hand, die immer noch das Messer umklammert. Herausfordernd lächelt er mich an. Nur mit Mühe schaffe ich es, den Kopf hochzuhalten. Eine Weile rührt sich keiner von uns. In seinen Augen flackert die vollkommene Finsternis, das absolut Böse. Ich spüre wieder, wie der Hass gegen dieses Wesen in mir brodelt. Wie kann ein Einzelner nur so viel Leid verursachen?

Bevor ich darüber nachdenken kann, was ich jetzt tun soll, ist die kleine Gestalt zurück. Schrill kreischend hüpft sie zwischen uns hin und her. »Schnapp ihn dir!«, befiehlt sie, und endlich weiß ich, wer mir hier helfen will: Es ist *Moos,* dieses winzige Wesen.

Albtraum scheint zu Stein erstarrt, völlig unbeweglich beobachtet er, wie *Moos* an den verschiedensten Stellen der Hütte auftaucht und wieder verschwindet. Plötzlich verziehen sich seine Lippen zu einem gefährlichen Lächeln. Geduldig wartet er, bis *Moos* wieder an mir vorbeiflitzt und mich anfleht: »Erstich ihn, erstich ihn!« Blitzschnell springt *Albtraum* über mich und den Tisch hinweg, streckt den Arm aus und schnappt sich *Moos*. »Lass es fallen!«, befiehlt er.

Nach kurzem Zögern gehorche ich, das Messer landet klirrend auf dem Boden. Trotzdem lässt *Albtraum* nicht von *Moos* ab. Seine Faust zieht sich immer fester zusammen. Wahrscheinlich ist das kleine Wesen nicht mächtig genug, sein Blut wertlos für ihn.

Unzählige Erinnerungen und Emotionen prasseln auf mich ein. Rebecca hatte unrecht: Selbst mit dem Tod vor Augen und überwältigt von den vielen Gefühlen, schaffe ich es nicht, die Illusion ganz zu durchbrechen. Aber ich spüre, wie schwach sie inzwischen ist.

Ich erinnere mich an Landon und wie er konzentriert in seinem Buch gelesen hat. *Sie kommt bestimmt zurück. Das hat sie bisher immer getan.*

Rebecca und ihre stürmische und unbekümmerte Art, während der Wind ihren Rock um ihre Beine wirbelt. *Bitte, komm zurück!*

Ihre Mutter, die sich Sorgen um die Geschwister gemacht hat. *Es wird nicht mehr getanzt.*

Ich sehe Maggie, wie sie mich anlächelt. *Wenn du nicht zum Meer kommst, dann kommt das Meer eben zu dir.*

Ich will noch nicht sterben, es ist einfach nicht fair.

Vor meinen Augen sehe ich Sarah und ihren Kummer, wie sie an der Küchenspüle steht und das Geschirr schrubbt. *Ich würde eher sagen, wenn man vorgibt, etwas zu sein, oder wenn man verbirgt, wer man eigentlich ist und woran man glaubt … dann tut man das doch eigentlich nur, um sich selbst zu schützen.*

Ich hoffe, dass es nie zu spät ist, etwas zu ändern.

Joshua – der nervige, sture, freundliche, ausdauernde, unumstößliche Joshua. So viele Worte, so viele verstohlene Blicke, so wenige erwiderte Berührungen. *Wie viele von ihnen tragen wohl Geheimnisse mit sich herum? Dinge, die sie vor allen anderen verbergen? Wie viele setzen eine Maske auf, wenn sie nicht allein sind? Wir kennen andere wahrscheinlich nicht halb so gut, wie wir denken.*

Was soll denn noch sein?

Und natürlich Fear. Seine grenzenlose Liebe, seine unmögliche Art, seine ständigen Provokationen. Seine Küsse, seine Hartnäckigkeit, seine Aufopferung. *Wenigstens weiß ich eine Sache mit Sicherheit: Du hast vielleicht keine Gefühle für mich, aber du kannst auch nichts für ihn empfinden.*

Warum kannst du als Einziger nicht loslassen?

Ich hätte …

»Elizabeth!«

Die Stimme reißt mich aus meinen Gedanken und ich wende ich um. *Moos.* Meine kleine Freundin schnappt nach Luft, ihre Fäuste hämmern gegen *Albtraums* Finger. Verzweifelt kämpft sie gegen ihn an. Mit großen Augen sucht sie meinen Blick. *Hilf mir,* fleht sie lautlos. Ihre Kraft schwindet, ihre Bewegungen werden immer schwächer. Ich kann nur hilflos zusehen, wie das Leben aus ihr herausfließt. *Moos* schaut mich ein letztes Mal an, streckt unbeholfen die Hand nach mir aus.

Genau in diesem Moment bewegt sich *Albtraum.* Er macht unbewusst einen Schritt auf mich zu, während er *Moos* ins Gesicht lacht – und ihre Finger berühren mein Ohr.

Plötzlich fühle ich, wie mein Körper von neuer Kraft durchströmt wird. Blitzschnell richte ich mich auf. *Albtraum* reißt erschrocken den Kopf herum. Noch bevor er reagieren kann, strecke ich die Arme aus und stoße ihn mit aller Wucht von mir.

Das Monster fliegt nach hinten und stürzt krachend gegen den Waffentisch. Schwankend versuche ich, mich aufrecht zu halten, doch meine Kräfte reichen dafür nicht aus. Geschwächt falle ich wieder zurück.

»Elizabeth …«, warnt Moos mich keuchend. Ich kann sie nicht sehen, aber ich höre, wie sie nach Luft japst.

Als ich hochschaue, fällt mein Blick wieder auf *Albtraum,* der sich gerade hochrappelt. Er schimpft leise vor sich hin und seine Augen glühen vor unbändiger Wut.

Albtraum stolpert auf mich zu, Blut läuft an seiner Schläfe herab. Dieser Anblick gibt mir neue Kraft: Er ist nicht unverwundbar. Ich kann ihn besiegen – und ich werde hier nicht sterben.

Mit unverhohlener Wut starrt er mich an, wischt sich das Blut aus dem Gesicht. »Ich werde dich ganz langsam töten«, verspricht er, während er sich dem Tisch nähert.

»Moos«, krächze ich und suche die Hütte nach ihr ab. *»Moos!«* Ich brauche einen neuen Energieschub, aber ich kann sie nirgends entdecken. *Albtraum* kommt immer näher – er lacht hämisch. Der Stuhl fällt mit einem lauten Krachen zu Boden.

»Du hast Landon nicht verbrannt«, sage ich verzweifelt, um noch etwas Zeit zu schinden. Ich weiß nicht, warum ich gerade Landons Tod wähle, aber es erscheint mir wichtig.

Albtraums Lächeln gefriert. Er hält inne und sieht mich nachdenklich an. »Und woher willst du das wissen?«, fragt er aufrichtig interessiert.

Ich schlucke. Warte. Presse die Lippen fest aufeinander und atme tief ein. »Weil seine Leiche gefunden wurde.«

Meine Bilder, meine Träume, meine Erinnerungen. All das hat mich hierher geführt. Ich kenne vielleicht nur das Leben als Elizabeth, weiß immer noch nicht, wer ich eigentlich bin und was es mit dieser Illusion auf sich hat, aber eine Erinnerung ist so stark, als hätte ich sie selbst erlebt: Rebecca, wie sie ihren Bruder in den Armen wiegt und beim Anblick seines leblosen Körpers herzergreifend weint. Sie wird nie wieder sein Lachen hören. Er wird nie wieder ihren Namen sagen. Nie wieder werden sie zusammen im Wald tanzen.

Albtraum sagt etwas, aber seine Stimme dringt nicht mehr zu mir durch, die Hütte verschwimmt vor meinen Augen.

Denn plötzlich, endlich, kommt die Erinnerung zurück.

Rebecca wacht in ihrem kleinen Zimmer auf. Irgendetwas stimmt nicht, denn im Haus ist es ungewöhnlich still. Auf ihrer Zunge liegt ein bitter-süßer Geschmack, wie Salz und Erdbeeren.

Fear.

Sie schlägt die Decke zurück und springt aus dem Bett. Leichtfüßig bewegt sie sich über den kühlen Boden, während sie nach einer Hose sucht. Schnell streift sie eine verknitterte Jeans über, die sie am Vortag achtlos über einen Stuhl geworfen hat, und verlässt das Zimmer. Das Haus ist ziemlich klein, und es dauert nicht lange, bis Rebecca klar wird, dass sie allein ist. In der Küche brennt kein Licht, die Schlafzimmertüren stehen offen. Wo sind Mom und Landon?

Beunruhigt rennt sie zur Haustür. Doch gerade als das Mädchen nach dem Knauf greift, erscheint Fear direkt vor ihr und versperrt ihr den Weg nach draußen. Erschrocken weicht sie zurück.

»Rebecca, du kannst da nicht rausgehen.« Seine Stimme klingt panisch. Als sie noch einmal versucht, die Tür zu öffnen, packt er sie an den Handgelenken und hält sie zurück.

»Ich muss.« Wild entschlossen versucht sie, ihn aus dem Weg zu schubsen. Doch er gibt nicht nach und lehnt sich mit dem Rücken gegen die Tür. Mit einem halb panischen, halb wütenden Schrei windet sich Rebecca aus seinem Griff.

»Warte …« Fear will sie an den Schultern fassen, aber dieses Mal ist sie schneller. »Rebecca, dein Bruder …«

»Lass mich!«, fährt sie ihn an. »Du hast deinen Auftrag erledigt. Verschwinde!«

Ein verletzter Ausdruck tritt in seine Augen, doch das ignoriert sie. In ihrem Zimmer ist ein Fenster, durch das sie nach draußen klettern kann. Schnell dreht sie sich um und eilt davon. Sie hat nur noch ihre Mutter und Landon im Kopf. Fear weicht nicht von ihrer Seite. »Du kannst Landon nicht helfen!«, beharrt er mit bebender Stimme. »Aber deine Mutter lebt … ich kann euch in Sicherheit bringen.« Sie wirft ihm einen hasserfüllten Blick zu, seine Worte will sie nicht hören. Doch Fear lässt sich davon nicht abschrecken. Rasch packt er ihren Arm und drückt sie gegen die Wand. »Du begreifst nicht, Rebecca. Ich kann Landons Rufen nicht mehr folgen, weil …«

Sie erwischt ihn unvorbereitet, reißt ein Knie hoch und trifft ihn an einer sehr empfindlichen Stelle. Fear krümmt sich keuchend. Sein Griff lockert sich. Rebecca nutzt die Chance und läuft weiter. Doch dieses Mal hält er sie nicht zurück.

Sie klettert durchs Fenster, fällt zu Boden und sieht sich panisch um. Es ist ein bewölkter Morgen. Von ihrer Mutter ist weit und breit keine Spur – und auch Landon, der sonst immer mit einem Buch im Garten sitzt, ist verschwunden. Im Hintergrund rauscht unbeeindruckt das Meer, während ihre eigene Welt zu zerbrechen droht. Irgendetwas zieht sie in den Wald. Sie folgt ihrer inneren Stimme und sprintet in vollem Tempo zwischen den Bäumen hindurch. Panik breitet sich in ihr aus und schnürt ihr die Kehle zu. Zum ersten Mal in ihrem Leben bekommt sie kaum noch Luft.

»Landon! Mom!« Immer und immer wieder ruft sie nach ihnen. Ihr T-Shirt bleibt irgendwo hängen, doch sie reißt sich sofort wieder los und stürmt unbeirrt weiter. Sämtliche Emotionen und Elemente sind plötzlich vor irgendetwas auf der Flucht. Wovor? Ohne stehen zu bleiben, läuft Rebecca tiefer in den Wald. Sie ist außer sich vor Sorge um ihre Mutter und Landon.

Auf einmal stolpert sie über etwas Festes, Warmes, das mitten auf dem Weg liegt. Sie landet bäuchlings auf dem Boden, Erde dringt ihr in den Mund. Hustend rappelt sie sich wieder auf und blickt sich um.

Plötzlich bleibt die Zeit stehen.

Der Wald verdunkelt sich.

Ihr Herz pocht laut in ihren Ohren.

Vor ihr liegt Landon, seine schönen Augen starren mit leerem Blick in den Himmel. Sein Körper ist blutüberströmt. Ungläubig sieht sie zu ihm hinunter – und kurz darauf spürt sie ein Lachen in sich aufsteigen. Fear und seine gemeinen Spielchen. Wie kann er nur eine so grausame Illusion erschaffen? Langsam kniet sie sich neben den Jungen, stupst ihn an und ruft: »Das ist nicht lustig, Fear!« Ein hysterisches Lachen bricht aus ihr heraus. In ihren Ohren klingelt es.

Eine Fliege summt vorbei und landet auf Landons blutbespritztem Arm.

Erst jetzt, bei diesem Anblick, bricht sie zusammen.

Nein, nein, nein, nein. Mit einem schmerzerfüllten Schrei kriecht Rebecca näher zu ihm, zieht seinen Kopf auf ihren Schoß. Schluchzend wiegt sie Landon in den Armen, vor und zurück, immer wieder. Denn jetzt kann sie es nicht mehr leugnen: Er ist tot. »Nein. Komm zurück, bitte«, fleht sie flüsternd. »Landon …«

Doch er antwortet nicht.

Ihr Herz zerspringt. Verzweifelt umfasst sie sein Gesicht. »Wach auf, Landon. Bitte, wach auf!« Wütend und völlig außer sich trommelt sie auf seine Brust ein. Es ist das erste Mal, dass sie ihren Bruder schlägt. Als ihr das bewusst wird, hört sie auf. Sie drückt seinen kalten Körper an sich und schüttelt den Kopf.

Ihre Trauer strömt aus ihr heraus und wird von allem aufgenommen. Der Himmel öffnet sich und weint mit ihr. Es dauert nicht lange, bis ihre Kleidung völlig durchnässt ist, ihre Haare vollgesogen am Kopf kleben. Gemeinsam sitzen sie im Matsch … das Mädchen und ihr Bruder. Mit zittriger Stimme beginnt sie, ihm eine Geschichte zu erzählen. Rebecca beugt sich über ihn, um ihn vor dem Regen zu schützen. Es ist ihr egal, dass ihre langen Haare im Dreck hängen.

»… und sie lebten glücklich bis ans Ende ihrer Tage …«, flüstert Rebecca ihrem Bruder ins Ohr und küsst seine Wange. Sanft schließt sie seine Augen. Der Regen fällt jetzt noch heftiger und wäscht das ganze Blut fort.

Ein Donnergrollen lässt die Erde beben, aber sie merkt es kaum.

»Wir müssen gehen.«

Erschrocken sieht Rebecca auf. »Du bist es«, murmelt sie abwesend, bevor sie sich wieder ganz auf ihren Bruder konzentriert.

Die Frau kniet sich neben Rebecca und berührt sie sanft am Arm. Ihre grauen Augen sind wachsam. »Du bist hier nicht sicher«, fügt sie mit leiser Stimme hinzu. »Wir müssen …«

»Lass mich in Ruhe!« Der Schrei hallt durch den Wald. Rebecca zittert am ganzen Körper. Doch schon kurz danach fällt ihr Blick wieder auf Landon und sie schluchzt: »Du kannst mich nicht allein lassen. Bitte. Bitte, komm zurück.«

Die Frau weiß, dass es keinen Sinn hat, weiter auf Rebecca einzureden.

Kurzentschlossen greift sie sich ihren Arm. Doch als das Mädchen wie wild um sich schlägt, holt die Frau instinktiv zum Gegenschlag aus. Sie trifft Rebecca am Kopf und das Mädchen sackt benommen zusammen. Leise fluchend hebt die Frau Rebecca hoch, taumelt ein paar Schritte nach hinten. Der Regen wird immer stärker. Die Frau watet so schnell wie möglich durch den Matsch, bis sie den Schutz der Bäume erreicht. Landon lässt sie am Boden liegen – sie kann ihm nicht mehr helfen. In ihren Augen sammeln sich Tränen, doch sie blickt nicht mehr zurück.

Rebecca bewegt sich in ihren Armen. »W-wo ist Mom?«, fragt sie schwach.

»Sie ist weg. Dein Vater hat sie wahrscheinlich geholt. Ich habe seine Aura gespürt. Du warst zu abgelenkt, um den Unterschied zwischen deiner und seiner Energie zu erkennen. Als ich verstanden habe, was passiert, bin ich sofort losgelaufen, um euch zu warnen. Aber es war niemand mehr im Haus. Und dann habe ich dich im Wald schreien hören.«

Die Worte scheinen nicht bei Rebecca anzukommen. »Wo ist Mom?«, fragt sie ein zweites Mal. Ihre Begleiterin antwortet nicht, sie ist völlig außer Atem. Als sie über eine Wurzel stolpert, stellt sie Rebecca fluchend auf die Beine.

»Ab jetzt wirst du selbst laufen«, befiehlt sie.

»Rebecca! Rebecca James!«, ruft eine heitere, unbekannte Stimme nicht weit hinter ihnen.

Die Augen der Frau weiten sich vor Schreck. Sie zerrt heftig an Rebeccas Arm, versucht, sie weiterzuziehen, doch das Mädchen blickt starr geradeaus.

»Wo ist Mom?«, murmelt sie wieder.

»Rebecca! Ich möchte dir ein paar Fragen stellen. Wenn du vielleicht eine Sekunde Zeit hättest?«, ruft die Männerstimme.

Die Frau zittert vor Angst. Nachdenklich mustert sie Rebecca, als würde sie überlegen, ihr noch eine Ohrfeige zu verpassen. Mit Vernunft kommt sie hier nicht weiter. Schnell beugt sie sich wieder hinab, legt sich den Arm des Mädchens um den Hals, richtet sich auf und versucht, Rebecca lautlos durch den Wald zu ziehen. Albtraum *ist ganz in der Nähe, seine Aura breitet sich immer weiter aus, kommt ihnen immer näher.*

Die Angst der Frau ist inzwischen so groß, dass Fear direkt vor ihr auftaucht. Bei seinem Anblick bleibt sie abrupt stehen. Sie schafft es gerade noch, einen Aufschrei zu unterdrücken. Ihr Puls rast.

Fear erfasst die Situation sofort. »Bring sie an einen sicheren Ort. Ich lenke ihn ab«, sagt er leise und legt die Hand auf den Rücken der Frau. Sein Blick wandert in die Richtung, aus der die beiden gekommen sind.

Die Frau protestiert nicht. Dankbar nickt sie Fear zu und zieht Rebecca weiter, zurück zum Haus. Dort steht das Auto des Mädchens.

Zwanzig Minuten später erreichen sie den Waldrand. Das T-Shirt klebt verschwitzt am Körper der Frau. Sofort bugsiert sie Rebecca in einen Cadillac und fährt los. Keine Zeit, um Proviant oder Kleidung aus dem Haus zu holen. Die Frau schaut nicht zurück. Aber ihr Herz schlägt jedes Mal schneller, wenn sie Albtraums *Nähe spürt. Sie müssen hier weg. Zuerst auf den Highway und dann so schnell und so weit fort wie möglich.*

Mehrere Stunden sind sie unterwegs, fünf, elf, neunzehn, sechsundzwanzig. Sie halten nur, um zu tanken oder auf die Toilette zu gehen. Müde fischt die Frau eine halb volle Flasche Gatorade und eine Tüte Nachos aus dem Handschuhfach. Im Wagen ist die Luft unangenehm heiß und stickig, aber keiner der beiden fällt das auf.

Rebecca wirkt wie eine Tote. Schweigend sitzt sie auf dem Beifahrersitz und rührt sich nicht. Sie isst und trinkt nichts, starrt nur völlig abwesend aus dem Fenster. Die Landschaft rauscht vor ihren Augen vorbei, doch sie nimmt nichts davon wahr. Die Frau unterdrückt ihre Angst und konzentriert sich voll und ganz auf die Flucht. So schnell und so weit weg wie möglich – dann kann er sie nicht mehr aufspüren.

Kurz nach Sonnenuntergang tritt sie schließlich verärgert auf die Bremse. Sie sind inzwischen irgendwo in Wisconsin. »Was ist da los?«, murmelt sie.

Mitten auf der Straße steht ein roter Pick-up, die Fahrertür weit offen, das helle Licht der Scheinwerfer durchbricht die Dunkelheit. Der Fahrer kniet neben etwas auf dem Asphalt, seine Bewegungen sind hektisch und verzweifelt. Er versucht, jemanden wiederzubeleben. Rebecca und die Frau beobachten die Szene. Gleichzeitig erkennen sie, dass die Gestalt, die dort auf dem Asphalt liegt, ein Mensch ist. Ein kleines Mädchen, das blonde Haar wie ein Heiligenschein um seinen Kopf ausgebreitet.

Ein paar Sekunden später reißt die Frau ihren Blick von dem Unglück los und legt den ersten Gang ein. »Wir müssen weiter«, murmelt sie. »Er ist immer noch …«

»Nein, nicht.« Es ist das erste Mal seit Landons Tod, dass Rebecca spricht. Die Frau hält inne, ihre Hand liegt auf dem Schaltknüppel. Rebecca wendet sich langsam zu ihrer Begleitung um. Unendliche Verzweiflung spricht aus ihren Augen. »Ich habe eine Idee«, flüstert sie kaum hörbar.

Die Frau zögert. Von draußen ist das Schluchzen des Fahrers zu hören, Panik liegt in der Luft. »Was willst du …«, beginnt sie, überlegt es sich dann aber anders. »Rebecca, wir haben keine Zeit für so etwas! Er ist immer noch hinter dir her! Wir müssen uns beeilen. Warum kannst du nicht einfach …«

»Ich habe eine Idee«, wiederholt Rebecca, ihre Stimme gebrochen.

Die Frau knirscht resigniert mit den Zähnen. »Na schön. Was ist das für eine Idee, Rebecca?«

Ein seltsames Lächeln umspielt Rebeccas Lippen. Ihr Blick wandert wieder zu dem schluchzenden Fahrer und dem kleinen, reglosen Mädchen. Beide spüren, dass für die Kleine jede Hilfe zu spät kommt. Tod nähert sich unaufhaltsam, er kommt näher und näher. Die Frau wendet sich nervös ab, Rebecca aber schaut wortlos zu, als Tod sich die Seele des kleinen Mädchens nimmt. Ein Teil von ihr sehnt sich nach seiner Berührung, würde ihn am liebsten zurückrufen – doch irgendetwas lässt sie innehalten. Sie sieht die leere Hülle des kleinen Mädchens, den traumatisierten Fahrer und endlose Möglichkeiten.

Stumm streckt Rebecca die Finger aus und berührt die Frau am Handgelenk.

Die Frau schaut zu der Leiche auf der Straße und wieder zurück zu Rebecca. Ihr dämmert langsam, was ihr Schützling vorhat. Die Idee ist ziemlich gewagt, doch ihre anfängliche Abneigung verfliegt bald. Nachdenklich mustert sie Rebeccas blasses, flehendes Gesicht, die dunklen Ringe unter ihren Augen … So mitgenommen hat sie das Mädchen, das ist wie kein anderes, noch nie zuvor gesehen. Aber die Erschöpfung hat auch bei ihr Spuren hinterlassen: Die Frau ist müde. Sie will nicht länger davonlaufen, will nicht länger an diesen Ort gebunden sein, wenn es doch ihre Bestimmung ist, von einem Ort zum anderen zu springen, wenn sie gerufen wird. Wenn sich nicht bald etwas ändert, dann wird das alles nie aufhören.

Sekunden werden zu Minuten. In der Ferne hört man eine Sirene heulen. Es bleibt nicht mehr viel Zeit.

Die Frau seufzt resigniert, lässt die Schultern sinken. »Okay, einverstanden«, sagt sie leise.

Die Erleichterung steht Rebecca ins Gesicht geschrieben. »Du hilfst mir?«, fragt sie beinahe ungläubig.

»Ja.« Die Frau sieht nachdenklich zu dem Fahrer hinüber. Um ihn wird sie sich als Erstes kümmern. Und danach muss sie die Leiche verstecken. Entschlossen krempelt sie die Ärmel hoch und steigt aus dem Auto. Sie nähert sich dem Mann, legt ihm die Hand sanft auf die Schulter und spricht leise mit ihm. Sein Blick wird glasig und er nickt. Während der Fahrer langsam aufsteht und zu seinem Wagen zurückstolpert, beugt sich die Frau über den kleinen Körper, der immer noch mitten auf der Straße liegt.

Rebecca bleibt allein im Wagen. Die Erinnerung an Landon droht sie zu überwältigen. Um sich zu beruhigen, presst sie die Knie fest an sich und beobachtet konzentriert die Uhr am Armaturenbrett: Sechs Minuten … sieben … zehn …

»Rebecca.« Die Frau klopft ans Beifahrerfenster. Sie sieht kraftlos und mitge-

nommen aus, ihre Haut ist grau und faltig. Geschwächt klammert sie sich am Türgriff fest. Rebecca nickt, löst den Gurt und folgt der Frau zum Straßenrand.

»Ich möchte, dass du eine Blockade errichtest … kein Gefühl soll zu mir durchdringen«, sagt Rebecca entschlossen. Sie sieht ihre Begleiterin fest an.

Die Frau zögert. Eine Krähe fliegt über ihre Köpfe hinweg. »Ich weiß nicht, ob ich das kann. Würde es die Menschen außerdem nicht stutzig machen, wenn ein Mädchen nichts empfinden kann? Es wird die Dinge komplizierter machen …«

»Versuch es einfach, ja?«

Ihre Begleiterin schürzt die Lippen und nickt. »Okay. Du wirst alles vergessen«, willigt sie ein, immer noch unsicher. Dies ist die stärkste Illusion, die sie je erschaffen wird.

Rebecca hingegen ist wild entschlossen, sie sehnt sich danach, die Augen zu öffnen und nichts mehr zu spüren. Sie will nicht mehr ständig an ihn denken müssen, an das Blut an ihren Händen. An Landon … Landon … Nein. Rebecca versucht, die Erinnerung an ihren Bruder zu verdrängen. Doch der Schmerz überwältigt sie und ihre Hände ballen sich zu Fäusten. »Tu es«, presst sie heraus, die Augen ein Spiegel ihrer verzweifelten Entschlossenheit.

»Okay, ich gebe dir zehn Jahre. Bis dahin hat er die Jagd nach dir bestimmt aufgegeben«, sagt die Frau billigend.

»Fünfzehn«, verlangt Rebecca. Der Wunsch, alles zu vergessen, wird immer stärker.

Die Sirene des Rettungswagens erklingt jetzt ganz in ihrer Nähe.

»Na schön«, erwidert die Frau knapp. Die Zeit läuft ihnen davon. Leise fügt sie hinzu: »Ich werde mich nicht von dir verabschieden.« Sie schließt die Augen. Es gibt nun kein Zurück mehr: Der Fahrer sitzt benommen in seinem Pick-up, die Leiche des kleinen Mädchens ist für immer verborgen. Und Albtraum ist immer noch hinter ihnen her. Das hier ist vielleicht wirklich die beste Lösung. Entschlossen atmet sie tief ein. Langsam streckt sie die Hand aus und beginnt mit der Illusion. Ihr Körper zuckt, als ihre Macht zu Rebecca James hinüberströmt.

Der Schmerz zwingt das Mädchen in die Knie. Gequält schreit sie auf, als ein unsichtbares Feuer jeden Zentimeter ihrer Haut zu verbrennen scheint. Stöhnend graben sich ihre Finger in den Boden, ihre Nägel brechen ab.

Schwer atmend konzentriert sich die Frau voll und ganz auf die Illusion. Voller Mitleid blickt sie auf Rebecca hinunter. Doch sie hält entschlossen die Hand über das zuckende Mädchen.

Ganz langsam beginnt sich Rebecca zu verändern: Aus braunen Locken werden glatte, blonde Strähnen. Die langen Finger schrumpfen zu kleinen Kinderhänden. Die schlanken Beine bekommen knubbelige Knie. Die Illusion steht, jetzt fehlt nur noch die Blockade.

Keine Gefühle. Innere Leere. Die Frau wiederholt die Worte immer wieder. Nichts. Rebecca empfindet nichts.

Dann hat sie es geschafft.

Erschöpft und schwer nach Luft schnappend, sinkt die Frau gegen einen Baum. Der Rettungswagen fährt mit Blaulicht auf sie zu. Um nicht entdeckt zu werden, lässt sie das Mädchen am Straßenrand zurück. Hass durchströmt sie, auf sich selbst, auf Rebecca – dafür, was sie von ihr verlangt hat. Aber sie tröstet sich mit dem Gedanken, dass es das Vernünftigste war. Es war notwendig.

Sie ist schon losgefahren, als sie spürt, wie sich die Illusion festigt. Sie ist nicht da, um es zu sehen, doch sie merkt, wie sich die Erinnerung an diesen Tag in ihrer Seele verankert – ein Geheimnis, versiegelt für die nächsten fünfzehn Jahre.

In diesem Moment schlägt Elizabeth Caldwell die Augen auf.

»Elizabeth«, fiept es in mein Ohr. »Wach auf! Bitte! Wach auf!«

Langsam öffne ich die Augen. Die Illusion erzittert, kurz davor, in sich zusammenzufallen.

Neue Kraft durchströmt mich – *Moos* muss mir wieder geholfen haben. Eine angenehme Wärme breitet sich in mir aus. Aus den Augenwinkeln nehme ich eine Bewegung wahr … *Albtraum,* die Hütte. Blitzschnell werfe ich mich zur Seite und rolle vom Tisch, als das Element mit dem Messer auf mich losgeht. Die Klinge scheppert hinter mir zu Boden.

Auf allen vieren krieche ich keuchend zur Tür. Dass ich mir dabei Hände und Knie zerkratze, kümmert mich nicht. Wutentbrannt schleudert *Albtraum* den Tisch gegen die Wand und stürzt wieder auf mich zu. Ich bin zu langsam. Er packt mich am Fußgelenk und zerrt mich lachend zurück. Mit einem Schrei trete ich nach ihm, versuche, mich aus seiner Umklammerung zu befreien. Verblüfft zuckt er zusammen, doch kurz darauf bohrt sich das Messer tief in meine Wade. Ich brülle vor Schmerz. Mein Schrei lässt *Albtraum* stöhnend zurückweichen. Auch *Moos* hält sich überrascht die Ohren zu. Plötzlich fällt mein Blick auf das kleine Messer von vorhin, mit dem er mir in die Hand gestochen hat. Es liegt vergessen in der Ecke, nur wenige Zentimeter von meinen Fingern entfernt.

Auf einmal geht alles blitzschnell. Es ist alles so surreal. Ohne nachzudenken, schnappe ich mir das Messer und ramme es in *Albtraums* linkes Auge.

Seinen Schrei werde ich nie vergessen. Halb menschlich, halb der eines wilden Tiers – so Furcht einflößend, dass mein Innerstes sich zusammenzieht. Er fällt nach hinten und schlägt mit dem Rücken gegen die Wand. Schmutz rieselt von der Decke.

Doch der Hieb ins Auge hat ihn nur geschwächt. Benommen stützt er sich an der Wand ab. Ich ziehe vorsichtig das andere Messer aus meinem Bein, ignoriere den brennenden Schmerz.

Bevor *Albtraum* sich wieder hochrappeln kann, hole ich aus und schneide ihm die Kehle durch.

Verblüffung macht sich in seinem Gesicht breit. Langsam fasst er an die Wunde, und als er seine Hand zurückzieht, starrt er ungläubig auf das Blut an seinen Fingern.

Dann sackt er zusammen. Und steht nicht wieder auf.

Ich vergewissere mich noch, dass er wirklich tot ist, doch dann wird mir schwarz vor Augen. Zum ersten Mal quälen mich keine Träume. Ich spüre, wie die Dunkelheit nach meinen Gedanken greift und sie sanft umhüllt.

Dreiundzwanzig

Als ich aufwache, liege ich am Boden. Die Baumkronen über mir bilden eine schützende Decke, das Mondlicht dringt nur schwach durch die Äste. Es ist Nacht. Die Sterne leuchten am Himmel und eine kühle Brise weht sanft durch meine schweißnassen Haare.

Vorsichtig drehe ich den Kopf und schaue mich um. Ich liege auf einer Lichtung, mitten im Wald. Langsam kommt die Erinnerung zurück. Für einen Moment will ich am liebsten alles sofort wieder vergessen: Landon, das Messer, *Moos,* Rebecca, die Illusion, die Frau, die mich gerettet hat, *Albtraum.* Zum Glück kann ich die Hütte nirgendwo sehen. Mein Verfolger ist verschwunden, tot. Ich bin allein.

Noch während mir all dies klar wird, merke ich, dass meine Wunden verheilt sind – die Schmerzen in meinem Rücken, meiner Wade und meiner Hand sind wie weggeblasen.

Hat mich etwa die Frau geheilt, die ich für Rebecca gehalten habe? Oder *Moos?* War ich es vielleicht sogar selbst?

Im selben Augenblick erscheint die Frau auf der Lichtung. Langsam setzt sie sich neben mich ins Gras, und zum ersten Mal ist ihr Gesicht nicht von der Kapuze verdeckt. Ich erinnere mich an sie, an ihre langen, glatten Haare, die in einem kräftigen Rotbraun leuchten. Sie ist schlicht gekleidet, trägt nur Jeans und ein langärmliges grünes Shirt. Ihre Füße stecken in eleganten Stiefeletten. Die Fältchen in ihrem Gesicht verraten, dass sie nicht mehr so jung ist, wie ich zuerst dachte, doch sie hat strahlende, intelligente Augen.

Ich richte mich auf, und meine Lippen zittern, als ich die grausigen Ereignisse noch einmal durchlebe. Die Frau streicht mir sanft die Haare von der Schulter – eine zärtliche, ungewohnte Geste. Schweigend sitzen wir auf der Lichtung. Eigentlich sollte ich sie kennen – schließlich hat sie mir das Leben gerettet. Wir haben so viel gemeinsam durchgemacht. Und trotzdem spüre ich nichts.

»Sieht aus, als hätte er mich doch noch erwischt«, murmle ich schließlich. Wegen *Albtraum* war ich dreizehn Jahre lang allein. Keine Gefühle konnten zu mir durchdringen. Ich war in einem Netz aus Lügen gefangen.

Die Frau springt auf. »Es tut mir leid, was er dir alles angetan hat«, sagt sie unvermittelt.

Ich weiß, dass sie es ehrlich meint … Sie hat nie gewollt, dass so etwas passiert. Ein angenehmes Schweigen breitet sich zwischen uns aus. Wir wissen, dass es nun endlich vorbei ist. Es gibt noch so viele Fragen, die ich ihr gern stellen würde. Aber im Moment möchte ich einfach nur sein und die Stille genießen.

Doch die Frau will die Sache nicht ruhen lassen. »Ich kann einfach nicht glauben, dass bisher *nichts* diese verdammte Illusion durchbrochen hat. Du siehst immer noch aus wie Elizabeth, und ich kann immer noch über nichts reden, was damit zu tun hat.«

Meine Gedanken wandern zu Landon und zu dem Tag, an dem er starb. Die Erinnerung ist nicht mehr so schmerzhaft wie in der Hütte, und ich spüre, wie die Illusion wieder all meine Gefühle blockiert.

Alte Gewohnheiten lassen sich nicht so leicht ablegen. Wie immer führe ich mir völlig nüchtern die Tatsachen vor Augen: *Ich* bin Rebecca. Landon war *mein* Bruder … mein Zwillingsbruder. Zusammen mit *unserer* Mutter haben wir in dem Haus am Meer gewohnt. Fear hat *mich* geliebt. Ich bin mehr als nur ein Mensch. Und um *Albtraum* zu entkommen … um mit dem Tod meines Bruders fertigzuwerden, habe ich die Frau gebeten, das Unmögliche zu tun: mich zu einem Menschen zu machen.

Bei der Erinnerung an meine Familie drängt sich mir eine Frage auf: »Das heißt, du kannst mir nicht sagen, wo Rebeccas …« Ich stocke, korrigiere mich: »Wo meine Mutter ist? Sie lebt noch, das weiß ich.«

Moos taucht leise summend auf meiner Schulter auf. Sie kichert, als ich ihr über die Wange streiche.

Die Frau schüttelt nur bedauernd den Kopf. Ich weiß immer noch nicht, welches Gefühl oder Element sie ist.

Enttäuscht beiße ich mir auf die Lippe und wünschte, ich müsste ihr Schweigen nicht einfach so hinnehmen. Es ist seltsam, nicht zu wissen, wer oder was man eigentlich ist. *Später,* sagt eine Stimme in meinem Kopf. *Später.* Ich lasse mich wieder zurücksinken und versuche, das Thema zu wechseln. »Und was jetzt?«, frage ich.

Meine Gefährtin schaut nachdenklich in den Himmel und ich folge ihrem Blick. Die Sterne – kalt und zeitlos – schauen auf uns herab. Sie erinnern mich an Fear, und plötzlich sehne ich mich nach seiner Nähe.

Die Frau zuckt nur mit den Schultern. »Jetzt kannst du leben.«

»Wach auf. Wir sind fast da.«

Ein Gesicht erscheint in meinem Blickfeld. Es ist noch dunkel, daher kann ich nicht viel erkennen. Doch die Form ihrer Lippen, die Konturen ihres Kinns kommen mir vertraut vor. Ich blinzle müde zu ihr hoch, meine Wange liegt auf einem zerschlissenen Ledersitz. Ist das einer meiner Träume?

Als die Frau ungeduldig schnaubt und herübergreift, um mir eine Ohrfeige zu geben, weiß ich, dass dies hier keine Einbildung ist. Langsam erinnere ich mich wieder: Wir sind in ihrem Auto, auf dem Weg zurück nach Edson. Wir waren über hundert Kilometer entfernt.

Ich setze mich benommen auf. »Fast da? Wo denn?«, frage ich. Mein Blick fällt auf ein Straßenschild, ich überfliege die Buchstaben. »Hier wohne ich nicht … was machen wir hier?« Erst jetzt fällt mir auf, wie schnell sie fährt. Als müssten wir uns beeilen, als hätten wir nicht mehr viel Zeit. Aber die Gefahr, *Albtraum* – das alles ist vorbei, oder etwa nicht? Noch bevor sie mir eine Antwort geben kann, fällt es mir wie Schuppen von den Augen: Fear.

»Wo ist er?«, frage ich sofort. Ich spüre keine Panik oder Sorge, nur das Bedürfnis, bei ihm zu sein. Die Fenster sind heruntergekurbelt und warme Luft strömt zu uns herein. Gewehrschüsse durchdringen die nächtliche Stille, übertönen das leise Rauschen des Windes. Es ist Jagdsaison. Ich frage mich, ob *Winter* inzwischen weiß, dass die Gefahr vorbei ist, dass *Albtraum* niemandem mehr etwas antun kann.

Bei dem Gedanken an *ihn* läuft es mir eiskalt den Rücken runter, und ich beiße die Zähne so fest zusammen, dass es wehtut.

Die Frau starrt weiter schweigend in die schwarze Nacht hinaus. Ich erinnere mich wieder daran, was sie im Krankenhaus zu mir gesagt hat. *Fear ist nicht tot. Aber er ist schwer verletzt.* Sie kann ihn also nicht weit weggebracht haben – wahrscheinlich irgendwo an den Stadtrand. Ich löchere sie nicht weiter mit meinen Fragen.

Wir fahren über kleine Nebenstraßen, die ich nicht kenne – und auch die Bäume und Häuser kommen mir nicht bekannt vor. Erst als wir an einer alten Windmühle vorbeikommen, weiß ich, wo wir sind. Am Hof der Halversons. Seit Jahren lebt niemand mehr dort. Die Familie, der das Grundstück gehörte, ist angeblich an irgendeiner ansteckenden Krankheit gestorben. Das Haupthaus ist ein klappriges, grau gestrichenes Gebäude, mit schiefen Fensterläden und einer halb zerfallenen Veranda. Niemand kommt mehr hierher, mit Ausnahme der Kinder aus dem Ort, um an Halloween ihren Mut zu beweisen.

Die Frau parkt und stellt den Motor ab. Immer noch schweigend springt sie aus dem Wagen. Ich folge ihr. Der Rasen ist schon ewig nicht mehr gemäht worden und der Weg zur Haustür ist völlig zugewachsen. Die Tür quietscht in den Angeln, als die Frau daran zieht. Modrige Luft schlägt uns entgegen, Staub tanzt vor meinen Augen. Aber wahrscheinlich war dies der einzige Ort, an den sie Fear unbemerkt bringen konnte. Nervös folge ich ihr durch eine schmutzige Küche und ein leeres Wohnzimmer. Im Esszimmer steht nur noch der Tisch. Als wir um die Ecke biegen, bleibe ich erschrocken stehen.

Vor mir liegt Fear – das Gefühl, das mich beinahe mein ganzes Leben lang herausgefordert, gequält und geliebt hat.

Zwei Leben lang.

Weißes Mondlicht fällt auf seinen blassen Körper, dessen makellose Vollkommenheit im fahlen Licht funkelt. Selbst in geschwächtem Zustand ist er wunderschön. Aber seine Augen, die sonst immer vor Leben sprühen, sind geschlossen. Er atmet nur noch ganz schwach und seine Haut glänzt vor Schweiß. Ich habe ihn noch nie zuvor schwitzen sehen. Bei dem Anblick fühle ich einen Stich im Herzen.

»Er stirbt«, sage ich leise. Mein Magen fühlt sich an, als hätte jemand ein Messer hineingestoßen. Fear hat versucht, mich zu retten. Das ist alles nur passiert, weil er wie besessen das Geheimnis um mich lösen wollte. *Rede nicht so*, schimpft meine innere Stimme. *Es war nicht meine Gefühllosigkeit, die ihn angezogen hat.* Und sie hat recht: Es war so viel mehr als das. Ich hätte mehr tun müssen, um ihn von mir fernzuhalten. Tief in meinem Inneren wusste ich schon immer, dass den Menschen in meiner Nähe etwas Schlimmes zustoßen wird.

Ich versuche, an etwas anderes zu denken … vergeblich. Während ich weiter auf seinen leblosen Körper starre, kommt mir ein neuer Gedanke: Das hier ist seine Strafe … dafür, dass er sich eingemischt hat, als Tim in der Scheune auf mich losgegangen ist.

»Du wirst ihm helfen«, fordert die Frau nüchtern und reißt mich damit aus meiner Starre.

Ich schaue sie zitternd an. »Was kann ich denn …«

Als sie nach meiner Hand greift, ziehe ich sie reflexartig zurück. Schnaubend verdreht sie die Augen. »Du musst ihn nur berühren«, knurrt sie. »Leg ihm einfach deine verdammte Hand auf die Stirn und lass sie da liegen, bis ich etwas anderes sage. Das wirst du doch schaffen, oder?«

Widerstandslos tue ich, was sie sagt. Fears Haut fühlt sich kalt an, sogar noch eisiger als sonst. Wir warten, aber es fällt uns schwer, ruhig zu bleiben. Zehn Sekunden. Zwanzig. Nichts passiert. Ich weiß nicht, was ich erwartet habe, aber meine Hoffnung sinkt. Fear wird immer schwächer. *Nein.*

Nein.

Er darf nicht sterben. Die ungeklärten Gefühle zwischen uns, seine Zuneigung für Rebecca und auch für Elizabeth … all das ist jetzt nicht mehr von Bedeutung. Inzwischen drücke ich so fest zu, dass es ihm sicher wehtun würde, wenn er bei Bewusstsein wäre. Ich schließe die Augen und versuche, den Knoten in meinem Hals hinunterzuschlucken.

»Mist«, flucht die Frau leise. »Ich hatte gehofft, die Illusion wäre so weit verblasst, dass …« Sie bricht mitten im Satz ab und gleichzeitig sehe ich, warum: Vor unseren Augen schließt sich Fears Bauchwunde, seine Haut trocknet und heilt, makellos und weich wie zuvor. Fragen über Fragen schießen mir durch den Kopf, aber anstatt sie auszusprechen, sinke ich auf die Knie. Mit zitternden Fingern streiche ich ihm die Haare zurück. Sie fühlen sich unendlich seidig an, wie ich es mir immer vorgestellt habe.

Die Frau sieht eine Weile schweigend zu. Dann legt sie mir sanft die Hand auf die Schulter. »Er wird wieder gesund«, beruhigt sie mich. »Ich kann dich zurückfahren, wenn du möchtest. Oder ich mache dir hier ein Bett.«

»Nein«, erwidere ich sofort. »Ich möchte nicht hierbleiben.«

Ich habe zwar kein richtiges Zuhause mehr, aber ich muss hier weg. Schweigend folge ich der Frau nach draußen. Auf dem Weg zurück wirbeln wir weiße Staubwölkchen auf. Die Tür quietscht wieder in den Angeln, als die Frau sie aufzieht. Wortlos steigen wir in den Wagen. Wahrscheinlich ist er gestohlen, denke ich unvermittelt. Schließlich braucht sie normalerweise kein Auto.

Wieder rauscht die Nacht an uns vorbei, aber dieses Mal haben wir es nicht eilig. Erschöpft drücke ich die Stirn ans Fenster und schließe die Augen. Doch mein Versuch, nicht an Fear zu denken, scheitert kläglich. Ich weiß, warum ich nicht da sein möchte, wenn er aufwacht: Die Bilder von ihm und Rebecca wollen mir einfach nicht aus dem Kopf gehen. Ich kann ihm nicht in die Augen schauen, nicht nach dem, was ich ihm angetan habe … Er hat mein früheres Ich geliebt – das Mädchen, das meinetwegen nicht mehr existiert. Vor meinem inneren Auge sehe ich immer wieder, wie sich Rebecca und Fear zärtlich in den Armen liegen. Die Leidenschaft zwischen ihnen, die Art, wie sie sich berühren. Damit ist es vorbei. Fear ist ebenso ziellos umhergeirrt wie ich. Eine Welt voller Schmerz. Bis er Elizabeth gefunden und sich wieder verliebt hat. Und wieder habe ich ihm diese Liebe entrissen. Sein Schmerz, seine Mühen, seine Qualen, das ist alles meine Schuld. Ich weiß nicht, welches Gefühl mir so schwer auf der Brust liegt … aber eigentlich will ich es gar nicht so genau wissen. Zumindest nicht jetzt.

Auch den Rest der Fahrt verbringen wir schweigend. Die Frau spricht erst, nachdem sie den Wagen abgestellt hat. Wir sind zurück … vor dem Haus, in dem Elizabeth aufgewachsen ist.

Die Ledersitze knarzen, als sie mir den Kopf zudreht. »Ich möchte dir etwas sagen«, beginnt sie zögernd. Sie muss sich erst sammeln, bevor sie weiterspricht. »Über die Illusion.«

Ich wende mich ihr zu. »Ja?«

Die Frau klopft sich nervös mit dem Finger aufs Knie. »Wenn sie sich auflöst … wird es wehtun. Du wirst große Schmerzen erleiden – nicht nur körperlich.«

»Okay.« Ich nehme das so hin. »Danke für die Warn…«

»Aber das wollte ich dir eigentlich gar nicht sagen«, unterbricht sie mich. »Ich hätte es dir schon damals erzählen sollen, als du mich gebeten hast, die Gefühle zu unterdrücken … Du sollst einfach nur wissen, dass du stark genug bist. Verstanden? Du brauchtest diese Illusion nicht, um d-darüber hinwegzukommen.« Plötzlich umklammert sie das Lenkrad, und ich weiß, welche Qualen es ihr verursacht, darüber zu sprechen. Sie holt tief Luft, ehe sie fortfährt: »Ich habe das nur getan, um dich vor *Albtraum* zu schützen, und es hat ja auch funktioniert. Aber du hattest das alles nicht nötig, um zu überleben … um das zu überstehen, was du getan hast. Verstehst du das?«

Die Illusion hindert sie daran, noch mehr zu verraten. Ich weiß nicht wirklich, was sie damit meint – meine Erinnerungen sind immer noch nicht vollständig. Trotzdem nicke ich.

»Gut«, sagt sie zufrieden. »Dann: gute Nacht.«

Die Unterhaltung ist offensichtlich beendet, sie will mir höflich zu verstehen geben, dass ich aussteigen soll. Ihre plötzliche Freundlichkeit kommt mir merkwürdig vor, also gehorche ich lieber, ohne nachzufragen.

Beim Aussteigen sehe ich, dass das Haus dunkel ist, aber Charles' Wagen steht in der Einfahrt – er ist also zu Hause.

Während ich mich innerlich auf das Gespräch mit ihm einstelle, schaue ich dem Wagen hinterher. Ich stelle mir vor, wie die Frau nun wieder zu Fear zurückfährt, und mich beschleicht das Gefühl, dass bei unserem nächsten Zusammentreffen alles ganz, ganz anders sein wird.

Es hat sich zwar angefühlt wie zehn Jahre, aber tatsächlich war ich nur zwei Tage im Wald. Mein Bruder hat mich furchtbar angeschrien, als ich nach Hause kam – und für seine erste Standpauke hat er sich gar nicht schlecht geschlagen. Danach war sein Gesicht so rot wie das von Tim. Aber in seinen Worten lag keine Drohung. Anstatt wütend auf mich zu sein, wirkte er nur … erschöpft. Er ist meinetwegen zurückgekommen, er hat sein Leben für mich umgekrempelt, und mein Dank dafür war, einfach spurlos zu verschwinden. Aber ich habe deswegen kein schlechtes Gewissen – immer noch unterdrückt die Illusion alle Gefühle.

Inzwischen sind drei Tage vergangen, doch ich kann mich immer noch nicht dazu überwinden, wieder zur Schule zu gehen. Ich muss die ganze Zeit an meine wahre Familie denken – und an die wenigen Erinnerungen, die ich an mein altes Leben habe. Ich habe hart dafür gekämpft, meine Vergangenheit aufzudecken. Aber inzwischen frage ich mich, warum ich mir solche Mühe gegeben habe, etwas herauszufinden, was ich für immer vergessen wollte. Denn genau das habe ich die ganze Zeit getan. Ich habe versucht, die Wahrheit zu finden, mich nach einem Ort gesehnt, an dem ich mich geborgen fühlen kann … In dieser Beziehung bin wie jeder andere auch. Doch ich habe schon so viele Male beobachtet, dass Menschen nie wirklich zufrieden sind: Gibt man ihnen, was sie wollen, stellt sich anschließend heraus, dass sie etwas anderes erwartet haben.

Stundenlang liege ich nun schon in dem Bett, in dem ich dreizehn Jahre lang geschlafen habe. Irgendwie fühlt es sich fremd an, als würde ich nicht mehr hierhergehören. Die Bettwäsche riecht zwar nach mir – Sarah hat sie für mich ausgesucht –, aber die Erinnerung an all das, was hätte sein sollen, hängt schwer in der Luft. Mein Blick wandert immer wieder zu dem Wandbild, zu Landons reglosem Körper … Ich kann mich auf nichts anderes konzentrieren, ganz gleich, wie sehr ich mich auch bemühe.

Charles versucht nicht, mich zu bemuttern. Er mag sich verändert haben, aber er war noch nie der familiäre Typ, der über alles reden will. Wenn er nicht gerade im Laden arbeitet, dann schraubt er an seinem Auto herum, mit dem er so große Hoffnungen verbindet. Aber ich weiß, dass er sich Sorgen macht – vor allem um die Zukunft. Das Gefühl steht oft an seiner Schulter, während er über Rechnungen brütet. Mir war nie wirklich bewusst, was eigentlich alles in ihm steckt. Im Grunde ist Charles genauso außergewöhnlich wie Maggie.

Maggie.

Ich versuche, nicht an sie zu denken. Immer wenn ich ihr bleiches Gesicht vor mir sehe, zieht sich etwas in mir zusammen. Jedes Mal, wenn ich an Maggie denke, überkommen mich so etwas wie Schuldgefühle. Ich *hätte* mich mehr anstrengen müssen … die Illusion früher durchbrechen sollen. Dann hätte ich ihr vielleicht helfen können, ihr die Hand auflegen und sie heilen – so wie ich es bei Fear getan habe. Ich hätte mehr für sie da sein müssen. Wenn ich nicht so schwach gewesen wäre, wenn ich mich nicht so verzweifelt an meiner Vernunft festgekrallt hätte und nicht immer nur der Vergangenheit hätte entkommen wollen – dann wäre sie jetzt vielleicht noch am Leben.

Denk nicht an sie. Ich sage mir die Worte immer wieder vor, wie ein Mantra.

Irgendwann zieht mich dann schließlich doch etwas aus diesem Bett, hinaus aus diesem Zimmer, weg von diesen Erinnerungen, die gleichzeitig mir und jemand anderem gehören. Und dieses Etwas ist Joshua Hayes.

Charles hat ihm wahrscheinlich Bescheid gesagt, dass ich zurück bin, denn er ruft nun fast jeden Tag an. Wenn ich Charles' zögerliche Schritte vor der Tür höre, als könnte ich mich beim allerkleinsten Geräusch in Luft auflösen, tue ich so, als würde ich schlafen. Aber Joshua lässt sich nicht so leicht vertreiben, denn er ist ständig in meinen Gedanken.

Neben der Trauer um Landon und den Fragen um meine leibliche Mutter quält mich immer noch die Ungewissheit, wer oder was ich eigentlich bin und warum Fear nicht kommt, jetzt, da es ihm besser geht. Doch Joshua ist da. Der Junge, der geduldig auf mich wartet. *Ich habe* dich *gesehen.* Diesen einen Satz werde ich nie vergessen. Ich habe ihm so viel zu verdanken, und ich bin ihm eine Erklärung schuldig. Joshua war immer nett zu mir. Das Problem ist nur, dass er mehr will. Er liebt *Elizabeth,* ein Mädchen, das langsam verblasst. Er sehnt sich nach einer Zukunft, die ich mir nicht vorstellen kann. Und er will etwas, das ich ihm einfach nicht geben kann. Es steht so viel im Wege, und damit meine ich nicht nur die Illusion.

Während ich mich dusche und anziehe, beschließe ich, ihn anzulügen. Das ist die beste Lösung, schließlich empfinde ich nichts, weder für ihn noch für jemand anderen. Wenn er erst einmal einsieht, dass ich kein normaler Mensch, dass ich ein Monster bin, wird er nichts mehr mit mir zu tun haben wollen. Er wird mich endlich loslassen.

Mit ausdruckslosem Gesicht renne ich nach draußen und zu meinem Pick-up, der neben der Scheune steht. Charles hat den Wagen wahrscheinlich herbringen lassen, von wo auch immer *Albtraum* ihn hat stehen lassen.

Wieder läuft es mir beim Gedanken an *Albtraum* eiskalt den Rücken hinunter. Trotzdem lässt Fear sich nicht blicken. Ich beschließe, nicht weiter darüber nachzudenken, immerhin bin ich mehr als geübt darin, unangenehme Dinge einfach zu verdrängen.

Entschlossen klettere ich in den Wagen, entdecke die Schlüssel auf dem Armaturenbrett und fahre los.

Seit dem Tod von Joshuas Mutter war ich nicht mehr auf der Farm der Hayes. Das Haus ist völlig heruntergekommen – es fehlt nicht viel und es wird einfach einstürzen. Ich mustere das eingebrochene Dach, die abgeblätterte und verblasste Farbe der Fassade. Sogar am Zaun an der Straße fehlen ganze Stücke und die Einfahrt ist voller Schlaglöcher. Langsam lasse ich meinen Blick über die Felder schweifen … Selbst aus dieser Entfernung kann ich erkennen, dass die Pflanzen nicht gut aussehen. Die Bohnen hätten längst geerntet werden müssen und am Boden liegen gelbe, halb verwelkte Ranken. Joshua macht sich zurecht Sorgen: Hier zerfällt alles.

Langsam lasse ich den Pick-up über die Zufahrt rollen. Niemand kommt aus dem Haus oder vom Feld gelaufen, um nach dem Besucher zu sehen. Also stelle ich den Motor ab, steige aus und schaue mich um. Die Farm wirkt verlassen.

Nach einer Weile entdecke ich Joshua in der Scheune. Ich bin nicht überrascht, ihn dort anzutreffen, denn wie ich scheint er die Einsamkeit dort zu suchen. Er bemerkt mich nicht. Konzentriert schaufelt er Mist in eine Schubkarre, seine kräftigen Armmuskeln angespannt. Ich beobachte ihn vom Tor aus, warte.

Ein paar Minuten später schaut er auf.

Er starrt mich an, als wäre ich ein Geist. *Zweifel* steht neben ihm, und mich durchströmt ein Gefühl der Erleichterung, als ich das Wesen sehe. Es ist ein Beweis mehr, dass *Albtraum* tatsächlich tot ist. Ich mustere kurz die große, dürre Gestalt. Mit zusammengepressten Lippen und einem skeptischen Ausdruck in den Augen nickt mir *Zweifel* zum Gruß zu.

»Elizabeth?«, flüstert Joshua ungläubig. Als ich mich nicht rühre und nur von einem Fuß auf den anderen trete, breitet sich ein Lächeln auf seinem Gesicht aus. Seine Erleichterung ist so offensichtlich, dass ich einen stechenden Schmerz in der Brust spüre. So viele Gefühle schwirren durch die Scheune … Wie friedlich es doch sein muss, wenn man nichts davon wahrnimmt.

Plötzlich verwandelt sich seine Freude in Wut. »Wo zum Teufel warst du?«, ruft er und lässt die Schaufel fallen. Mit zwei großen Schritten ist er bei mir und fasst mich fest an den Schultern. »Warum hast du dich nicht gemeldet? Du warst zwei Tage lang verschwunden. Charles war außer sich vor Sorge! Und als wir dann deinen Pick-up am Straßenrand gefunden haben … da dachten wir, du bist abgehauen … oder jemand hat dich entführt. Die Polizei …«

»Tut mir leid«, sage ich leise. »Mir geht es gut. Ich bin nur gekommen, um mich von dir zu verabschieden.«

Abrupt zieht Joshua die Arme zurück. »Was?«

Ich zucke nur gleichgültig mit den Schultern. Offenbar war das die ganz falsche Geste, denn Joshua presst die Lippen fest aufeinander und packt mich wütend.

»Oh nein«, schnaubt er. »Das kannst du nicht machen! Ich lasse das nicht zu. Du bist siebzehn – wo willst du denn hin? Wenn ich dir schon egal bin, dann denk wenigstens an deinen Bruder. Du bedeutest Charles sehr …«

Er versteht mich falsch. Ich verabschiede mich nicht, weil ich gehe, sondern weil ich schon gegangen bin. Die Sache zwischen Joshua und mir muss aufhören, jetzt und hier.

»Ich gehöre zu ihnen«, sage ich, diesmal schroffer. Joshua weicht zurück. Bevor er reagieren kann, füge ich erklärend hinzu: »Ich bin kein Mensch! Ich bin nicht wie du, Joshua. Du bist schwach, und das hier würde niemals funktionieren, selbst wenn ich wollte.«

Joshua zuckt zusammen, als hätte ich ihm ins Gesicht geschlagen. Ich versuche, den Schmerz in seinen Augen zu ignorieren. Immer noch wütend presst er die Lippen aufeinander, starrt mich geschockt an.

Auf einmal verengt sich sein Blick. »Ach ja?«, presst er hervor. »Dann bist du also nur ein herzloses Miststück, ja? Das ist, was du mir weismachen willst? Okay. Ich werde dich jetzt in den Arm nehmen. Dabei denkst du an all das, was wir zusammen durchgemacht haben – und danach sieh mir in die Augen und sag das noch mal.«

Ich schüttle den Kopf. »Es spielt keine Rolle, Joshua. Ich habe doch gesagt …«

»Mir ist egal, *was* du bist, okay? Es ist mir völlig egal. Wichtig ist nur, *wer* du bist – denn in diese Person habe ich mich verliebt.« Plötzlich bricht er ab, rote Flecken breiten sich auf seinem Hals und seinem Gesicht aus. Offenbar wollte er das nicht sagen, aber er kann die Worte nicht mehr zurücknehmen. Er glaubt, die Wahrheit zu sagen, aber ich weiß es besser.

»Ich bin *niemand,* Joshua. Wenn du mich liebst, kannst du genauso gut eine Statue lieben.«

»Blödsinn.«

Ich schüttle wieder den Kopf. »Ich habe es versucht. Jahrelang. Ich habe allen und mir etwas vorgemacht. Ich habe wie besessen nach der Wahrheit gesucht. Ich habe alles, was mir passiert ist, still ertragen. Aber es hat keinen Sinn. Ich fühle nichts. Ich *bin* nichts.«

Du machst dir immer noch etwas vor, bemerkt die Stimme in meinem Kopf abfällig. Plötzlich drängt sich Fear in meine Gedanken, ich sehe seine Lachfalten, seinen Mantel, der ständig gegen die Stiefel flappt. Wie zärtlich seine Finger über meinen Rücken streichen …

»Nein. Es gibt immer eine Lösung«, beharrt Joshua unerschütterlich. »Du müsstest das am besten wissen. Bis vor einem Monat wusste ich nicht, dass es etwas Übernatürliches, etwas aus einer anderen Welt gibt. Aber das tut es. Es gibt diese unglaubliche Macht, diese Wesen, die nicht an menschliche Gesetze oder Grenzen gebunden sind …«

»So großartig, wie du vielleicht denkst, ist das gar nicht.«

»… und niemand weiß davon. Und das nur, weil wir so kleingeistig sind und die Vorstellung nicht akzeptieren können, dass da noch mehr ist.«

Mir ist klar, worauf er hinauswill. »Auch wenn du schon vor Jahren von der anderen Ebene gewusst hättest, du hättest deine Mutter nicht retten können«, erkläre ich. »Es gibt nicht viele Regeln, an die wir uns halten müssen. Wir dürfen uns nur in das Leben der Sterblichen einmischen, wenn wir damit unseren Auftrag erfüllen.«

»Du hast dich aber eingemischt«, erwidert er.

Er weiß, dass ich ihn zurückweise. Meine Lügen können ihn nicht täuschen. Aber ich kann seinen Schmerz nicht lindern. »Ich habe die Regeln gebrochen«, sage ich und trete einen Schritt zurück. »Ich war … traurig und dumm. Das bin ich immer noch. Ich hätte nicht kommen sollen. Aber ich schulde dir eine Erklärung: Du hast mir das Leben gerettet, und da dachte ich …«

»Ich will keine Erklärung!«

»Was du willst, kann ich dir nicht geben«, sage ich schroff, auch wenn ich ihn dadurch noch mehr verletze. Er muss sich das aus dem Kopf schlagen: mich, seine Gefühle, jedes Fünkchen Hoffnung. »Falls es dich tröstet: Wenn ich dazu in der Lage wäre, etwas zu fühlen, dann würde es mir leidtun.«

»Halt den Mund, Elizabeth«, keucht er. Wieder macht er einen Schritt auf mich zu, packt verzweifelt meine Schultern. Er scheint gar nicht zu merken, wie sich seine Finger in meine Haut bohren. Aus dem gekränkten Jungen ist ein zorniger Mann geworden. Neugierig mustere ich ihn, seine leuchtend bernsteinfarbenen Augen, das absurd lange Haar.

»Joshua …«

»Und ob du etwas fühlst«, stößt er hervor. »Das ist offensichtlich. Ich habe gesehen, wie du bei Maggies Beerdigung geweint hast. Und als der Mann dich neulich abends auf dem Parkplatz angefallen hat … da hattest du Angst. Das Wandbild in deinem Zimmer, das du gemalt hast. Nicht, weil alle es von dir erwartet haben, sondern weil du es *wolltest*.«

Als ich erneut den Kopf schüttle, entweicht ihm ein frustrierter Laut. Mit einer schnellen Bewegung zieht er mich an sich, und bevor ich reagieren kann, drückt er mir seine Lippen auf den Mund. Es ist das erste Mal, dass er mich küsst – er wirkt ein wenig unbeholfen, unsicher. Aber dann gleiten seine warmen Hände von meinen Schultern hinunter zu meiner Hüfte und er entspannt sich. Ich schließe die Augen und küsse ihn instinktiv zurück.

Joshua ist zwar immer noch wütend, aber zugleich ist er auch unendlich zärtlich, als er mich fest an sich drückt. Seine Nähe raubt mir fast den Atem. Ich lege meine Hände auf seine Brust und versuche, ihn wegzuschubsen. Doch er gibt mich nicht frei, schiebt mich gegen die Wand und presst sich noch fester an mich. Mein Mund öffnet sich, unser Kuss wird intensiver. Seine Lippen schmecken ein bisschen nach dem Mais, den er zum Abendbrot gegessen hat.

Er ist viel stärker, als ich dachte, seine Arme halten mich fest, lassen mich nicht fliehen. Wenn doch alles nur so einfach wäre. Ich küsse ihn immer weiter, doch meine Gedanken wandern zu jemand anderem … jemanden mit einem unmöglichen Grinsen im Gesicht, mit seidigen weißen Haaren …

Als Joshua plötzlich zurückweicht, ringe ich hörbar nach Luft. Ein warmes Lächeln stiehlt sich auf seine Lippen. »Elizabeth«, sagt er. »Begreifst du es immer noch nicht? Das hier ist nicht nur eine Schwärmerei. Ich liebe dich.«

Diese drei einfachen Worte entfachen etwas in mir. Er hat sie schon einmal ausgesprochen, aber dieses Mal ist es anders. Ich bin wie erstarrt in seinen Armen, während ich damit kämpfe, das merkwürdige Gefühl in meinem Bauch zu verstehen.

»Du …« Ich atme tief ein, versuche, die Situation wieder rein logisch zu betrachten. Doch Joshua lässt mir keine Zeit zum Nachdenken.

»Ja, ich liebe dich«, sagt er und küsst mich erneut. Sein Atem ist noch unregelmäßiger als meiner. *Liebe* erscheint, umgeben von einem Schimmern, streicht ihm sanft über die Wange und lässt uns wieder allein.

Ich schlucke. Es wäre so einfach, seine Worte zu erwidern – doch ich kann es einfach nicht. Meine wahren Gefühle gelten jemand anderem. Ich weiß, dass ich Joshua dadurch noch mehr wehtue, und ich fühle mich schlecht deswegen. Es sieht so aus, als würde keiner von uns sein Happy End bekommen.

»Du kennst nicht einmal meinen richtigen Namen«, murmle ich.

Joshua legt seine Stirn an meine und atmet meinen Geruch ein. »Dann verrate ihn mir.«

Ich zögere einen kleinen Augenblick. »Rebecca. Rebecca James.« Meine Stimme ist nur noch ein Flüstern.

»Rebecca – das ist ein schöner Name.«

»Danke.« Ich lehne mich an ihn und erlaube seine Berührung. Dies ist das letzte Mal, dass er mich so halten wird, und ich bleibe stehen, um ihm diese Erinnerung zu geben.

Die Zeit scheint stillzustehen – die Minuten fühlen sich an wie Jahre, während er mich hält –, nur wir beide, so verschieden und doch untrennbar miteinander verbunden. Ein Mensch und ein … übernatürliches Wesen. Liebe und nichts. Liebe und alles.

Ein Geräusch in der Nähe lässt mich aufschauen. Ich sollte mich von ihm lösen, die Scheune verlassen … aber ich bleibe.

Joshua bemerkt meine Unruhe. Lächelnd streicht er mit dem Daumen über meine Lippen. »Nur du und ich, Rebecca«, flüstert er mit sanfter Stimme.

Stille senkt sich über uns, und ich spüre, wie sich etwas in mir löst. Eine Gewitterwelle rollt über mich hinweg, irgendetwas zerbricht in Millionen Stücke.

Wamm.

Die Illusion fällt in sich zusammen.

Mein Körper krümmt sich vor Schmerzen.

Erinnerungen stürzen auf mich ein – und mit ihnen kommt eine Flut an Gefühlen. Joshua verschwindet vor meinen Augen, während die Welt um mich herum zusammenbricht. Ich bin umgeben von den Wesen der anderen Ebene. Verwunderung liegt in ihrem Blick, während sie mich immer und immer wieder anfassen. Ich versuche, gegen sie anzukämpfen, doch nur ein Wimmern dringt über meine Lippen. Sie drängen sich an mich, ihre Gesichter hell und dunkel, grausig und schön. Jede ihrer Berührungen löst eine neue Welle an Empfindungen aus, bis ich völlig darin gefangen bin. Ich will lachen und weinen, meine Gefühle hinausschreien, mir die Haare ausreißen, die Arme hochwerfen und tanzen, immerzu tanzen, bis mir schwindlig wird und ich zu Boden falle.

Eine Erinnerung drängt sich in meine Gedanken, vor meinen Augen erscheint ganz langsam ein Gesicht. *Nur du und ich, Rebecca.*

Es ist vorbei, Elizabeth gibt es nicht mehr … Ich bin Rebecca James. Und endlich weiß ich, was ich bin, was ich schon immer war: Tochter, Schwester, Geliebte … Element. Ich bin ein Halbblut. *Hast du nicht gemerkt, dass andere sich zu dir hingezogen fühlen?* Jetzt weiß ich, warum. Und wieso *Albtraum* so hartnäckig hinter meinem Vater her war. Denn sein Blut ist das wertvollste und mächtigste, das es gibt … und *Albtraum* konnte dieser Verlockung nicht widerstehen. Dieses Blut, das auch durch meine Adern fließt, ist der Grund, warum ich nur zur Hälfte ein Mensch bin.

Leben.

Und doch konnte ich meinen Bruder nicht retten.

»Nein!«, schluchze ich. Tränen strömen mir übers Gesicht. »Ich will mich nicht erinnern. Nimm sie weg, bitte, lass mich vergessen!«

»Zu spät«, sagt eine Stimme ganz nah bei mir. »Macht Platz, na los, zurück mit euch. Ich weiß, das hier ist ziemlich spannend, aber es sollte nicht alles auf einmal über sie hereinbrechen.«

»Rebecca, Rebecca!«, rufen die Emotionen aufgeregt, während sie immer wieder nach mir greifen. Mein Zwillingsbruder und ich waren auf allen ihren Festen … haben sie mit einer einzigen Berührung aufleben lassen. Denn das ist mein Wesen, meine Bestimmung – und trotzdem sehne ich mich nach dem Tod. Hände streichen sanft über meine Haare, meine Schultern, meinen Rücken, meine Arme, Füße und Wangen, meinen Bauch. Die Gefühle, die sie mit sich bringen, überwältigen mich.

»Lasst mich los!«, schreie ich, während ich wie wild um mich schlage. Kraft durchströmt meinen Körper und lässt mich am ganzen Leib erzittern. Erschrocken weichen die Emotionen zurück, einige verschwinden sogar. Die anderen sehen aus sicherer Entfernung zu. Das alles nehme ich kaum noch wahr. Ich rolle mich zu einer Kugel zusammen und beginne, haltlos zu schluchzen.

Ich erinnere mich an ihn. An alles … an sein Lächeln, seine nachdenkliche Art, an das Funkeln in seinen Augen – an jede Minute, die wir zusammen verbracht haben.

Nie wieder werde ich seine Stimme hören, seine Gegenwart und seine Liebe spüren. Er ist für immer von uns gegangen.

Mein geliebter Zwillingsbruder. Hoffnungslosigkeit und Verzweiflung überwältigen mich.

»Landon.«

Vierundzwanzig

Ich stehe in Elizabeths Zimmer.

Schweigend betrachte ich die Wände, das unvollendete Bild … das viele Grün, die Bäume und das Licht – das Rätsel um meine Vergangenheit. Mein Blick fällt auf mich und Landon. Ich mustere den stillen Schmerz, meine Arme, die den Tod umfangen. Unzählige Male habe ich diese Szene schon vor Augen gehabt – als Erinnerung oder als Traum – aber erst jetzt erschließt sich mir ihre volle Bedeutung. Auf dieser Lichtung habe ich das Blut verleugnet, das durch meine Adern fließt. Denn welchen Sinn hatte es, *Leben* zu sein, wenn ich meinen Bruder nicht zurückholen konnte?

Etwas tropft auf die Holzdielen. Ich schrecke aus meinen Gedanken hoch und schaue nach unten. Vor mir auf dem Boden erkenne ich einen Wassertropfen. Als ich die Hand an meine Wange hebe, merke ich, dass ich weine.

Plötzlich spüre ich, dass jemand hinter mir steht. Zarte Finger legen sich auf meine Schulter. Als ich mich umdrehe, erkenne ich *Trauer.* Schweigend schaue ich in seine unendlich tiefen Augen, beobachte die Tränen, die ihm über das Gesicht laufen. Gemeinsam beweinen wir den Tod meines Bruders. Nach einer Weile löst sich das Gefühl wieder auf … und zurück bleibt ein salziger Geschmack in meinem Mund.

In diesem Raum zu sein, umgeben von den Bildern. An ihn zu denken. *Trauers* Besuch. All das trägt dazu bei, dass ich plötzlich die Stimme meines Bruders höre, warm und lebendig.

Nur du und ich, Rebecca. Wir werden die Welt bereisen, uns alles ansehen. Und niemand wird uns Vorschriften machen.

Ein Schluchzen schnürt mir die Kehle zu. Um meine Gedanken an Landon zu verdrängen, bücke ich mich nach dem Eimer mit grüner Farbe, der vor meinen Füßen steht, und schleudere ihn gegen die Wand. Die Farbe spritzt in alle Richtungen, überdeckt das Bild und sickert über den Boden. Doch das reicht nicht. Ich nehme einen zweiten Kübel und werfe auch den so fest an die Wand, dass er zerplatzt. Langsam läuft das Grün über Landons Gesicht, aber es hilft immer noch nichts. Verzweifelt werfe ich mich gegen die Wand und verwische schluchzend die Farbe. Ich verteile sie über das ganze Bild, versuche, die Erinnerungen an diesen Tag, an Landons Tod auszulöschen.

»Hier habe ich dich am wenigsten erwartet.«

Als ich mich umdrehe, steht die Frau hinter mir. Meine Mutter hat sie immer als gute Freundin betrachtet. Und sie hat alles getan, um mir zu helfen. Als *Albtraum* hinter mir her war, ist sie mit mir geflohen. Sie hat die Illusion geschaffen, um mich vor ihm zu schützen. Und als er erneut hinter mir her war, hat sie versucht, mich zu warnen – obwohl es ihr schreckliche Schmerzen verursachte.

Ich hätte wissen müssen, wer sie ist. Auch als ich noch Elizabeth war, hätte ich es ahnen müssen: Sie ist *Verdrängung*.

»Lass mich in Ruhe«, flüstere ich.

Sie starrt mich zornig an, während ich mich zitternd und vor Farbe triefend an die Wand lehne. Die Gefühle, die mich durchströmen, überfordern mich.

Verdrängung beobachtet mich. »Es dauert eben eine Weile, bis du dich wieder daran gewöhnt hast«, meint sie und winkt abfällig mit der Hand. »Und jetzt zurück zu etwas Wichtigerem.«

Doch ich höre sie kaum. Als die Illusion zerbrochen ist, bin ich vor Joshua und dem Ansturm der Gefühle geflohen. In mein altes Zuhause, das nie eines war. Zu Charles, der bisher nicht aufgetaucht ist.

Als ich *Verdrängung* keine Antwort gebe, wird sie ungeduldig. »Du hast genug getrauert. Ich habe dir doch gesagt, Rebecca, du bist stark genug …«

»Ich habe noch nicht einmal *angefangen*, um Landon zu trauern!«, fauche ich und rapple mich wütend auf. Selbst jetzt sehne ich mich nach ihrem Wesen, nach der Gefühllosigkeit, die *Verdrängung* mir geschenkt hat. Ich will das alles wieder vergessen, nichts mehr fühlen … ich will die Leere zurück.

Als ich einen Schritt zurücktrete, stoße ich in einen warmen Oberkörper: *Wut*.

»Schön, dich zu sehen«, murmelt er, und ich weiß, dass er es wirklich so meint. Selbstgefällig lächelt er mich an, hebt den Arm und berührt mich an der Schulter. Zorn steigt in mir auf, treibt mir Tränen in die Augen.

Nachdem das Gefühl seinen Auftrag erledigt hat, verschwindet es wieder. Wütend drehe ich mich zu *Verdrängung* um und starre sie an. Doch sie erwidert meinen Blick völlig unbeeindruckt.

»Ja, du konntest nicht um Landon trauern. Aber wer ist schuld daran?«, fragt sie. »Ich habe nur getan, worum du mich gebeten hast. Du *wolltest*, dass ich diese Illusion erschaffe, dass ich dich vor *Albtraum* verberge. Werde endlich erwachsen und stelle dich der Realität!«

Ich senke den Blick. »Du hast dich darauf eingelassen, du hast dich eingemischt. Warum hast du mich nicht einfach in Ruhe gelassen?«

»Wende das ja nicht gegen mich. Ich habe dir das Leben gerettet – *Albtraum* hätte dich sofort getötet, wenn ich nicht zurückgekommen wäre, um dich zu warnen.«

Ohne nachzudenken, schlage ich mit der Faust gegen die Wand. Der Putz bröckelt. Langsam schüttle ich den Kopf, das zerzauste Haar klebt mir am Kopf. Meine ganze Wut ist verflogen, ich fühle mich nur noch elend. »Du hättest Nein sagen müssen. Du hättest …«

»Erinnerst du dich noch an jenen Tag, Rebecca? Du warst am Boden zerstört. Mit Landons Tod schien etwas in dir zerbrochen zu sein. Du konntest den Schmerz nicht mehr ertragen. Also hast du mich gebeten, deine Gefühle zu unterdrücken, dir eine andere Gestalt zu geben. *Albtraum* war immer noch hinter dir her. Wir haben *gemeinsam* beschlossen, diese Illusion über dich zu legen.«

Ich schüttle stur den Kopf. *Verdrängung* ignoriert mich einfach und geht zum Nachttisch neben Elizabeths Bett. Ihr Blick fällt auf ein Foto von Elizabeth mit ihrem Bruder.

»Es war alles so offensichtlich. Ich bin überrascht, dass du so lange gebraucht hast, um die Wahrheit herauszufinden. Immer wieder musste ich kommen, um die Illusion anzupassen, damit du älter aussiehst, damit du nicht für immer das kleine Mädchen bleibst. Doch du hast so fest an die Lüge geglaubt, dass du mich bei meinen Besuchen nicht einmal wahrgenommen hast.«

Entschlossen richte ich mich auf und sehe ihr durch meine Tränen hindurch direkt ins Gesicht. Ich schmecke einen Farbklecks an meiner Lippe, grüne Haarsträhnen hängen mir vor den Augen.

»Was willst du von mir? Du hast deine Aufgabe erfüllt. Die Illusion ist zerbrochen. Ich erinnere mich. Du kannst also gehen.«

Doch sie gibt nicht nach. »Mir liegt etwas an dir, auch wenn du in den vergangenen dreizehn Jahren furchtbar anstrengend warst. Ich gehe erst, wenn ich sicher sein kann, dass du dir nicht das Leben nimmst. Du kannst dich nicht ewig in deinem Kummer weiden. Führe dein Leben hier fort oder fange irgendwo von vorne an. Es ist deine Entscheidung.«

»Es gibt nichts zu entscheiden, ich will nichts davon«, entgegne ich, aber die Worte kommen nur schwach heraus.

Sie seufzt. Doch bevor sie etwas erwidern kann, unterbreche ich sie. Denn eine Frage habe ich noch, der Gedanke will mich einfach nicht loslassen. »Sag mir noch eins«, flüstere ich und schließe kurz die Augen, als könnte ich dadurch alles ungeschehen machen. »Wenn ich … wenn ich die Illusion früher durchbrochen hätte, wenn ich meine Kräfte wiedererlangt hätte … hätte ich dann Maggie retten können?«

Sie sieht mich einen Moment schweigend an, Mitleid steht ihr ins Gesicht geschrieben. Als sie schließlich antwortet, beschönigt sie nichts. »Vielleicht. Es gibt kaum etwas, das du nicht durch eine Berührung heilen könntest. Aber ich glaube, du hast ihr Leben schon allein dadurch verlängert, dass du bei ihr warst. Deine Nähe hat ihr gutgetan, auch wenn die Illusion noch intakt war.«

Doch das reicht mir nicht. *Vielleicht* – wie ich dieses Wort hasse. Wortlos drehe ich *Verdrängung* den Rücken zu. Ich wünschte, ich könnte die Zeit zurückdrehen … alles ungeschehen machen. Dann würde es kein *Vielleicht* mehr geben. Landon wäre noch am Leben … Ich könnte Fear sagen, dass ich ihn liebe … und meine Mutter wäre nicht weggegangen. Aber möglicherweise hat sie uns gar nicht freiwillig verlassen … was, wenn mein Vater sie geholt hat? Und als sie sich endlich befreien konnte und zurückkam, waren wir schon …

Mein Blick fällt auf den Spiegel neben der Tür. Erschrocken zucke ich zusammen.

Das Mädchen, das mir entgegenblickt, ist der endgültige Beweis dafür, dass ich nicht mehr Elizabeth bin. Sie hat hohe Wangenknochen und ihre braunen Augen sind ein wenig schräg gestellt. Ihre Haut ist blass und ihre dunklen Haare fallen ihr in unzähmbaren Locken über die Schultern. Die Nase zeigt leicht nach oben, ihre vollen Lippen bilden einen Schmollmund. Ihr Schlüsselbein wirkt unglaublich zart und zerbrechlich. Sie sieht ganz anders aus als Elizabeth Caldwell. Als ich meine Hand hebe – das Mädchen im Spiegel macht es mir gleich –, fällt mein Blick auf ihre Fingernägel. Sie sind lang und oval, und doch lässt sich an ihnen noch etwas von Elizabeth erkennen … ein Andenken an ihr Leben, als sie auf einem Hof gearbeitet, Steine vom Feld gehievt und sich gegen einen nach Alkohol stinkenden Mann zur Wehr gesetzt hat: Unter ihren Fingernägeln klebt Dreck.

Plötzlich kommt mir ein Gedanke, der so kurz nach der Erinnerung an meinen toten Bruder nicht aufflammen sollte: *Was wird wohl Fear davon halten?*

Ich nehme so viele Dinge gleichzeitig wahr, dass ich unwillkürlich zu zittern anfange. Langsam drehe ich mich wieder zu *Verdrängung* um.

Traurig mustert sie das zerstörte Wandbild. Sie starrt auf die Stelle, wo einst Landon zu sehen war – und plötzlich laufen ihr Tränen über die Wangen.

Wie konnte ich das nur vergessen? Sie hat ihn *geliebt*. So oft habe ich miterlebt, wie *Verdrängung* und mein Bruder heimlich Blicke austauschten. Ob daraus je mehr geworden ist, werde ich nie erfahren, doch ich weiß, dass es für die beiden keine gemeinsame Zukunft geben wird.

Ich schlucke und betrachte nachdenklich das zerstörte Wandbild, lasse meinen Blick ein letztes Mal durch das Zimmer wandern. Es gehört mir nicht mehr, und im Grunde war es auch nie wirklich meins. Dieses Leben hält nichts mehr für mich bereit. Ich verabschiede mich von der Leere und den Erinnerungen, die niemals meine hätten sein dürfen.

Ich kehre all dem den Rücken zu. »Ich weiß jetzt, was ich will.«

Für Charles habe ich eine Nachricht auf seinem Bett hinterlassen. Drei Sätze, ein Abschied: *Ich gehe dorthin zurück, wo es begonnen hat. Danke, dass du mich gerettet hast. Deinetwegen habe ich den Glauben an die Menschlichkeit nicht verloren.*

Auf dem Beifahrersitz von Elizabeths Pick-up liegt ein Koffer mit ihren Sachen, die mir nicht mehr ganz passen, da sie größer war als ich. Endlich habe ich ein neues Ziel vor Augen. Auf meinem Schoß liegt eine Karte, in die ich den Weg nach Gig Harbor im Staat Washington eingezeichnet habe. Ich will nach dem Steinhaus suchen, in dem ich aufgewachsen bin … Mom hat uns dort jeden Morgen Frühstück gemacht, bevor sie Landon und mich unterrichtet hat. Dort wuchsen wir zu Elementen heran.

Es regnet. Seit die Illusion zerbrochen ist, gießt es ununterbrochen. Links und rechts nichts als verschwommene Bäume, die vorbeiziehen. Es ist einfacher, mich auf die Umgebung zu konzentrieren, denn das Spiegelbild in der Windschutzscheibe wirkt immer noch fremd. Ich habe mich in den dreizehn Jahren so sehr an meine blonden Haare und blauen Augen gewöhnt, dass die dunklen Locken und braunen Augen mich immer noch irritieren. Niemand würde mich so wiedererkennen, nicht einmal Maggie oder Joshua.

Joshua. Ich schlucke und versuche, das Gefühl hinunterzuwürgen, das in mir aufsteigt. Er hat seinen Zweck erfüllt. *Du wirst diesen Jungen am Ende noch brauchen.* Joshua musste mich lieben, denn nur so konnte ein Gefühl zu mir durchdringen. Am Ende war es nicht *Albtraums* Horrorshow, die die Mauern in meiner Seele niedergerissen hat, sondern die Liebe eines anderen. Es ist fast schon poetisch.

Ich brauche fast zwei Tage, um mein Ziel zu erreichen. Da ich Gig Harbor nie verlassen habe, bevor *Albtraum* auftauchte, kenne ich den Weg nicht. Aber ich habe mir die Strecke auf Google Maps angesehen, bevor ich losgefahren bin, und als ich nach rechts in die letzte Schotterstraße einbiege, erkenne ich alles wieder.

Vor mir liegt die Einfahrt. Ich bin endlich angekommen. Im Graben steckt ein Pfahl mit einem Briefkasten, an dem aber kein Name angebracht ist. Meine Mutter hat immer furchtbare Angst gehabt, man könnte uns entdecken.

Wie recht sie damit hatte.

Die Wolkenschicht ist inzwischen stellenweise aufgebrochen – sogar ein paar Sonnenstrahlen dringen durch. Angespannt halte ich den Atem an, als würde ich gleich samt Wagen über die Klippe ins Meer stürzen. Doch nichts geschieht … ich sehe nur den Wald zu beiden Seiten der zugewachsenen Straße. Hier ist lange, lange Zeit niemand gewesen. Es scheint, als würde dieser Ort auf jemanden – auf mich – warten.

Langsam kurble ich das Fenster hinunter, damit die feuchte salzige Luft ins Auto strömen kann. Der Wind spielt mit meinen Locken, während ich dem Knirschen von Schotter unter den Autoreifen lausche. Das Geräusch erinnert mich an Elizabeths Leben in Edson. Es fehlt nur noch die klappernde Fliegentür …

Endlich kommt auch das Haus in Sicht.

Es ist ein einsames, altes Gebäude. Niemand hat sich die Mühe gemacht, die Ranken von der Hauswand zurückzuschneiden. Das Dach ist eingebrochen und die Schindeln liegen zerbrochen am Boden. Ein Fenster ist eingeschlagen, die Türen stehen weit offen. Alles sieht ganz anders aus als in meiner Erinnerung, und doch ist dies hier mein Zuhause.

Mein Kopf fühlt sich leicht an, und als ich merke, dass ich immer noch die Luft anhalte, atme ich langsam wieder aus. Mit diesem Ort sind so viele Erinnerungen, so viele Schmerzen verbunden. Ich kann beinahe Landons Stimme hören, wie er laut aus seinem Buch vorliest, oder Moms sanften Befehlston, wenn sie wollte, dass wir uns an den Tisch setzen und unsere Matheaufgaben machen.

Ich hatte gehofft, wenn ich nach Hause komme, würde ich … glücklich sein. Oder mich zumindest wieder besser fühlen. Aber ich spüre … nichts. Nach all dem Schmerz und den vielen Jahren, in denen ich immer etwas vortäuschen musste, habe ich mir mehr erhofft.

Aber das ist nicht weiter von Bedeutung. Wichtig ist nur, dass ich wieder zu Hause bin.

Es ist noch alles da. Landons Bücher, Moms Rezepte. In einer Kommode finde ich ein altes Sommerkleid von mir – das Kleid aus meinen Träumen. Mom hat mich einmal umarmt, als ich es anhatte. Und obwohl ihr Geruch schon lange aus dem Stoff verschwunden ist, ziehe ich das Kleid sofort an – auch wenn es dafür eigentlich zu kalt ist. Dabei stelle ich mir vor, dass ich immer noch etwas von ihrer Lavendelseife riechen kann.

Ich streife durch die Wiesen und Wälder, die Landon und ich so geliebt haben. Unser Vater hat nie Interesse an uns gezeigt – schließlich hat er außer uns beiden noch unzählige andere Kinder gezeugt. Es ist nun mal seine Aufgabe, Leben zu geben. Trotzdem suchten wir uns diesen Ort, um uns ihm näher zu fühlen. Zu Hause war er nie ein richtiger Vater für uns, aber zwischen den Bäumen konnten wir seine Kraft spüren … Seine Anwesenheit ist hier fast greifbar. Nicht, dass mich das jetzt noch kümmert. Inzwischen kenne ich die Wahrheit: Er hat mit meiner Mutter geschlafen und sie danach einfach verlassen. Ohne noch einmal zurückzublicken, ist er weitergezogen und hat uns allein zurückgelassen. Er muss wissen, dass es uns gibt, denn sein Blut fließt durch unsere Adern. Doch selbst als *Albtraum* Landon umbrachte und auch mich töten wollte, waren wir ihm egal – er hat nur unsere Mutter in Sicherheit gebracht.

Es ist jemand anderes, der mich immer wieder gerettet hat, jedes Mal aufs Neue – und *ich* habe *ihn* verlassen. Genau aus diesem Grund hält er sich jetzt von mir fern. Er glaubt, ich will ihn nicht. Als ich vor dreizehn Jahren zu Elizabeth wurde, habe ich Fear einfach zurückgelassen. Es war die schlimmste Art von Verrat. Ob er noch etwas für Rebecca empfindet? Oder habe ich jeden Rest dieser Liebe vernichtet? Es tut weh, an ihn zu denken, und ich habe schon genug schmerzhafte Erinnerungen, die ich lieber vergessen würde. Schnell versuche ich, das alles von mir zu schieben.

Es gab eine Zeit, da wollte ich nur singen und tanzen … fröhlich sein, feiern und nie, niemals trauern. Doch jetzt denke ich nur noch daran, was ich verloren habe. Ob meine Mutter nach mir sucht? Wird sie irgendwann hierher zurückkommen? Ich stelle mir vor, wie sie ihr Leben ohne Landon und mich weiterführt. Sie ist nicht umgeben von einer Illusion, die ihr den Verlust erträglicher macht. Hält sie mich ebenfalls für tot?

Manchmal frage ich mich, ob es mir besser ginge, wenn ich zu Charles auf die Farm zurückkehren würde. Erinnerungen lassen sich leicht verdrängen, und es ist einfach, wieder in alte Muster zurückzufallen. Aber dann sehe ich Tims rotes, aufgedunsenes Gesicht vor mir, spüre wieder seine Wut und seine hasserfüllten Worte. Ich denke an Sarahs unterdrückten Schmerz, an das schlechte Gewissen, das ständig an ihr nagte. Vor meinen Augen sehe ich Maggie, meine einzige Freundin. Meine Gedanken wandern zu Joshua – wie hätte wohl unsere Zukunft ausgesehen? Ich denke an Charles, der die Gewalt in unserer Familie nicht sehen wollte.

Mir wird klar, dass ich nicht zurückwill.

Vorsichtig lehne ich mich an einen Baumstamm, lege schützend die Arme um mich, während langsam die Dämmerung hereinbricht. Ich rufe mir noch mehr schmerzhafte Bilder in Erinnerung.

»Eines Tages werden wir von hier weggehen«, sagt Landon mit einem Glitzern in seinen strahlenden Augen. Er hält einen Atlas hoch. »Nur du und ich, Rebecca. Wir bereisen andere Länder.« Sein Blick schweift in die Ferne. »Ich habe von Dingen gelesen, die ich mir beim besten Willen nicht vorstellen kann. Es gibt zwar Bilder davon, aber …« Er seufzt. »Das reicht nicht.«

»Was für Dinge?«, frage ich ihn neugierig. Ich liege gemütlich im

Gras und blinzle in die Sonne, während ich abwesend einen Grashalm aus der Wiese unter mir ausreiße.

Landon legt sich neben mich. Wir beide sehnen uns nach mehr.

»Ich muss unbedingt Mount Rushmore sehen«, beginnt er nach einer Weile. Seine Stimme ist ganz weich. »Kannst du dir vorstellen, mit mir vor diesen Riesenfelsen zu stehen? Mit den Gesichtern darin? Und die Städte! New York! Dort gibt es so hohe Gebäude, dass sie sogar den Himmel berühren.«

Ein paar Tage später sitze ich am moosigen Ufer des Flusses. Das klare Wasser zu meinen Füßen rinnt sanft über die glatten Steine. Ganz in der Nähe platscht etwas, doch als ich hinübersehe, ist da nur ein öliges Schimmern an der Oberfläche. Der Fluss trägt es rasch fort. Vielleicht eine Forelle?

»Er würde dich bestimmt zurücknehmen.«

Erschrocken zucke ich zusammen und drehe mich um. Hinter mir lehnt Fear selbstsicher wie immer an einem Baum, die Arme vor der Brust verschränkt. Mit unergründlichem Blick starrt er mich an.

Seit ich ihn geheilt habe, habe ich ihn nicht mehr gesehen, und als wir das letzte Mal miteinander gesprochen haben, gingen wir beide noch davon aus, dass ich ein normales Menschenmädchen namens Elizabeth bin.

Beim Anblick seines vertrauten Gesichts stockt mir der Atem.

»Fear.« Ich stehe auf, klopfe mir das Kleid ab, schlucke hörbar. Dunkle Haarsträhnen fallen mir in die Augen, und in dem Moment bin ich fast dankbar, dass ich mich hinter diesem Vorhang verstecken kann. Nervös mustere ich ihn, während ich überlege, was ich sagen soll. Ich fühle mich so unendlich verletzlich. Er kann jetzt mein wahres Ich sehen, er weiß, wer ich bin und was ich getan habe.

Hasst er mich dafür? Dass ich mich die ganze Zeit vor ihm versteckt habe? Unsicher bleibe ich stehen, obwohl ich mich ihm am liebsten in die Arme werfen würde. Ich sehne mich danach, seine Hände nach so vielen Jahren der Zurückhaltung und der Lügen endlich auf meiner Haut zu spüren. Doch mir ist klar, dass er inzwischen eine andere liebt – ein Mädchen, das eigentlich nie existiert hat.

Fear scheint nicht zu merken, wie aufgewühlt ich bin. »Gehst du zurück?« Sein abweisender Ton lässt mich zusammenzucken.

Ich blinzle. »Zurück? Wohin?«

Er seufzt ungeduldig. »Zu den Menschen. Zu diesem Jungen.«

Joshua. Er meint Joshua. Ich wende Fear wieder den Rücken zu und versuche, den Mut zu finden, ihm die Wahrheit zu sagen. Aber ich schaffe es nicht. In meinem Leben habe ich schon so viel durchgemacht, aber hier … versage ich. Seine Ablehnung ist einfach zu viel für mich. Ich bin immer nur davongelaufen – es ist das Einzige, in dem ich wirklich gut bin.

Langsam beuge ich mich zu einer verwelkten Blume herab, hauche ihr wieder neues Leben ein.

»Hast du Tim etwas getan?«, versuche ich das Thema zu wechseln. »Seit Charles ihn aus dem Haus geworfen hat, hat ihn niemand mehr gesehen. Ich glaube nicht, dass er wegbleibt, nur weil Charles gedroht hat, die Polizei zu holen.«

Doch Fear lässt mich nicht so leicht davonkommen. Als er näherkommt, spüre ich seine kühle Aura und das Grauen, das ihm überallhin folgt. »Ich habe ihn gewarnt, er soll dich nicht noch einmal anfassen«, sagt er. Und dann: »Antworte mir, gehst du zu ihm zurück?«

Ich zucke zusammen und etwas in mir zerbirst, als seine Macht mich umfängt. Mein Herz beginnt zu rasen.

Fears Atem streicht über meinen Hals. Gnadenlos stürmen Bilder von uns beiden auf mich ein … Seine Lippen in meinem Nacken. Ineinander verschlungene Beine. Das weiche Gras in meinem Rücken. Ich drehe mich abrupt um und starre ihn an. »Lass mich in Ruhe!«

»Oh, jetzt wirst du auch noch wütend. Du musst ihn wirklich vermissen.«

»Ich vermisse ihn nicht.« *Ich bin wütend auf dich, weil du so lange weg warst. Ich bin wütend auf dich, weil du dich in jemand anderen verliebt hast. Und ich bin wütend auf mich selbst.*

Aber natürlich kann er meine Gedanken nicht hören. »Du leugnest schon wieder deine Gefühle, Elizabeth.«

»Nenn mich nicht so«, fahre ich ihn an. Ist er absichtlich so grausam? Muss er mir auf diese Art und Weise sagen, dass er mich nicht mehr liebt? »Elizabeth war das kleine Mädchen, dessen Leben ich gestohlen habe. Es war dumm von mir zu glauben, ich könnte ein Mensch sein. Ich habe alle verletzt, die mir etwas bedeutet haben. Und selbst wenn es so sehr wehtut, dass ich es kaum aushalten kann: Ich werde nie wieder verleugnen, wer ich bin.«

Fear hebt spöttisch den Finger. »Oh doch, du bist Elizabeth. Als du wieder Rebecca wurdest, hast du ein wenig von ihr mitgenommen. Weißt du denn nicht mehr, wie du vorher warst, Rebecca? Bevor Landon starb?«

Doch Fear lässt mir keine Zeit für eine Antwort. Ich kann ihn nicht einmal dafür hassen, dass er den Namen meines Bruders erwähnt. Blitzschnell legt er mir einen Finger auf die Lippen und bringt mich so zum Schweigen. Ich zucke zusammen und versuche, gegen die Angst anzukämpfen, die sich schlagartig in mir ausbreitet.

»Hör mir zu«, flüstert Fear. Sein Atem geht unregelmäßig. »Seit die Illusion zerbrochen ist, hast du etwas von beiden in dir. Von Rebecca hast du die Anmut und Schönheit, samt ihrer leichten Überheblichkeit« – er erlaubt mir keinen Widerspruch –, »doch du bist auch so mitfühlend wie Elizabeth. Ich weiß, dass du meine Gefühle für dich nur aus Mitleid hingenommen hast. Ich komme mir unendlich dumm vor, weil ich es nicht früher bemerkt habe. Ein Teil von mir hat es immer gewusst.«

Wahrscheinlich war er deshalb wie besessen davon, die Wahrheit über mich herauszufinden. Ich schlucke – meine Wut und alle bösen Worte, die mir auf der Zunge liegen, sind wie weggeblasen. Seine Gefühle *hingenommen?* Als Elizabeth vielleicht. Doch jetzt sehne ich sie regelrecht herbei. Ich erinnere mich an die gemeinsam verbrachten Nächte. Daran, wie seine Finger sanft über meine Haut fahren.

»Fear …«

»Schon gut«, unterbricht er mich. Er will keine Entschuldigung hören. Als ich den Blick hebe, nimmt er seufzend die Hand von meiner Wange, streicht sich das seidige Haar aus dem Gesicht und schaut weg. »Es war schon immer mein Schicksal, etwas zu wollen, das ich nicht haben kann«, sagt er. »Ich werde es schon überleben, Rebecca.« In seinem Grinsen schwingt unendliche Traurigkeit mit. Er versucht, seine wahren Gefühle vor mir zu verbergen, aber er scheitert kläglich.

Ich spüre, wie sich mir die Kehle zuschnürt. Langsam gehe ich auf ihn zu und strecke zögerlich meine Hand nach ihm aus, doch Fear schüttelt nur den Kopf und weicht zurück. Weiß er denn nicht, dass ich ihm Elizabeth zurückholen würde, wenn ich könnte?

Nervös beiße ich mir auf die Unterlippe. Ich wünschte, ich hätte die Kraft, ihm zu sagen, was ich wirklich für ihn empfinde. Dass ich mich nach seiner Nähe sehne und dass ich nur ihn im Kopf habe – und nicht Joshua. Ich war nie in Joshua verliebt, auch nicht in der Nacht, in der ich mich gegen Fear entschieden habe. Wo ist dieser verfluchte *Mut,* wenn man ihn mal braucht?

»Fear …«

»Nicht.« Wieder lässt er mich nicht ausreden. »Du hast mir genug gegeben. Jeder Blick von dir war ein Adrenalinstoß.« Er zwinkert mir zu und steckt die Hände in die Manteltaschen. Entschlossen entfernt er sich noch mehr von mir.

Ich versuche nicht, ihn aufzuhalten. Was gibt es auch noch zu sagen?

Als hätte er meine Gedanken gehört, zuckt er mit den Schultern. Seine Gestalt verblasst, beginnt sich vor meinen Augen aufzulösen. Er verlässt mich erneut. Obwohl ich mich selbst dafür hasse, tue ich nichts, um ihn zu stoppen.

»Du musst nichts sagen«, murmelt Fear. »Geh einfach zu ihm. Liebe ihn. Werde wieder glücklich. Nach allem, was du durchgemacht hast, verdienst du es. Ich hatte übrigens recht«, fügt er unerwartet hinzu.

Ich schlucke. »Womit?«, frage ich leise.

Fear verschwindet. »Du siehst schön aus in einem Kleid«, flüstert mir seine Stimme ins Ohr.

Stille legt sich über das Flussufer. Ich lasse ihn ziehen.

Fünfundzwanzig

Manchmal glaube ich, die Schritte meines Bruders zu hören. Aber dann stellt sich heraus, dass es nur ein Reh, ein Windstoß oder meine Einbildung war. Jetzt, nachdem die Leere in meiner Seele verschwunden ist und ich alles verloren habe, melden sich meine innere Stimme und meine Gefühle immer öfter zu Wort. Wieder und wieder versuchen sie mir zu sagen, mir klarzumachen, dass es nicht der Verlust meiner Familie ist, der mich davon abhält, mein Leben zu leben. Mein neues altes Leben, dass ich nicht wieder einfach so mithilfe einer Illusion verschwinden lassen kann. Meine Erinnerungen werden immer ein Teil von mir sein, ganz gleich, wie sehr ich mich dagegen wehren will.

Eines Nachmittags, als ich gerade durch einen Bach wate, erscheint auf einmal *Mut* neben mir. Lautlos folgt er mir, während ich unbeirrt weitergehe und ihn dabei nachdenklich mustere. Was er wohl von mir will? Ich bin entschlossen, mir meine Neugier nicht anmerken zu lassen, und so laufen wir stumm nebeneinander her, zwischen den kahlen Bäumen hindurch, die uns zu beobachten scheinen.

Mut hüllt sich nicht lange in Schweigen. »Also, wie lautet dein Plan? Willst du weiter hier herumstolpern und den Rest deines Lebens Trübsal blasen?« Seine Körperhaltung ist unglaublich kontrolliert … aufrechter Gang, die Arme im Rücken verschränkt, die Schultern gestreckt. Seine Stiefel klacken in regelmäßigen Abständen auf den Boden. Unwillkürlich vergleiche ich ihn mit seinem Bruder. Fears Haut ist viel heller, aber in seinem Inneren herrscht Dunkelheit: Er ist das absolute Grauen, der Schrecken, vor dem Millionen von Menschen die Flucht ergreifen. *Mut* hingegen hat ein dunkles Äußeres, doch er strahlt ein beruhigendes Leuchten aus. Seine Besonnenheit schenkt den Menschen Kraft, sein Atem ist wie ein kühler Wasserschwall an einem heißen Tag.

»Du lässt dich leicht ablenken«, bemerkt *Mut* und bleibt stehen. Nach kurzem Zögern halte ich ebenfalls an. Ein Sonnenstrahl fällt mir ins Gesicht, aber ich trete nicht zur Seite, genieße stattdessen die Wärme. Plötzlich muss ich wieder an die Dunkelheit in *Albtraums* Hütte zurückdenken und die Erinnerung lässt mich erschaudern.

Auf einmal redet *Mut* nicht länger um den heißen Brei herum. Seine Stimme klingt hart und entschlossen, er will, dass ich endlich die Wahrheit akzeptiere: »Wir Gefühle und Elemente lieben dich, wir haben dich schon immer geliebt. Du warst immer stärker als dein Bruder. Deine Fröhlichkeit, dein Lachen … das alles hat uns erst zusammengebracht. Allein wenn du den Waldboden betreten hast, haben sich die Bäume aufgerichtet, wollten dich mit ihrer Größe und Stattlichkeit beeindrucken. *Du* hast *Albtraums* Angriff überlebt und nicht Landon. Und weißt du, warum?«

Ich überlege kurz, ob ich wegrennen soll, aber *Mut* hat mich neugierig gemacht. Doch anstatt seine Frage zu beantworten, drehe ich nur den Kopf und mustere ihn mit kühlem Blick – als würden mich seine eindringlichen Worte nicht berühren. »Warum erzählst du mir das alles?«

Plötzlich wird sein Gesichtsausdruck weich, er seufzt resigniert.

Ein Windhauch weht mir durchs Haar. »Weil nicht nur meinem Bruder etwas an dir liegt … auch mir bedeutest du etwas«, erwidert er ungeduldig. »Hast du vergessen, wie wir zusammen getanzt haben? Erinnerst du dich nicht mehr an die Geschichten, die du mir immer erzählt hast, wenn ich das Gefühl hatte, mein Bruder würde mich mit seinem Wesen erdrücken?«

Natürlich erinnere ich mich … an all die Zeit, die wir mit den Elementen und Gefühlen im Wald verbracht haben. *Mut* stand immer etwas abseits im Schatten und sah den anderen nur beim Feiern zu. Doch irgendwann zog ich ihn ins Licht, hinein in das Getümmel, und brachte ihn dazu, mit mir zu tanzen. Die Geschichten, von denen er spricht … eigentlich stammten sie aus Landons Büchern, aber ich erzählte sie *Mut*, wenn er sich wieder einmal tief in Gedanken versunken die Schläfen rieb. Fear ist unglaublich stark, und manchmal ist es nicht so einfach, einen Menschen zu ermutigen, wenn er kurz davor ist, in Panik auszubrechen.

Lächelnd wende ich mich von *Mut* ab. »Schön, dass dich auch einmal etwas aus der Ruhe bringt. Es ist lange her, dass ich dich auf Trab gehalten habe.«

»Ja, sehr lange«, erwidert er gequält. »Bitte keine Spielchen mehr, Rebecca.«

Auf einmal spüre ich, wie ich wütend werde. »Was wollt ihr eigentlich alle von mir? Soll ich etwa zurückgehen und bei den Menschen leben? Ihr könnt mich nicht dazu zwingen!« Ich hasse es, wie meine Stimme zum Schluss patzig und kindisch klingt. Schmollend wende ich mich einem verwitterten Baum zu und streiche mit den Fingern über seine Rinde. Sofort beginnt er zu knacken, er streckt sich nach oben und erstrahlt in neuem Grün – ein seltsamer Anblick mitten im Winter.

Ohne Vorwarnung fasst *Mut* mich am Arm. Es ist das erste Mal, dass er mich berührt. Ich fühle, wie mich seine Macht durchströmt, wie in mir der Wunsch wächst, die Welt zu erobern. Nichts kann mich aufhalten, vor mir liegen unendlich viele Möglichkeiten: Ich kann hier weggehen, diese Stadt verlassen und tun, was immer ich will …

»Hör auf.« Trotzig starre ich zu Boden.

Doch *Mut* legt mir seine sanften Finger unter das Kinn und hebt mein Gesicht an. Sein Blick ist stechend scharf, und die Einsicht, dass er recht hat, tut weh. »Wir wollen nur, dass du glücklich bist. Du bist schließlich das *Leben.* Solange du nicht zufrieden bist, sind wir es auch nicht.«

Meine Unterlippe beginnt zu zittern. Schnell beiße ich darauf, denn ich hasse es, Schwäche zu zeigen. »Es ist alles anders gekommen …«, flüstere ich und schließe die Augen. Ich rufe mir wieder Fears Gefühle für mich in Erinnerung, Joshuas Kuss in der warmen Scheune, Maggies trauriges Lächeln, Landons Blut an meinen Händen. »Ich wollte nur Ruhe finden. Alles vergessen. Ein neues Leben beginnen. Aber es ist alles anders gekommen …«, wiederhole ich. »Und … wenn ich ehrlich bin … ich habe Angst.« Meine Stimme bebt, als ich es schließlich doch laut ausspreche. Verärgert presse ich die Lippen aufeinander.

Mut lächelt, als er mir freundlich ins Kinn zwickt, bevor er mich loslässt. »Mein Bruder wird immer in deiner Nähe sein«, meint er. »Am besten gewöhnst du dich daran.«

Ich wende mich ab und verdrehe die Augen, aber *Mut* ist noch nicht fertig. »Wovor genau fürchtest du dich?«, bohrt er nach.

Ein Vogel fliegt über uns hinweg. Nachdenklich blicke ich ihm nach, während sein Schatten über die Bäume huscht. »Ich habe

Angst, dass Landon denkt, ich würde ihn vergessen, wenn ich als Rebecca James weiterlebe.«

»Wenn er zusieht, dann weiß er, dass das gar nicht möglich ist. Er wird immer ein Teil von dir sein – nicht einmal die Illusion hat geschafft, dass du ihn vergisst, oder?« *Mut* weicht einen Schritt zurück, und ich weiß, dass er mich bald verlassen wird. Seine Aura beginnt schon zu verblassen.

»Diese Welt ist beängstigend«, flüstere ich. »Ich weiß nicht, ob ich in ihr leben kann.«

Obwohl seine Stimme nur noch ein Flüstern ist, dringen seine Worte deutlich zu mir durch: »Ein kluges Menschenmädchen hat einmal zu mir gesagt: Man fürchtet sich nur vor dem, was man nicht kennt.«

»Dieses Mädchen war kein Mensch«, korrigiere ich.

»Ein Mensch zu sein, ist eine Entscheidung. Es macht keinen Unterschied, ob man besondere Kräfte hat oder nicht.«

Ich öffne den Mund, um ihm zu antworten, doch *Mut* ist schon verschwunden. Wahrscheinlich ist er längst an einem anderen Ort, bei jemandem, der seine Unterstützung dringender braucht als ich. Seinen Auftrag bei mir hat er offenbar erfüllt.

Er musste schon immer das letzte Wort haben.

Das Leben ist seltsam. Manche sehnen sich danach, krallen sich daran fest, während andere es einfach wegwerfen. Und wieder anderen wird es genommen. Das Leben kann einem Angst machen. Vielleicht fühle ich mich deswegen so zu Fear hingezogen. Es kann kein Zufall sein, dass wir uns begegnet sind … und egal, ob ich Rebecca James oder Elizabeth Caldwell war, wir haben uns in beiden meiner Leben ineinander verliebt. Er ist mein Seelenverwandter, meine zweite Hälfte.

Jetzt endlich weiß ich, was ich wirklich will.

Ein neues Leben. Mit ihm.

Seit die Illusion zerbrochen ist, hat die Entscheidung auf mich gewartet. Als ich noch Elizabeth war, ist Fear wieder und wieder zu mir gekommen. Doch jetzt bin ich an der Reihe, ihn zu suchen.

Ich stelle mir vor, wie Landon neben mir steht und mich dazu ermutigt, nach vorne zu schauen. In meinem Inneren klingt immer noch *Muts* Wesen nach, bestärkt mich und schiebt mich voran.

Ich kann nicht ewig in der Vergangenheit leben. *Verdrängung* hatte recht: Ich habe genug getrauert. Mein Bruder wird immer in meinen Gedanken sein, und ich werde nie vergessen, was *Albtraum* ihm angetan hat. Die Erinnerung an seinen Tod wird mich wie ein dunkler Schatten auf meiner Seele begleiten. Aber ich kann nicht länger vor mir selbst davonlaufen.

Ich versuche alles Mögliche, um Fear zu mir zu locken. Zuerst setze ich mich auf einen Stuhl, schließe die Augen und beschwöre die Erlebnisse mit *Albtraum* wieder herauf: seine Zähne, die Hütte im Wald, die Messer, mein Blut, das auf den Boden spritzt …

Ich spüre, wie mein Mund trocken wird, mein Puls sich beschleunigt – doch sonst passiert nichts. Nach diesem Fehlschlag fahre ich in die Stadt und kaufe die gruseligsten Horrorfilme, die ich finden kann. Zwei Stunden lang starre ich voller Angst auf den uralten Fernseher, wo sich grausige und blutige Szenen abspielen. Es scheint zu funktionieren: Meine Handflächen schwitzen, und ich muss mich zwingen, mich nicht unter einer Decke zu verkriechen.

Aber er kommt nicht.

Mir reicht es. Wütend springe ich auf und stürme nach draußen. Hinter mir schlägt die Tür gegen die Wand. Mein Rock wickelt sich um meine Knie, während ich auf das Meer zulaufe, direkt an den Rand der Klippe. Dort strecke ich die Arme zu beiden Seiten aus, als wäre ich ein Vogel, der gleich losfliegt. Ich stehe so nahe am Abgrund, dass nur noch meine Fersen den Boden berühren, der Rest von mir schwebt in der Luft. Langsam atme ich ein und sehe nach unten. Das Meer scheint meine Nähe zu fühlen, hohe schäumende Wellen schlagen gegen die Felsen.

Ich bin das *Leben.* Ich bin eins mit dem Wasser …

Es dauert nicht lange, bis er auftaucht.

»Was zum Teufel soll das?«, sagt Fear und legt die Hand um meinen Arm. Seine Stimme klang noch nie so wütend.

Panik durchströmt mich, doch ich drehe mich nicht zu ihm um. Stumm versuche ich, mich aus seinem Griff zu winden – obwohl ich mich insgeheim nach seiner Berührung sehne. »Wirst du mich dieses Mal ausreden lassen?«

Aus den Augenwinkeln sehe ich, wie Fears schwarzer Mantel gegen seine Stiefel flattert. Er tritt näher heran, und ich weiß, dass er überlegt, ob er mich vom Abgrund wegreißen soll.

»Warum tust du das, Rebecca?«, fragt er mit tiefer, ernster Stimme.

Rebecca. Nicht Elizabeth. Ich bin kurz davor, die Nerven zu verlieren … Zweifel machen sich in mir breit: Was, wenn er mich nicht mehr liebt? Wenn ich alles kaputtgemacht habe?

Nein. Ich dachte immer, ich wäre immun gegen Fears Macht, doch die Angst hat mich zu lange zurückgehalten. Damit ist jetzt Schluss.

»Ich liebe dich«, stoße ich hervor und blinzle dabei in die Sonne.

»Ich liebe *dich* – und nicht Joshua. Ich möchte mit *dir* zusammen sein. Das heißt, ich will es versuchen. Noch einmal.« Ich räuspere mich, spüre, wie ich rot werde.

Stumm starre ich aufs Meer hinaus. Ich bringe es nicht über mich, Fear anzusehen. Die Worte scheinen zwischen uns in der Luft zu schweben: *Ich liebe dich … nicht Joshua … Ich möchte mit dir zusammen sein …*

Sekundenlang herrscht Stille, während er meine Worte verarbeitet. »Warum gehst du nicht ein paar Schritte von der Klippe zurück? Dann sage ich dir, was ich von der Sache halte.«

Und wenn es zu spät ist? Wenn du ihn schon verloren hast? Zweifel nagen wieder an mir. Ich spüre, wie mich das Meer ruft: *Leben, Leben*. In diesem Moment wird mir klar, dass das Element unter mir recht hat: *Ich bin Leben.* Ich *muss* leben. Entschlossen weiche ich von der Klippe zurück.

Nervös drehe ich mich zu Fear um, sicher, dass er mich zurückweist, dass er *Zu spät* sagt oder *Das kann nicht gut gehen*. Er starrt mich eine gefühlte Ewigkeit an und seine stechenden blauen Augen blicken bis in meine Seele.

Ich schlucke. »Ich …«

Ohne ein weiteres Wort zieht er mich an sich und presst seine Lippen auf meine. Ohne zu zögern, erwidere ich seinen Kuss, obwohl es mir bei seiner Berührung kalt den Rücken hinunterläuft und sich die Haare auf meinen Armen aufstellen. Langsam wandern seine Finger über meine Schultern und ein Beben breitet sich in mir aus. Ich versuche, ihn noch enger an mich zu ziehen, stelle mich auf die Zehenspitzen und lege ihm die Arme um den Nacken, bis wir miteinander zu verschmelzen scheinen. Gedämpft erreicht mich die Angst, doch ich lasse Fear nicht los. Dreizehn Jahre. Nicht einmal eine Illusion, die mein Gesicht, mein ganzes Sein veränderte, konnte ihn davon abhalten, mich zu finden. Er hat dreizehn Jahre lang nicht aufgehört, mich zu lieben … er hat immer auf mich gewartet.

Ich spüre vage, wie sich *Freude* hinter uns stellt, ihre Hand auf meiner Schulter, und uns beobachtet. Aber sie ist nicht allein. Neben ihr stehen noch andere Gefühle, die mich berühren oder uns einfach nur zusehen.

»Macht doch ein Foto, davon habt ihr länger was«, brummt Fear. Ich spüre, wie seine Lippen beim Sprechen gegen meine streichen. Lächelnd öffne ich den Mund und unsere Küsse werden intensiver. Die Welt um uns verschwindet und schon bald haben wir die Zuschauer um uns vergessen. Mir bleibt die Luft weg, als seine Zunge … Aber wozu braucht man schon Luft?

»Ich habe es dir noch nie gesagt, oder?«, flüstere ich. Er legt seine Stirn an meine und atmet meinen Geruch ein. Ich muss lächeln. »Ich liebe dich.«

»Du kannst das so oft sagen, wie du willst«, murmelt er, während er mich fester an sich drückt. Er muss nichts weiter sagen, ich weiß auch so, wie sehr er mich vermisst hat.

Wir liegen uns so lange in den Armen, bis die anderen Gefühle gelangweilt verschwinden. Sobald wir allein sind, flüstert Fear mir ins Ohr. »Du hast mich einmal gefragt, ob ich nicht manchmal genug davon hätte, der zu sein, der ich bin«, erinnert er mich. Seine Stimme jagt mir einen Schauer über den Rücken. »Die Antwort lautet: nur wenn du nicht bei mir bist.«

Ein Lächeln breitet sich auf meinen Lippen aus. Zufrieden halte ich mich an seinem Mantel fest und schmiege mich in seine Halsbeuge. Ich könnte ewig so stehen bleiben, eng umschlungen mit

Fear, bis wir eines Tages zu Stein erstarren. Plötzlich muss ich an die Zukunft denken, und seufzend beende ich die angenehme Stille. »Wie soll es jetzt weitergehen?«, frage ich leise. Es hat sich so viel verändert.

Fear tritt einen Schritt zurück und sieht mich an. Sanft streicht er mir eine feuchte Haarsträhne aus dem Gesicht, fährt mit seinem Daumen mein Kinn entlang. »Ganz einfach«, antwortet er. »Ich komme, wenn du mich brauchst, und wenn du mich nicht brauchst, dann komme ich auch.« Er grinst, in seinen Augen ein herausforderndes Blitzen.

Ich küsse ihn erneut, fühle seine Haut auf meiner. Wir werden niemals ein normales Paar sein können – aber war jemals etwas in meinem Leben normal?

Nach einer Weile spüre ich, wie sich in mir der Entschluss festigt, noch einige Dinge aus meinem alten Leben zu klären. Lose Enden zu verknüpfen, das Leben zu jemandem zurückzubringen. »Ich muss noch etwas erledigen«, sage ich und löse mich aus Fears Armen. »In Edson. Ich lasse dich wissen, wenn ich zurück bin, okay?«

Er küsst mich auf die Nase. »Gut, aber halte dich von Klippen fern. Ich weiß auch so, wann du mich brauchst.«

Ein Lächeln breitet sich über mein ganzes Gesicht aus. »Ich werde dich immer brauchen.«

Mit einem zärtlichen Leuchten in den Augen verschwindet Fear.

Ich packe nur das Nötigste, steige in Elizabeths Pick-up und fahre los. Die Zeit vergeht wie im Flug und schon am nächsten Tag passiere ich das Schild: *Willkommen in Edson*. Die Schrift ist verblasst und einige Buchstaben sind bereits abgeblättert. Irgendwie hatte ich erwartet, dass sich etwas verändert hat, während ich weg war. Aber alles ist so wie immer, die kleine Stadt scheint vom Rest der Welt und allem, was dort passiert, wie abgeschirmt. Ich fahre am Baumarkt, am Krankenhaus, am Supermarkt und an der Schule vorbei.

Ein Gesicht drängt sich in meine Gedanken: Ich weiß, dass ich ihn unbedingt noch einmal sehen muss. Doch bevor ich zu Joshua gehe, muss ich noch jemand anderen besuchen.

Ein paar Minuten später erreiche ich die Einfahrt zum Haus der Richardsons.

Die Tür ist nicht abgeschlossen – ohne zu zögern, betrete ich das Haus und bleibe kurz stehen, um mich umzusehen. Bei Tageslicht wirkt alles ganz anders. Ich erinnere mich wieder an die seltsame Aura, die ich am Abend der Party hier gespürt habe, an Fears Flucht und an Morgans Warnung: *Lauf weg.* Der Gedanke daran lässt mich erschaudern. Entschlossen gehe ich die Treppe hoch.

Die Titelmelodie einer TV-Serie dringt in den Flur und ich folge den Geräuschen bis zu Morgans Zimmer. Die Tür ist offen und mein Blick fällt sofort auf das Mädchen. Wie beim letzten Mal hockt sie auf dem Fußboden und starrt gebannt in den Fernseher.

»Entschuldigen Sie, aber was tun Sie hier?«

Morgans Betreuerin hat mich entdeckt, sie hat ein Handy am Ohr – genau wie bei unserer ersten Begegnung im Baumarkt – und glotzt mich an. Doch obwohl eine fremde Person in das Haus eingedrungen ist, telefoniert sie seelenruhig weiter. Aus dem Lautsprecher dringt eine männliche Stimme.

Ich mustere die Frau kurz. Einen Sekundenbruchteil später stehe ich direkt vor ihr. Mit einem Schrei lässt sie das Telefon fallen. Panisch versucht sie, an mir vorbeizurennen, doch ich dränge sie rasch in eine Ecke. Morgan beobachtet uns schweigend.

»Was sind Sie?«, wimmert die Frau und hält ihre Hände schützend vors Gesicht. Als könnte mich das aufhalten.

Meine Stimme klingt gefährlich leise: »Machen Sie Ihre Aufgabe ordentlich oder überlassen Sie sie einer geeigneteren Pflegekraft. Wenn Sie Morgan noch einmal allein lassen, so wie an dem Abend von Sophias Geburtstagsparty, komme ich zurück. Ich nehme an, ich muss das nicht weiter ausführen, oder?«

Sie schüttelt heftig den Kopf, ihr Pferdeschwanz peitscht hin und her. Ich lächle sie freundlich an und nicke. »Sehr schön.«

Dann wende ich mich von der Betreuerin ab und hocke mich direkt vor Morgan, sodass sie nicht mehr auf den Bildschirm starren kann. Ihr Blick klart auf. Sie sieht Sophia immer ähnlicher. Dabei sind die beiden so verschieden.

Wir mustern uns gegenseitig. Obwohl Morgan mich mit diesem Gesicht unmöglich wiedererkennen kann, habe ich den Eindruck, dass sie es dennoch tut. Nach einer Weile sage ich: »Morgan, ich kann deine Eltern und deine Schwester nicht ändern, aber ich kann dir helfen. Was du danach machst, bleibt dir überlassen.« Entschlossen hebe ich den Arm und lege ihr die Hand an die Stirn. Ich schließe die Augen und konzentriere mich, lasse meine Kraft fließen, versuche, ihr zu helfen, ihren Geist zu ordnen. Sie wird immer noch sie selbst sein, denn wer sie ist, kann und will ich nicht ändern, doch wenn meine Kraft durch ihre Adern strömt, wird sie mehr begreifen. Ihr Leben wird so viel einfacher sein und sie wird für sich selbst sprechen können. Mehr kann ich nicht tun.

Ich lasse mich zurücksinken, lege die Hände flach auf die Oberschenkel und stehe auf.

Morgan bleibt verwirrt sitzen und versucht, die veränderte Welt um sie herum zu verarbeiten. Sie blinzelt zu mir hoch. Es ist das zweite Mal, dass sie mit mir spricht – aber jetzt klingt ihre Stimme laut und erstaunt.

»Danke«, sagt sie.

Ich lächle ihr zu, berühre sie sanft am Kinn. »Gern geschehen, Morgan. Ich komme dich bald wieder besuchen, ja?«

Sie strahlt übers ganze Gesicht. Ich bin schon auf dem Weg nach draußen, als mir wieder die Betreuerin einfällt. Sie kauert immer noch in der Ecke. Langsam drehe ich mich zu ihr um und spreche sie noch einmal an: »Ich hoffe, wir werden uns nie wiedersehen.«

Ihre vor Angst geweiteten Augen folgen mir, als ich aus dem Zimmer gehe. Die Tür lasse ich offen, damit sie nicht vergisst, dass ich hier war.

Als ich kurz darauf wieder in der Einfahrt stehe, betrachte ich noch einmal das Haus der Richardsons. Im Licht der aufgehenden Sonne sieht es wunderschön aus. *So,* denke ich. *Das wäre erledigt.*

Jetzt muss ich nur noch zu ihm.

Ich sehe ihm stundenlang zu, verstecke mich hinter einem Baum und beobachte ihn dabei, wie er seinem Vater hilft, die nahezu wertlose Ernte einzubringen – sie haben zu lange gewartet. Joshuas Hemd ist von der Anstrengung schon völlig durchnässt. Als es dunkel wird, rechne ich damit, dass er seinem Vater ins Haus folgt. Doch stattdessen geht er zu den Tieren in die Scheune. Dort hat er mir gesagt, dass er mich liebt … wir haben uns geküsst und dann wurde ich von ihm fortgerissen.

Ich bin unentschlossen. Soll ich zu ihm gehen? Soll ich mich wieder in sein Leben drängen, ihm dabei helfen, über mich hinwegzukommen? Wenn ich ihn stattdessen in Ruhe lasse, wird er dann die Sache mit Elizabeth überwinden und ein normales Leben führen können? Aber wenn ich jetzt gehe und ihn nie wieder berühre, wird er dann ins Stolpern geraten? Immer mehr und mehr abrutschen? Ich denke an unseren Kuss, an seine sanften Hände, an das Leuchten in seinen Augen. Er will Elizabeth zurück, doch das ist unmöglich. Aber er verdient eine Erklärung, einen Abschied. Mir kommen wieder *Muts* Worte in den Sinn: *Du wirst diesen Jungen am Ende noch brauchen.*

Und jetzt braucht er mich.

Ich kann es nicht leugnen. Die ganze Zeit habe ich ihn nur benutzt, er war der Schlüssel zu meiner Vergangenheit. Doch obwohl ich das wusste, habe ich seine wachsenden Gefühle für mich zugelassen. Ich sehe, dass er leidet, doch ich kann nichts tun, um ihn wieder glücklich zu machen – ich werde niemals mit ihm zusammen sein.

Meine Finger krallen sich tief in die Baumrinde, bis mich der Schmerz zurückzucken lässt. Die trockenen Blätter reagieren auf meine Berührung, sie färben sich rot und orange.

Als Joshua die Schubkarre hinter den Stall schiebt, fällt mir wieder ein, wie Susie Yank ihm im Flur hinterhergeschaut hat. Ich gehe alle Möglichkeiten durch, wäge alles sorgsam ab und denke darüber nach, was irgendwann einmal sein könnte – Überlegungen, die ich früher immer gemieden habe.

Während ich Joshua beobachte, erscheint *Schuld.* Sie ist mir so nah, dass ich sie riechen kann, eine Mischung aus Schweiß und … Fett? Grinsend legt sie mir eine Hand auf die Schulter und ich funkle sie böse an.

»Sei doch nicht so«, flötet sie. »Ich mache nur meinen Job.«

»Den hast du hiermit erledigt«, fahre ich sie an. Ich hasse es, wenn mich Schuldgefühle plagen.

Mit einem Lächeln verschwindet sie.

Ich bleibe in meinem Versteck, bis nur noch die Geräusche der Nacht mich umgeben. Doch Joshua geht immer noch nicht ins Bett. Er steht an der Werkbank und arbeitet an einem Vogelhäuschen. Der Wind pfeift durch die schmalen Risse in den Wänden und sanftes Licht fällt aus der offenen Tür.

Wenn wir nichts riskieren, werden wir nie die Dinge entdecken, für die es sich zu leben lohnt.

Diesen Satz hat Joshua mir einmal hinterhergerufen. Es fühlt sich an, als wäre es in einem anderen Leben gewesen. Doch die Worte lassen mich nicht los. Ich sehe ihm weiter beim Arbeiten zu und sage sie mir immer wieder vor.

Nach einer Weile treffe ich eine Entscheidung. Joshua ist stark. Er ist viel stärker, als ich es je war, und im Gegensatz zu mir war er immer bereit, etwas für sein Glück zu riskieren. Und obwohl ich ihn verletzt habe, braucht er meine Berührung nicht, um das Leben zu genießen. Stattdessen werde ich ihm zwei Dinge dalassen: eine Erinnerung an mich als Dankeschön – einen Brief, den er immer wieder lesen kann – und eine Möglichkeit, die Zukunft aufzubauen, nach der er sich immer gesehnt hat.

Schnell renne ich zurück zum Auto und krame einen Stift aus dem Handschuhfach. Ich finde kein Papier, also schreibe ich die Nachricht einfach auf die Rückseite einer alten Quittung. Als ich fertig bin, stecke ich den Zettel in den Briefkasten der Hayes.

Lieber Joshua,

~~ich wünschte, es wäre einfacher … ich wünschte, es wäre anders gekommen.~~

~~Du bist ein unglaublicher Mensch, und du verdienst es, dass alle deine Träume wahr werden.~~
~~Es tut mir leid, wie alles ausgegangen ist. Du sollst wissen, dass du mir wirklich etwas bedeutet hast.~~

~~Ich muss noch einige Dinge erledigen. Du weißt nicht alles über meine Vergangenheit und es gibt noch so viele unbeantwortete Fragen.~~

Du warst es, der mich ins Leben zurückgeholt hat.

In Liebe,
Elizabeth

Die zweite Aufgabe ist einfacher. Ich vergewissere mich, dass mich niemand sieht, und renne ins Feld. Das verdorrte Land spürt sofort meine Kraft, neigt sich mir hoffnungsvoll entgegen. Umgeben von braunen Ackerpflanzen knie ich mich hin. Mühelos grabe ich die Finger in die Erde. Dies ist, wozu ich geboren wurde, meine Aufgabe und meine Bestimmung in dieser Welt, die ich einst mit Landon geteilt habe und die ich nun allein erfülle.

Die Kraft fließt durch meinen Körper, durch meine Adern und schließlich durch meine Hände in den Boden. Ich kann spüren, wie neues Leben in die Erde strömt, und obwohl ich vor Erschöpfung fast zusammenbreche, ist es ein unvergleichliches Gefühl zu beobachten, wie sich ringsum alles verändert.

Die noch nicht geernteten Bohnen strecken sich, ihre Stiele recken sich kraftvoll und stolz in den Himmel. Ich fühle, wie meine Macht tiefer eintaucht, nach der ausgelaugten Erde sucht. *Wach auf,* ruft sie. *Hier ist, was du brauchst.* Und als der rissige Lehm zu sattem Mutterboden wird, weiß ich, dass das *Leben* gewonnen hat.

Es ist vorbei. Mein Leben in Edson, meine Freundschaft zu Joshua, meine Verbindung zur Familie Caldwell. Der Abschied ist traurig, aber gleichzeitig auch schön, denn zum ersten Mal seit langer Zeit kann ich endlich wieder nach vorne schauen. Jedes Leben folgt seiner Bestimmung und hat seinen Zweck. Auch wenn ich es ihnen nie danken konnte, wenn sie es vielleicht selbst nie wussten, so haben mir diese Menschen doch auf meinem Weg geholfen. Maggie mit ihrer Freundschaft, Sarah mit ihrem Mut, Joshua mit seiner Liebe und Charles mit seiner Entschlossenheit. Sie werden für immer einen festen Platz in meinem Herzen haben, bis zu dem Tag, an dem das Leben auch aus mir weichen wird.

Ich schleppe mich erschöpft zu meinem Pick-up, als plötzlich ein Schrei die Stille zerreißt. Lächelnd bleibe ich stehen.

»Und – was kommt jetzt?«, fragt Fear. Er steht hinter mir und legt seine Arme um mich. Ich schließe die Augen und schmiege mich an ihn. Schreckliche Bilder stürmen auf mich ein.

»Ich möchte meine Mutter suchen«, erkläre ich.

Er zögert keine Sekunde. »Ich fahre.«

Verwundert drehe ich mich zu ihm um. »Hast du nichts zu tun?«

Fear greift nach dem Autoschlüssel, doch ich kann ihn noch rechtzeitig in meiner Faust einschließen. Er starrt finster zu mir herab. »Die Welt kann sich ruhig ein paar Minuten ohne mich weiterdrehen. Komm schon. Ich bin noch nie Auto gefahren.«

Ich lache, aber er bringt mich mit einem Kuss zum Schweigen, der nach Angst und Erdbeeren schmeckt.

WENN DICH DIE WELT VON ELIZABETH & FEAR FASZINIERT HAT, FINDEST DU UNTER DIESEM QR-CODE EINE **EXKLUSIVE BONUSGESCHICHTE**

Danksagung

Mein erster Dank geht an Beth Miller, meine unglaubliche Agentin, die mich (zweimal!) vom Stapel der unverlangt eingesandten Manuskripte gerettet hat. Ich danke ihr, dass sie wirklich alles gelesen hat, was ich geschickt habe, ich danke ihr für ihre spontane Begeisterung, und außerdem danke ich ihr dafür, dass sie mir an Tagen, die ich sonst nicht überlebt hätte, Bilder von Damon Salvatore geschickt hat. Ich weiß nicht, was ich ohne Beth tun würde.

Danke dem großartigen Team bei Flux. Brian Farrey-Latz, der diese Geschichte genauso mag wie ich. Courtney Colton und Mallory Hayes, die andere für sie begeistert haben. Sandy Sullivan, der die kleinen Dinge aufgefallen sind, die mir entgangen sind. Ellen Lawson, die das tolle US-Cover gestaltet hat. Und allen anderen, die an dem Projekt beteiligt waren. Ich freue mich jetzt schon riesig, wieder mit euch zu arbeiten!

Dank gilt natürlich auch allen Korrekturlesern und Mutmachern: Gabrielle Carolina, Tanya Loiselle, Bailey Hammond, Ella Press, Stefanie Gaither, Skyanne Fisher, Holly West-Hedeen, Ruth Walters, Cindy Cowan, Ashley Levens und Sarah Dalton. Dazu zählen auch die ersten Leser von der Young Writers Society. Falls irgendjemand in meiner Aufzählung fehlt: ein großes Blanko-Danke euch allen.

Zuletzt möchte ich meiner Familie für ihre Zuneigung und Unterstützung danken. Ich habe wirklich enormes Glück.